황금양털

푸른봄 문학 ㉒

황금양털

패드라익 콜럼 지음 | 윌리 포가니 그림 | 김인 옮김

초판 인쇄일 2015년 7월 10일 | **초판 발행일** 2015년 7월 17일
펴낸이 조기룡 | **펴낸곳** 내인생의책 | **등록번호** 제10호-2315호
주소 서울시 강서구 가양동 52-7 강서한강자이타워 A동 306호
전화 (02)335-0449, 335-0445(편집) | **팩스** (02)6499-1165
전자우편 bookinmylife@naver.com | **홈카페** http://cafe.naver.com/thebookinmylife
편집장 이은아 | **편집1팀** 신인수 강성구 조정우 이다겸 김예지 | **편집2팀** 박호진
디자인 안나영 김지혜 | **마케팅** 김정삼 | **경영지원** 김지연

ISBN 979-11-5723-186-7

이 도서의 국립중앙도서관 출판예정도서목록(CIP)은
서지정보유통지원시스템 홈페이지(http://seoji.nl.go.kr)와
국가자료공동목록시스템(http://www.nl.go.kr/kolisnet)에서 이용하실 수 있습니다.

(CIP제어번호: CIP2015017356)

세계에서 가장 많이 읽히는 그리스 신화 판본

황금양털

The Golden Fleece

아킬레우스 이전에 살았던 영웅들

패드라익 콜럼 지음 | 윌리 포가니 그림 | 김인 옮김

내인생의책

차례

1부 콜키스로의 항해

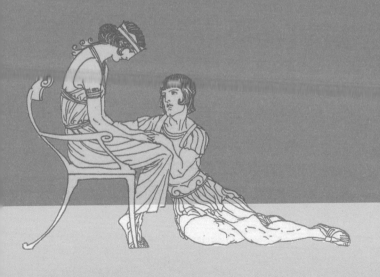

1부

콜키스로의
항해

젊은이 이아손

　나무가 울창한 펠리온 산을 한 남자가 오르고 있었다. 차림새를 보니 노예였고 품에는 아이를 안고 있었다. 남자는 해가 중천에 뜰 때쯤 숲 속의 빈터에 이르렀다. 너무도 고요해서 아무런 생명도 없이 텅 비어버린 듯한 곳이었다. 남자는 아이를 부드러운 이끼 위에 내려놓고는 앞으로 어떤 일이 벌어질지 두려워하며 뿔피리를 꺼내세 번 소리를 냈다.

　노예는 기다렸다. 머리 위 하늘은 푸르렀고 주변에는 나무가 무성하게 자라고 있었다. 자그마한 아이는 발치에 놓여 있었다. 얼마나 시간이 흘렀을까, 또각또각 말발굽 소리가 요란하게 들려왔다. 잠시 후 노예는 그 무엇보다도 기묘한 생명체가 나무 사이로 다가오는 모습을 보았다. 몸의 반은 인간이고 나머지 반은 말의 형상을 한 켄타우로스 족의 왕 케이론이었다.

케이론은 떨고 있는 노예에게 다가왔다. 켄타우로스 족의 왕 케이론은 어떤 말보다도 크고 어떤 인간보다도 훤칠했다. 기다란 머리칼은 등에 난 말갈기 쪽으로 흘러내렸고 수염은 말의 형상을 한 가슴팍까지 길게 자랐으며 인간의 것처럼 생긴 손으로는 커다란 창을 쥐고 있었다.

그리 빠른 걸음은 아닌데도 케이론의 긴 팔다리마다 바람과 같은 민첩함이 느껴졌다. 이윽고 무릎을 꿇은 노예 곁으로 켄타우로스 족의 왕 케이론이 다가와 섰고, 민첩한 팔다리에 위엄과 지혜가 가득한 눈빛으로 노예를 지긋이 바라보았다.

"아아, 케이론 님."

노예가 입을 열었다.

"저는 아이손 주인님의 명을 받아 케이론 님을 뵈러 왔습니다. 이곳에서 뿔피리를 불면 케이론 님을 뵐 수 있다는 걸 알려 주신 분도 주인님이시죠. 한때 이올코스의 왕이었던 주인님이 말씀하시길, 케이론 님께서 주인님과의 옛 우정을 기억하신다면 부디 이 아이를 거두시어 보호하고 길러 주시길 바란다고 전하라 하셨습니다. 그리고 자라나는 아이에게 케이론님의 지혜로 가르침을 주십사 청하라 하셨습니다."

"아이손을 위해 내 그 아이를 기르고 가르치도록 하지."

케이론이 굵은 목소리로 대답했다.

아이는 이끼 위에 누운 채 케이론을 올려다보고 있었다. 노예는 아이를 들어 올려 케이론의 팔에 안겨 주었다.

"아이손 주인님은 케이론 님께 아이의 이름이 이아손이라고 아뢰라 하셨습니다. 그리고 커다란 루비가 박힌 이 반지를 케이론님께 맡기라고 하셨습니다. 아이가 다 자라면 전해달라는 부탁도 하셨지요. 그래야 세월이 흘러 아이의 모습이 변한 뒤에도 문양이 있는 이 반지를 보고 아들을 알아보실 수 있을 테니까요. 그리고 케이론 님, 아이손 주인님은 마지막으로 이 말을 함께 전해달라고 하셨습니다. 이 아이는 제우스의 아내이자 불멸이신 헤라 여신님의 가호를 받고 있다는 말씀이셨지요. 이는 거짓 없는 사실입니다."

케이론이 아이손의 아들을 두 팔에 안자 아이는 케이론의 기다란 수염을 그러쥐었다. 곧 케이론이 말했다.

"아이손에게 전해라. 이 아이는 내가 기르고 가르칠 것이다. 반지도 전해 줄 터이니, 훗날 아버지와 아들이 다시 만났을 때 서로를 알아볼 수 있으리라."

말을 마치고 켄타우로스 족의 왕 케이론은 아이를 품에 안은 채 울창한 숲 속으로 날렵하게 달려 사라졌다. 노예는 뿔피리를 집어든 뒤 펠리온 산을 내려왔다. 이윽고 말을 숨겨둔 장소에 이르자 말에 올라 도시를 거쳐 그 너머에 있는 마을로 계속 내달렸다.

노예에게서 아이손의 부탁을 듣는 켄타우로스 족의 왕 케이론

이 모든 일은 저 유명한 트로이 성벽이 세워지기 전에 일어났다. 트로이의 마지막 왕 프리아모스가 아버지의 뒤를 이어 왕위에 오르기 전, 아직은 프리아모스가 아니라 포다르케스로 불리던 시절이었다. 그러나 이 모든 일의 발단을 알려면 그보다 더 이전, 테살리아의 도시 이올코스가 세워진 시기로 거슬러 올라가야 한다.

이올코스를 세운 이는 크레테우스 왕이다. 그는 프리아모스 왕이 태어나기도 전에 이미 이올코스를 다스리고 있었다. 마지막까지 크레테우스의 곁에 남은 아들은 두 명, 펠리아스와 아이손이었고, 그 둘 중 크레테우스가 왕위를 물려준 아들은 아이손이었다. 그러나 전쟁을 좋아하는 전사들은 온화하고 유순한 성격의 아이손을 그리 내켜하지 않았다. 그들이 원하는 왕은 정복 전쟁을 이끌어 나갈 용맹한 왕이었다.

아이손의 이복형인 펠리아스는 예전부터 전사들과 좋은 관계를 유지하고 있었다. 펠리아스는 전사들이 아이손을 탐탁지 않게 생각한다는 사실을 알아채고는 이들과 함께 아이손을 몰아낼 계략을 꾸몄다. 계략은 성공했고, 전사들은 펠리아스를 이올코스의 왕으로 추대했다.

백성들은 펠리아스를 두려워했지만 아이손은 좋아했다. 아이손을 살해하면 아이손을 따르는 백성들이 분노할 게 뻔했으므로, 펠리아스와 전사들은 아이손을 살려두기로 했다. 아이손은 아내인 알키메데와 함께 젖먹이 아기를 데리고 도시를 떠났다. 그리고 이올코스에서 멀리 떨어진 마을로 가서 외딴집에 자리를 잡고 살았다.

하지만 젖먹이 아들인 이아손에 대한 걱정이 아이손을 초조하게 했다. 분명 이아손은 강인하고 용감한 젊은이로 자랄 테고, 왕인 펠리아스는 그러한 이아손의 존재에 불안을 느낄 게 뻔했다. 펠리아스가 이아손을 죽일 수도 있었고, 어쩌면 사람들의 기억이 희미해질 때쯤에는 아이손조차 죽이려 들지도 몰랐다. 이런 생각이 들자, 아이손은 이아손을 펠리아스 왕의 손길이 닿지 않아 안심할 수 있는, 이올코스에서 멀리 떨어진 곳에 맡길 방도가 없을까 깊이 고민했다.

아이손의 머릿속에 생명체 가운데 가장 지혜로운 자신의 친구, 켄타우로스 족의 왕 케이론이 떠올랐다. 반인반마인 케이론은 헤아릴 수 없이 긴 세월을 살아왔고 앞으로도 그만큼 더 살아갈 존재였다. 이미 헤라클레스를 길러 냈으니, 아들 이아손을 못 키우겠다고 거절하진 않을 듯싶었다.

케이론은 펠리온 산속 깊은 곳에 살았다. 한때 아이손은 케이론과 함께 지내며 케이론이 큰 활과 긴 창으로 사냥하는 모습을 직접 보기도 했다. 아이손은 그를 다시 만날 방법을 알고 있었는데, 그 방법을 알려 준 이가 바로 케이론이었다.

아이손은 집에 노예를 한 명 두고 있었다. 한때 미아 꾼이었던 이 노예는 펠리온 산에 난 길을 손바닥 보듯 꿰고 있었다. 어느 날 아이손은 노예와 이야기를 나눈 뒤, 요람에 잠들어 있는 아들을 굽어보며 한참을 앉아 있었다. 마침내 아이손은 아내 알키메데와 이야기를 나누었고, 알키메데는 아기와 헤어져야 한다는 말에 구슬피 울었다. 그날 저녁 아이손은 노예를 불렀다. 슬픔에 잠긴 아내품에서 아기를 떼어 내 노예 품에 안겨 주고, 뿔피리와 반지도 건넸다. 금으로 된 고리에 커다란 루비가 박힌 반지는, 고리 위에 신비로운 문양이 새겨져 있었다. 컴컴한 어둠이 내리자 노예는 아이를 품에 안은 채 말을 타고 펠리아스 왕이 다스리는 도시를 통과했다. 다음 날 아침 녘, 노예는 숲이 무성한 펠리온 산에 다다랐고, 그날 밤에는 아이손의 외딴집으로 돌아와 무사히 임무를 마쳤음을 주인에게 고했다.

아이가 없는 삶은 아이손에게도 그의 아내에게도 쓸쓸하게 느껴졌지만 그래도 아이손은 만족했다. 더구나 더 머뭇거리지 않고 아들을 사람들이 찾을 수 없는 곳으로 보내서 다행이었다. 얼마 지나지 않아 펠리아스 왕이 사람을 보내 아이에 대해 물어왔기 때문이다. 아이손 부부는 유모가 아이를 잃어버렸고, 지금은 사나운 짐승에게 잡아먹혔는지 아니면 물살이 빠른 아나우로스 강물에 빠져죽었는지 알지 못한다고 둘러댔다.

세월이 흘렀고, 펠리아스 왕에게 남아 있던 불안도 점점 엷어져 갔다. 어느 날 펠리아스 왕은 사람을 보내 자신이 두려워해야 할 것이 아직 남아 있는지 신탁을 받아오도록 했다. 신탁의 내용은 다음과 같았다. "세상에 펠리아스 왕이 두려워할 것은 오직 하나 말고는 없으니, 그 오직 하나란 바로 샌들을 한쪽만 신은 남자다."
라는 내용이었다.

이아손은 케이론이 주는 풀뿌리와 과일과 꿀을 먹고 자랐다. 케이론이 헤아릴 수 없이 오랜 세월을 보낸 동굴이 둘의 집이었다. 이아손이 동굴 밖으로 나다녀도 될 만큼 자라자, 케이론은 이아손을 등에 태우고 다녔다. 꼬마 이아손이 갈기를 붙들고 있으면 케이론은 조심스러우면서도 날랜 걸음으로 숲길을 돌아다니곤 했다.

이아손은 숲의 동물들이 어디에서 어떻게 사는지 점점 깨우쳐 갔다. 때때로 케이론이 거대한 활을 챙겨 나가면, 케이론의 등에 탄 이아손이 화살집을 들고 있다가 화살을 건네곤 했다. 케이론은 화살 한 방으로 곰과 멧돼지와 사슴을 쓰러뜨리는 모습을 보여 주었고, 곧 이아손도 케이론 곁을 뛰어다니며 사냥을 하기 시작했다.

어린 아이를 영웅으로 키워내는 데 켄타우로스 족의 왕인 케이론을 당해 낼 자는 없었다. 케이론이 키운 영웅은 누구보다도 발이 빨랐고, 힘이 셌으며, 창과 활을 능숙하게 다루었다. 예전에는 헤라클레스가 그러했으며, 지금은 이아손이 그러했고, 이후에는 아킬레우스가 그러할 터였다.

그뿐 아니라 케이론은 별에 대한 지식, 신의 섭리와 관련된 지혜까지 이아손에게 가르쳐 주었다.

언젠가 둘이 함께 사냥할 때였다. 이아손은 줄지어 있는 나무 끝에서 누군가를 보았다. 여인의 모습, 빛나는 왕관을 쓴 여인의 모습이었다. 이아손은 이제껏 그토록 신비로운 광경을 본 적이 없었다. 가까이 가서 자세히 보지는 못했지만, 이아손은 분명 그 여인이 자신에게 빙그레 미소를 보냈다고 생각했다. 여인이 사라진 뒤에, 이아손은 그 여인이 불멸의 여신 중 한 명이었을 거라는 생각이 들었다.

그날은 하루 종일 그 여인의 모습이 이아손의 머리를 떠나지 않았다. 그러다 밤이 되어 별이 빛날 즈음 동굴 밖에 앉아 함께 얘기를 나누던 케이론이 이아손에게 다음과 같은 사실을 알려주었다. 아까 나타났던 여인은 다름 아닌 제우스의 아내 헤라이며 헤라는 이아손의 아버지인 아이손과 이아손 자신에게 특별히 호의를 품고 있노라고 말이다.

이렇게 이아손은 산속 깊은 숲에서 자랐다. 키가 클 만큼 크고 창과 활을 능숙하게 다루어 날렵한 사냥 솜씨를 뽐내게 되자, 케이론은 이아손에게 인간 세계로 돌아가 훌륭한 업적으로 이름을 떨칠 때가 왔노라고 말했다.

케이론은 이아손의 아버지 이야기도 들려주었다. 삼촌인 펠리아스 왕이 어떻게 아이손을 왕위에서 쫓아냈는지를 듣고 나자 이아손은 아버지를 보고 싶다는 그리움에 휩싸였다. 그와 동시에 펠리아스 왕에 대한 분노가 솟구쳐 올랐다.

곧 이아손이 위대한 스승인 케이론에게 작별 인사를 고할 시간이 왔다. 이아손은 케이론의 동굴을 떠나 숲길을 통과하여 펠리온 산의 산자락을 타고 내려갔다. 물살이 빠른 아나우로스 강에 다다르니 때마침 홍수가 나서 물이 높이 차 있었다. 밟고 건널 만한 돌멩이는 거의 다 잠겨 끄트머리만 남아 있었고, 그나마도 뛰어서 넘기에는 너무 멀리 떨어져 있었다.

이아손이 강가에 서서 어찌해야 할까 생각에 잠겨 있는 사이, 등에 땔나무를 한 꾸러미 지고 있는 노파가 이아손에게 다가와 말을 걸었다.

"강을 건너지 않겠나?"

노파가 말을 계속했다.

"강을 건너서 이올코스로 가지 않겠나? 그곳에서는 많은 일들이 자네를 기다리고 있다네, 이아손."

노파 입에서 자기 이름뿐 아니라 자기가 가려는 도시 이름까지 튀어나오자 이아손은 화들짝 놀랐다.

"아나우로스 강을 건너지 않겠나?"

노파가 다시 물었다.

"그럴 거면 내 등에 올라타 나뭇단을 꼭 잡게나. 내 젊은이를 강 저편으로 건네주겠네."

이아손은 씩 웃었다. 노파가 청년을 업고 홍수가 난 강을 건널 수 있다고 생각하다니 얼마나 어리석은가! 하지만 노파는 이아손을 두 손으로 잡더니 번쩍 들어 올려 어깨 위에 앉혔다. 그리고 이아손이 뭐라고 대꾸할 틈도 없이 강으로 뛰어들었다.

이아손을 업고 아나우로스 강을 건너는 헤라 여신

노파의 어깨에 얹힌 나뭇단에 이아손이 매달려 있는 동안, 노파는 징검돌에서 징검돌로 건너뛰며 강을 건넜다. 건너편 강둑에 도착해서 노파가 이아손을 들어 내려놓을 때, 이아손의 발 한쪽이 강물에 닿았고, 재빠른 물살은 한쪽 샌들을 쓸어 가버렸다.

자신을 건네준 노파가 평범한 인물이 아니라는 생각에 노파 쪽으로 시선을 돌린 이아손은 놀라움에 휩싸였다. 노파의 모습이 완전히 변해 있었다. 쭈글쭈글한 노파는 온 데 간 데 없고, 대신 황금빛 옷을 입고 빛나는 왕관을 쓴 여인이 눈앞에 서 있었다. 그 여인은 신비로운 빛에 휩싸여 있었다. 태양이 가장 황금빛을 띨 때의 빛깔이었다. 곧 이아손은 자신을 업고 널따란 아나우로스 강을 건넌 여인이 전에 숲길에서 보았던 그 여신임을 깨달았다. 눈앞의 여인은 바로 위대한 제우스의 아내 헤라였다.

"이올코스로 가라, 이아손."

위대한 헤라가 이아손에게 말했다.

"이올코스로 들어가라. 그리고 네 앞에 어떤 운명이 닥치든 불멸의 신이 지켜보고 있는 인간답게 행동해라."

말을 마친 헤라는 자취를 감추었다. 이아손은 할아버지인 크레테우스가 세우고 아버지인 아이손이 한때 다스렸던 도시를 향해 걸음을 옮겼다. 얼마 뒤, 키가 훤칠하고 팔다리가 튼튼하고 아무도 알아보는 이 없는 젊은이가 이올코스로 들어섰다. 기묘한 옷차림에 샌들을 한쪽만 신은 젊은이였다.

펠리아스 왕

　그날 펠리아스 왕은 자신이 다스리는 도시의 거리를 걷다가 한쪽 발에만 샌들을 걸친 젊은이가 다가오는 모습을 보았다. 펠리아스 왕은 샌들을 한쪽만 신은 남자를 조심하라던 신탁을 떠올리고 곧장 호위병들에게 그 젊은이를 붙잡아오라고 명령했다.

　그러나 호위병들은 젊은이에게 다가가며 움츠러드는 느낌이었다. 그 젊은이에게는 주위를 압도하는 뭔가가 있었기 때문이었다. 어쨌든 젊은이는 호위병들에게 끌려와 왕의 옥좌 앞에 서게 되었다.

　펠리아스 왕은 두려움에 떨며 젊은이를 살펴보았다. 반면 젊은이는 두려운 기색 없이 왕을 쳐다봤다. 그리고 고개를 당당하게 들고 외쳤다.

　"당신이 펠리아스 왕이군. 하지만 나는 당신에게 왕에 대한 예의

두려움에 떠는 펠리아스 왕과 샌들을 한쪽 발에만 신은 이아손

를 갖추지 않겠소. 나는 이아손이오. 마땅히 자신의 것이었던 왕관과 홀을 당신에게 빼앗겨버린 아이손의 아들이 나요."

펠리아스 왕은 호위병을 둘러보았다. 이들에게 젊은이를 창으로 찔러 죽이라는 신호를 보내고 싶었다. 하지만 호위병 뒤에 있는 군중들이 문제였다. 이올코스의 시민들이 주위에 몰려들고 있었다. 시민들 사이에서 자신에 대한 원망이 점점 커져가는 것을 펠리아스 왕은 느낄 수 있었다. 모여든 사람들 중 누군가 외치는 소리가 들렸다.

"아이손, 아이손! 아이손이 우리에게 돌아오기를! 이아손, 아이손의 아들이시여! 용감한 젊은이인 그대 앞길에 사악한 일은 벌어지지 않기를!"

펠리아스 왕은 이아손을 죽일 수 없다는 사실을 깨달았다. 왕은 고개를 숙이고 어떻게 이아손을 처리해야 할지 속으로 고심했다. 곧이어 왕은 시선을 들어 이아손을 바라보며 말했다.

"아아, 잘생긴 청년이여. 자네가 짐의 동생, 아이손의 아들이로구나. 이렇게 자네를 만나니 실로 기쁘도다. 짐은 아이손과 사이좋게 지내기를 바라던 터였는데, 자네가 이렇게 왔으니 동생과의 관계를 회복하기에 좋은 기회가 왔구나 싶네. 우리 형제가 다시 모여야겠군. 이제 짐은 자네의 아버지를 모셔오라 이를 것이니 자네는 짐의 궁궐에서 아버지와 재회하게 될 것이야. 기쁨에 넘치는 이곳 백성들 그리고 호위병과 함께 가게. 조금만 기다리면 곧 자네와 자네

아버지인 아이손의 환영 만찬을 열겠네."

펠리아스 왕의 말을 듣고 이아손은 호위병과 군중에 둘러싸인 채 자리를 떠났다. 왕의 궁궐에 들어가자 하녀가 이아손을 목욕하는 곳으로 안내하며 새로 입을 옷을 건넸다. 옷을 갈아입은 이아손은 실로 왕자의 풍모를 풍겼다.

그러는 동안 펠리아스 왕은 왕관을 쓴 채 고개를 숙이고 옥좌에 앉아 꼼짝도 하지 않았다. 그러다 마침내 시꺼먼 눈썹을 찌푸리고 얇은 입술을 굳게 다문 얼굴로 고개를 들었다. 왕은 호위병이 든 칼과 창에 눈길을 던진 뒤, 호위병에게 더 가까이서 곁을 지키라는 신호를 보내고는 자리에서 일어나 궁궐로 갔다.

황금양털 가죽

이아손은 아버지인 아이손이 기다리고 있는 홀로 안내되었다. 심각한 얼굴의 늙은 남자는 이아손에게 매우 낯설게 느껴졌다. 하지만 아이손이 입을 열자 이아손은 아버지의 목소리를 기억하고는 아버지의 두 손을 움켜쥐었다. 아이손은 이아손이 손가락에 끼고 있던 루비 반지를 보기도 전에 이아손을 알아볼 수 있었다.

이아손은 펠리온 산에서 케이론과 살아 온 이야기를 펼치기 시작했다. 이아손이 한창 이야기를 하는 동안 펠리아스 왕이 홀 안으로 들어왔다. 펠리아스 왕은 왕관을 쓰고 왕이 입는 보라색 망토를 걸치고 있었다. 아이손은 아들이 어찌 될까 두려워진 듯 이아손의 손을 꼭 잡았다. 펠리아스 왕은 웃음 띤 얼굴로 젊은이와 동생의 손을 잡으며, 궁궐에 온 것을 환영하노라고 말했다.

그다음 왕은 이아손과 아이손의 사이에서 걸으며 만찬장으로 안내했다. 숲과 산밖에 몰랐던 이아손은 자신을 둘러싼 아름답고 웅장한 광경에 그저 놀라워할 뿐이었다. 벽에는 화사한 그림이 걸려 있고, 식탁의 나무에서는 반질반질 윤기가 흘렀다. 식탁 위에는 금으로 만든 그릇과 은으로 만든 접시가 놓여 있었다. 모양과 빛깔이 아름다운 꽃병이 벽을 따라 줄지어 늘어서 있었고 눈길이 닿는 곳마다 하얗고 붉은 장미꽃이 바구니에 가득 담겨 있었다.

젊은 사람부터 나이 먹은 사람까지, 하객들은 이미 만찬장을 가득 채우고 있었다. 하녀들이 장미꽃을 엮어 만든 화환을 들고 돌아다니며 하객이 머리에 쓰도록 나눠 주었다. 이아손도 손이 부드러운 하녀 하나가 건네준 화환을 머리에 쓰고 만찬 탁자에 앉았다. 만찬장 안은 온통 아름다운 것들로 풍성했고, 이아손을 바라보는 하객들의 눈길에서는 호의가 느껴졌다. 순간 이아손은 자신이 어둡고 침침한 숲 속, 케이론의 캄캄한 동굴에서 멀리 떠나왔다는 사실을 실감했다.

식탁에는 이아손이 꿈도 꿔보지 못한 기름진 음식과 포도주가 놓였다. 이아손은 마음껏 먹고 마시며, 홀을 돌아다니는 아름다운 하녀들을 눈으로 쫓았다. 그러면서 왕이 된다는 일이 얼마나 멋진 일인가 생각했다. 곁에서는 이때껏의 아이손에게 펠리아스 왕이 자신은 늙었고 나라를 다스리는 데 지쳤노라고 말하는 소리가 들렸다. 펠리아스 왕은 동생과 사이좋게 지내고 싶으며, 이제 어떤 적이라도 자신과 동생 사이를 이간질하는 일은 결코 용납하지 않을 것이라 말했다. 게다가 젊고 용감한 이아손에게 나라를 다스리는 일을 도와달라고 청할 셈이며, 크레테우스가 세운 이 나라를 머지 않아 이아손에게 물려줄 작정이라고도 얘기했다.

이런 이야기를 하며 펠리아스 왕은 아이손과 나란히 앉아 있었다. 하지만 그 둘을 지켜보며 이아손은 펠리아스 왕을 바라보는 아버지의 눈빛이 경계심과 불신으로 가득한 것을 알아챘다.

식사가 끝난 뒤 펠리아스 왕이 손짓을 하자 하인이 정교하게 세공된 술잔을 들고 와 왕 앞에 섰다. 왕이 두 손으로 잔을 들고 자리에서 일어나자 만찬장 안의 사람들이 조용해졌다. 펠리아스 왕은 술잔을 이아손의 손에 쥐어준 뒤 만찬장 전체에 울리도록 큰 소리로 외쳤다.

"자, 이 잔을 들이켜시게. 조카인 이아손이여! 이 잔을 들이켜시게, 크레테우스가 세운 이 왕국을 곧 다스리게 될 사람이여!"

만찬장 안의 사람들이 모두 일어나 왕의 발표에 환호성을 보냈다. 그러나 이아손은 다른 사람들과 달리 왕은 그다지 즐거워하지 않는다는 사실을 알아챌 수 있었다. 이아손은 잔을 받아들고 안에 담긴 진한 포도주를 마셨다. 마음속에서 자긍심이 솟았다. 만찬장을 내려다보던 이아손은 사람들의 얼굴이 한결같이 자신에게 호의적인 것을 알았다. 이아손은 마치 왕이 된 양 무서울 것 없이 의기양양한 기분이 들었다. 그때 펠리아스 왕의 목소리가 들렸다.

"이 젊은이가 짐의 조카인 이아손이오. 케이론의 동굴에 맡겨져 그곳에서 자랐지요. 이아손에게 산속 숲에서의 생활이 어떠했는지 들어봅시다. 그야말로 반인반신의 삶과 같았을 것이오."

그리하여 이아손은 펠리온 산에서 어떻게 살았는지 사람들에게 들려주었다. 이아손의 이야기가 끝나자 펠리아스 왕이 말했다.

"신탁에서는 샌들을 한쪽만 신고 다가오는 사람을 조심해야 한다고 했소. 하지만 여러분 모두가 보시다시피 짐은 샌들을 한쪽만 신은 이 젊은이를 궁궐로 데려와 환영 만찬을 베풀었소. 이 일로 신이 분노하신다 해도 짐은 두렵지 않소. 왜냐하면 짐의 행동은 떳떳하기 때문이오. 짐의 조카인 이 젊은이는 힘이 세고 용감하지. 그래서 짐은 무척 기쁘오. 왜냐하면 이 젊은이는 짐이 왕위를 물려줄 사람이기 때문이오."

펠리아스 왕은 이야기를 계속했다.

"아아, 짐이 지금 이아손만큼 젊다면 얼마나 좋을까! 이아손처럼 불멸의 신들이 지켜보는 가운데 현자인 케이론 밑에서 가르침을 받으며 자랐다면 얼마나 좋을까! 그랬다면 짐이 젊은 시절 자주 꿈꾸었던 일을 할 수 있을 텐데! 큰 공을 세워서 짐의 이름과 조국의 명성을 그리스 전역에 떨칠 수 있을 텐데! 아이에테스 왕이 지키고 있는 저 유명한 황금양털 가죽을 머나먼 콜키스에서 가서올 텐데!"

펠리아스 왕이 말을 마치자 만찬장에 있는 사람들이 입을 모아

펠리아스 왕의 꼬임에 넘어간 이아손

소리쳤다.

"황금양털, 콜키스의 황금양털!"

이아손은 자리에서 일어섰다. 옆에서 아버지가 이아손의 손을 꼭 붙들며 만류했지만 이아손은 아랑곳하지 않았다. 이아손의 귀에는 "황금양털, 황금양털!"이라는 사람들의 함성이 울리고 있었고, 눈에는 아이에테스 왕이 지키는 영물을 보고 싶어 하는 사람들의 기대감 가득한 얼굴만 들어왔기 때문이었다.

그리하여 이아손이 말했다.

"아, 펠리아스 왕이시여. 잘 말씀하셨소! 왕도, 여기 모인 분들도 모두 들으시오. 이 몸도 황금양털 가죽에 대한 얘기를 들은 적이 있소. 아이에테스 왕과 겨루어 그 황금양털 가죽을 빼앗으려는 자는 누구나 커다란 위험에 맞닥뜨리게 되리라는 사실도 잘 알지요. 하지만 들으시오. 내 무슨 일이 겪더라도 그 양털을 이올코스로 가져와서 나와 조국의 이름을 떨치겠소."

말을 마친 이아손의 눈에 충격 받은 얼굴로 자신을 뚫어지게 바라보는 아버지가 보였다. 하지만 고개를 돌리자 젊은 군중의 빛나는 눈빛이 시야에 들어왔다. 심지어 이아손의 곁으로 몰려드는 이들까지 있었다. 젊은이들이 소리를 모아 외쳤다.

"이아손, 이아손! 황금양털을 이올코스로!"

그 소리에 대답하듯 이아손이 이야기를 계속했다.

"펠리아스 왕은 황금양털 가죽을 손에 넣는 것이 그 무엇보다도 어려운 일임을 알고 계실 겁니다. 하지만 머나먼 콜키스까지 항해할 수 있는 배를 내게 만들어 주신다면, 그리고 그리스 전역에 이 모험을 알려서 이름을 떨치려는 영웅들을 모두 모이도록 해 주신다면, 그리고 여러분들, 이올코스의 젊은 영웅들이 나와 함께한다면, 나는 내 목숨을 걸고 아이에테스 왕이 지키고 있다는 그 영물을 가져오겠소."

이아손의 말에 홀에 모인 사람들은 다시 환호하며 갈채를 보냈다. 하지만 이아손의 아버지 아이손은 여전히 충격에 가득 찬 눈빛으로 이아손을 뚫어져라 바라보고 있었다.

펠리아스 왕이 자리에서 일어나 홀을 들어 올리며 말했다.

"아아, 짐의 조카인 이아손이여. 그리고 여기 모인 친구들이여! 짐이 약속컨대 그리스의 항구에서 출발했던 그 어떤 배와도 견줄 수 없는 최고의 배를 이 항해를 위해 만들게 하겠소. 그리고 그리스 방방곡곡에 알려, 이름을 떨치려는 영웅이라면 빠짐없이 모여 이아손과 이 항해에 함께하는 젊은이들을 도울 수 있도록 하겠소. 아이에테스 왕의 손에서 그 유명한 황금양털 가죽을 뺏어올 수 있도록 말이오."

펠리아스 왕이 말을 마칠 때쯤 이아손은 아버지의 괴로운 표정에서 눈을 돌려 왕을 쳐다보았다. 그리고 그제야 자신이 펠리아스 왕의 꼬임에 넘어갔다는 사실을 깨달았다. 이제 자신은 이올코스를 떠나 머나먼 곳으로 여행을 떠나야만 했다. 어쩌면 황금양털을 손에 넣으려고 싸우다가 목숨을 잃을지도 모를 일이었다. 번득이고 있는 펠리아스 왕의 눈이 모든 진실을 말해 주고 있었다.

하지만 이아손은 일단 뱉은 말을 다시 뒤집을 생각은 하지 않았다. 이아손의 가슴에는 용기가 가득했다. 이곳에서 눈을 빛내고 있는 저 젊은이들과, 소식을 듣고 찾아올 사람들의 도움을 받는다면 황금양털 가죽을 이올코스로 가져올 수 있겠다고 생각했다. 그리고 나면 자신의 이름은 먼 훗날까지도 길이 남을 터였다.

모여드는 영웅들과 선박의 건조

　먼저 모험에 합류한 젊은이는 카스토르와 폴리데우케스였다. 이 귀공자풍의 형제는 하얀 말을 타고 왔다. 스파르타 출신의 쌍둥이 형제로 어머니는 레다였다. 레다는 쌍둥이를 낳고 아이를 하나 더 낳았는데 그 아이가 바로 헬레네다. 훗날 헬레네를 되찾기 위해 위대한 국가 트로이와 전쟁을 벌인 사람들 중에는 이아손의 친구들이 낳은 아들들이 많이 끼어 있었다. 어쨌든 쌍둥이 형제 카스토르와 폴리데우케스는 이아손이 황금양털 가죽을 찾아 모험을 떠난다는 소식이 그리스 방방곡곡에 퍼진 뒤 이올코스에 처음으로 도착한 영웅들이었다.

　그다음 온 영웅은 이아손의 존경과 환영을 한몸에 받았다. 그자는 창도 활도 없이 손에 리라만 달랑 들고 왔으니, 바로 음유시인 오르페우스였다. 오르페우스는 신들의 성격과 그들에 얽힌 이야기를 모조리 꿰고 있었다. 오르페우스가 리라를 타며 노래를 부르면 나무도 귀를 기울이고 짐승도 그를 따랐다. 이아손과 같이 가라고 오르페우스에게 조언해 준 이는 케이론이었다. 켄타우로스족인 케이론은 펠리온 산속을 헤매고 다니던 오르페우스를 만나 그를 이올코스로 보낸 것이었다.

그다음에는 배를 잘 다루는 두 사람, 티피스와 나우플리오스가 왔다. 티피스는 태양과 바람과 별에 대해 모르는 게 없었고 항해할 때 길잡이가 되어 줄 별자리에도 통달해 있었다. 나우플리오스는 바다의 신 포세이돈에게 사랑받는 몸이었다.

그 뒤로 두 명이 잇달아 찾아왔다. 둘 모두 사냥꾼으로 유명했지만, 여러 면에서 딴판이었다. 먼저 온 자는 아르카스였다. 곰 가죽을 걸쳤으며 머리카락은 붉었고 눈빛은 험상궂었다. 그는 커다란 활에 촉이 청동으로 된 화살을 메겨서 사냥을 했다. 아르카스가 이올코스에 들어섰을 때 사람들은 마침 독수리를 바라보고 있었다. 독수리는 하늘 높이높이, 날아오르고 있었다. 아르카스는 활시위를 당겨 화살 한 방으로 그 독수리를 땅에 떨어뜨렸다.

다른 자는 아탈란테였다. 키가 훤칠하고 금발 머리에 발이 빠르며 활을 잘 쏘는 여자 사냥꾼이었다. 아탈란테는 야생 동물의 수호신인 아르테미스를 섬기며 살기로 결심하고 평생 결혼하지 않겠노라 맹세했었다. 영웅들 모두 아탈란테를 동료로 환영했다. 아탈란테는 동료 젊은이들이 하는 일 중 못하는 일이 없었다.

카스토르나 폴리데우케스만큼 젊지 않은 영웅도 찾아왔다. 네스토르라 불리는 영웅으로 전술에 능했다. 훗날 네스토르는 트로이 원정군에 참가했는데 그때에도 아가멤논 진영에서 가장 나이가 많은 영웅이었다.

나중에 이아손과 특별한 친구가 되는 형제 두 명도 찾아왔다. 펠레우스와 텔라몬이었다. 둘 다 아직 새파랗게 젊었고 별다른 공적을 세운 적도 없었다. 세월이 흐른 뒤에는 둘 다 어느 정도 이름을 날리지만 그래도 그들이 낳은 아들들의 명성을 넘어서지는 못했다. 텔라몬의 아들이 바로 천하장사 아이아스였고 펠레우스의 아들이 바로 그 위대한 아킬레우스였다.

아드메토스도 찾아왔다. 훗날 아드메토스는 왕이 되어 이름을 떨쳤고, 아폴론 신이 양치기가 되어 아드메토스 왕의 양 떼를 돌보기도 했다.

두 명의 쌍둥이 형제도 찾아왔는데 그들을 바라보는 이마다 놀라움을 금치 못했다. 그들은 제테스와 칼라이스 형제로 어머니는 아테네의 왕 에레크테우스의 딸인 오레이티아였고 아버지는 북풍의 신 보레아스였다. 이 두 형제는 금빛 비늘이 눈부신 날개를 발목에 달고 있었다. 까만 머리칼은 풍성하게 어깨까지 드리워져 있었는데 늘 바람결에 물결치고 있었다.

제테스와 칼라이스 형제와 함께 테세우스라는 젊은이가 커다란 칼을 차고 왔다. 아버지가 누구인지는 모르지만 어쨌든 왕이라고 했다. 테세우스가 태어나기 전에 아버지인 왕이 커다란 바위 밑에 칼을 감춰 두었고, 테세우스의 어머니에게 이르기를 나중에 아들에게 자신이 칼을 숨긴 장소를 알려 주라고 했다. 테세우스는 소년 티를 채 벗기도 전에 바위를 들어 올려 아버지의 칼을 찾아냈다. 그는 아직 이렇다 할 업적을 이루지 못했지만, 조만간 이름을 떨쳐 아버지를 찾겠노라고 단단히 벼르고 있었다.

왕이 보낸 사자들이 그리스 방방곡곡에 이아손이 황금양털을 찾아 떠난다는 소식을 알리기 시작한 그날부터, 나무꾼들은 펠리온 산의 숲 속으로 올라갔다. 그리고 머나먼 콜키스까지 항해할 배의 목재로 쓰기 위해 나무를 베어내기 시작했다.

굵은 목재는 이올코스의 항구인 파가사이로 실려 갔다. 목재 운반을 도운 날 밤, 이아손은 꿈을 꾸었다. 처음에는 숲길에서, 나중에는 아나우로스 강가에서 봤던 여신이 이아손 앞에 다시 나타났다. 꿈속에서 그 여신은 이아손에게 아침 일찍 일어나 이올코스의 관문에서 만나는 사람을 불러서 대접하라고 이야기했다. 그 사람은 키가 훤칠하고 머리가 희끗희끗한 남자로, 배를 만드는 연장을 어깨에 지고 있을 것이라 했다.

이올코스의 관문으로 간 이아손은 실제로 그런 사람을 만났다.

이름은 아르고스였다. 아르고스는 이아손에게 꿈에서 이올코스로 가라는 명을 받고 왔노라고 말했다. 이아손은 아르고스를 맞아들여 왕의 궁궐에 머물게 했고, 바로 그날부터 커다란 배를 만드는 일이 곧 시작되리라는 소식이 이올코스 방방곡곡에 퍼졌다.

하지만 아르고스는 펠리온 산에서 가져온 목재로 일을 시작하지 않았다. 이아손과 함께 궁궐을 걸어가던 아르고스는 천장의 거대한 대들보를 알아보았다. 아르고스는 그 대들보를 꿈에서 보았노라고 말했다. 제우스의 신탁소가 있는 도도나의 떡갈나무로 만든 대들보였다. 신성한 힘이 서려 있으므로 아르고스는 배의 뱃머리를 그 대들보로 만들어야 한다고 했다. 이아손은 궁궐의 천장에서 대들보를 내리도록 했다. 신성한 대들보는 목재를 쌓아둔 곳으로 운반되었고, 그날부터 거대한 배를 짓는 일이 시작되었다.

그 뒤로는 물가를 따라 온통 망치 소리가 들려왔다. 대장간이 늘어선 거리에서는 영웅들이 쓸 갑옷과 칼과 창을 만드느라 대장장이가 청동을 두드리는 소리가 울려 퍼졌다. 신성한 대들보를 품은 배는 조선공인 아르고스의 감독 하에 매일같이 더 넓어지고 높아졌다. 배를 짓는 사람들은 종종 그 배가 마치 살아 있는 생명체인 듯 전율하는 것을 느끼곤 했다.

배가 완성되고 항해 준비가 끝나자 그 배는 아르고 호라는 이름으로 불리게 되었다. 영웅들은 배에서 이름을 따 자신들을 '아르고나우타이', 즉 '아르고 호의 선원들'이라 불렀다. 항해 준비를 다 마

아르고 호를 만든 조선공 아르고스

치자, 이아손은 배를 띄우기 전에 동료들과 함께 배를 살펴보러 갔다.

조선공인 아르고스는 아르고 호가 출항하기 전에 마지막으로 해야 할 일을 조치하느라 배에 올라 있었다. 배를 만든 아르고스는 대단히 진지하고 지혜로워 보였다. 게다가 영웅들에게 선보이느라 돛대를 세워 돛을 달고 심지어는 배 젓는 노까지 제자리에 장착해 놓았기에 아르고 호는 영웅들의 눈에 더할 나위 없이 멋져 보였다. 기다란 노에서부터 높이 매달린 돛, 붉은빛과 황금빛과 푸른빛을 칠한 목재, 뱃머리에 조각된 놀라운 인물상에 이르기까지 훌륭하지 않은 곳이 없었다. 이아손은 배를 구석구석 훑어봤다. 누군가 돛대 옆에 서 있는 모습이 보였다. 이아손이 잠시 지켜보는 동안 그 형상은 곧 이슴푸레해졌다. 하지만 이아손은 그 형상이 처음에는 숲길에서, 그리고 나중에는 물결이 거친 아나우로스 강가에서 만났던 여신임을 알아챘다.

이윽고 돛대와 돛을 내리고 노를 배 안에 놓아둔 상태로 영웅들은 아르고 호를 물에 띄웠다. 영웅들은 머나먼 콜키스로 항해를 떠나기 전에 왕의 하객과 함께 만찬을 갖기 위해 펠리아스 왕의 궁궐로 돌아갔다.

궁궐에 가 보니 영웅이 한 명 더 도착해 있었다. 그 영웅의 방패가 홀에 걸려 있었다. 영웅들은 다들 몰려들어 방패의 크기와 아름다움에 입을 다물지 못했다. 방패는 온통 금빛으로 빛났고 한가운데에는 공포의 신 포보스의 모습이 새겨져 있었다. 포보스가 불처럼 이글거리는 눈빛으로 뒤돌아보는 모습이었는데 입을 벌리고 있어 이가 드러나 보였다. 공포의 신 주위로는 불화와 추격과 반격 그리고 소란과 공포와 살육의 신들이 새겨져 있었다. 죽음의 여신 케르의 모습도 보였다. 인간의 피로 붉게 물든 옷을 어깨에 걸친 채 죽은 자를 끌고 가는 모습이었다.

이러한 형상을 둘러싸고 뱀의 머리가 장식되어 있었다. 까만 턱에 번득이는 눈을 하고 어느 인간에게서나 혼을 쏙 빼놓을 듯 무시무시한 뱀의 머리 형상이 열두 개 있었다. 방패의 다른 부분에는 전쟁의 신 아레스의 무시무시한 말과, 손에 창을 들고 전사들을 독려하는 아레스의 모습도 보였다.

방패의 안쪽 테두리 주위로는 흰빛 금속으로 바다가 표현되어 있었다. 돌고래가 바다에서 헤엄치며 청동으로 새긴 작은 물고기를 노리고 있었다. 중간 테두리 주위로는 바퀴 달린 전차들이 치열하게 경주하는 모습이 표현되어 있었다. 싸움을 벌이는 남자들과 그 남자들을 높은 탑에서 내려다보는 여자들의 모습도 보였다. 무시무시한 '죽음의 암흑'의 형상도 있었다. 눈빛은 애절했고 어깨에 전장의 먼지가 쌓여 있었다. 바깥 테두리에는 세계를 에워싸고 흐르는 오케아노스 바나가 표현되어 있었다. 뱀고기가 헤엄치고 날아오르는 모습도 보였다.

영웅들은 놀라움에 젖은 채 이 거대한 방패를 뚫어져라 바라보며 수군거렸다. 온 세상을 통틀어 이런 방패를 가지고 다닐 수 있는 인간은 단 한 명, 제우스의 아들인 헤라클레스뿐이라고. 설마 헤라클레스도 함께 가는 것일까? 영웅들이 연회장에 들어서자 소나무같이 키가 크고 머리칼을 아무렇게나 늘어뜨린 사람이 눈에 들어왔다. 진짜 헤라클레스였다! 헤라클레스는 얼굴과 눈빛에 웃음을 가득 머금은 채 영웅들을 돌아봤다. 헤라클레스라니! 모두들 세상에서 가장 힘센 영웅 곁으로 몰려들었고, 헤라클레스는 억센 손아귀로 영웅들 한 명 한 명의 손을 잡았다.

아르고 호

다음 날 영웅들은 이올코스의 거리를 통과하여 배가 있는 곳으로 향했다. 영웅들이 지나가는 길마다 사람들로 붐볐다. 영웅들은 대단히 멋진 모습이었는데 그 중에서도 이아손은 별처럼 빛났다.

사람들은 이아손을 칭송하며 오래지 않아 영웅들이 다시 이올코스로 돌아올 것이라 입을 모아 말했다. 모여든 영웅들이 아이에테스 왕의 국가를 정복하고 그 유명한 황금양털을 빼앗아 오기에, 전력이 손색이 없다고들 했다. 이올코스의 많은 젊은이들이 눈을 빛내며 그리스 각지에서 모여든 영웅들과 합류했다.

영웅들이 신전 앞을 지나가는데 예언자가 이아손에게 말할 게 있다며 앞으로 나왔다. 사제의 이름은 이피아스였고, 항해에 대해 예언할 것이 있다고 했다. 하지만 이피아스는 나이가 너무 많은데다 말할 때마다 더듬거렸다. 이아손은 이피아스가 말하는 것을 제대로 듣지 못했다. 영웅들은 갈 길을 재촉했고 나이 많은 이피아스는 젊은이들이 노인들을 뒤로 하고 떠나듯 뒤에 남겨졌다.

영웅들은 아르고 호에 올라 그들의 모임에서 자리에 앉던 방식대로 자리를 잡았다. 이윽고 이아손이 영웅들 앞에 나서서 입을 열었다.

"탐험에 나서는 영웅 여러분, 마침내 우리는 아르고스가 만든 거대한 배에 올랐소. 배에서 갖춰야 할 것은 모두 제자리에 바로 쓸 수 있도록 준비되어 있소. 이제 우리가 기다릴 것은 머나먼 콜키스를 향해 길을 떠날 수 있도록 아침에 순풍이 불어오는 것뿐이오. 그러기 전에 우선 할 일이 한 가지 있소. 우리를 이끌어 갈 대장을 뽑는 일이오. 우리 사이에 분쟁이 일어나면 이를 수습하고 우리가 맞닥뜨리는 낯선 무리들과 조약을 맺을 사람이 필요하오."

이아손이 말을 마치자 어떤 자들은 이아손을 쳐다보고 어떤 자들은 헤라클레스를 쳐다봤다. 하지만 헤라클레스가 자리에서 일어나 손을 뻗으며 말했다.

"아르고 호의 선원들이여! 내게 대장이 되란 말은 부디 거두어 주시오. 나는 대장이 되지 않겠소. 우리를 이 자리에 모으고 항해를 떠날 수 있도록 모든 일을 준비시킨 영웅은 바로 이아손이오.

이 항해에서 우리 대장이 될 사람은 오직 이아손뿐이오."

헤라클레스가 이렇게 말하자 아르고 호의 선원들은 모두 자리에서 일어나 이아손의 이름을 부르며 환호했다. 그러자 이아손이 앞으로 나와 아르고 호 선원 한 명 한 명의 손을 잡으며 온 마음과 모든 용기를 다해 그들을 이끌겠노라 맹세했다. 그리고 자신이 이들을 이끌어 아르고 호의 돛대에 빛나는 황금양털을 걸고 다 같이 안전하게 돌아올 수 있도록 해 달라고 신에게 기도를 올렸다.

영웅들은 각자 앉을 자리를 정하기 위해 제비를 뽑았다. 그리고 각자 항해하는 동안 앉게 될 자리로 갔다. 그러고는 신에게 제물을 올리고 아침에 이올코스를 수월하게 떠나도록 순풍이 불기를 기다렸다.

그러는 동안 이아손의 아버지인 아이손은 슬픔에 젖어 고개를 푹 숙인 채 말없이 자기 집 난롯가에 앉아 있었다. 반면 아내인 알키메데는 아이손 곁에 앉아 있었지만 주변에 모여 있는 이올코스의 아낙들에게 끊임없이 하소연을 늘어놓았다.

"나는 배가 있는 곳으로 내려가지 않았지. 내 슬픔이 항해에 불길한 기운을 드리울까 봐. 바로 이 난롯가에서 아들이 내게 작별 인사를 했어, 내 하나뿐인 아들이. 문간에 서서 아들이 길을 걸어가는 모습을 지켜보았지. 아들이 지나는 곳마다 사람들이 멋진 모습을 찬미하며 환호하는 소리가 들렸어. 아아, 내 아들이 돌아오는 날까지 살 수 있다면 얼마나 좋을까! 사람들이 이아손을 바라보며 환호하는 소리를 다시 들을 수만 있다면! 하지만 내 여생이 그토록 길지 않으리라는 걸 난 알고 있지. 내 아들이 온갖 위험을 무릅쓴 끝에 황금양털을 찾아 돌아오는 모습을 나는 보지 못할 거야."

이올코스의 아낙들이 황금양털에 대해 말해 달라고 청하자 알키메데는 황금양털과 아이올로스 족이 겪어온 슬픔에 대해 이야기하기 시작했다. 이아손과 펠리아스의 아버지인 크레테우스는 아이올로스 족이었고 크레테우스가 이올코스를 다스리던 때 테베를 다스리던 아타마스 왕 역시 아이올로스 족이었다. 그리고 아타마스가 맨 처음 얻은 아이들이 프릭소스와 헬레였다.

"아아, 프릭소스와 헬레. 너희들이 아이올로스 족에게 안긴 슬픔이란 얼마나 깊은지! 게다가 너희들 자신도 얼마나 큰 슬픔을 겪었는지! 너희들의 아버지 아타마스가 너희에게 행한 악행이 아이올로스 족에게 대대로 저주가 되어 떨어지는구나!"

알키메데가 탄식하며 말을 이었다.

"아타마스는 네펠레와 결혼해서 프릭소스와 헬레를 낳았지. 하지만 아타마스는 네펠레가 멀쩡히 살아 있는데도 새장가를 들었어. 새로 맞이한 왕비인 이노는 네펠레와 아이들을 왕의 거처에서 쫓아냈지. 그러자 네펠레는 더할 수 없이 불행해졌어. 자신은 하녀로 살아야 했고 아이들은 궁궐 하인들에게도 부림을 받아야 했으니까. 다 해진 누더기를 걸치고 먹을 것도 거의 없었어. 게다가 새 왕비의 눈에 들고 싶었던 하인들은 틈이 날 때마다 네펠레와 아이들을 함부로 때렸지. 하지만 누더기를 걸치고 허드렛일을 하면서도 프릭소스와 헬레는 왕비의 자식답게 고귀한 태가 흘렀어. 프릭소스는 키가 컸고 눈빛에서 위엄이 느껴졌지. 헬레는 커서 아름다운 여자가 되겠구나 싶었고. 아이들의 아버지인 아마타스는 우연히 네펠레나 아이들을 만날 때마다 한숨을 내쉬곤 했지. 그런데 이노 왕비는 그 한숨 소리를 듣고 아마타스가 마음 한구석에서는 여전히 그들을 아끼고 있다는 사실을 알아차린 거야. 이노는 왕이 그 아이들 생각을 하지 못하도록 하는 데 온 힘을 쏟아야 했지."

알키메데의 이야기가 계속되었다.

"그런데 이제 이노 왕비도 자신의 아이들을 갖게 되었어. 이노는 백성들이 네펠레의 아이들만 우러러볼 뿐 자신의 아이들에게는 전혀 관심이 없다는 것을 알았어. 이노는 아마타스가 죽고 나면 네펠레의 아이들인 프릭소스와 헬레가 테베를 다스리게 될까 두려웠지. 그렇게 되면 자신과 자신의 아이들이 지금 네펠레와 그 아이들의 처지로 전락할 테니까. 이노 왕비는 프릭소스와 헬레를 죽일 방법을 궁리하기 시작했어. 오랜 시간 생각을 거듭한 끝에 이노는 마침내 극단적인 방법을 하나 떠올렸지.

겨울이 오자 이노는 시골의 아낙들에게 가서 선물로 보석과 옷가지를 나눠주었지. 그러면서 얼토당토않은 일을 비밀리에 해 달라고 부탁했어. 이노는 아낙들에게 봄에 뿌리려고 남겨둔 씨앗을 불에 구우라고 했어. 아낙들은 그 말을 따랐지. 봄이 오자 남정네들은 불 위에서 구워진 씨앗을 밭에 뿌렸어. 봄이 가도 싹이 전혀 나질 않았지. 여름이 와도 밭에서 농작물이 푸르게 손짓하는 모습은 볼 수 없었어. 가을이 왔지만 거두어들일 곡물이 없었지. 그러자 자초지종을 알지 못하는 남정네들이 아타마스 왕에게 찾아가 온 나라에 기근이 닥칠 거라고 떠들어댄 거야.

왕은 아르테미스 신전에 사람을 보내 어떻게 해야 기근에서 벗어날 수 있을지 신탁을 구하도록 했지. 그런데 신전의 사제들은 이미 이노 왕비에게서 금덩이를 받아놓은 터였어. 그래서 왕이 커다란 희생을 감수하지 않는다면 기근이 점점 더 심해져 테베의 백성들은 모두 굶어죽고 말 거라고 서짓말을 고한 거야.

왕이 어떤 희생을 감수해야 하느냐고 묻자 신전의 사제들은 왕이 아르테미스 여신에게 왕의 두 아이, 즉 프릭소스와 헬레를 제물로 바쳐야 한다는 답을 내놓았지. 왕의 주위에 있던 자들은 끝없이 이어지는 기근에서 자신부터 벗어나려는 마음에 왕의 자식을 제물로 바쳐야 한다고 소리 높여 외쳤어. 아타마스 왕은 백성을 구하기 위해 자식을 희생시키는 데에 동의하고 말았지.

사람들이 왕의 궁궐로 향했어. 헬레가 강가에서 빨래를 하는 모습이 보였지. 사람들은 헬레를 붙잡아 꽁꽁 묶었어. 이어서 반쯤 헐벗은 채 밭을 갈고 있는 프릭소스도 붙잡아 꽁꽁 묶어버렸지.

사람들은 오누이를 같은 감옥에 가두었어. 그날 밤 헬레는 프릭소스 걱정에 눈물을 흘렸고 프릭소스는 누이를 구하기 위해 자신이 할 수 있는 일이 아무것도 없다는 생각에 울었어.

궁궐의 하인들은 네펠레에게 가서 아이들이 다음 날 제물로 바쳐질 것이라고 떠들며 조롱했지. 네펠레는 슬픈 나머지 거의 제정신이 아니었어. 그런데 갑자기 자기와 아이들을 구해 줄지도 모르겠다 싶은 구세주가 떠올랐어.

그 구세주는 숫양이었지. 날개가 달려 있고 멋진 황금양털이 난 양이었어. 바다의 신 포세이돈이 아타마스와 네펠레에게 결혼 선물로 보낸 양이거든. 그 뒤로 그 양은 특별히 만든 우리 안에서 지내고 있었지.

네펠레는 황금 양이 있는 우리로 갔어. 그러고는 양 곁에서 도와달라고 기도하며 밤을 샜지. 동이 트자 사람들은 아이들을 감옥에서 끌어냈어. 흰 옷을 입히고 머리에는 제물이라는 표시로 화환을 씌웠지. 사람들이 아이들을 끌고 줄지어 아르테미스의 신전으로 향하는 동안 아타마스 왕은 부끄러운 나머지 고개를 들지 못한 채 행렬의 끄트머리에 있었어. 하지만 이노 왕비는 고개를 숙이기는커녕 꼿꼿이 처들고 있었지. 자신이 이겼다는 생각뿐이었으니까. 곧 프릭소스와 헬레는 죽을 것이고 그리고 이젠 자신의 아이들이 아타마스 왕의 뒤를 이어 테베를 다스리게 될 테니까.

프릭소스와 헬레는 햇빛을 보는 것이 이것으로 마지막이구나 생각하며 걸었어. 그런데 바로 그 순간에조차 네펠레는 황금 양의 뿔을 붙잡고 마지막 기도를 하고 있었지. 해가 떠올랐어. 그러자 양이 커다란 날개를 활짝 펼치더니 공중으로 날아올랐지. 양은 아르테미스의 신전으로 날아가 제단 곁에 내려앉더니 자신에게 다가오는 사람들을 뿔로 위협했어. 황금 날개를 활짝 펼친 채로 말이야. 모두들 놀라움에 얼어붙어버렸지. 그때 프릭소스가 자신을 붙들고 있던 자들을 뿌리치고 달려와 그 양에게 두 손을 얹었어. 프릭소스가 큰 소리로 부르자 헬레 역시 황금 양에게 다가왔지. 프릭소스는 양의 등에 올라탄 뒤 헬레를 곁으로 끌어올려 태웠어. 그러자 황금 양은 아이들을 등에 태우고 위로, 위로, 날아올랐지. 황금 양의 모습은 대낮의 하늘에서도 별처럼 빛났어.

이노 왕비는 황금 양이 아이들을 살리는 광경에 놀라 비명을 지르며 달아나버렸어. 아타마스 왕은 이노를 뒤쫓았지. 그러는 동안 아타마스 왕의 마음속에서 이노에 대한 미움이 점점 더 커졌어. 이노는 달리고 달린 끝에 바다를 내려다보는 절벽에 다다랐지. 아타마스가 뒤에서 다가오자 이노는 두려운 나머지 절벽 아래로 몸을 던졌어. 하지만 이노가 떨어지는 동안 바다의 신 포세이돈이 이노의 모습을 변화시켰지. 이노는 갈매기가 되었어. 뒤쫓던 아타마스 역시 모습이 변했지. 아타마스는 부리와 발톱을 날카롭게 세운 흰꼬리수리가 되어 바다 위를 날아갔어.

날개를 펼친 황금 양은 쉬지 않고 바다 위를 날아서 지나갔지.

바람 소리가 아이들 귓가를 스쳤어. 하지만 아무리 가도 아이들 눈에 들어오는 거라곤 발 아래로 펼쳐진 푸른 바다뿐이었어. 그런데 헬레가 가엽게도 아래를 내려다보다가 어지러워진 거야. 헬레는 프릭소스가 붙잡을 틈도 없이 황금 양에서 떨어져버렸어. 헬레가 아래로 떨어지는데도 양은 계속해서 날아갔어. 헬레는 바다에 빠져 죽었지. 그때부터 사람들은 헬레를 기리는 의미에서 그 바다를 '헬레스폰트', 즉 '헬레의 바다'라고 부르지.

황금 양은 끝없이 날아갔어. 거칠고 황량한 지역을 지나 강으로 향했지. 강가에는 흰 도시가 세워져 있었어. 양은 고도를 낮추어 땅에 내려앉아 그 도시의 관문 앞에 섰어. 그곳이 콜키스 땅에 있는 도시인 아에아였지.

사람들은 등에 젊은이를 태운 이상한 황금 양 주위로 몰려들었어. 마침 아에아에 있던 콜키스의 왕 아이에테스도 황금 양 곁으로 다가갔지. 양이 날개를 접자 그 젊은이가 양 옆으로 내려섰어. 왕은 젊은이에게 어디에서 왔으며 타고 날아온 그 기묘한 짐승이 무엇인지 물어보았지.

젊은이는 왕과 백성에게 자신의 이야기를 들려주었어. 누이인 헬레가 떨어진 이야기를 할 때에는 눈물을 흘렸지. 사정을 들은 아이에테스 왕은 젊은이를 보자 반으로 대려고 들어와 궁궐에서 살도록 했어. 황금 양을 위해서는 특별한 우리를 만들도록 했지.

황금 양이 죽자 아이에테스 왕은 황금 양의 가죽을 벗겨 전쟁의 신 아레스에게 제물로 바친 장소에 자라는 참나무에 걸어두었어. 프릭소스는 왕의 딸 중 한 명과 결혼했지. 사람들 말로는 그 뒤 프릭소스가 고향인 테베로 돌아갔다고들 해.

그리고 황금양털은 아이에테스 왕에게 가장 소중한 보물이 되었지. 아이에테스는 무장한 병사뿐 아니라 마법까지 동원해서 황금양털을 빈틈없이 지키고 있어. 아이에테스 왕은 막강하면서도 아주 교활하거든. 아이에테스에게서 황금양털을 빼앗으려는 자라면 엄청난 위험을 감수해야 하는 셈이지."

알키메데가 슬픔에 잠긴 목소리로 아들인 이아손이 찾으러 간 황금양털의 이야기를 아낙들에게 들려주는 동안, 어둠이 걷히기 시작했고 아르고 호가 출항할 아침이 밝아왔다.

아르고 호의 선원들은 펠리온 산의 높은 봉우리에 새벽빛이 밝아오자 자리에서 일어나 신 중에 으뜸인 제우스에게 바치는 술을 따랐다. 곧이어 아르고 호가 스스로 기묘한 소리를 내질렀다. 도도나에서 가져온 대들보로 만든 뱃머리가 아르고 호에 생명을 불어넣었기 때문이다. 아르고 호가 기묘한 소리를 내자 영웅들은 제비뽑기로 정해둔 대로 차례차례 노 젓는 의자에 자리를 잡았고, 키잡이인 티피스는 배를 조종하는 자리로 갔다. 오르페우스가 튕기는 리라 소리에 맞춰 영웅들이 노를 젓자 물결이 노에 부딪쳐 부서졌고, 산들바람이 날카로운 휘파람 소리를 내며 돛을 부풀렸다. 크고 작은 물고기들이 초록빛 바닷물을 가르며 떼를 지어 몰려와 물길을 따라 뛰놀며 뒤따랐다. 켄타우로스 족의 왕 케이론은 펠리온 산에서 내려와 파도가 일으킨 거품에 발을 담그고 서서 이렇게 외쳤다.

"아아, 아르고 호의 선원들이여. 행운이, 부디 행운이 함께하기를. 그리고 슬픈 일 없이 돌아오기를."

······ 천지개벽 ······

항해의 첫날 아침, 끝없이 펼쳐진 바다에서, 신들의 섭리와 이야기를 꿰고 있는 음유시인 오르페우스는 리라를 타며 노래를 불렀다. 천지개벽의 이야기, 세상이 어떻게 시작되었는지에 관한 이야기였다.

세상이 시작되었을 때, 그때에는 땅도 없었고, 하늘과 바다도 없었습니다. 그저 이 모든 것이 한데 엉겨 모호한 상태였죠. 빛도 어둠도 없었고 그저 어슴푸네됐[ ] 이게이 혼돈, 즉 카오스였지요. 카오스로부터 밤인 닉스와 어둠인 에레부스가 생겨났습니다. 닉스로부터 아이테르, 즉 높은 하늘이 태어났고 닉스와 에레부스가 결혼하여 낮, 즉 헤메라가 태어났지요.

카오스로부터 대지의 여신 가이아가 나왔고 가이아로부터 별이 빛나는 하늘의 신 우라노스가 태어났습니다. 우라노스는 가이아와 결혼하여 티탄 족의 신과 여신들을 낳았지요. 태어난 신의 이름은 오케아노스, 코이오스, 크리오스, 히페리온, 이아페토스였고 여신의 이름은 테이아, 레아, 테미스, 므네모시네, 금관을 쓴 포이베, 아름다운 테티스였습니다. 마지막으로 태어난 신이 가장 약삭빠른 크로노스였지요.

크로노스는 레아와 결혼했습니다. 그리고 크로노스와 레아 사이에서도 티탄 족 신과 다른 신들이 태어났지요.

하지만 우라노스와 가이아에게는 다른 자식들도 있었습니다. 바로 코토스, 브리아레오스, 기게스였지요. 이들은 머리가 오십 개, 팔이 백 개씩 달린 거인이었답니다. 우라노스는 이러한 거인 자식들이 두려워 땅속 깊숙한 곳에 있는 타르타로스에 가둬두었지요.

크로노스는 아버지인 우라노스를 미워했습니다. 그래서 아버지인 우라노스와 어머니인 가이아를 멀리 떨어뜨려 놓았지요. 그들은 멀리 떨어진 채 다시는 서로 가까워질 수 없었습니다. 크로노스는 레아와 결혼하여 헤스티아, 데메테르, 헤라, 하데스, 포세이돈을 낳았고 이들은 모두 불멸의 신에 속합니다. 크로노스는 자신이 아버지 우라노스를 몰아냈듯 자기 자식 중 누군가가 자신을 몰아낼까 두려워했어요. 그래서 아내인 레아와의 사이에서 아이가 또 태어나자 삼켜서 먹어버리겠다며 아이를 내놓으라고 했습니다. 레아는 커다란 돌덩이를 포대기로 감싸 크로노스에게 건넸어요. 크로노스는 그 돌덩이를 갓 태어난 아기로 여기고 꿀꺽 삼켰지요.

이때 레아가 숨긴 아이가 제우스입니다. 레아의 어머니인 가이아가 제우스를 데려가 깊은 동굴에 숨겨두었지요. 제우스를 돌보는 자들은 아이의 울음소리가 들리지 않도록 북을 쳐댔습니다. 제우스의 유모는 아드라스테이아입니다. 제우스가 놀 만큼 크자 아드라스테이아는 제우스에게 공을 주며 갖고 놀라고 했습니다. 온통 황금빛에다 짙은 파란색 소용돌이에 감싸 있는 공이었어요. 제우스가 그 공을 갖고 놀 때면 별처럼 빛을 내며 하늘을 가로질러 궤적을 그리곤 했습니다.

티탄 족 신인 히페리온은 티탄 족 여신인 테이아와 혼인하였고 빛나는 태양의 신 헬리오스와 밝은 달의 여신 셀레네를 자식으로 두었지요. 코이오스는 포이베와 혼인하여 신과 인간에게 두루 친절한 레토와 별자리라는 뜻의 아스테리아, 마지막으로 제우스가 누구보다도 존중했던 헤카테를 자식으로 두었습니다. 크로노스와 레아가 낳은 신들은 올림푸스 산으로 올라가 그곳에 빛나는 궁전을 세웠지요. 반면 우라노스와 가이아로부터 태어난 티탄 족 신들은 오트리스 산으로 올라가 그곳에 성채를 두었어요.

올림푸스의 신과 오트리스의 티탄 족 신 사이에 전쟁이 시작되었습니다. 양쪽 신은 서로 팽팽하게 맞섰어요. 갓 젊은이로 자라난 제우스는 어떻게 해야 올림푸스의 신이 티탄 족 신과 싸워 이길 수 있을까 고민에 빠졌지요.

제우스는 우라노스가 거인 자식들인 코토스, 브리아레오스, 기게스를 가둬놓은 땅속 깊은 곳으로 내려갔습니다. 그리고 팔이 백 개인 이들 거인 형제가 꼼짝 못하도록 크로노스가 묶어 놓은 사슬을 풀어버렸습니다. 거인 형제는 감사하는 마음에 제우스에게 번개를 주며 어떻게 벼락을 쓰는지 가르쳐 주었습니다.

제우스는 거인 형제를 티탄 족 신과의 싸움에 끌어들이고 싶었어요. 하지만 코토스, 브리아레오스, 기게스는 어마어마하게 힘이 셌지만 용맹심이라곤 없었지요. 제우스는 이들에게 용기를 줄 방법을 떠올렸습니다. 이들에게 신들의 음식인 암브로시아와 넥타르를 가져다 주었지요. 신들의 음식을 먹고 마시자 거인 형제에게 투지가 샘솟았습니다. 마침내 티탄 족 신들과 맞서 전쟁에 나설 준비가 끝난 셈이지요.

제우스가 백 개의 팔을 가진 거인 형제에게 말했습니다.

"우라노스와 가이아의 아들들이여, 올림푸스의 신들은 티탄 족 신들과 오랫동안 싸워왔네. 올림푸스의 신이 티탄 족 신을 이길 수 있도록 자네들이 가진 천하무적의 힘을 보태 주게."

거인 형제 중 가장 나이가 많은 코토스가 대답했습니다.

"신성하신 분 제우스시여, 당신 덕분에 저희는 땅속 깊은 곳의 앞이 보이지 않는 어둠에서 빠져나왔고 크로노스가 묶어 놓은 단단한 사슬에서 풀려났습니다. 저희는 티탄 족 신들에 맞서 싸우는 제우스님에게 힘이 되겠노라 결심했습니다."

거인의 말을 들은 제우스는 곧 자리를 떠나 크로노스와 레아에게서 태어난 자를 모조리 불러 모았습니다. 크로노스는 제우스를 피해 숨어 있었지요. 어깨에 오십 개의 머리와 백 개의 팔이 달린 거인 형제가 티탄 족 신들과의 전쟁에 들어갔습니다. 끝없는 바다가 끔찍하게 요동치고 땅이 요란하게 들썩였지요. 끝없는 하늘이 웅웅 소리를 내며 떨렸고, 높이 솟은 올림푸스 산이 뿌리째 흔들렸습니다. 거인 형제는 거대한 바위를 손에 들고 티탄 족 신들을 공격했습니다.

뒤를 이어 제우스가 전쟁에 발을 들였지요. 제우스의 힘센 손아귀에서 엄청난 번개가 천둥소리를 내며 쏜살같이 날아갔습니다. 땅이 진동하며 타오르고 숲에서 불꽃이 탁탁 소리를 내며 일고 바다가 소용돌이쳤습니다. 뜨거운 불길은 땅에서 태어난 티탄 족을 고스란히 삼켜버렸지요. 코토스, 브리아레오스, 기게스는 삼백 개나 되는 바위를 연달아 티탄 족에게 던졌습니다. 그러다가 티탄 족의 전열이 흐트러지자 거인 형제는 티탄 족을 붙잡아 제우스에게 바쳤습니다.

티탄 족 신 중 몇몇은 신세기 끼울 어찌지 제우스 편으로 넘어왔습니다. 제우스는 이들과는 친하게 지내기로 했지요. 하지만 항복하지 않은 티탄 족들은 사슬에 묶어 타르타로스로 내던져버렸습니다.

타르타로스는 땅이 하늘과 떨어져 있는 거리만큼 지상과 떨어져 있었습니다. 하늘에서 청동 모루를 떨어뜨리면 보통 아흐레 밤 아흐레 낮이 지나 열흘째 낮에야 겨우 땅에 닿을 정도라고 하지요. 지상에서 떨어지는 청동 모루도 아흐레 밤 아흐레 낮이 지나 열흘째 밤에야 겨우 타르타로스에 닿았습니다. 밤인 닉스가 목을 칭칭 감은 목걸이처럼 타르타로스를 세 겹의 어둠으로 감싸 놓았습니다. 제우스는 자신에게 저항해 싸웠던 티탄 족 신들을 이곳에 가두었지요. 땅 속 끝, 앞이 부연 어둠 속, 눅눅한 곳에 갇힌 이들은 빠져나갈 길이 없었습니다. 포세이돈이 감옥 둘레를 청동 담장으로 에워쌌습니다. 그리고 청동 관문을 설치했지요. 코토스, 브리아레오스, 기게스기 그곳에 머물며 티탄 족을 감시했습니다.

타르타로스는 밤의 신 닉스의 거처이기도 했습니다. 닉스는 청동 관문의 문지방을 지나며 낮의 신 헤메라와 만나지요. 하지만 그저 스치며 인사만 나눌 뿐 둘이 한자리에 머무는 법은 없습니다. 하나가 관문을 들어설 즈음이면 다른 하나는 문간을 나서야 했으니까요. 낮의 신 헤메라는 손에 빛을 들었고 밤의 신 닉스는 품에 잠의 신 힙노스를 안고 있었지요.

타르타로스에는 닉스의 아이들도 머물렀습니다. 잠의 신 힙노스와 형제인 죽음의 신 타나토스가 그들이지요. 이들 형제는 태양빛 아래 나서는 일이 전혀 없습니다. 힙노스는 너른 곳을 거닐기도 하고 바닷가에 가기도 하며 인간에게 다정하게 굴지요. 하지만 타나토스에게는 다정한 구석이라곤 없었고 누구든 붙잡기만 하면 손아귀에서 놓아주는 법이 없었습니다.

타르타로스에는 지하 세계의 주인이자 제우스의 형제인 하데스의 궁궐도 있습니다. 크로노스가 다스리던 곳을 올림푸스의 신들끼리 나눠가질 때 제우스가 지하 세계를 하데스의 영토로 떼어주었지요. 케르베로스라 불리는 사나운 사냥개가 하데스의 궁궐을 지켰습니다. 케르베로스는 머리가 셋입니다. 하데스의 궁궐로 들어가는 자에게는 꼬리를 쳤지만 궁궐에서 나오는 자에게는 달려들어 꿀꺽 삼켜버리지요.

제우스가 티탄 족을 모조리 타르타로스로 내려 보낸 것은 아니었습니다. 지혜롭게도 제우스 편에 가담한 티탄 족들은 타르타로스에 갇히지 않을 수 있었지요. 제우스는 그들의 지혜 덕에 크로노스를 이길 수 있었으니까요. 하지만 크로노스는 가까운 티탄 족신들과 함께 타르타로스로 내려가야 했습니다.

그리고 제우스가 신과 인간의 지배자가 되어 올림푸스를 다스렸다는 말과 함께 신들의 섭리와 역사를 꿰고 있는 오르페우스는 이야기를 마쳤다.

폴리데우케스의 승리와
헤라클레스의 상실

아르고 호의 선원들이 다가갔거나 지나온 곳을 모두 얘기할 필요는 없을 것이다. 멜리보이아에서는 폭풍우가 몰아치는 바닷가를 가까스로 벗어났고, 호몰레에서는 오사 산과 신성한 올림푸스 산을 바라보았다. 얼마 뒤 다시 돌아오게 될 렘노스 섬을 지나치기도 했고, 그 뒤에는 어깨에 두 개, 무시무시한 옆구리에 네 개씩 모두 여섯 개의 팔이 달려 있는 자들이 사는 이름 없는 나라를 거쳐 신들의 위대한 어머니인 레아 여신에게 제의를 올리기 위해 곰의 산에 올라갔다.

하지만 그다음부터 하루 종일 바람이 전혀 불지 않아 아르고 호의 돛은 축 처져 있기만 했다. 영웅들은 마치 폭풍처럼 내달리는 포세이돈의 말이 아르고 호를 뒤에서 쫓아오는 양 배가 쏜살같이 움직이도록 하겠노라고 서로에게 맹세했다. 그러고는 온 힘을 다해 노를 저으며 아무도 노 젓는 자리에서 일어나려 하지 않았다.

그런데 저녁의 산들바람이 불어오기 시작해 노를 젓던 영웅들이 고된 노동을 접고 한숨 돌리기 시작할 때에도 헤라클레스는 여전히 자리를 지키고 앉아 노를 젓고 있었다. 하지만 별안간 젓고 있던 노가 부러져 반쪽이 파도에 휩쓸려 가버리자 헤라클레스는 언짢은 기분으로 멍하니 앉아만 있어야 했다. 힘을 쓰지 않으면 달리 뭘 해야 할지 몰랐기 때문이다.

밤 동안 배는 돛에 순풍을 가득 안고 달렸고, 다음 날에는 시우스 강의 어귀에 다다랐다. 다른 영웅들이 뭍에 발을 딛기도 전에 헤라클레스는 노로 깎을 나무를 뽑으러 숲 속으로 들어갔다. 영웅들은 헤라클레스가 나무를 구해 올 때까지 그곳에서 기다리기로 했다.

아르고 호가 정박한 곳은 아미쿠스라는 왕이 다스리는 야만족의 나라 베브리케스와 가까웠다. 아미쿠스 왕은 헤라클레스가 없는 틈을 타서 부하들을 거느리고 바닷가에서 불을 피우고 있던 아르고 호의 영웅들에게 다가왔다. 덩치가 크고 거친 사람들로 모두 몽둥이를 들고 있었다.

아미쿠스 왕은 아르고 호의 신원들에게 티셈들이 누구인지, 어디로 가는 길인지 물으며 공손히 맞이하는 대신 건방진 목소리로 이렇게 소리쳤다.

"너희 떠돌이들이 알아 둬야 할 것이 있으니 들으라. 나는 아미쿠스다. 이 땅에 처음 들어오는 자는 누구나 나와 권투 시합을 해야 한다. 내가 정한 법이다. 너희 중 나와 대적할 자가 한 놈도 없다면 너희는 배로 돌아가지 못할 것이다. 내 법을 따르지 않으려면 앞길을 살펴라. 너희에게 무슨 일이 일어날지 모르니."

무례하기 짝이 없는 아미쿠스 왕의 외침이 끝나자 왕의 부하들이 몽둥이를 치켜 올리며 왕이 한 말을 증명이라도 하려는 듯 으르렁댔다. 하지만 아르고 호의 선원들은 왕의 말에 놀라지 않았다. 대신 한 영웅이 베브리케스 사람들 앞으로 성큼 걸어 나갔다. 권투를 잘 하는 폴리데우케스였다.

"왕이시여, 폭력은 삼가시길 바라오. 우리는 왕이 정한 법에 따를 준비가 되어 있소. 내 기꺼이 왕의 도전을 받아들여 당신과 권투 시합을 하겠소."

아르고 호의 선원들은 권투를 잘 하는 폴리데우케스의 말을 듣고 환호성을 보냈다.

아미쿠스 왕이 돌아서서 부하들에게 소리치자 한 명이 질긴 소가죽으로 만든 권투용 장갑을 두 켤레 가지고 나왔다. 아르고 호의 선원들은 폴리데우케스가 노를 젓느라 손이 뻣뻣해졌을까 걱정된 나머지 몇몇이 폴리데우케스에게 다가가 손을 부드럽게 풀어주려 주물러댔다. 다른 선원들은 폴리데우케스의 어깨에서 아름다운 빛깔의 망토를 벗겨냈다.

아미쿠스 왕은 망토를 던져 버리고 곧바로 장갑을 꼈다. 그러고는 굵은 팔로 팔짱을 끼고 마치 한 마리 사나운 짐승처럼 도끼눈을 뜨고 아르고 호의 선원들을 노려보았다. 이윽고 두 사람이 마주 보고 섰다. 아미쿠스 왕은 피부가 까무잡잡하고 덩치가 커다란 모습이 우락부락한 반면, 헬레네의 오빠인 폴리데우케스는 몸집이 가볍고 우아한 모습이었다. 마치 저녁 무렵 파도에 실린 별빛이 반짝이듯 눈부신 자태였다.

아미쿠스 왕은 숨 쉴 틈을 주지 않고 뱃전을 때리는 파도처럼 폴리데우케스에게 덤벼들었다. 폴리데우케스의 기를 죽여 승기를 잡을 요량이었다. 하지만 능란한 키잡이는 엄청난 파도에도 배의 균형을 흐트러뜨리지 않는 법. 폴리데우케스는 능란한 기교와 민첩함으로 아미쿠스 왕의 공격을 교묘히 피해갔다. 그러다가 아미쿠스 왕이 발뒤꿈치를 들고 서서 거대한 주먹을 폴리데우케스의 머리에 내리꽂으려는 순간 옆으로 휙 몸을 피해 머리 대신 어깨를 맞으며 힘껏 주먹을 날렸다. 그리고 베브리케스의 왕이 비틀거리다 땅에 쓰러지자 이렇게 말했다.

"보시다시피 우리는 당신네 법을 따랐습니다."

아르고 호의 선원들은 환호성을 질렀지만 무례한 베브리케스 인들은 몽둥이를 치켜들고 달려들었다. 영웅들은 수세에 놀려 아르고 호로 몰리기 시작했다. 하지만 바로 그때 헤라클레스가 숲에서 나타나 그들에게 다가왔다.

아미쿠스 왕을 때려눕히는 폴리데우케스

헤라클레스는 가지가 고스란히 붙어 있는 소나무를 들고 있었다. 베브리키스 인들은 엄청난 덩치의 사나이가 커다란 나무를 손에 들고 나타나는 것을 보자 땅에 쓰러져 있던 왕을 데리고 급히 달아나버렸다. 아르고 호의 선원들은 폴리데우케스 주위에 모여들어 시합에서 이긴 것에 경의를 표하며 폴리데우케스의 머리에 승리의 왕관을 씌워주었다. 그동안 헤라클레스는 소나무 기둥에서 잔가지를 쳐내 노의 형태로 만들기 시작했다.

바닷가에 불을 피우고 나자 모두의 관심은 저녁 식사로 모아졌다. 그러자 헤라클레스 옆에 앉아 헤라클레스의 무기와 갑옷의 윤을 내던 젊은이 힐라스가 청동 항아리를 들고 물을 길러 갔다.

세상에 젊은 힐라스처럼 아름다운 청년은 없었다. 이마 위로는 금빛 곱슬머리가 찰랑거렸고 누군가 눈길을 주거나 말을 붙일 때마다 깊고 푸른 눈과 얼굴에는 웃음기가 따라다녔다. 무릎을 드러낸 채 윤이 나는 항아리를 들고 팔을 앞뒤로 휘저으며 꽃이 핀 풀밭 사이로 걸어가는 힐라스의 모습은 더할 나위 없이 사랑스러웠다. 힐라스를 드리오포스에서 데려온 이는 헤라클레스였다. 헤라클레스는 아르고 호에서 자신의 옆자리에 힐라스를 앉혀두곤 했는데 기분이 나빠졌을 때에도 힐라스의 말과 미소에 다시 기분을 풀어버리곤 했다.

힐라스가 물을 길러 가는 샘은 페가에라 불렸는데 샘의 님프들이 노니는 곳이었다. 님프들은 샘 주위에서 춤을 추다가 힐라스의 노랫소리를 듣고 나무 뒤로 몸을 숨겼다. 그러나 님프들은 힐라스의 모습을 보고는 홀딱 반해버렸다. 그리고 언제까지나 힐라스의 모습을 계속 볼 수 있었으면 하는 마음을 먹었다.

님프들은 슬며시 샘으로 돌아와 맑은 수면 아래로 잠수했다. 곧 힐라스가 어머니에게 들었던 노래를 부르며 다가왔다. 힐라스가 허리를 굽히자 샘물이 청동 항아리 안으로 찰랑찰랑 흘러 들어갔다. 그때 샘 위로 튀어나오는 손이 있었다. 님프 한 명이 힐라스의 팔꿈치를 잡았고, 다른 님프는 힐라스의 목을 감싸 안았다. 또 다른 님프는 청동 항아리를 들고 있던 힐라스의 손을 움켜쥐었다. 항아리는 샘 밑바닥에 가라앉아 버렸다. 힐라스를 움켜쥔 님프들의 손아귀에 점점 더 힘이 들어갔다. 님프들이 힐라스를 샘으로 끌어들이자 힐라스 주위로 물서품이 일었다. 님프들은 자신들이 머무는 곳인 차갑고 빛이 어른거리는 동굴까지 힐라스를 아래로, 아래로 끌어내렸다.

힐라스는 그곳에 머물렀다. 하지만 님프들이 키스해 주고 노래를 불러 주고 멋진 것들을 보여 주어도 힐라스는 그곳에 머무는 것이 만족스럽지 않았다.

아르고 호의 선원들이 모여 있는 곳에 모닥불이 타고 달이 떠올랐지만 힐라스는 여전히 돌아오지 않았다. 그러자 영웅들은 사나운 짐승이 힐라스를 잡아간 것은 아닌지 걱정되기 시작했다. 누군가 헤라클레스에게 다가가 젊은 힐라스가 아직 돌아오지 않아서 걱정이 된다고 말했다. 헤라클레스는 노를 만드느라 붙들고 있던 소나무를 내던지고 마치 쇠파리에게 물어뜯기는 양 황급히 힐라스가 사라진 쪽으로 달려가며 소리쳤다.

"힐라스, 힐라스."

하지만 힐라스가 님프들에게 끌려 내려간 차갑고 빛이 어른거리는 동굴에서는 친구인 헤라클레스의 외침이 들리지 않았다.

아르고 호의 선원들 모두가 수색에 나서서 섬을 뒤지며 힐라스를 불렀지만 자신들의 목소리만 울려 퍼질 뿐이었다. 샛별이 떠오르자 키잡이 티피스가 아르고 호에서 선원들을 소리쳐 불렀다. 선원들이 돌아오자 티피스는 이제 다들 배에 올라 떠날 채비를 해야 한다고 말했다.

선원들이 큰 소리로 헤라클레스를 부르자 마침내 헤라클레스가 배로 다가왔다. 선원들은 배가 곧 떠나야 한다고 말했지만 헤라클레스는 이렇게 이야기했다.

"어린 힐라스를 찾든지 아니면 힐라스가 어떻게 됐는지 알아내기 전에는 이 섬을 떠나지 않을 거야."

그러자 이아손이 출항 명령을 내리기 위해 자리에서 일어났다. 하지만 이아손의 명령이 떨어지기도 전에 텔라몬이 일어나 이아손에게 맞섰다.

"이아손, 헤라클레스에게 배에 오르라고 지시하지도 않고 헤라클레스를 남겨둔 채 아르고 호를 출발시키려 하는군요. 당신은 자신의 업적이 헤라클레스의 업적에 가려 빛을 잃을까 두려워 헤라클레스가 우리와 모험을 함께하지 못하도록 이곳에 남겨두려고 하는군요."

이아손은 아무 말 없이 고개를 숙인 채 다시 자신의 자리에 앉았다. 그런데 텔라몬이 화를 내며 말을 마치기도 전에, 바다의 파도 위로 기묘한 형상이 솟아올랐다.

그 형상은 주름지고 나이가 많은 남자의 모습으로 수염과 머리칼에 해초가 얽혀 있었다. 남자가 위풍당당한 분위기를 풍겼기에 아르고 호의 선원들 모두 그 남자가 불멸의 신 중 한 명이라는 것을 알아차렸다. 그 남자는 바다의 노인 네레우스였다.

"헤라클레스와 당신과 아르고 호의 선원들에게 할 말이 있소."

바다의 노인 네레우스가 말을 꺼냈다.

"우선 힐라스에게 반한 님프들이 그의 사랑을 얻을 생각에 힐라스를 잡아두었다는 사실을 알아 두시오. 힐라스는 차갑고 빛이 어른거리는 곳, 님프의 동굴에 영원히 머물 것이오. 힐라스는 찾지 마시오. 그리고 헤라클레스, 당신에게는 이렇게 말하겠소. 아르고 호에 다시 오르시오. 이 배를 타고 가다 보면 엄청난 과업과 맞닥뜨리게 될 것이오. 그리고 그 과업을 달성하는 와중에 당신은 제우스 신의 뜻을 헤아리게 될 것이오. 그 과업이 무엇인지는 정령이 당신에게 알려줄 것이외다."

말을 마치자 바다의 노인은 다시 파도 아래로 사라져 버렸다.

헤라클레스는 새로 만든 노를 들고 아르고 호에 다시 올라 자리에 앉았다. 언제나 발치에 앉아 있던 젊은 힐라스를 다시는 보지 못할 것이라 생각하니 슬픔이 밀려왔다. 돛이 산들바람에 부풀어 올랐다. 아르고 호의 선원들은 젊은 힐라스를 잃어버린 섬이 시야에서 점점 사라지는 모습을 슬픔에 잠긴 채 노를 저으며 지켜보았다.

피네우스 왕

"폰투스 해를 가로지르면 콜키스로 가는 길을 단축시킬 수 있습니다. 문제는 폰투스 해로 가는 길이 더할 나위 없이 위험하다는 것이죠. 죽음을 피할 수 없는 인간으로서는 가까이 갈 엄두조차 내지 못하는 곳입니다."

키잡이 티피스의 말이 끝나자 이아손이 말했다.

"티피스, 그 길에 어떤 위험이 있는지는 우리가 얘기를 나눈 적이 있소. 폰투스 해까지 아르고 호를 육로로 날라서 옮겨야 할지 모른다는 얘기도 했었지. 하지만 티피스, 자네 말로는 이 부근에 현명한 왕이 있어서 우리가 그 위험한 길을 잘 지나갈 수 있도록 도와줄지도 모르겠다고 얘기한 적이 있지 않았나. 그 얘기를 다시 들려 주게. 그 길에 어떤 위험이 도사리고 있는지 그리고 위험을 줄일 수 있도록 우리를 도와줄 수도 있는 왕이 누구인지도 말일세."

그러자 아르고 호의 키잡이인 티피스가 대답했다.

"폰투스 해로 들어가는 해로를 인간이 모는 배가 통과한 예는 아직까지 없었습니다. 그 길목에는 뱃사람들이 '맞부딪치는 바위'라고 부르는 바위 한 쌍이 있지요. 그 바위는 여느 바위처럼 딱 고정되어 있는 게 아니라 바닷물을 가르면서 서로에게 돌진해서 그 사이에 있는 것은 무엇이든 바스러뜨립니다. 아르고 호가 무쇠로 만들어졌다 해도 그 바위 사이에 들어가면 무사하지 못할 겁니다. 예전에 그 길목까지 배를 타고 가 본 적이 있지요. 하지만 '맞부딪치는 바위'가 서로 충돌하는 장면을 보고는 뱃머리를 돌려 버렸습니다. 그리고 폰투스 해까지 육로로 지나갔지요.

하지만 '맞부딪치는 바위'가 도사리는 위험한 길목을 어떻게 배로 지나갈 수 있을지 아는 자가 있다는 얘기를 들어본 적이 있습니다. 이 근방의 왕인 피네우스라는 자인데 신의 경지에 이르도록 현명함을 갈고 닦았다고들 하지요. 피네우스 왕은 아직까지 아무에게도 그 길목을 지나가는 법을 말해 준 적이 없지만, 우리 아르고 호의 선원들이 신의 총애를 받고 있음을 알게 되면 우리에게 얘기해 줄지도 모르겠습니다."

티피스가 들려주는 얘기를 들은 뒤, 이아손은 지혜로운 왕인 피네우스가 다스리는 땅으로 아르고 호의 키를 돌리도록 지시했다.

그리하여 티피스는 피네우스가 다스리는 사르미데소스로 아르고 호를 몰았다. 헤라클레스와 티피스가 배를 지키기 위해 남기로 하고, 이아손은 다른 영웅들과 함께 사르미데소스의 거리로 들어갔다. 도중에 많은 사람들을 만났지만 피네우스 왕의 궁궐로 가는 길을 물을 때마다 사람들은 두려워하며 고개를 돌렸다.

아르고 호의 선원들은 마침내 길을 찾아 궁궐에 이르렀다. 이아손이 하인들에게 다가가 아르고 호의 선원들이 왔노라고 왕에게 알리도록 청했다. 하인들 또한 두려워하는 기색을 보이자 이아손과 선원들은 피네우스 왕이 도대체 어떤 자이기에 사람들이 왕의 이름만 듣고도 겁을 먹는지 궁금증이 일었다.

곧 피네우스 왕이 모습을 드러냈다. 옷에 보라색 테두리가 둘러 있지 않다면 아무도 그를 왕으로 알아보지 못할 정도로 피네우스는 비참한 모습이었다. 피네우스는 앞이 제대로 보이지 않는 장님이어서 벽을 짚으며 기다시피 나왔다. 지팡이에 기대어 몸을 일으키는데 비쩍 말라서 시체나 다름 없는 몰골이었다. 피네우스는 앞이 보이지 않는 눈을 들어 마치 누군가를 찾듯 아르고 호의 선원들 얼굴을 한 명 한 명 훑어보았다.

피네우스의 앞이 보이지 않는 눈이 북풍의 신 보레아스의 아들인 제테스와 칼라이스에 머물렀다. 그들을 대면하는 순간 피네우스의 얼굴이 확 변했다. 이 두 형제가 부여받은 경이로움, 발목에 달린 날개를 피네우스는 알아차린 듯했다. 잠시 후 피네우스는 그들에게서 시선을 거두고 이아손에게 말했다.

"당신은 신의 지혜를 가진 자에게 조언을 구하러 왔군요. 앞서 조언을 구하러 온 자들은 내 비참한 몰골을 보고는 조언도 구하지 않고 떠나버렸다오. 나는 여러분을 한동안 이곳에 잡아둘 참이오. 이곳에 머무시오. 그러면서 신들이 자신만큼 지혜로워지려는 자에게 어떤 고통을 내리는지 지켜보시오. 내가 늘 겪는 고통이 뭔지 보고 나면 혹시 여러분이 내게 도움을 주실지도 모르겠군요."

곧 앞이 안 보이는 피네우스 왕은 자리를 떠났고, 영웅들은 안내를 받아 만찬이 준비되는 동안 머무를 널따란 홀로 들어갔다.

홀은 화려하게 꾸며져 있었지만 어쩐지 수상한 부분이 많았다. 마치 기묘한 일이 일어났던 현장인 듯싶었다. 화려한 벽걸이 천은 바닥에 널브러져 있고 상아로 만든 의자는 뒤집혀 있었으며 왕이 앉는 연단에는 얼룩이 져 있었다. 만찬을 준비하느라 홀에서 왔다 갔다 하는 하인들도 창백한 얼굴에다 두려움이 가득했다.

커다란 식탁에 음식이 놓이자 영웅들이 식탁에 앉았다. 연단 앞 식탁에도 음식이 차려져 있었지만 왕은 영웅들이 자리에 앉은 뒤에도 모습을 드러내지 않았다. 영웅들이 마음껏 먹고 마신 뒤에야 왕은 홀에 나타났다. 앞이 보이지 않는 눈에 창백한 얼굴과 비쩍 마른 몰골로 왕이 식탁 앞에 앉자 아르고 호의 신선들은 고두 고개를 돌려 왕을 바라보았다.

피네우스 왕이 말했다.

"아아, 영웅들이시여, 지혜라는 것이 내게 무슨 소용이 있는지 보시오. 지혜에 있어서 신과 대등하게 되고자 애쓰다가 여러분이 보시다시피 이렇게 눈이 멀고 쪼그라들지 않았겠소. 하지만 여러분이 아직 보지 못한 게 있다오. 자, 이제 지혜로운 왕 피네우스가 무엇을 먹으며 즐기는지 지켜보시구려."

피네우스가 신호를 보내자 하인들이 창백한 얼굴을 하고 몸을 떨며 음식을 가져와 왕 앞의 식탁에 놓았다. 음식을 먹을 듯 몸을 앞으로 숙이는 왕의 얼굴이 공포로 가득했다. 이윽고 왕이 접시에서 음식을 집어 입으로 가져갔다. 바로 그 순간 폭풍이라도 몰아치듯 홀의 문이 확 열리더니 기묘한 형상을 한 것들이 홀 안으로 날아와 왕 옆에 내려앉았다. 그 광경을 지켜보던 아르고 호의 선원들은 그것들이 소름끼치고 흉측한 모양새인 것을 알아차렸다.

그것들은 새의 날개와 발톱을 달고 있었고 머리는 여자의 모습이었다. 까만 머리칼과 잿빛 깃털이 섞여 있는 모양새였다. 뻘건 눈을 하고 가슴팍과 날개에는 흘러내린 핏자국이 묻어 있었다. 왕이 음식을 입으로 가져가려는 찰나, 그 기묘한 것들은 왕에게 달려들어 날갯짓으로 왕의 머리칼을 흩날리며 왕의 손에서 음식을 낚아채버렸다. 그러더니 괴성을 지르고 낄낄거리며 조롱하면서 식탁에 놓인 음식을 걸신들린 듯 집어삼키거나 흩트려 버렸다.

"자, 이제 보셨겠지요."

피네우스가 숨을 몰아쉬며 말했다.

피네우스 왕의 식사를 방해하는 하르피아이

"신과 맞먹는 지혜를 가진다는 것이 어떤 의미인지 말이오. 이제 여러분 모두 내가 얼마나 비참한지 알게 되셨겠지요. 음식을 입가에 가져갈라치면 그때마다 이 잔혹한 것들, 하르피아이라 불리는 날치기꾼들이 내가 먹으려던 것을 흩어놓거나 집어삼킨다오. 내 목숨이 완전히 끊어지는 일은 없도록 부스러기는 남겨놓지만 그것도 죄다 놈들이 역겹고 냄새나게 더럽혀놓은 것뿐이지요."

그때 하르피아이 하나가 왕의 옥좌 뒤에 걸터앉아 뻘건 눈으로 영웅들을 쳐다보며 빽빽거리며 말했다.

"하! 이제는 만찬장에 무장한 사람들을 데려다 놓았군. 우리를 겁줘서 쫓아버릴 생각이었겠지. 피네우스, 우리를 겁줘서 쫓아버릴 생각은 하지도 마! 네가 고픈 배를 달래려 할 때마다 우리 날치기꾼들은 늘 네 곁에 있을 거다. 우리는 날개가 달려서 바람을 타고 날아다닐 수 있는데 저자들이 우리와 맞서서 뭘 할 수 있겠어?"

흉측하게 생긴 하르피아이가 이와 같이 말하자 영웅들은 하르피아이의 무시무시한 형상에 두려움을 느끼고 한데 무여들었다. 디들 움츠러들었지만 북풍의 신 보레아스의 아들인 제테스와 칼라이스는 예외였다. 제테스와 칼라이스는 손을 자신의 칼에 올려놓았다. 어깨에 달린 날개가 펼쳐지고 발뒤꿈치의 날개도 파르르 떨렸다. 피네우스 왕은 몸을 앞으로 수그리며 숨을 몰아쉬었다.

"내가 가진 지혜 덕에 나는 여러분 중 나를 구해 줄 수 있는 분이 두 분 계시다는 것을 알고 있소. 아아, 내게 도움을 주실 수 있는 분들이여. 부디 서둘러 나를 도와주시오. 그러면 내게 조언을 구하러 오신 아르고 호의 선원 여러분께 조언은 물론이거니와 보물과 값나가는 것까지 여러분의 배에 듬뿍 실어주겠소. 아아, 나를 도와주실 수 있는 분들이여. 서둘러 주시오."

왕의 말을 들은 하르피아이는 한데 모여 이를 갈며 서로 웅성거렸다. 그러다가 제테스와 칼라이스가 손에 칼을 쥐는 걸 보고는 날개를 펼치고 홀의 커다란 문 사이로 날아가 버렸다. 왕이 소리를 치기도 전에, 북풍의 신 보레아스의 두 아들은 이미 날개를 펼치고 날아올라 손에 빛나는 칼을 든 채 하르피아이를 좇고 있었다.

그동안 왕의 밥상을 즐겨왔던 사르미데소스에서 쫓겨나게 되자 하르피아이는 분노와 낭패감에 젖어 빽빽 소리를 지르고 이를 갈며 계속 날아갔다. 하르피아이는 높이 솟아올라 바다를 향해 날아갔다. 그러나 하르피아이가 높이 날아오른다 해도 북풍의 신 보레아스의 두 아들은 더 높이 날았다. 하르피아이는 날갯짓을 계속하며 가련하게 울어댔다. 하지만 제테스와 칼라이스에게 하르파이아에 대한 동정심이 생길 리는 없었다. 가슴팍과 날개에 핏자국이 선명한 이 무지막지한 날치기꾼들이 피네우스와 그 누구에게도 인정사정 봐 주지 않았음을 알았기 때문이다.

쉴 틈 없이 쫓기던 하르피아이가 어느 심에 미네잇아 지쳐 날개를 접었고, 뒤따라온 제테스와 칼라이스는 하르피아이를 형체도 없이 베어놓기 위해 각자 빛나는 칼을 치켜들었다. 바로 그때 제우스의 전령 이리스가 금빛 날개를 반짝이며 내려와 중간에서 막아서서 소리쳤다.

"보레아스의 두 아들이여, 하르피아이를 죽이지 마시오. 제우스를 따르는 하르피아이를 죽여서는 안 되오. 하르피아이가 이곳에서 숨죽이고 머물도록 내버려 두시오. 그러면 제우스가 보내신 내가, 신이라면 무엇보다도 두려워하는 방식으로 맹세하겠소. 앞으로 하르피아이가 피네우스 왕을 괴롭히러 사르미데소스까지 오는 일은 결코 없을 것이오."

제테스와 칼라이스는 이리스의 말에 따랐다. 신이라면 무엇보다 두려워하는 방식으로 맹세한다는 건, 바로 스틱스 강을 두고 맹세한다는 의미였다. 스틱스 강을 두고 하는 맹세는 제우스라 하더라도 어기지 못했다. 제테스와 칼라이스는 다시 사르미데소스로 향했다. 두 형제가 하르피아이를 몰아넣은 섬은 그 뒤 '발길을 돌린 섬'이라는 의미의 스트로파데스 섬으로 불리게 되었다. 제테스와 칼라이스가 되돌아오기 위해 섬을 떠났을 때는 저녁이었다. 밤 내내 아르고 호의 선원들과 피네우스 왕은 궁궐의 홀에 앉아 북풍의 신 보레아스의 아들인 제테스와 칼라이스가 돌아오기를 기다렸다.

피네우스 왕의 조언과 렘노스 섬 상륙

제테스와 칼라이스가 빛나는 칼을 손에 쥐고 피네우스 왕의 홀 안으로 들어가자 아르고 호의 선원들이 몰려들었다. 피네우스 왕은 고개를 들어 야윈 손을 형제에게 내밀었다. 제테스와 칼라이스는 하르피아이를 섬에 몰아넣은 일과, 제우스 신의 전령 이리스가 나타나 날치기꾼들이 다시는 궁궐에 나타나지 않을 것이라고 스틱스 강에 대고 맹세한 일을 동료와 왕에게 들려주었다.

곧 술이 찰랑거리는 커다란 황금 잔이 왕 앞에 놓였다. 왕은 그때까지도 하르피아이가 자신의 손에서 황금 잔을 낚아챌까 두려워하며 떨리는 손으로 황금 잔을 들고 들이켰다. 한 번에 술을 들이켰다 한참 동안 꿀꺽꿀꺽 들이켰지만 날치기꾼들의 소름끼치는 모습은 나타나지 않았다. 왕은 아르고 호의 영웅들에게 다가가 북풍의 신

보레아스의 아들인 제테스와 칼라이스의 손을 움켜쥐었다.

"아아, 그 어떤 왕보다도 훌륭하신 영웅이여. 신이 내리신 끔찍한 저주에서 나를 해방시켜 주셨소. 감사하오. 그리고 탐험대의 영웅 여러분 모두에게 감사하오. 이 피네우스가 감사하는 마음은 여러분 모두에게 큰 도움이 될 것이오."

피네우스는 제테스와 칼라이스의 손을 꽉 움켜쥐고 궁궐의 홀을 셀 수 없이 지나 지하의 보물 창고로 영웅들을 안내했다. 피네우스는 하르피아이를 내쫓아 준 형제에게 황금으로 된 왕관과 팔찌, 색깔이 화사한 옷을 하사하고 그 보물을 챙겨 넣을 놋쇠함도 주었다. 그리고 이아손에게는 자루는 상아로, 칼집은 황금으로 만든 칼을 하사했다. 선원들 각각에게도 아낌없이 선물을 내렸는데 아르고 호에 남아 있는 헤라클레스와 티피스 몫을 챙겨주는 일도 잊지 않았다.

넓은 홀에서 왕과 아르고 호의 선원들을 위한 연회가 펼쳐졌다. 모두들 맛난 음식과 잔이 넘치도록 담긴 술을 먹고 마셨다. 피네우스도 영웅들과 다를 바 없이 먹고 마셨다. 음식을 채가고 피네우스를 괴롭히던 끔찍한 것들은 나타나지 않았다. 그렇다 해도 이아손은 신과 맞먹는 지혜를 갖고자 했던 피네우스가 눈이 멀고 얼굴이 비쩍 마른 모습을 바라보며 피네우스가 품었던 주제 넘는 바람 따위는 결코 품지 않겠노라고 결심했다.

연회가 끝나자 왕은 이아손에게 아르고 호를 몰고 폰투스 해로 들어가는 길목에 있는 저 무시무시한 맞부딪치는 바위, 심플레가데스를 어떻게 통과할 수 있을지 얘기해 주었다. 피네우스는 맞부딪치는 바위 가까이로 배를 몰라고 했다. 그 때 아르고 호의 선원중 눈이 가장 밝은 자가 손에 비둘기 한 마리를 들고 뱃머리에 서 있게 하라고 했다. 그리고 바위가 서로 맞붙는 순간 그 비둘기를 날려보라고 했다. 바위 사이에 비둘기가 날아갈 공간이 있다면 아르고 호도 그 사이로 통과할 수 있을 터이니 비둘기가 날아간 방향을 쫓아 똑바로 배를 몰라고 했다. 만약 비둘기가 바다 쪽으로 내려가거나 아르고 호로 돌아오거나 물보라 속으로 자취를 감춘다면 아르고 호는 그 길목을 통과할 수 없었다. 그럴 경우에는 영웅들이 폰투스 해에 접해 있는 곳까지 아르고 호를 육로로 운반해야 할 터였다.

그날 아르고 호의 선원들은 피네우스에게 작별 인사를 고한 뒤 왕이 하사한 보물을 갖고 아르고 호로 돌아왔다. 헤라클레스와 티피스에게도 왕이 보낸 선물을 전해 주었다. 아침에 아르고 호는 사르미데소스의 항구에서 벗어나 다시 길을 떠났다.

그러나 한참이 지난 다음에노 바르고 오는 게 | 만 끄배기 될 길목인 심플레가데스에 이르지 못했다. 그 전에 숲이 울창하게 우거진 나라에 먼저 상륙했는데 그곳 왕이 아르고 호 선원들의 모험

에 대해 익히 들어왔던 참이라 영웅들을 환대하며 맞아들였기 때문이었다. 영웅들은 여러 날 동안 그곳에 머물렀다. 숲에서 사냥을 즐기기도 했다. 그러다가 아르고 호의 선원들은 크나큰 손실을 입었으니, 티피스가 숲 속을 지나가다 뱀에 물려 목숨을 잃은 것이었다. 그토록 많은 바다를 거치면서 그토록 여러 번의 폭풍을 이겨냈던 티피스인데 배 위가 아닌 육지에서 죽고 말았다. 아르고 호의 선원들은 바닷가에 티피스의 무덤을 만들었다. 무덤에는 돌을 높게 쌓아 피티스의 키잡이 노를 똑바로 세워 꽂아놓았다. 그 뒤 아르고 호는 다시 출항했다. 새로운 키잡이는 나우플리오스였다.

니우플리오스는 디피스만큼 뱃길에 익숙하지 않았다. 나우플리오스가 방향을 잡지 못한 탓에 아르고 호는 왔던 길을 몇날 며칠 동안이나 되돌아오고 말았다. 그러다가 항해 초기에 지나쳤던 렘노스 섬에 이르렀다. 영웅들은 렘노스 섬에서 한동안 휴식을 취한 다음 다시 폰투스 해로 통하는 길목으로 나아가기로 결정했다.

렘노스 섬이 가까워지자 영웅들이 나팔을 불었고 가장 목청이 큰 자가 섬에 사는 사람들을 크게 소리쳐 불렀다. 하지만 아무런 대답도 들리지 않았기에 아르고 호는 하루 종일 그 섬 근처에만 머물러 있었다.

섬에서는 사람들이 손에 든 활을 겨눈 채 숨어서 아르고 호의 선원들을 지켜보고 있었다. 게다가 아무 낌새도 모르는 아르고 호의 선원들을 화살로 겨냥하는 이는 여자와 어린 소녀 들이었다.

렘노스 섬에는 남자가 없었다. 몇 년 전 이 섬에 사는 사람들에게 저주가 내려 남자와 여자 사이에 싸움이 벌어졌다. 여자들은 남자들에게 승리를 거둔 뒤 남자들을 렘노스 섬에서 쫓아내버렸다. 세월이 흘러 그때의 여자들은 이미 나이가 들었고, 이제는 자신의 아버지와 남자 형제들이 쫓겨났을 때 꼬마였던 여자 아이들이 아르고 호에 탄 아탈란테 또래로 자랐다.

여자들은 섬에 사는 야생 짐승을 사냥하고 밭을 일구었으며, 남자들을 쫓아내기 전에 지어진 건물을 잘 건사했다. 나이 든 여자들은 더 나이 어린 여자들의 시중을 들었는데 그들의 여왕은 힙시필레라 불렸다.

힙시필레의 유모인 폴리크소가 말리지 않았다면, 손에 활을 들고 지켜보던 여자들은 아르고 호의 선원들을 향해 화살을 날렸을 터였다. 폴리크소는 여왕의 명령을 듣기 전까지는 낯선 자들을 쏘지 말도록 했다.

폴리크소가 서둘러 궁궐로 갔을 때, 젊은 여왕은 베틀 앞에서 옷감을 짜고 있었다. 폴리크소는 해안에 매여 그 배에 타고 있는 낯선 자들에 대해 보고하며 보초를 선 사람들에게 어떤 명령을 전달할지 물었다.

"여왕님, 명령을 내리시기 전에 제가 올리는 말씀을 들어보소서. 우리같이 나이 먹은 여자들은 이제 꼬부랑 할머니가 되어가고 있습지요. 몇 년만 지나면 여왕님같이 더 나이 어린 여자들의 시중을 들 수 없게 될 것이고 거기서 몇 년만 더 지나면 우리는 무덤 속에 들어가 자취를 감출 것입니다. 여왕님같이 더 나이 어린 여자들도 언젠가는 기력이 쇠해 숲에서 사냥하거나 밭을 갈 수 없을 때가 올 겁니다. 늙은 뒤에는 더욱 살아가기 힘들어지겠지요."

폴리크소는 이야기를 계속했다..

"정말 적절한 때에 배가 찾아왔습니다. 배에 타고 있는 자들은 튼실한 영웅들입니다. 그 자들이 렘노스 섬에 상륙하도록 허락하시고 그들이 원한다면 이곳에 머물게 해 주시지요. 그 자들이 젊은 여자들과 결혼하여 렘노스 섬에서 이전처럼 남편과 아내기 서로 고락을 같이 하는 동반자로 살아가도록 허락하소서."

여왕 힙시필레는 베짜기를 하다 들고 있던 북을 떨어뜨린 채 한동안 폴리크소의 얼굴을 뚫어져라 바라보았다. 힙시필레는 자신이 꿈결에 그런 얘기를 내뱉는 것을 유모가 들은 걸까 궁금해졌다. 힙시필레는 보초병 여자들에게 영웅들이 안전하게 상륙하도록 허락하라 전하라고 유모에게 지시했다. 자신도 아버지인 토아스 왕의 왕관을 머리에 쓰고 바닷가로 내려가 영웅들을 맞이하겠노라고 알리도록 했다.

그러자 아르고 호의 선원들은 바닷가에 있는 사람들을 볼 수 있었고 그들이 여자의 옷차림을 하고 있음을 알아차렸다. 선원 중 가장 목청이 큰 자가 다시 소리치자 여자의 목소리로 답변이 들려왔다. 영웅들은 아르고 호를 바닷가에 정박시킨 후 렘노스 섬에 발을 내딛었다.

이아손이 동료들에 앞장서서 나오자 힙시필레가 아버지의 왕관을 머리에 쓰고 다른 여자들 앞에 서 있었다. 이아손과 힙시필레는 서로 인사를 나누었다. 힙시필레는 영웅들이 자신을 따라 미리나라고 불리는 도시에 위치한 궁궐로 따라오도록 지시했다.

아르고 호의 선원들은 여자들의 자태와 얼굴을 바라보는 한편 남자들이 없다는 사실에 놀라워하며 뒤를 따랐다. 궁궐에 들어가자 힙시필레가 토아스 왕이 앉았던 돌로 된 옥좌에 올랐고, 보초병 여자 넷이 힙시필레의 양편에 자리 잡았다. 힙시필레는 영웅들을 환대하며 원하는 만큼 오랫동안 안심하고 머물도록 허락했다. 힙시필레는 렘노스 섬에 사는 사람들에게 내려진 저주와 사내들이 어떻게 쫓겨나게 되었는지에 대해 이야기해 주었다. 그러자 이아손은 자신과 동료들이 어떻게 배를 타게 되었으며 무엇을 찾고자 하는지 여왕에게 설명했다. 아르고 호의 선원들과 렘노스의 여자들은 우의의 뜻에서 함께 머물렀다. 아르고 호의 선원들 중 여전히 힐라스를 잃은 슬픔에 젖어 있던 헤라클레스빈 ㅐ ㅣ밀히에 ㅐㄱ고 호에 남았다.

렘노스 섬의 여자들

이제 아르고 호의 선원들은 바닷물이 철썩이고 바람이 몰아치는 뱃전을 지기지 않아도 되었다. 머물 수 있는 집이 있고, 꿀처럼 달콤한 먹을거리가 있었다. 게다가 섬을 돌아다닐 때면 선원마다 렘노스 섬의 여자를 한 명씩 차지할 수 있었다. 지친 선원들에게는 반가운 변화였다.

아르고 호의 선원들은 여자를 도와 밭을 일구고 여자들과 함께 사냥을 다녔다. 영웅들은 여자들이 그동안 얼마나 능숙하게 일들을 처리해 왔는지 매번 놀라곤 했다. 아르고 호의 선원들에게는 렘노스 섬의 일 중 기이하지 않은 것이 없었다. 선원들은 매일 매일 이 새로운 모험인 양 즐기며 하루하루를 보냈다.

영웅들은 때때로 밭과 사냥터를 떠나기도 했다. 친해진 여인과 함께 그 기묘한 섬 깊숙이 들어가 금빛 은빛의 수련으로 온통 뒤덮인 호수를 바라보거나, 그늘진 나무 주위에서 자라는 덩굴 식물에서 파란빛 꽃을 따 모으거나, 아니면 몸을 숨기고 잽싼 새들이 덤불 속에서 노래 부르는 소리에 귀 기울이기도 했다. 집에 돌아오는 길에 때때로 항구에 정박한 아르고 호가 눈에 들어올 때면 배에 남아 있는 헤라클레스를 떠올리며 소리쳐 부르기도 했다. 그동안 탔던 배나 항해는 이제 먼 옛일로 여겨졌고, 황금양털을 찾아 떠나는 모험이란 전에 들어봤거나 떠올려본 적은 있지만 다시는 예전 같은 열정을 갖고 덤빌 수 없는 일로 느껴졌다.

이아손은 힙시필레를 처음 보고 그저 아이같이 작은 여자구나 하는 생각만을 했다. 하지만 힙시필레가 토아스 왕의 옥좌 앞에 선 채 입술에서 쏟아내는 말에 이아손은 대단히 놀랐다. 마치 자그마한 새가 목구멍으로 풍성하게 지저귀는 소리를 쏟아내는 것 같았다. 힙시필레의 말 하나하나가 그 여자의 눈빛 때문에 마치 번개가 번쩍이는 듯한 느낌이었다. 힙시필레의 눈빛은 이아손이 이올코스에서 봤던 여자들처럼 맑고 고요하지는 않았지만 깊고 불에 타는 듯했다. 입술은 도톰해서 얼굴에 그늘을 드리우고 있었는데 그 점만 아니라면 힙시필레는 밝고 사랑스러운 얼굴이었다.

힙시펠레는 두 가지 말을 구사했다. 하나는 렘노스 여자의 어머니들이 구사했던 말로 거칠고 냉혹했으며 노예들에게 내뱉는 말이었다. 다른 말은 렘노스 여자의 아버지들이 구사했던 그리스 말로 힙시필레가 그 말을 하면 마치 기이한 음악처럼 들렸다. 말투와 걷는 자태와 몸가짐이 여왕다워서 이아손은 힙시필레가 젊고 아이처럼 작을망정 통치자다운 위엄을 느낄 수 있었다.

힙시필레는 이아손의 손을 잡은 그 순간부터 이아손과 한순간이라도 떨어져 있는 것을 견딜 수 없는 듯싶었다. 이아손이 가는 곳이면 힙시필레도 갔다. 이아손이 앉는 곳이면 힙시필레도 커다란 눈으로 이아손을 마주보고 앉아 소리 내어 웃거나 노래를 불렀다.

이아손에게 힙시필레는 기묘한 꽃의 향기와도 같고 이상한 과일의 단맛과도 같았다. 이아손은 흰 옷, 또는 화사한 빛깔의 옷을 차려입은 힙시필레 곁에 앉아 바라보며 몇 시간이고 흘려보내곤 했다. 이아손은 사냥도 나가지 않았고 밭에도 나가지 않았으며 다른 사람들과 렘노스 섬 안쪽으로 들어가는 일도 없었다. 그저 하루 종일 궁궐 안에서 힙시필레와 함께 앉아 힙시필레를 바라보거나 힙시필레의 노랫소리에 귀 기울이거나 힙시필레가 유모, 또는 네 명의 수행원 여자에게 길고 사납게 말하는 소리를 듣곤 했다.

저녁마다 아르고 호의 선원들과 렘노스의 여자들은 궁궐의 홀에 모였다. 그곳에서 춤판이 벌어졌고 이아손은 늘 힙시필레와 함께 춤을 추었다. 렘노스의 여자들은 하나같이 노래 솜씨가 빼어났지만 이야깃거리를 가진 이는 아무도 없었다.

힙시필레 여왕과 이아손

아르고 호의 선원들이 오르페우스에게 이야기를 시키려 하자 렘노스의 여자들은 이렇게 얘기했다. 남신과 남자 영웅에 대한 이야기는 할 수 없지만 여신과 여자들에 대한 이야기는 괜찮다고.

신들의 이야기를 꿰고 있는 오르페우스에게 들려줄 이야깃거리는 무궁무진했지만 춤추는 여자들이 다가와 귀를 기울일 이야기는 오직 여신인 데메테르와 그 딸인 페르세포네의 이야기뿐이었다.

⋯⋯ **데메테르와 페르세포네** ⋯⋯

Ⅰ

데메테르는 먼 옛날, 인간에게 밭에 뿌릴 씨앗을 나눠 주느라 인간 세상을 돌아다니다가 높은 산 너머, 바다 건너에서 들려오는 비명을 들었습니다. 데메테르는 가슴이 철렁했지요. 바로 자신의 딸, 게다가 외동딸인 젊은 페르세포네의 목소리였기 때문입니다.

데메테르는 씨앗을 뿌리던 밭에 축복을 내려줄 새도 없이 부리나케 자신이 페르세포네를 남겨 두고 떠났던 시칠리아 섬의 엔나 평야로 돌아왔습니다. 엔나 곳곳, 시칠리아 섬 전체를 뒤져보았지만 페르세포네는 흔적도 찾을 수 없었고 페르세포네와 함께 놀고 있던 여자들의 흔적도 알 길이 없었지요. 만나는 사람마다 딸의 소식을 아는지 간절하게 물었지만, 여자들이 꽃을 따고 함께 어울려 노는 것을 본 자는 있어도 왜 데메테르의 딸이 비명을 질렀는지, 어디로 사라진 것인지 아는 이는 아무도 없었습니다.

데메테르에게 답을 줄 수 있던 자가 있기는 했습니다. 물의 정령 키아네였지요. 하지만 키아네는 데메테르가 찾아오기 전에 연못의 물로 녹아버렸습니다. 그 뒤로는 말을 할 수 없어서 키아네는 페르세포네가 어디로 사라져버렸는지, 누가 페르세포네를 데려갔는지 데메테르에게 알릴 수 없었지요. 대신 손에 쥐고 있던 페르세포네의 허리띠를 물에 띄웠습니다. 샘에서 떠오른 딸의 허리띠를 보고 데메테르는 딸이 강제로 납치되었다는 사실을 깨달았지요. 그래서 아이트네의 화산에서 횃불을 밝히고는 딸을 찾아 아흐레 낮 아흐레 밤 동안 으슥한 곳을 죄다 뒤지고 다녔답니다.

그러다가 여신인 데메테르는 높고 어두운 언덕에서 달의 여신 헤카테와 정면으로 맞닥뜨렸습니다. 헤카테 역시 페르세포네의 비명을 듣고 데메테르의 슬픔에 대해 깊은 연민을 느끼고 있었지요. 헤카테와 데메테르는 어둡고 높은 언덕에 나란히 서서 얘기를 나누었습니다. 헤카테는 데메테르에게 찬란한 태양의 신이자 세상을 지켜보는 헬리오스에게 가서 딸의 소식을 알아보라고 했습니다. 그러면서 헬리오스에게 딸인 페르세포네를 상제로 납치해간 자가 누구인지 알려주기를 간청해 보라고 말해 주었지요.

데메테르는 헬리오스를 찾아갔습니다. 헬리오스는 빛나는 말 네

마리, 태양의 전차를 끌고 하늘의 창공을 가로지르는 성질 급한 네 마리 말 앞에 서 있었습니다. 데메테르는 그 성질 급한 말 앞을 가로막고 서서 땅 위에서 일어나는 모든 일을 지켜보는 헬리오스에게 자신의 딸인 페르세포네를 강제로 납치해 간 자가 누구인지 알려달라고 애원했지요.

그러자 뭐든 감추는 법이 없는 헬리오스가 대답했습니다.

"여왕과 같은 데메테르 여신이여, 지하 세계의 왕 사악한 하데스가 페르세포네를 데려가서 내가 결코 비춘 적이 없는 영토의 여왕으로 삼으려 하오."

헬리오스가 말하는 동안에도 말들은 갈기를 흔들고 불을 내뿜으며 출발하고 싶어 안달이었습니다. 말을 마친 헬리오스는 전차에 훌쩍 올라타더니 눈 깜짝할 사이에 떠나버렸지요.

데메테르는 페르세포네를 억지로 데려간 자가 다름 아닌 신이라는 사실을 알게 되었습니다. 달리 말하면 이 일은 제우스 신의 의지에 따라 일어난 일이라는 의미였지요. 그때부터 데메테르는 신들의 모임에 가지 않았습니다. 아흐레 낮 아흐레 밤 동안 손에 들고 있던 횃불도 꺼버리고, 여신의 옷도 던져버린 채 아이를 잃은 슬픔에 젖어 땅 위를 정처 없이 헤매고 다녔지요. 데메테르는 이제 인간에게 자애롭던 여신이 아니었습니다. 인간에게 곡식을 허락하지 않았고 밭에 축복을 내리지도 않았지요. 데메테르는 한때 기쁘게 하던 일들을 이제 아무것도 하려 들지 않았습니다.

II

페르세포네는 대양의 신 오케아노스의 딸이자 정령인 파에노, 이안테, 멜리타, 이아네이라, 아카스테와 함께 엔나의 아름다운 들판에서 놀고 있었습니다. 페르세포네와 정령들은 그 일대의 들판에 자라는 꽃들, 그러니까 붓꽃, 크로커스, 백합, 수선화, 히아신스, 장미를 따러 엔나에 갔었지요. 바구니에 꽃을 꺾어 담으며 걷다가 페르구스 호수에서 하얀 백조들이 노닐며 노래 부르는 광경을 바라보기도 했습니다.

그러다가 땅에 깊이 벌어진 틈 옆에 핀 놀라운 꽃이 눈에 띄었지요. 색깔은 크로커스와 비슷했지만 마치 백 송이의 꽃에서 나는 듯한 향기를 풍기는 꽃이었습니다. 페르세포네는 그 꽃으로 다가갔습니다. 저 꽃을 따기만 하면 친구들의 꽃보다 훨씬 더 멋진 꽃을 손에 넣게 되는 셈이라고 생각했지요.

페르세포네는 지하 세계의 왕 하데스가 그곳에 꽃을 피워 올려 페르세포네가 그 꽃에 이끌려 자신이 갈라 놓은 틈새로 빠지도록 계략을 세운 사실을 새까맣게 모르고 있었습니다.

페르세포네가 그 놀라운 꽃을 따려고 몸을 굽히는 순간 하데스가 무쇠로 만든 전차를 타고 틈새로 솟아올라 페르세포네의 머리를 움켜잡고 옆자리에 앉혔습니다. 페르세포네를 구하려 한 정령은 오직 키아네뿐이었는데 바로 그때 키아네가 페르세포네의 허리띠를 잡아챈 것이지요.

페르세포네는 비명을 질렀습니다. 처음의 비명은 바구니에서 꽃이 쏟아졌기 때문이었고 그다음 비명은 강제로 끌려갔기 때문이었습니다. 페르세포네는 소리 높이 엄마를 불렀고 그 소리는 높은 산 너머 바다 건너까지 울려 퍼졌습니다. 오케아노스의 딸들은 두려움에 떨며 달아나 바다 깊숙이 가라앉아버렸지요.

하데스는 검은 말이 끄는 거대한 무쇠 전차를 타고 자신이 갈라놓은 틈 사이로 쏜살같이 다시 내려갔습니다. 그렇게 지하 세계로 들어가 스틱스 강을 잽싸게 건넌 뒤 자신의 옥좌 옆에 전차를 세웠지요. 그리고 기절해 있는 페르세포네를 자신의 검은 옥좌에 앉혔습니다.

Ⅲ

이제 데메테르 여신은 인간에게 곡식을 내리지 않았습니다. 인간의 밭에 축복을 내리지도 않았습니다. 곡식이 자라던 곳에는 잡초가 우거졌고 인간들은 머지않아 먹을 게 없어 굶주리게 되리라는 두려움에 떨었습니다.

데메테르는 어미의 품에서 빼앗겨버린 딸, 페르세포네 생각으로 꽉 찬 채 이곳저곳을 헤매고 다녔습니다. 그러다가 길가의 우물 옆에 앉아 어쩌면 자신이 끝내 다가갈 수 없고 자신에게 끝내 다가오지 못할 딸에 대한 생각에 빠져들었지요.

그때 네 명의 여자가 데메테르 쪽으로 다가왔습니다. 우아하고 젊은 자태를 보니 데메테르는 딸자식이 눈앞에 아른거렸습니다. 발걸음도 가볍게 다가오던 여자들은 데메테르 곁에 있는 '처녀의 우물'로 오는 길이었어요. 손에는 놋쇠 항아리를 들고 있었지요.

여자들은 데메테르를 보고 마음 깊이 슬픔에 젖은 할머니라 생각했습니다. 할머니의 모습이 고귀하면서도 너무도 슬퍼보여서 여자들은 항아리에 맑은 물을 길어 올리며 상냥하게 말을 걸었지요.

"할머니, 왜 마을에서 멀리 떨어져 계세요? 인가가 있는 곳으로 오시는 게 어때요? 보니까 할머니는 집이 없고 혼자이신 것 같은데 마을로 오시면 할머니를 반갑게 맞아들일 집이 많이 있어요."

데메테르는 여자들이 너무도 젊고 아름답고 꾸밈없는 모습인 데다 그토록 상냥하게 자신을 대하는 태도에 마음이 끌렸습니다. 그래서 이렇게 얘기했지요.

"아가씨들, 내가 어디로 갈 수 있겠소? 내 친족은 멀리 있고 내 곁에 있어 줄 사람은 이 세상 천지에 아무도 없는데."

여자 중 한 명이 말했습니다.

"이 땅에 여러 왕자들이 있는데 할머니가 왕자의 어린 자식에게 유모가 되어주신다면 할머니를 반갑게 맞아들일 텐데요. 그런데 내가 우리 아버지인 켈레오스를 두고 왜 다른 왕자들을 얘기하고 있지? 아버지의 집이라면 할머니는 분명 환영받으실 거예요. 메타네이라가 우리 어머니이신데 최근에 아이를 낳으셨답니다. 할머니 같이 지혜로우신 분이 아기인 데모폰을 돌봐 주신다면 어머니께서 정말 좋아하실 거예요."

데메테르가 여자들을 지켜보며 말소리에 귀 기울이는 동안 우아하고 젊은 여자들의 모습과 페르세포네의 모습이 자꾸 겹쳐 보였어요. 데메테르는 이런 여자들이 사는 집에 머문다면 위로가 될 것이라 생각했지요. 그러니 여자들이 가서 어머니에게 데메테르를 아기의 유모로 삼는 게 어떻겠냐고 여쭤보겠다는 데 굳이 거리낄 것도 없었지요.

여자들은 머리카락을 크로커스처럼 흩날리며 재빨리 집을 향해 달려갔습니다. 상냥하고 사랑스러운 여자들이었으니 그 이름은 칼리디케, 클리시디케, 데모, 칼리토에라고 현재까지 전해지지요. 이들은 어머니에게 가서 도소라는 이름의 낯선 여자에 대해 들려주었습니다. 여자들은 그 여자라면 지혜롭고 살뜰한 유모가 될 것이라고 입을 모았지요. 여자들의 어머니인 메타네이라는 그 낯선 여인을 맞아들이기 위해 앉아 있던 의자에서 일어났습니다. 하지만 그 여인이 문간에 서 있는 모습이 어찌나 위풍당당해 보이던지 메타네이라는 경이로움에 휩싸였어요.

메타네이라는 그 여인을 자신의 자리에 앉히려 했지만 여신 데메테르는 가장 낮은 의자에 앉으며 인사를 올렸습니다.

"신들의 축복이 있으시길 빕니다, 마님."

"슬픔에 젖어 안락한 집을 떠나 떠도는 중이시라면서요. 하지만 이렇게 우리 집에 오셨으니, 높은 기대와 간절한 기도 끝에 태어난 아기, 데모폰을 젊은이가 될 때까지 길러주세요. 그러시면 이 집에서 부족함이 없이 지내시게 될 겁니다."

아기가 데메테르의 품에 안겼습니다. 데메테르가 작은 데모폰을 가슴에 꼭 끌어안자 데모폰은 데메테르의 얼굴을 올려다보더니 방실 웃었지요. 그러자 데메테르는 그 아기와 집안사람들 모두에게 마음이 끌렸습니다.

데모폰은 데메테르의 보살핌 속에 튼튼하고 아름답게 자랐습니다. 게다가 작은 데모폰은 여느 아기들이 먹는 음식이 아니라 신들이 어린 시절에 먹는 것과 같은 음식을 먹었지요. 데메테르가 데모폰에게 자신의 신적인 숨결을 불어 넣어 주면서 신들의 음식인 암브로시아를 먹였으니까요. 밤이면 데메테르는 난로에서 불이 이글거리는 장작더미 사이에 데모폰을 눕혔습니다. 데모폰을 신처럼 영원히 죽지 않는 자로 만들고자 한 일이었지요.

그러나 어느 날 밤, 메타네이라가 자신이 누워 있던 방에서 밖을 내다보다가 유모가 작은 데모폰을 데려다가 주위에 장작불이 이글거리는 난로 비닥에 내려놓는 무슨을 보게 되었습니다. 메타네이라는 화들짝 놀라 한달음에 난롯가로 달려가 이글거리는 장작불 곁에서 아이를 건져내며 소리쳤지요.

"데모폰, 내 아들. 이 이상한 여자가 도대체 네게 무슨 짓을 한 거야? 내가 너를 이 여자 품에 맡긴 것을 원통하게 여기도록 할 작정인가?"

그러자 데메테르가 말했습니다.

"너희 인간들은 실로 바보 같으니, 무언가가 자신에게 좋은 일이 될지 나쁜 일이 될지 예견하지를 못하는구나! 메타네이라, 실로 바보스럽도다. 네가 경솔하게 행동하는 통에 이 아이에게서 불멸의 신들과 같은 불멸성을 앗아가 버렸으니 말이다. 이 아이를 내 품에 안고 키우다 보니 정이 들었고 그래서 나는 신이 줄 수 있는 가장 큰 선물을 이 아이에게 내리고자 하였으니, 이 아이가 죽지 않고 늙지 않게 만들고자 하였더니라. 이 모든 일이 이제 수포로 돌아가 버렸구나. 이 아이는 실로 영예롭게 살겠지만 데모폰은 늙을 것이고 죽게 될 것이니라."

이야기를 하는 동안 늙어 보이던 데메테르의 모습이 변했습니다. 데메테르에게서 아름다움과 위엄이 넘쳤고 옷에서도 천상의 향기가 풍겼지요. 데메테르의 몸에서 나오는 광채가 얼마나 밝던지 방이 다 빛났습니다. 메타네이라는 바닥에 뉘어 놓은 아이를 안아 올릴 생각도 못 한 채 할 말을 잃고 몸을 떨며 서 있었지요.

그제야 데모폰의 누나들은 데모폰의 울음소리를 듣고 방에서 달려와 아이를 품에 안았습니다. 다른 누나는 난로의 불을 다시 지폈고, 남은 누나는 아이를 목욕시키고 돌볼 준비를 했습니다. 밤

데모폰에게 불멸성을 주려고 하는 데메테르 여신

내내 누나들이 아이를 가슴팍에 꼭 끌어안으며 돌봤지만 아이는 진정하지 못했습니다. 아무도 여신이었던 유모만큼 아이를 능숙하게 돌보지 못했기 때문이지요.

데메테르는 켈레오스의 집을 나와 쓸쓸한 마음을 가눌 길 없이 다시 길을 떠났습니다. 가는 곳마다 사람들이 보람도 없이 쟁기질을 하고 있었습니다. 밭고랑에 뿌린 씨에서 싹이 트지 않았으니까요. 데메테르는 사람들이 먹을 게 없어 머지않아 전멸할 위기에 처했음을 알았습니다.

데메테르는 다시 처녀의 우물 근처에 다다랐습니다. 그날 켈레오스의 딸들이 놋쇠 항아리를 손에 든 채 우물로 다가와 낯모르는 할머니인 자신을 상냥한 눈길로 바라보았던 것이 떠올랐습니다. 우물 옆에 다시 앉으니 그 역사를 생각이 난 것이었지요. 그러자 자신이 가슴팍에 안고 키우던 아이, 작은 데모폰도 떠올랐습니다. 켈레오스의 집 근처의 땅에는 생명의 기척이란 전혀 없었고 밭에도 잡초만 무성했습니다. 데메테르가 그곳에 앉아 주위를 둘러보는 동안 자신이 머물던 켈레오스 집안의 사람들에 대해 측은한 마음이 들었지요.

데메테르는 자리에서 일어나 켈레오스의 집으로 갔습니다. 거기서 켈레오스가 집 근처에 자그마한 씨앗을 심고 있는 모습을 보았지요. 데메테르는 켈레오스에게 다가가 자신에게 켈레오스의 가정에 대한 애정이 있으니 밭에 뿌린 씨앗이 싹이 터서 자라도록 축복을 내리겠노라고 말했습니다. 켈레오스는 크게 기뻐하며 사람들을 모조리 모아 데메테르에게 바치는 신전을 지었습니다. 데메테르가 그 일대의 밭을 다니며 축복을 내리자 사람들이 뿌린 씨앗에서 싹이 트기 시작했지요. 데메테르는 한동안 엘레우시스에 세워진 자신의 신전에 머물며 그 사람들 곁을 떠나지 않았습니다.

IV

하지만 데메테르는 여전히 신들의 모임에 나타나지 않았습니다. 제우스가 데메테르에게 황금빛 날개를 가진 이리스를 전령으로 보내 올림푸스로 오라고 해도 막무가내였지요. 그러자 올림푸스의 남신과 여신들이 차례차례 데메테르를 찾아왔습니다. 하지만 페르세포네를 그리며 슬퍼하는 데메테르에게는 아무도 위로가 되지 못했고 데메테르가 다시 불멸의 신들과 자리를 같이 하도록 아무도 설득하지 못했지요.

이와 같은 상황에 이르자 제우스는 어쩔 수 없이 지하 세계에 전령을 내려 보냈습니다. 딸을 잃은 슬픔을 가누지 못하는 어머니에게 페르세포네를 다시 들려보내도록 한 생각이었지요. 제우스가 보낸 전령은 헤르메스였습니다. 헤르메스는 어두운 땅속으로 내려가 마침내 하데스 왕이 페르세포네를 곁에 두고 앉아 있는 검은

슬픔에 빠진 데메테르 여신 앞에 나타난 이리스

옥좌에 이르렀습니다. 헤르메스는 지하 세계의 통치자에게 제우스의 명령에 따라 페르세포네는 지하 세계에서 올라와 어머니의 보살핌을 받도록 해야 한다고 말했지요.

아무도 거역할 수 없는 제우스의 명령을 듣는 순간, 데메테르의 심장을 후볐던 그 마지막 비명 이후 처음으로 페르세포네의 입술에서 탄성이 흘러나왔습니다. 하데스는 거스를 수 없는 제우스의 명령에 까만 머리털의 위풍당당한 머리를 숙였지요.

하데스는 페르세포네가 지상의 세계로 올라가 어머니의 품으로 돌아가게 하겠노라고 허락했습니다. 그리고 이렇게 얘기했지요.

"아, 페르세포네. 당신의 뜻을 무시하고 막무가내로 당신을 데려온 내게 부디 상냥함을 잃지 말아주시오. 나는 올림푸스의 신들이 다스리는 위대한 왕국 중 하나를 당신에게 줄 수 있소. 게다가 제우스와 형제인 내가 데메테르 여신을 어머니로 둔 당신에게도 어울리는 짝이 아니겠소."

지하 세계의 왕인 하데스는 이와 같이 말하고는 페르세포네가 자신의 왕국을 떠나 지상으로 올라갈 수 있도록 불멸의 말이 끄는 무쇠 전차를 준비하도록 지시했습니다.

하데스는 자신의 영토에 있는 유일한 나무 곁에 전차를 세웠습니다. 그 나무에는 과실이 딱 하나 달려 있었는데 빛깔이 선명한 석류였지요. 페르세포네는 전차에서 일어나 나무에서 석류를 땄습니다. 그러자 하데스는 페르세포네에게 석류를 쪼개도록 부추겼습니다. 페르세포네는 석류를 쪼갠 뒤 석류 알 일곱 개를 먹었지요.

그때 채찍을 들고 전차의 말고삐를 잡고 있던 자는 헤르메스였습니다. 헤르메스가 전차를 몰자 바다도, 물길도, 골짜기도, 산봉우리도 하데스의 전차를 끄는 불멸의 말을 지체시킬 수 없었습니다. 곧 전차는 데메테르가 딸이 돌아오기를 기다리고 있던 곳 부근에 다다랐지요.

언덕 꼭대기에 있던 데메테르는 전차가 다가오는 것이 보이자 딸을 껴안으려 마치 창공의 새처럼 날아갔습니다. 페르세포네는 그립던 엄마와 눈이 마주치자 전차에서 튀어나와 엄마의 목에 매달리며 한껏 껴안았지요. 오래오래, 데메테르는 사랑스러운 딸을 품에 껴안고 딸의 모습을 한없이 바라보았습니다. 하지만 느닷없이 데메데르의 마음이 불안감에 죄어들었습니다. 데메테르는 엄청난 공포에 휩싸여 외쳤지요.

"얘야, 지하 세계에 머무는 동안 뭐라도 먹은 적이 있니?"

페르세포네는 지하 세계에 있는 내내 아무것도 먹지 않았노라고 대답했습니다. 하지만 대답을 하고 나서야 자신이 하데스의 권유로 석류를 쪼갰던 기억이 떠올랐지요. 페르세포네가 석류 알을 일곱 개 먹었노라고 말하자 데메테르는 페르세포네의 얼굴에 눈물을 뚝뚝 떨어뜨리며 흐느꼈습니다.

"아아, 얘야. 네가 석류 알을 먹지 않았다면 엄마와 늘 함께할 수 있었을 텐데. 지하 세계의 음식을 먹으면 지하 세계에 속하게 된단

지하 세계의 나무에서 석류를 따는 페르세포네

다. 너는 엄마와 같이 이곳에 계속 머물 수는 없어. 너는 다시 어두운 지하 세계로 돌아가 머물면서 하데스의 옥좌에 앉아 있어야 할 거야. 그렇다고 그곳에 언제까지나 있는 건 아니야. 땅 위에서 꽃이 피면 너는 어둠의 영토에서 올라오게 될 것이고 그러면 우리 둘은 더없이 기뻐하며 함께 지상에서 지낼 수 있어."

그 뒤 일어난 일은 모두 데메테르의 말 그대로였습니다. 일 년 중 두 계절 동안 페르세포네는 데메테르와 함께 지냈고 한 계절 동안은 지하 세계에서 하데스 왕과 함께 지냈습니다. 페르세포네가 엄마와 함께 있는 동안 지상에는 봄이 왔지요. 다시 딸과 함께 지내는 기쁨에 데메테르가 밭고랑에 축복을 내리니까요. 밭고랑은 씨앗이 자라 무성해졌고 곧 대지 곳곳에서 곡식과 과실이 익어가고 이파리와 꽃이 피어났습니다. 밭고랑의 곡식을 거두어 추수를 끝내고 해가 짧아지는 계절이 오면 페르세포네는 엄마 곁을 떠나 어두운 지하 세계로 내려가 위대한 하데스 왕과 나란히 옥좌에 앉았습니다. 그래도 페르세포네는 슬프지 않았습니다. 자신이 위대한 여왕임을 알기에 고개를 숙이지도 않았지요. 다시 계절이 돌아오면 엄마인 데메테르와 함께 탁 트인 땅 위에서, 꽃과 과실과 익고 곡식이 익어가는 들판을 걸을 수 있다는 걸 알기에 기쁨을 잃지 않고 간직할 수 있었습니다.

신들의 이야기를 모조리 꿰고 있는 오르페우스는 이와 같은 이야기를 들려주었다.

어느날 아르고 호의 영웅들이 렘노스의 여자들과 노닐다 돌아오는 길에 아르고 호에 머물고 있던 헤라클레스를 소리쳐 불렀다. 그러자 헤라클레스가 뱃머리에 서서 그들에게 화난 목소리로 소리질렀다. 렘노스의 여자들은 헤라클레스에게 겁을 먹고 영웅들을 잡아끌며 도망쳐 버렸다. 헤라클레스가 다시 동료들에게 소리쳤다. 만일 동료들이 아르고 호로 돌아와 콜키스로 항해할 준비를 하지 않는다면 자신이 뭍에 내려가 그들을 배로 번쩍 들고 와 손에 다시 노를 쥐게 만들겠노라고. 하지만 아르고 호의 선원 중에서 헤라클레스의 말을 끝까지 들은 사람은 아무도 없었다.

그날 밤, 영웅들이 힙시필레의 홀에 조용히 모여 있는 가운데 이번에는 여자인 아탈란테가 이야기를 들려 주었다.

⋯⋯ **아탈란테의 경주** ⋯⋯

세상에 아탈란테라는 이름을 가진 사람은 저 말고도 한 명이 더 있지요. 발 빠른 것으로 유명하고 경주를 즐기는 것으로 알려진 아탈란테랍니다. 그 아탈란테는 바로 보이오티아의 왕인 스코이네우스의 딸이었지요.

아탈란테는 자신의 달리기 실력이 얼마나 자랑스러웠던지 경주에서 자신을 앞지를 수 있는 젊은이가 아니면 아무도 남편으로 맞아들이지 않겠노라고 신에게 맹세했답니다. 젊은이들이 줄지어 찾아와 아탈란테와 경주를 벌였지만 아탈란테는 달릴수록 빨라졌어요. 그래서 찾아오는 젊은이마다 한참 뒤로 따돌렸지요. 그래도 경주를 벌이러 찾아오는 젊은이들이 줄을 잇자 아탈란테의 아버지는 고민 끝에 찾아오는 젊은이들이 줄어들도록 법을 하나 만들었어요. 경주에서 진 다음에 젊은이들이 쳐 대는 아우성도 여간 시끄러운 게 아니었거든요. 왕이 만든 법은 아탈란테와 경주를 벌이러 왔다가 경주에서 지면 목숨까지 바쳐야 한다는 내용이었습니다. 그 뒤로는 목숨을 잃을까 두려워진 젊은이들이 보이오티아에 얼씬도 하지 않았다지요.

어느 날 한 젊은이가 그리스의 먼 지역에서부터 아탈란테의 아버지가 나스리는 나라로 왔습니다. 젊은이의 이름은 히포메네스였어요. 히포메네스는 그 경주에 대해 알지 못하고 왔지만 도시에 들어섰을 때 사람들이 몰려 있는 것을 보고 가서 시합이 벌어지는 걸 지켜봤어요. 히포메네스가 시합에 앞서 각오를 다지는 젊은이들을 바라보고 있는데 사람들이 수군대는 소리가 들려왔습니다.

"저 젊은이들, 참 안됐군. 건장하고 혈기방장해 보이긴 해도 해가 질 무렵이면 다들 목숨이 붙어 있질 않을 텐데. 아탈란테가 다른 젊은이들을 따돌렸듯 저들보다 앞서 나갈 테니까 말이야."

그러자 히포메네스는 놀라워하며 연유를 물었고 사람들은 아탈란테의 경주와 그 경주에서 지는 젊은이들이 처하게 될 운명에 대해 들려주었습니다.

"불운한 젊은이들이네요. 신부를 얻으려 자신의 목숨을 걸다니 정말 어리석기 짝이 없군요."

이렇게 말을 하고 나서 히포메네스는 시합 준비를 하는 젊은이들을 측은한 마음으로 지켜보았습니다. 아탈란테는 아직 모습을 드러내지 않았지요. 히포메네스는 아탈란테를 쳐다보기가 두려웠습니다. 그러면서 혼잣말로 이렇게 중얼거렸습니다.

"아탈란테는 마녀일 거야. 그토록 많은 젊은이들을 죽음으로 몰아가다니 마녀임에 틀림없어. 그리고 아탈란테는 틀림없이 얼굴과 자태에서 마녀의 분위기를 풍길 거야."

히포메네스가 혼잣말을 마치기도 전에 아탈란테의 모습이 눈에 들어왔습니다. 출발선에서 몸을 구부리기 전에 아탈란테는 젊은이들과 서 있었지요.

히포메네스의 눈에 아탈란테는 날렵하고 사랑스러운 모습이었습니다. 곧 참가자들이 출발하기 위해 몸을 구부렸어요. 나팔 소리가 울리자 젊은이들과 아탈란테는 모래로 뒤덮인 경주 코스 위로 제비처럼 쏜살같이 튀어나갔지요.

아탈란테는 나란히 출발했던 젊은이들보다 멀찍이 더 앞서나갔습니다. 달려가는 아탈란테가 드러낸 어깨 너머로 비단끈이 펄 결쳤습니다. 하얀 목덜미는 빛이 났고 작은 발은 날아가는 비둘기 같았어요. 아탈란테를 지켜보던 히포메네스에게는 아탈란테의 아름다운 몸속에 불이 타고 있는 듯했습니다. 아탈란테는 스키타이인이 쏜 화살 같은 속도로 계속 달렸지요. 지켜보는 히포메네스는 젊은이들이 뒤로 쳐지는 것이 전혀 안타깝지 않았어요. 오히려 누군가 아탈란테를 따라잡으려는 상황이었다면 화를 냈을지도 모르겠습니다. 이제 히포메네스에게는 경주에서 이겨 아탈란테를 신부로 삼아야겠다는 마음뿐이었어요. 그리고 이 경주에 참가하지 않은 것을 뼈저리게 후회하고 있었지요.

아탈란테는 결승선을 통과했고 승리자를 위한 화환을 받았습니다. 아탈란테를 지켜보며 서 있던 히포메네스에게는 아탈란테와 같이 달렸던 젊은이들이 눈에 들어오지 않았습니다. 그때 젊은이들은 절망에 빠져 바닥에 주저앉아 있었지요.

히포메네스는 마치 죽음을 앞에 둔 젊은이들 마냥 냉정함을 잃은 채, 구경꾼을 헤치고 나와 수염이 까만 보이오티아의 왕 앞에 섰습니다. 왕은 그때 경주에서 뒤처진 젊은이들에게 사형을 선고하던 차라 눈살을 찌푸리고 있었습니다. 그러다 시합에 도전하려는 또 다른 젊은이 히포메네스를 살펴보며 얼굴을 더욱 찌푸렸지요.

하지만 히포메네스의 눈은 오로지 아탈란테만을 향하고 있었습니다. 아탈란테가 아버지 곁으로 다가왔어요. 금빛 머리칼에 화환을 썼고, 커다란 눈에는 다정한 빛이 어려 있었습니다. 아탈란테는 히포메네스를 돌아본 순간 히포메네스의 얼굴에 서려 있는 달뜬 열망을 읽고 그가 자신과 경주를 하기 위해 왔음을 알아챘어요.

그러자 아탈란테의 얼굴에서 핏기가 가셔버렸지요. 아탈란테는 마치 히포메네스에게 그곳에서 떠나라고 애원하는 양 고개를 내저었습니다.

수염이 까만 왕 스코이네우스는 히포메네스에게 눈살을 찌푸리며 말했습니다.

"오오, 젊은이여. 입을 열라. 입을 열어 무슨 일로 이곳까지 왔는지 아뢰어라."

그러자 히포메네스는 마치 그 말을 하기 위해 평생을 살아온 양 외쳤습니다.

"왕의 따님인 이 여성은 왜 약해빠진 젊은이들만 상대하면서 손쉬운 명예를 탐하고 있습니까? 따님은 아직 전력질주는 하지도 않았어요. 그래서 바다의 신 포세이돈의 혈족인 제가 이렇게 왔습니다. 만에 하나 경주에서 제가 아탈란테에게 진다면 아탈란테가 실로 자랑삼을 만하지요."

아탈란테가 앞으로 나서며 말했습니다.

"젊은이여, 그런 말은 삼가세요. 틀림없이 어떤 신이 당신의 아름다움과 강건함을 시샘하여 당신이 나와 경주해서 죽음을 맞이하도록 이곳에 보낸 모양이로군요. 아아, 방금 전 나와 겨루었던 젊은이들을 떠올려 보세요! 그늘이 바쳐 이고 있는 세 수많은 숨겨운 생각해 보세요! 당신은 경주에 목숨을 걸려 하지만 나는 진실로 그만한 가치가 없어요. 그러니 떠나세요. 아아, 낯모르는 젊은이여. 여기를 떠나 행복하게 사세요. 당신을 깊이 사랑하는 여자가 진정 어딘가 있을 거예요."

히포메데스가 대답했습니다.

"그럴 수 없어요, 아탈란테. 나는 경주에 참가할 겁니다. 당신을 내 아내로 삼을 수만 있다면 목숨을 걸겠소. 이 경주에서 이길 수 없다면 나의 삶과 영혼이 내게 다 무슨 소용이란 말이오?"

그러자 아탈란테는 뒤로 물러나 히포메네스에게서 시선을 돌리더니 몸을 굽혀 신고 있던 샌들의 끈을 조였습니다. 수염이 까만 왕 스코이네우스는 히포메네스를 살펴보며 말했지요.

"그렇다면 시합을 내일 하도록 하세. 참가자는 자네 한 명뿐일 걸세. 하지만 경주가 끝난 뒤 자네를 기다리고 있을 운명에 대해 잘 생각해 보게나."

왕은 더는 아무 말이 없었고 히포메네스는 왕과 아탈란테로부터 물러나 경주가 벌어졌던 곳으로 돌아왔습니다.

결승선이 표시되어 있는 경주 코스를 내다보고 있자니 아탈란테가 바람같이 달리던 모습이 다시 보이는 듯했습니다. 히포메네스는 자신이 왕의 병사들의 손에 목숨을 잃는 일은 없으리라 다짐했지요. 영혼이 이끄는 대로 아탈란테에 앞서 결승선을 통과하기 위해 젖 먹던 힘까지 다하리라 마음을 먹었습니다. 그러면서 힘닿는 데까지 노력하다가 고향땅에서 이토록 멀리 떨어진 모래투성이 땅에서 죽는 것도 나쁘지 않다고 생각했지요.

경주를 보던 사람들은 어느새 다 사라지고, 히포메데스만 남아 경주 코스를 바라보는데 누군가 코스를 가로질러 다가오는 모습이 보였습니다. 위풍당당한 여자의 모습으로 마치 발이 땅에 닿지 않고 움직이는 듯했지요. 히포메네스는 그가 미와 사랑의 여신 아프로디테임을 알아차렸습니다.

불멸의 여신이 말했습니다.

"히포메네스, 신들은 당신이 신의 자손이기에 걱정하고 나는 당신이 훌륭한 젊은이기에 걱정하오. 나는 아탈란테와의 경주에서 당신을 도우려고 왔소. 젊은이가 목숨을 잃도록 두고 보지 않을 셈이고 그렇다고 그 여자가 미혼인 채로 내버려두지도 않을 작정이오. 젊은이는 경주에서 온 힘을 다해서 달리시오. 이걸 보시오! 여기 놀라운 것이 있소. 발 빠른 아탈란테가 경주에 마음을 쏟지 못하도록 만들 것이오."

그러면서 불멸의 여신은 히포메네스에게 금빛으로 빛나는 사과 세 개가 달린 나뭇가지를 내밀었습니다.

"내가 태어난 키프로스에는 황금 사과가 열리는 나무가 한 그루 있다오. 나만이 그 사과를 딸 수 있지. 그 사과를 히포메네스 당신에게 주겠소. 허리띠에 잘 꽂아 두면 경주를 할 때 그 사과를 어떻게 게 쓰면 좋을시 일게 될 것이오."

아프로디테는 이와 같이 말한 다음 히포메네스의 손에 빛나는 사과를 세 개 쥐어주고 향기만을 남긴 채 사라져 버렸습니다. 히포메네스는 사과의 황금빛을 오랫동안 살펴보았지요. 그날 밤 히포메네스는 사과를 곁에 두고 있었고, 새벽에 잠자리에서 일어난 다음에는 그 사과를 허리띠 안에 끼워 넣었습니다. 그리고 인파가 몰리기 전에 시합 장소로 갔지요.

히포메네스가 아탈란테 곁에 모습을 드러내자 모여든 사람들이 갑자기 조용해졌습니다. 모두들 히포메네스의 아름다움과 결의에 찬 얼굴에 감탄했기 때문이지요. 사람들은 아탈란테와 경주했던 젊은이들이 어떤 운명을 맞았는지 알기에 안타까워하며 계속 말문을 열지 못했습니다.

곧이어 수염이 까만 왕 스코이네우스가 자리에서 일어나 사람들에게 말했습니다.

"젊은이나 노인이나 모두 내 말을 들으시오. 이 젊은이는 히포메네스인데 경주에서 내 딸을 이겨서 신부로 삼으려고 하오. 만약 히포메네스가 경주에서 이겨 목숨을 부지한다면 나는 이 젊은이에게 내 사랑스러운 딸 아탈란테를 줄 것이고 그뿐 아니라 발 빠른 말 여러 필을 선물로 하사할 것이오. 히포메네스는 영예롭게 자신의 고향땅으로 돌아가게 되겠지. 하지만 히포메네스가 만약 경주에서 진다면 아탈란테를 아내로 삼고자 경주에 나섰던 다른 젊은이들과 같은 운명을 맞이하게 될 것이오."

왕의 말이 끝나자 히포메네스와 아탈란테는 출발선에 서서 몸을 수그렸습니다. 곧 나팔이 울리자 그 둘은 쏜살같이 튀어나갔어요.

아탈란테와 히포메네스는 나란히 달렸습니다. 아탈란테의 머리카락이 날리며 히포메네스의 가슴팍을 간지럽혔지요. 히포메네스에게는 자신과 아탈란테가 모래로 뒤덮인 경주 코스를 제비처럼 매끄럽게 스치며 달리는구나 싶었겠지요. 하지만 곧 아탈란테가 히포메네스보다 앞서나가기 시작했습니다. 그때 사람들 사이에서 응원하는 목소리가 들려오기 시작했어요.

"온 힘을 다해 달려라, 히포메네스! 달려라, 달려! 젖 먹던 힘까지 짜내라!"

히포메네스는 온 힘을 다해 달렸지만 아탈란테는 거리를 점점 더 벌리며 앞서나갔어요.

그런데 아주 잠깐, 아탈란테가 히포메네스를 돌아보기 위해 속도를 살짝 줄이는 듯했어요. 그래서 히포메네스는 아탈란테를 조금 따라잡을 수 있었지요. 그때 히포메네스의 손은 허리띠에 끼워둔 사과에 닿아 있었습니다. 사과를 만지는 순간 히포메네스의 머릿속에 이 사과를 어떻게 써먹으면 좋을지 떠올랐어요.

아직까지는 히포메네스가 아탈란테보다 그리 많이 뒤처지지는 않았습니다. 하지만 발 빠른 아탈란테는 이미 점점 더 앞서 나가고 있었지요. 히포메네스는 사과 하나를 꺼내 아탈란테의 바로 앞에 떨어지도록 던졌습니다.

아탈란테는 빛나는 사과를 보고 속도를 줄이더니 그 사과를 줍기 위해 허리를 굽혔습니다. 아탈란테가 허리를 숙이고 있는 동안 히포메네스는 쏜살같이 아탈란테를 앞질렀지요. 그리고 이제 갓 시야에 들어온 결승선을 향해 날아가듯 달렸습니다.

하지만 오래지 않아 아탈란테는 다시 히포메네스와 나란히 달리고 있었습니다. 코스를 살펴보니 아직 결승선까지는 한참 남았는데, 아탈란테는 머리칼을 흩날리며 히포메네스를 추월하더니 점점 더 앞서가기 시작했어요. 더는 아탈란테를 따라잡을 수 없겠다는 생각이 들자 히포메네스는 두 번째 황금 사과를 꺼내 힘껏 앞으로 던졌습니다. 사과는 아탈란테 앞쪽에서 구르다가 경주 코스에서 벗어나버렸지요. 아탈란테도 코스에서 벗어나 허리를 굽혀 사과를 주워들었습니다.

히포메네스는 정신을 바짝 차리고 정말이지 있는 힘껏 계속 달렸습니다. 이제 히포메네스는 아탈란테보다 먼저 결승선에 가까워지고 있었습니다. 하지만 자신이 힘겹게 달려온 길을 가뿐하게 달리며 아탈란테가 등 뒤에서 쫓아오고 있다는 사실도 알고 있었지요. 잠시 뒤에 아탈란테는 히포메네스와 어깨를 나란히 하더니 곧 앞질러버렸어요. 그러고는 잠시 속도를 줄이며 히포메네스를 뒤돌아보았지요.

히포메네스는 숨이 턱까지 차오르고 목이 말라 갈라지는 듯했습니다. 자신에게 여전히 결승선은 까마득했지만 이제 아탈란테는 결승선에서 멀지 않았지요. 히포메네스는 마지막 황금사과를 움켜쥐었습니다. 아탈란테가 너무 멀리 앞서 있어서 사과를 있는 힘껏 던져도 사과가 아탈란테 앞쪽까지 날아갈지조차 알 수 없었습니다.

하지만 어쨌건 히포메네스는 팔에 온 힘을 그러모아 사과를 던졌지요. 사과는 아탈란테의 발 앞에 떨어진 다음 멀리 튕겨나갔습니다. 아탈란테는 경주 코스에서 방향을 틀어 사과가 굴러간 곳으로 달렸지요. 히포메네스는 자신이 사과를 그렇게나 멀리 던질 수 있었다는 사실이 놀라웠습니다.

아탈란테가 사과를 줍기 위해 허리를 굽히는 모습을 보며 히포네메스는 죽을힘을 냈습니다. 그리고 힘이 바닥나기 직전에 가까스로 결승전에 다다랐지요. 결승선을 밟은 다음 히포메네스는 그대로 땅바닥에 쓰러져 버렸습니다.

수행원이 히포메네스를 일으켜 세워 승리자의 화환을 머리에 씌워주었습니다. 구경하던 사람들은 히포메네스의 승리를 기뻐하며 함성을 질렀어요. 아탈란테를 찾아 두리번거리던 히포메네스의 눈에 아탈란테가 황금 사과를 들고 서 있는 모습이 들어왔습니다.

"저 젊은이가 이겼어요. 그러니 내가 저 젊은이의 목숨을 앗아갔다는 생각에 스스로를 책망할 필요가 없어졌네요. 너무도 기쁘게 나는 경주를 포기합니다. 내게서 승리를 앗아간 젊은이가 이분이라는 사실이 더할 수 없이 기쁘네요."

아탈란테는 히포메네스의 손을 끼고 밖 안으로 이끌었어요. 스코이네우스 왕은 사람들이 기뻐하며 지켜보는 가운데 히포메네스가 아탈란테를 신부로 맞이하도록 허락했지요. 게다가 히포메네스에게 선물로 훌륭한 말을 여러 필 하사했습니다. 힘겹게 얻은 사랑스러운 신부와 함께 히포메네스는 자신의 고향으로 돌아갔습니다. 그리고 아탈란테가 가져간 사과, 그러니까 아프로디테의 황금 사과는 사람들의 경탄을 자아냈지요.

렘노스 섬에서의 출항

어느 날 헤라클레스가 아르고 호를 떠나 렘노스 섬으로 들어가서 영웅들을 불러 모았다. 헤라클레스와 함께 모인 영웅들은 바다에서 떨어진 내륙 지방에 사는 야생 황소를 사냥하러 가자고 입을 모았다.

이번에는 그동안 친하게 지내온 렘노스의 여자들을 두고 떠나기로 했다. 이아손도 힙시필레를 궁궐에 남겨두고 헤라클레스와 합류했다. 길을 가는 동안 헤라클레스는 영웅들 한 명 한 명에게 계속해서 이야기했다. 영웅들 모두 애초의 목적인 황금양털을 잊어버리고 있다고. 헤라클레스의 이야기를 들은 이아손은 얼굴이 붉어지면서도 속으로는 힙시필레를 생각했다. 힙시필레가 그 작은 손으로 이아손의 손을 놓지 않으려 하던 모습을 떠올리자 창을 쥐고 있던 손아귀가 느슨해진 나머지 창을 거의 놓칠 뻔했다. 이아손은 생각했다. 어떻게 힙시필레와 렘노스 섬을 뒤로 하고 떠날 수 있겠는가?

문득 이아손의 귀에 아탈란테의 목소리가 들려왔다. 아탈란테는 이렇게 말하고 있었다. 헤라클레스는 용감하고 현명한 말을 했다. 영웅들이 렘노스 섬에 더 오래 머문다면 그들의 행동은 망각, 아니 망각과 수치라는 오명을 쓰게 될 것이고 나중에는 영웅들도 자신을 경멸하게 될 것이다. 아탈란테가 외쳤다. 렘노스 섬을 떠나자. 아르고 호를 바다에 띄우자. 그리고 콜키스를 향해 떠나자.

하루 종일 아르고 호의 선원들은 황소를 사냥하며 함께 시간을 보냈다. 사냥에서 돌아오는 길에 영웅들은 렘노스의 여자들이 화횃을 들고 그들을 기다리고 있는 모습과 마주쳤다. 여자들이 영웅들을 맞이하며 인사하는 동안 영웅들은 아무 말이 없었다. 헤라클레스는 이아손과 함께 궁궐로 갔다. 힙시필레는 우락부락한 낯선 남자가 다가오는 것을 보자 이아손의 얼굴을 들여다보더니 늘 앉던 자리 대신 아버지인 토아스 왕의 돌로 만든 옥좌에 앉았다. 그리고 여왕의 말투로 이아손과 헤라클레스에게 말했다.

그날 밤 영웅들 그리고 그들과 자리를 같이 한 렘노스의 여자들은 홀에 모여서도 서로 말이 없었다. 그러다 카스토르가 기나긴 이야기를 시작했고 폴리데우케스가 마무리를 지었다. 헬레네와 오누이인 이들 형제의 이야기는 다음과 같았다.

······ 황금빛 여자 ······

티탄 족인 에피메테우스에게는 그 누구보다도 지혜로운 형이 한 명 있었으니 '미리 생각하는 자'라 불리는 프로메테우스였습니다. 하지만 에피메테우스 자신은 머리가 둔하고 덜렁대는 성격이었지요. 언젠가 현명한 프로메테우스가 에피메테우스에게 제우스 신이 선물을 보내오거든 주의하라고 전갈을 보낸 적이 있습니다. 에피메테우스는 그 전갈을 듣기는 했지만 마음에 담아 두지는 않았어요. 그 결과 인류에게 고통과 근심거리를 가져다주게 되었지요.

지혜로운 티탄 족인 프로메테우스는 제우스가 인류에게 내린 엄청난 시련에서 인류를 구원했어요. 제우스에게서 불을 훔쳐 인류에게 선물로 주기도 했죠. 하지만 그 때문에 제우스는 화가 났습니다. 제우스는 인간과 티탄 족 모두에게 벌을 주기로 마음먹었어요. 그래서 어떻게 인간을 골탕 먹일지, 어리석은 티탄 족인 에피메테우스를 이용해 어떻게 자신의 계획을 실행할 수 있을지 궁리했습니다.

그동안 신들의 산 올림푸스는 쥐 죽은 듯 조용했습니다. 이윽고 궁리를 마친 제우스가 손재주가 좋은 장인이자 절름발이인 헤파이스토스에게 명령을 내렸어요. 심노로 이름다운 여자의 모습을 빚어달라고 말이지요. 헤파이스토스는 기쁜 마음으로 긍지에 차서 아름다운 여자의 모습을 빚어냈습니다. 그러고 나서 헤파이스토스는 자신의 창조물을 남신과 여신들 앞에 선보였지요.

신들은 저마다 헤파이스토스의 작품에 우아함과 아름다움을 더해 주었어요. 제우스는 보고 느낄 수 있는 능력을 부여했지요. 아테네는 꽃처럼 예쁜 옷을 입혀주었습니다. 사랑의 여신 아프로디테는 입술과 눈에 사랑스러움을 불어넣어 주었어요. 삼미신인 카리테스 세 자매는 여자의 목에 목걸이를 걸어주고 머리에 금관을 씌워주었습니다. 시간과 계절의 여신들인 호라이는 봄꽃으로 만든 허리띠를 가져다주었지요. 그리고 신들의 전령인 헤르메스는 달콤하고 막힘없는 말솜씨를 주었습니다. 남신과 여신 모두에게 선물을 받았으므로 헤파이스토스의 창조물인 그 여자는 '모든 선물을 지닌'이라는 뜻인 판도라라는 이름으로 불리게 되었지요.

신들의 눈에도 판도라는 사랑스러운 여성이었습니다. 사랑스럽다기보다는 경외심을 불러일으키는 신들 자신의 아름다움과 비할 바는 아니었지만, 꽃과 햇살이 부서지는 물과 인간 세계의 여자들과 같은 사랑스러움을 지니고 있었으니까요. 제우스는 판도라를 살펴보며 빙긋이 웃더니 지구 상의 모든 길을 아는 헤르메스를 불러 판도라를 맡겼어요. 그리고 헤르메스에게 커다란 단지도 가져가도록 했는데 그 단지가 판도라의 지참금이었습니다.

에피메테우스는 깊은 골짜기에 살았지요. 어느 날 에피메테우스가 이제는 티탄 족이 찾지 않는 폐허의 쓰러진 기둥 위에 걸터앉

에피메테우스에게 판도라를 데려다 주는 헤르메스

아 있는데 두 명의 형상이 자신에게 다가오는 것이 보였어요. 한 명은 날개가 달려 있어서 그가 신들의 전령인 헤르메스임을 알아볼 수 있었지요. 다른 한 명은 여자였습니다. 에피메테우스는 그 여자가 쓴 왕관과 아름다운 옷에 탄식을 내뱉었어요. 여자의 주위는 온통 금빛으로 반짝이고 있었지요. 에피메테우스는 자리에서 일어나 그 둘을 바라보았습니다. 에피메테우스의 눈에 헤르메스가 커다란 단지의 손잡이를 잡고 나르는 모습이 눈에 들어왔지요.

에피메테우스는 놀랍고도 기쁜 마음으로 헤르메스가 데려오는 여자를 살펴보았습니다. 이토록 아름다운 것을 본 적이 언제던가 하는 생각이 에피메테우스의 머릿속에 떠올랐지요. 황금빛 여자는 실로 매력적이었습니다. 가까이 다가올수록 입술과 눈매의 사랑스러움이 또렷하게 느껴졌어요. 에피메테우스는 기쁜 마음에 입이 점점 더 벌어졌지요.

헤르메스가 다가와 에피메테우스 앞에 섰습니다. 헤르메스 역시 빙긋 웃고 있었지만 그 웃음에는 뭔가 의미심장함이 담겨 있었어요. 헤르메스는 황금빛 여자의 손을 티탄 족의 거대하지만 부드러운 손에 얹어놓은 뒤 입을 열었습니다.

"에피메테우스여, 제우스 신께서 당신과 화해하고자 선의의 표시로 이 아름다운 여신을 보내 당신과 함께 지내도록 하셨습니다."

아아, 에피메테우스는 얼마나 어리석었는지! 에피메테우스는 제우스가 보낸 황금빛 여자를 바라보면서 제우스가 티탄 족의 신들과 벌였던 전쟁을 잊어버렸어요. 제우스가 형인 프로메테우스를 바위에 사슬로 묶어놓았다는 사실도 떠올리지 못했지요. 그 누구보다도 지혜로운 형 프로메테우스가 전갈을 보내 주의를 주었던 일도 생각해 내지 못했어요. 에피메테우스는 판도라의 손을 잡자 판도라를 빼고 이 세상천지의 모든 일을 잊어버렸지요. 헤르메스의 목소리도 아주 멀리에서 들려오는 것처럼 느껴졌죠.

"이 단지도 올림푸스에서 온 것이오. 단지 안에 판도라의 지참금이 들어 있소."

오랫동안 그 단지는 잊힌 채 놓여 있었어요. 어느덧 싱그러운 수풀이 단지보다도 높이 자라났지요. 그동안 에피메테우스는 판도라와 함께 정원을 거닐거나 판도라가 시냇물에 스스로를 비춰보는 모양을 바라보거나 제우스가 권력을 잡기 전 옛 시절에 티탄 족 신들과 연회를 열 때면 먹곤 했던 과일을 판도라와 함께 찾아다니곤 했지요. 물론 형인 프로메테우스가 인간에게 선물을 주었다는 이유로 바위에 묶여 고통받고 있다는 사실조차 까맣게 잊어버리고 지냈습니다.

판도라로 말하자면 이 정원에 언제까지나 머문다 한들 아무런 상관이 없었어요. 판도라가 아는 거라곤 오직 밝은 햇살과 형태와 빛깔이 고운 것들과 에피메테우스가 가져더 가는 배면의 디마뿐이 었으니까요.

하지만 에피메테우스는 달랐습니다. 그는 사랑스러운 옷을 걸치고 더없이 훌륭한 왕관을 쓴 이 금빛 찬란한 여자를 세상 사람들에게 자랑하고 싶은 마음이 간절했습니다.

어느 날 에피메테우스는 판도라의 손을 잡고 깊은 골짜기에서 벗어나 사람들이 살고 있는 곳으로 향했어요. 헤르메스가 판도라를 데려올 때 가져온 단지도 잊지 않고 챙겨 갔지요. 에피메테우스에게 황금빛 여자의 것이라면 소중하지 않은 것이 없었으니까요.

당시 인간의 삶은 무척 단순했습니다. 불만이라는 것도 갖고 있지 않았지요. 이전에는 고통스러운 나날을 보내야 했지만 프로메테우스가 불을 준 다음부터는 고통의 결실을 누릴 수 있게 되었으니까요. 인간은 모양을 제대로 갖춘 도구로 땅을 갈고 집을 지을 수 있었습니다. 불을 피워서 집 안을 따뜻하게 했고 제단에서도 불을 피웠지요.

인간들은 불을 주었던 프로메테우스를 대단히 숭배했습니다. 그리고 티탄 족도 숭상했지요. 그래서 대막대기를 타고 있는 것만큼이나 키가 훌쩍 큰 에피메테우스가 나타나자 반가워하며 난롯가로 맞아들였습니다. 물론 황금빛 여자도 함께였지요. 에피메테우스는 형이 인간에게 준 멋진 선물인 불을 판도라에게 보여주었습니다. 판도라는 불을 보자 기쁨에 겨워 손뼉을 치며 즐거워했지요. 가져온 단지는 구석에 아무렇게나 던져두었습니다.

그런데 단지는 에피메테우스가 계곡을 빠져나오는 험한 길을 가다가 심하게 흔들렸는지 단단하게 닫혀 있던 뚜껑이 매우 느슨해져 있었습니다. 하지만 에피메테우스가 아무렇게나 던져 놓은 단지에 주의를 기울이는 사람은 아무도 없었지요.

처음에는 남녀 모두 판도라의 아름다운 자태와 사랑스러운 옷과 황금빛 관과 꽃으로 된 허리띠를 살펴보며 경이로움에 젖어 즐거워했어요. 에피메테우스는 사람들이 하나같이 판도라를 우러러보며 칭송하도록 했습니다. 에피메테우스가 부르면 남자들은 밭일을 하거나 쇠를 두드리거나 집을 짓다가도 일을 접었고, 여자들은 실을 잣거나 베를 짜다가도 일을 내려놓은 채 찾아와 그 황금빛 여자 주위에 서서 감탄을 연발하곤 했지요. 하지만 시간이 흐르면서 여자들이 변하기 시작했어요. 사람들이 판도라를 우러러보며 칭송하는 동안 어떤 여자는 슬피 울었고 어떤 여자는 화난 표정을 지었으며 어떤 여자는 시무룩한 얼굴로 자신이 하던 일을 계속하러 돌아갔습니다.

어느 날 여자들이 모인 자리에서 그 중 가장 지혜로운 여자가 말을 꺼냈습니다.

"예전에 우리는 우리 자신에 대해 별 생각이 없이 만족하며 살았잖아요. 하지만 이제는 자신에 대해 생각하기 시작했죠. 그 티탄 족 거인이 홀랑 매혹된 황금빛 여자에 비하면 자기 자신이 실로 거칠고 못생겼다고 느끼게 되잖아요. 게다가 남자들이 황금빛 여자를 우러러보며 칭송하는 꼴을 보는 것도 싫으니 할 수만 있다면 우리가 그 여자를 없애버리고 싶은 마음이 자꾸 들지 않겠어요?"

"맞아요."

다른 여자들이 대답했습니다. 그러자 어느 젊은 여자가 동경에 찬 목소리로 외쳤지요.

"아아, 알려주세요. 현명하신 분들이시여, 어떻게 해야 우리도 판도라만큼 아름다워질 수 있나요?"

그러자 지혜롭기로 알려진 여자가 말했습니다.

"그 황금빛 여자는 아름다운 옷도 있고 자기 자신을 사랑스럽게 꾸밀 것들을 다 가지고 있으니까 사랑스러워 보이는 거예요. 신들이 그 여자에게 부족함이 없도록 갖추어 주었으니 피부가 하얗고 머리칼은 금빛이고 입술은 늘 붉고 눈빛은 빛나잖아요. 그런데 제 생각으로는 그 여자가 아름다운 자태를 유지하는 수단이 에피메테우스가 가져온 저 단지 안에 모조리 있을 성싶은데요."

지혜롭기로 알려진 여자가 이와 같이 말하자 주위에 앉아 있던 여자들 사이에 한동안 침묵이 흘렀습니다. 하지만 곧 한 여자가 일어났고 다른 여자도 일어났지요. 두 여자는 서로 귓속말을 나누었습니다. 에피메테우스가 단지를 내버려 둔 곳으로 가서 그 단지에서 여러 가지 바를 것과 꾸밀 것을 꺼내오면 자신들도 판도라만큼 아름다워질 수 있을 거라는 내용이었지요.

그래서 여자들은 궁궐로 몰려갔습니다. 가는 길에 그들은 연못가에 멈추어 서서 자신의 모습을 비추어보았어요. 머리칼은 먼지 투성이에 헝클어져 있었고 커다란 손은 마디가 굵었으며 근심 어린 눈빛에 입가에는 초조한 기색이 그득했습니다. 여자들은 자기 모습을 살펴보며 얼굴을 찡그렸지만 조금만 있으면 자신들도 황금빛 여자처럼 사랑스러워질 수 있을 것이라고 거친 목소리로 떠들어댔습니다.

단지를 찾아 가는 길에 여자들은 판도라를 보았습니다. 판도라는 꽃이 핀 들판에서 노니는 중이었어요. 키가 훤칠하게 큰 에피메테우스가 판도라에게 줄 꽃을 꺾고 있었지요. 여자들은 계속 발걸음을 재촉했습니다. 마침내 에피메테우스가 내버려두었던, 판도라의 지참금이 담긴 단지가 놓여 있는 곳에 이르렀지요.

단지는 돌로 만들었고 무척 컸어요. 겉에는 새도, 꽃도, 나뭇가지도 그려져 있지 않았지요. 높이는 여자의 어깨 정도였습니다. 단지를 보니 여자들 각자가 매일매일 평생토록 아름답게 가꿀 수 있을 만큼 꾸밀 것이 충분히 들어 있을 만하다는 생각이 들었습니다. 그러면서도 하나같이 자신이 단지에 손을 넣을 때 마지막 순서로 밀리면 안 되겠다는 마음을 품고 있었지요.

전에는 뚜껑이 단지에 꽉 맞게 끼워져 있었지만 이제 뚜껑은 조금 느슨해져 있었어요. 여자들이 단지를 열려고 뚜껑을 부녀썹사 단지가 넘어지면서 안에 있던 것이 쏟아져 나왔습니다.

빛깔이 까만 것도 있었고 잿빛이거나 붉은 것도 있었지요. 어떤 것은 기어 다니고 어떤 것은 날아다녔습니다. 여자들이 바라보는 동안 그것들은 여기저기 흩어지거나 여자들에게 달라붙었어요.

판도라와 마찬가지로 단지 역시 제우스의 심술이 발동된 결과였습니다. 단지에는 여자들 생각처럼 바를 것과 꾸밀 것이 가득 들어 있지 않았어요. 대신 온갖 근심과 고통이 가득 차 있었지요. 여자들이 단지로 다가오기 전에 이미 근심거리 하나가 단지에서 빠져나와 있었습니다. 단지 안에서도 꼭대기에 있던 이기심이었지요. 여자들이 자신의 외모에 대해 괴로워하고 황금빛 여자의 우아함에 질투심을 느끼도록 만든 것이 바로 그 이기심이었습니다.

이제는 다른 것들도 밖으로 튀어나왔습니다. 바로 질병과 분쟁과 친구들과의 싸움이었지요. 그것들이 널리 흩어져 이집 저집으로 들어가는 동안에도 아무 생각 없는 에피메테우스는 황금빛 여자인 판도라를 위해 꽃을 꺾고 있었습니다.

에피메테우스는 판도라가 놀이에 싫증내기 전에 판도라를 불렀어요. 판도라를 인간의 집에 데려갈 작정이었지요. 에피메테우스와 판도라가 인가 근처에 다다르자 한 여자가 바닥에 주저앉아 슬피 울고 있는 모습이 보였습니다. 남편이 느닷없이 여자에게 매정해져서 여자의 면전에서 문을 닫아버린 거였지요. 그리고 울고 있는 아이 하나와 맞닥뜨렸습니다. 아이는 자기도 이해하지 못하는 통증 때문에 울고 있었어요. 곧이어 이전까지만 해도 사이좋게 공유하던 소유물을 사이에 두고 싸우는 두 남자를 보게 되었지요.

제우스 신이 준 단지에서 온갖 것들이 흘러나온다

에피메테우스는 들르는 집집마다 이렇게 말했습니다.

"내가 프로메테우스의 동생이네. 형인 프로메테우스가 당신들에게 불을 선물로 주었지."

하지만 사람들은 에피메테우스와 판도라를 반갑게 맞아들이기는커녕 다음과 같이 말했어요.

"당신이 프로메테우스와 어떤 관계인지 우리가 알게 뭐야. 당신은 대막대기를 타고 걸어 다니는 바보 같은 인간이나 다를 바 없다고."

예전에 자신을 숭배했던 인간들이 차갑게 쳐다보며 매정한 말을 쏟아내자 에피메테우스는 심기가 불편해졌지요. 에피메테우스는 등을 돌려 인가에서 벗어났습니다. 조용한 곳에 이르자 에피메테우스는 자리에 주저앉아 한동안 판도라에 대해 잊어버렸지요. 고통 받고 있는 지혜로운 형의 목소리가 그제야 에피메테우스의 귓가에 울리는 듯했습니다.

"제우스 신이 어떤 선물을 보내오더라도 받지 말거라."

에피메테우스는 판도라가 혼자 노닐도록 내버려 둔 채 자리에서 일어나 서둘러 그곳을 벗어났지요. 정신이 산란한 가운데 후회와 공포가 밀려들었습니다. 에피메테우스는 근처에 벼랑이 있는지도 모르고 계속 비틀거리며 걸어갔어요. 그러다 밑으로 떨어져버렸습니다. 프로메테우스의 모자란 동생이었던 에피메테우스의 시체는 파도에 씻겨 떠내려 가버렸지요.

판도라와 함께 인간 세계로 내려온 단지에서 모든 것이 남김없이 쏟아져 나온 것은 아니었습니다. 그 단지 안에는 아름다운 것도 하나 남아 있었지요. 바로 희망이었습니다. 하지만 그 아름다운 희망은 단지의 테두리에 걸린 나머지 다른 것들이 쏟아져 나올 때 함께 밖으로 나오지 못했지요. 어느 날 한 여자가 슬피 울다가 희망이 판도라의 단지 테두리에 걸려 있는 것을 알게 되자 인간들이 사는 곳으로 희망을 데리고 왔습니다. 그제야 사람들은 고통에서 헤어날 수 있었지요. 괴로움의 구렁텅이에 빠져 있던 남자와 여자는 기운을 차리고 일어나 기쁜 일이 생길 것이라는 기대를 품었습니다. 그리고 단지의 테두리에 걸려 있던 희망은 인간의 집 문지방 안에서 머무르게 되었지요.

황금빛 여자인 판도라는 빛나는 햇살과 아름다운 것들에 정신이 팔려 계속 노닐고만 있었습니다. 누가 보아도 아름다운 모습이었지만 이제 판도라의 곁에는 칭송해 줄 사람들도 돌봐 줄 에피메테우스도 없었습니다. 그러자 신들 중 손재주가 좋은 장인이자 절름발이인 헤파이스토스가 자신의 도구를 내려놓고 판도라를 찾으러 갔습니다. 헤파이스토스는 판도라를 발견해서 다시 올림푸스로 데려왔지요. 판도라는 황동으로 된 헤파이스토스의 집에 머물렀으며 가끔씩 제우스 신의 뜻에 따라 인간 세상으로 내려올 때도 있답니다.

카스토르가 시작한 이야기를 폴리데우케스가 마무리 짓자 헤라클레스가 외쳤다.

"아르고 호의 선원들에게도 황금빛 여자가 있군. 아니, 황금빛 여자 한 명이 아니라 각자 한 명씩 끼고 있지 않나. 판도라의 단지에서 그대들은 자신의 명예를 잊을 건망증을 취한 셈이구먼. 나로 말할 것 같으면, 이 황금빛 여자 중 누군가 나를 붙들어 인간을 위대하게 만드는 임무를 못하도록 막아서기 전에 아르고 호로 돌아가겠네."

헤라클레스는 이와 같이 말한 후 힙시필레의 홀에서 떠났다. 영웅들은 서로의 얼굴을 바라보다가 자리에서 일어났다. 황금양털을 가져온다는 임무를 다들 그토록 오래 잊고 지냈다는 부끄러움에 하나같이 몸 둘 바를 몰라 했다. 여자들이 영웅들의 손을 잡았지만 영웅들은 여자들의 부드러운 손을 떨쳐내며 등을 돌렸다.

힙시필레가 토아스 왕의 옥좌를 떠나 이아손 앞을 막아섰다. 힙시필레는 온몸을 부들부들 떨고 있었다. 입술에 경련이 일고 커다란 눈에는 삶 전체를 뒤흔드는 듯한 고통이 서려 있었다. 하지만 힙시필레가 입을 열기도 전에 이아손이 외쳤다.

"헤라클레스의 말이 맞소, 아르고 호의 선원들이여! 황금양털을 찾아 떠난 모험이야말로 우리의 생명과 명예가 걸린 일이오. 콜키스, 콜키스로 우리는 떠나야 하오!"

꼿꼿하게 선 이아손의 곁으로 동료들이 몰려들었고, 렘노스의 여자들은 두 팔을 뻗어 영웅들을 붙들며 이별의 순간을 한참 늦추려고 했다. 하지만 바로 그때 기묘한 소리가 밤공기를 가르고 들려왔다. 아르고 호의 선원들은 그것이 무슨 소리인지 잘 알고 있었다. 바로 아르고 호가 스스로 크게 외치는 소리였다. 영웅들은 곧장 배에 오르지 않는다면 영원히 항해에 합류할 수 없다는 사실을 깨달았다. 여자들 역시 아르고 호의 소리에 감히 거스를 수 없는 뭔가가 있음을 느끼고는 두 손으로 얼굴을 가리며 더는 말을 잇지 못했다.

그때 여왕인 힙시필레가 말했다.

"이아손, 나 자신도 통치자요. 그러니 위대한 임무에 충실해야 할 때가 있다는 것을 아오. 그러니 아르고 호로 가시오. 아아, 이제 나도, 렘노스의 여인들 중 누구도 당신들의 앞을 막아서지 않을 것이오. 그렇더라도 내일 배의 갑판에서 우리에게 작별 인사라도 건네주시오. 야밤에 우리를 떠나지는 마시오, 이아손."

이아손과 아르고 호의 선원들은 힙시필레의 홀을 떠났다. 뒤에 남은 여자들은 함께 슬피 울었다. 다만 힙시필레만은 예외였다. 힙시필레는 토아스 왕의 옥좌에 앉아 유모인 폴리크소에게 아르고 호가 거쳐 온 뱃길과 앞으로 지나게 될 뱃길을 이아손이 전에 얘기해 준 대로 모조리 얘기하도록 했다. 렘노스의 여자들이 잠들자 힙시필레는 유모의 무릎에 머리를 묻고 흐느껴 울었다. 다른 이가 자신의 울음소리를 듣지 못하도록 숨을 죽여서.

유모의 무릎에 머리를 묻고 통곡하는 힙시필레 여왕

동이 터올 무렵에 아르고 호의 선원들은 항해를 떠날 채비를 이미 마쳐놓았다. 아침 햇살이 비출 무렵에는 갑판에 서서 렘노스의 여자들이 바닷가로 나오는 모습을 바라보았다. 여자들은 가까이 지내던 선원을 바라보며 몇 마디 말을 나눈 뒤 자리를 떴다. 마지막으로 여왕인 힙시필레가 다가왔다.

"잘 지내시오, 힙시필레."

이아손의 말에 힙시필레는 특유의 기묘한 말투로 말했다.

"전에 우리에게 들려주신 얘기를 기억하고 있소. 당신이 폰투스 해로 접어드는 위험한 뱃길에 다다를 것이며 비둘기를 날려서 그 길을 통과할 수 있을지 없을지 알아볼 거라고 했지. 아아, 이아손이여. 그 위험한 뱃길에 이르러 비둘기를 날릴 때가 오면 힙시필레가 드리는 이 비둘기를 날리시게나."

힙시필레가 안고 있던 비둘기를 놓아 주자 비둘기는 배에 사뿐히 내려앉았다. 깃털이 하얀 비둘기는 분홍빛 발로 서서 얌전히 있었다. 이아손이 두 손으로 비둘기를 집어 들어 품에 안았고 아르고 호는 재빠르게 물살을 가르며 렘노스 섬에서 멀어져갔다.

심플레가데스 해협

아르고 호는 지혜로운 왕 피네우스가 다스리는 사르미데소스 섬 근처를 지나고 있었다. 노를 똑바로 세워 꽂아놓은 돌무더기가 영웅들의 눈에 들어왔다. 세상을 떠난 솜씨 좋은 키잡이 티피스를 바닷가에 묻어 놓은 자리였다. 물소리가 점점 거세지자 선원들은 서로 수군거렸다.

"이제 폰투스 해로 접어드는 무시무시한 바닷길, 심플레가데스에 도착했구나."

바로 그때 이아손이 외쳤다.

"아아, 펠리아스가 황금양털 얘기를 꺼냈을 때 왜 나는 고개를 돌려 이 모험에 끌려들어가는 것을 피하지 못했던가? 우리 앞에 놓인 이 무시무시한 뱃길이 가까워올수록 나는 밤마다 끙끙대며 잠을 이루지 못하였소. 나와 함께 온 그대들은 자신의 목숨만 걱정하면 되니 마음을 편하게 가지시오. 하지만 나는 그대들 모두를 걱정해야 하고 그대들 모두가 안전하게 그리스로 돌아가도록 온 힘을 다해야 하지 않겠소. 아아, 내가 그대들을 얼마나 엄청난 위험 속으로 몰아넣었는지를 생각하니 한없이 괴롭구려!"

이아손은 영웅들의 마음을 떠보려는 생각이었지만 영웅들은 전혀 동요하는 기색 없이 이아손에게 힘내라며 활기차게 답했다. 그러자 이아손이 말했다.

"아아, 벗들이여. 그대들의 기백 덕에 나도 용기가 샘솟는구려. 그대들이 변함없이 신의를 지키니 설사 하데스의 검은 심연 속으로 빨려 들어가는 중이라 해도 나는 이제 두려울 것이 없소."

이아손이 말하는 동안 아르고 호는 물결이 온통 일렁이는 거친 바다로 들어섰다. 이아손은 아르고 호의 선원 중 가장 눈이 밝은 자인 이올코스의 젊은이 유페모스에게 힙시필레가 준 비둘기를 건넸다. 그러고는 아르고 호의 뱃머리에 서 있다가 배가 그 무시무시한 바위에 거의 다다르는 순간 비둘기를 날리라고 지시했다.

물보라가 산산이 흩어지는 광경이 보였다. 파도가 부서지며 물거품이 일더니 높고 시꺼먼 바위가 우레 같은 소리를 내며 서로 부딪쳤다. 높은 바위에 나 있는 동굴에 바닷물이 들이치며 웅웅대는 소리가 퍼졌고 밀려드는 파도가 물보라로 부서지며 바위 위쪽까지 높이 솟구쳤다.

이아손은 선원들에게 노를 단단히 잡으라고 외쳤다. 아르고 호가 나아가는 동안 바위는 다시 한 번 서로를 향해 돌진하고 있었다. 곧이어 울려 퍼지는 엄청난 굉음에 인간의 목소리는 완전히 파묻혀 버렸다.

그때 유페모스가 비둘기를 날렸다. 유페모스는 비둘기가 물보라를 가르며 날아가는 모습을 날카로운 눈으로 지켜보았다. 비둘기가 바위 사이로 통과할 공간을 찾지 못하고 돌아오고 말까? 유페모스가 비둘기를 지켜보는 동안 아르고 호의 선원들은 배가 바위에 부딪쳐 산산조각 나는 상황을 피하기 위해 있는 힘껏 노를 저었다. 비둘기는 물보라에 휩쓸려 바닷속으로 사라질 듯 위태롭게 퍼덕거렸다. 하지만 곧 유페모스의 눈에 비둘기가 날아올라 앞으로 나아가는 광경이 보였다. 유페모스가 비둘기가 날아간 방향을 가리키자 영웅들은 배를 저으며 크게 함성을 질렀다. 이아손은 온 힘을 다해 노를 저으라고 지시했다.

바위가 다시 벌어지면서 폰투스 해가 영웅들의 눈앞에 좌우로 넓게 펼쳐졌다. 그 순간 느닷없이 배 앞쪽에 엄청난 파도가 솟아올랐고, 영웅들 모두 비명을 내지르며 고개를 숙였다. 파도가 배 전체를 내리 덮치면 모든 게 끝장이었다. 하지만 나우플리오스가 재빨리 배의 균형을 잡자 파도는 용골 밑으로 흘러버렸고, 아르고 호의 뱃머리를 들어 올려서는 맞부딪치는 바위에서 멀리 떠밀어버렸다.

영웅들은 떨어져 있는 바위 사이로 쏟아지는 햇빛을 느끼며 노가 활처럼 휠 지경으로 힘껏 노를 저었다. 배는 쏜살같이 앞으로 나아갔다. 얼마 뒤, 마침내 아르고 호는 드넓은 폰투스 해로 들어섰다.

아르고 호의 선원들이 환호성을 질렀다. 바위가 뒤로 보이는 가운데 바닷새가 아르고 호를 보며 우짖었다. 이제 아르고 호는 서로 부딪치는 바위를 지나 아무도 다다른 적이 없는 바다, 폰투스 해에 들어와 있었다. 등 뒤의 바위는 서로 부딪치지 않고 각각의 자리에 가만히 머물러 있었다. 인간의 배가 통과하고 나면 바위끼리 서로 부딪치는 일이 다시는 없으리라는 신의 뜻 때문이었다.

콜키스가 접해 있는 파시스 강은 폰투스 해에서 거슬러 올라갈 수 있었다. 평온한 나날을 상징하는 새인 할시온이 이아손의 머리 위에서 날아다녔고 아르고 호의 선원들은 그 새가 앞으로는 항해가 순조로울 것을 알리는 신의 계시임을 알았다.

캅카스 산

　아르고 호의 선원들은 무인도인 티이아스 섬에 정박해서 쉬다가 그곳을 떠나 마리안디니의 땅에 이르렀다. 마리안디니 사람들은 늘 베브리케스와 전쟁 중이었다. 그곳에서 영웅 폴리데우케스는 신과 다를 바 없이 환영받았다. 열이틀 뒤 아르고 호는 칼리코루스 강의 어귀를 지나갔고, 아마존의 땅을 가로질러 흐르는 테르모돈 강의 어귀에 다다랐다. 그로부터 열나흘 뒤 아르고 호는 전쟁의 신 아레스의 새가 우글거리는 섬에 이르렀다. 아레스의 새는 영웅들에게 무겁고 뾰족한 깃털을 떨어뜨렸는데, 영웅들이 방패로 몸을 가리지 않았다면 깃털이 화살처럼 몸을 꿰뚫었을 터였다. 영웅들은 고함을 지르고 창으로 방패를 두드리면서 엄청나게 소란을 떨어 새들을 쫓아버렸다.

아르고 호는 순풍을 안고 항해를 계속하여 어느 만에 이르렀는데 그곳에서 보이는 산은 영웅들이 익히 아는 범상치 않은 이름을 가지고 있었다! 산봉우리와 바위 덩어리들을 살펴보던 오르페우스가 말했다.

"아아, 여기로구나! 아르고 호의 선원들이여, 우리는 지금 캅카스라 불리는 산을 바라보고 있다오!"

오르페우스가 이름을 말하자 영웅들 모두 자리에서 일어나 그 산을 바라보며 경외감을 감추지 못했다. 그러면서 그들이 외친 이름이 있었으니 그 이름이 바로 '프로메테우스'였다.

캅카스 산은 티탄 족 신인 프로메테우스가 붙잡혀 있는 산이었다. 프로메테우스는 팔다리에 청동 족쇄를 차고 단단한 바위에 묶여 있었다. 선원들이 그 산을 바라보고 있는데 커다란 그림자가 아르고 호를 덮쳤다. 영웅들이 올려다보자 무시무시하게 커다란 새가 하늘을 날고 있었다. 새의 날갯짓이 돛에 바람을 안겨 아르고 호는 빠르게 앞으로 나아갔다. 오르페우스가 얘기를 꺼냈다.

"제우스 신이 보낸 새이지요. 저 독수리가 티탄 족 신인 프로메테우스의 간을 매일같이 집어삼킨답니다."

그 말에 영웅들은 겁을 먹고 배 위에서 몸을 웅크렸지만 헤라클레스는 꼿꼿이 서서 새가 날아가는 쪽을 바라보고 있었다. 캅카스 산 근처에 다다르자 바위 사이로 고통에 찬 비명이 들려왔다. "제우스의 새가 덮치자 프로메테우스가 비명을 지르는군."

영웅들이 서로 수군거렸다. 이번에도 영웅들은 배 위에서 몸을 웅크렸지만 헤라클레스만은 커다란 독수리가 날아간 쪽을 계속 바라보며 서 있었다.

밤이 왔다. 선원들이 프로메테우스에게 제우스가 내린 끔찍한 형벌을 생각하며 놀라움에 젖어 침묵하는 사이에도 아르고 호는 계속 나아갔다. 별빛 아래에서 배가 나아가는 동안 오르페우스는 동료들에게 프로메테우스가 인간에게 내린 선물과 제우스가 프로메테우스에게 내린 가혹한 형벌에 대해 들려주었다.

······ 프로메테우스 ······

신들은 인류를 여러 차례 만들었습니다. 먼저 만든 인류는 황금의 종족이었지요. 이 황금의 종족은 올림푸스에 머무는 신들과 대단히 가까웠으며 법이 없었어도 올바르게 살았습니다. 황금의 종족 시대에는 대지 위에 계절이 오로지 하나뿐이었으니 늘 봄 날씨가 계속됐지요. 황금의 종족은 오늘날의 남자 여자보다 훨씬 더 오래 살았고 죽을 때에도 마치 영원히 잠이 든 듯 편안한 끝을 맞았습니다. 대지가 스스로 과실과 곡물을 키워주었으니 황금의 종족은 힘들여 일하지 않고도 온갖 좋은 것을 다 누릴 수 있었지요. 황금의 종족은 내내 평온하게 살았으며 죽은 다음에는 영혼이 땅

위에 남아 후대의 자손들이 훌륭하고 자애로운 일을 행하며 서로에게 정의롭고 친절하게 대하도록 영감을 불어넣어 주었습니다.

황금의 종족이 스러진 뒤 신들은 대지에 내릴 두 번째 인류를 만들었지요. 이들이 은의 종족입니다. 정신적으로나 육체적으로나 앞의 종족만큼 고귀하진 못했고 그들이 겪어내는 계절 역시 전보다 가혹해졌습니다. 은의 종족 시대에 신들은 계절을 봄, 여름, 가을, 겨울로 만들었지요. 은의 종족은 찌는 듯한 더위와 겨울의 매서운 바람, 눈과 비와 우박을 두루 겪어야 했습니다. 비바람을 피하기 위해 처음으로 집을 지은 인류가 바로 은의 종족이지요. 그들 역시 지금의 우리보다 수명이 길었지만 지혜를 얻기에는 충분하지 않은 시간이었습니다. 아이들은 유치한 장난을 치며 백 년 동안 어머니의 슬하에서 자라다가 백 살이 넘어서는 서로 싸우고 헐뜯었으며 불멸의 신들을 숭배할 줄도 몰랐지요. 그러자 제우스의 뜻에 따라 은의 종족은 황금의 종족과 마찬가지로 사라졌습니다. 그들의 영혼은 지하 세계에 머물렀으며 훗날 지하 세계의 축복받은 영혼이라 불리게 되었지요.

그 뒤 세 번째 인류인 청동의 종족이 만들어졌습니다. 체격이 좋은 종족으로 성질이 사납고 힘이 셌지요. 갑옷이 청동으로 되어 있었으며 칼도 청동으로 만들었고 사냥 기구도 청동으로 되어 있었고 심지어는 집도 청동으로 지었습니다. 거친 손에 무기를 들고 서로를 죽이기 일쑤였기에 수명도 그리 길지 않았지요. 그렇게 청동의 종족은 스러져갔고 사람들이 기억할 만한 이름도 남기지 않은 채 땅 아래의 하데스에게로 내려갔습니다.

그 뒤 신들은 네 번째 종족을 만들었으니 우리가 속한 철의 종족이지요. 철의 종족은 황금의 종족과 같이 정의롭지 않았고 은의 종족과 같이 순진하지 않았으며 청동의 종족과 같이 체격이 좋거나 힘이 세지 않았습니다. 철의 종족은 의지로 삶을 견뎌야 하지요. 끊임없이 노동해야 하고 아주 빠르게 늙어가는 것이 우리들 철의 종족의 운명이랍니다.

하지만 오늘날 우리가 비참하다 할지언정 인간의 운명이 지금보다 더욱 비참했던 때가 있었습니다. 형편없는 기구로 인간은 단단한 땅을 갈아야 했지요. 그 시절에는 사람들이 서로에게 지금보다 덜 정의롭고 덜 상냥했었습니다.

어느덧 제우스는 이 네 번째 종족을 없애고 대지를 님프와 사티로스에게 맡겨 버려야겠다는 마음을 먹었습니다. 제우스는 대홍수로 이 네 번째 종족을 다 쓸어버릴 작정이었지요. 하지만 프로메테우스는 인류가 완전히 사라지는 것에 동의하지 않았습니다. 그래서 인간 몇몇을 구할 방법을 궁리하게 되었지요. 프로메테우스라는 이름은 '먼저 생각하는 자'라는 의미입니다. 그는 제우스가 다른 티탄 족과 싸울 때 제우스를 돕기도 했었지요. 프로메테우스는 부부인 데우칼리온과 퓌라가 의롭고 온화한 사람들이었기에 이들에게 제우스의 계획을 미리 귀띔하며 머지않아 지구에 닥칠 홍수를 견딜 수 있도록 배를 어떻게 만들어야 할지 알려 주었습니다.

곧 제우스가 비와 구름을 만드는 바람인 남풍을 제외하고는 모든 바람을 동굴에 가둬두었습니다. 남풍에게는 장대비를 내려 홍수로 지구를 쓸어버리라고 명령했지요. 그러고는 포세이돈을 불러 바닷물이 대지를 덮치도록 했습니다. 포세이돈은 강이 더할 나위 없는 힘으로 제방을 휩쓸고 둑 위로 범람하도록 만들었지요. .

비구름과 바다와 강이 대지를 뒤덮었습니다. 수위는 점점 높아지기만 했고 귀여운 양 떼가 노닐던 곳에는 이제 못생긴 바다표범이 뛰놀았습니다. 작은 배를 탄 인간들은 느릅나무 우듬지에서 물고기를 낚았고 물에 사는 님프들은 놀라워하며 물결 아래로 잠긴 인간의 도시를 구경했지요.

곧 배에 탄 사람들조차 계속 불어나는 물속에 잠겼습니다. 인간은 모두 사라지고 데우칼리온과 그의 아내인 퓌라만 남았지요. 그들은 프로메테우스가 가르쳐 준 대로 배를 만들어 타고 있었기에 물결에 휩쓸리지 않을 수 있었습니다. 마침내 홍수가 잦아들자 데우칼리온과 퓌라는 땅이 젖지 않은 높은 곳으로 올라갔습니다. 제우스는 인간 중 두 사람이 살아남은 것을 알았지만 그 두 사람이 의롭고 상냥하며 신들을 제대로 공경할 줄 안다는 사실도 알고 있었습니다. 제우스는 그들을 살려두었고 배가 만들어 가짜의 자손이 다시 대지에 퍼져 나갔지요.

데우칼리온과 퓌라를 구해 준 프로메테우스는 연민을 품고 대지에서 살아가는 인간들을 지켜보았습니다. 인간들은 힘들게 일했지만 얻는 것은 시원찮았습니다. 밤이 되면 집 안에서도 추위에 시달렸고 낮에 부는 바람에도 노인네들은 몸을 굽히며 움츠러들었습니다. 프로메테우스는 인간도 신들만이 알고 있는 원소, 불이라는 그 원소를 갖게 된다면 스스로 노동에 필요한 기구를 만들 수 있을 것이라 생각했습니다. 그러면 매서운 바람을 막아줄 집을 지을 수 있을 것이고 불을 쬐며 추위를 이길 수 있을 테니까요.

하지만 인간이 불을 갖지 못하는 것은 신들의 뜻이었고 신들의 뜻을 거스르는 것은 불경한 짓이었습니다. 그래도 프로메테우스는 신들의 뜻을 거스르기로 했지요. 프로메테우스는 제우스 신의 제단에서 훔친 불을 속이 빈 회향나무 줄기에 숨겨서 인간에게 갖다주었습니다.

그러자 인간은 쇠를 두드려 도구를 만들고 도끼로 나무를 잘라 숲이 우거져 있던 곳에 곡식의 씨앗을 뿌릴 수 있게 되었습니다. 곧 폭풍우에도 끄떡없는 집을 지을 수 있게 되었고 난롯불에 몸을 녹일 수도 있게 되었지요. 이따금씩은 일손을 놓고 쉴 여유도 생겼습니다. 얼마 지나지 않아 인간은 도시를 건설했습니다. 이제 인간은 머리를 조아리며 몸을 굽히는 대신 신들에게조차 고개를 빳빳이 들 수 있는 존재가 되었지요.

제우스는 신성한 원소인 불을 갖게 된 인류를 봐주기로 했습니다. 하지만 제우스는 프로메테우스가 다름 아닌 자신의 제단에서 불을 훔쳐 인간에게 주었다는 것을 알고 있었지요. 제우스는 그토록 불경한 짓을 저지른 티탄 족 신을 어떻게 벌할지 궁리했습니다.

제우스는 타르타로스에 던져넣은 티탄 족을 감시하기 위해 세워둔 거인들인 코토스, 브리아레오스, 기게스를 지하 세계에서 불러냈어요. 그리고 그 거인들에게 프로메테우스를 붙잡아 캅카스 산에서 가장 높고 가장 시커먼 바위에 족쇄를 채워 묶어 놓으라고 지시했습니다. 코토스, 브레아레오스, 기게스는 프로메테우스를 붙잡아 캅카스 산에서 가장 높고 가장 시커먼 바위에 청동으로 된 족쇄로 묶었지요. 그 청동 족쇄는 부서지지 않는 족쇄였습니다. 프로메테우스는 차가운 바람을 맞고 쏟아지는 햇빛을 받으며 하늘 아래 사지가 묶인 채 남겨졌지요. 제우스는 그 형벌이 다른 어떤 형벌보다 무서운 형벌이 되도록 독수리를 보내어 프로메테우스를 뜯어먹도록 했습니다. 그래서 독수리가 매일같이 날아와 프로메테우스의 간을 파먹게 되었지요.

그렇지만 프로메테우스는 인간에게 선물을 준 것을 후회한다고 말하는 법이 없었습니다. 바람이 불고 햇빛이 내리꽂히고 독수리가 간을 파먹어도 프로메테우스는 하늘에 대고 뉘우친다는 말을 하지 않았지요. 게다가 제우스는 프로메테우스를 완전히 없앨 수 없었습니다. 제우스가 감추고 싶어 하는 비밀을 미리 꿰가하는 자인 프로메테우스가 알고 있기 때문이었습니다. 제우스가 비록 자신의 아버지를 몰아내고 대신 지배자가 되었지만 그와 마찬가지로 제우스 역시 그 자리에서 쫓겨날 때가 오리라는 것을 프로메테우스는 알고 있었지요. 언젠가 제우스는 프로메테우스의 사지를 붙들어 맨 족쇄를 풀어 주어야 할 것이고, 불굴의 티탄 족 신인 프로메테우스는 바위와 독수리로부터 자유의 몸이 되어 올림푸스의 신들이 거처하는 곳에 머물게 될 운명이라는 걸 알고 있었습니다.

오르페우스의 이야기가 끝나고 동이 터오를 무렵, 아르고 호는 캅카스 산에 매우 가까이 다가와 있었다. 선원들은 경외감에 젖어 시꺼먼 바위를 바라보았다. 커다란 독수리가 높이 솟은 바위 위를 빙빙 맴도는 모습이 보였고 그 아래쪽에서 괴로움에 지친 비명이 들렸다. 그때, 밤 내내 돛대 옆에 서 있던 헤라클레스는 아르고 호의 선원들에게 배를 육지 가까운 곳으로 대라고 외쳤다.

하지만 이아손은 아르고 호가 섬 가까이에 가지 못하도록 막았다. 제우스의 분노를 살까 두려웠기 때문이었다. 이아손은 아르고 호의 선원들에게 있는 힘껏 노를 저어 그 금지된 산으로부터 멀리 벗어나도록 명령했다. 헤라클레스는 이아손의 명령을 무시한 채, 자신은 그 시꺼먼 바위로 올라가 자신이 들고 있는 칼과 방패로 프로메테우스의 간을 쪼아 먹는 독수리를 죽이겠노라고 선언했다.

그러자 오르페우스가 아르고 호의 선원들에게 말했다.

"헤라클레스는 틀림없이 무언가의 이끌림을 받는 것이오. 우리

독수리에게 간을 쪼아 먹히는 프로메테우스

가 뭐라 말하든, 어떻게 말리든 헤라클레스는 프로메테우스가 묶여 있는 바위로 갈 것이오. 헤라클레스를 말리지 마시오! 바다의 노인 네레우스가 한 말을 기억하시오! 헤라클레스가 엄청난 과업과 맞닥뜨리게 될 것이며 그 과업을 수행하는 와중에 제우스의 뜻을 헤아리게 될 것이라고 말하지 않았소? 헤라클레스를 붙잡지 마시오! 제우스의 아들인 헤라클레스가 오랜 세월 견뎌온 프로메테우스를 고통에서 구해 낸다면 이 얼마나 합당한 일이겠소!"

오르페우스는 또렷한 어투로 명령하듯 외쳤다. 영웅들은 캅카스 산 근처로 배를 몰았고 곧 헤라클레스가 신들이 선물로 준 칼과 방패를 들고 뭍으로 뛰어내렸다. 아르고 호의 선원들은 헤라클레스에게 소리쳐 작별인사를 했다. 하지만 무서울 게 없는 헤라클레스는 동료들의 작별인사를 귓등으로 흘렸다.

아르고 호는 거센 바람을 안고 앞으로 나아갔다. 땅거미가 깔린 뒤에도 아르고 호는 밤 내내 나아갔다. 동이 틀 무렵 자고 있던 영웅들은 나우플리오스가 외치는 소리에 잠에서 깨어났다.

"아아! 파시스 강이로다! 마침내 바다의 가장자리로구나!"

영웅들은 자리를 박차고 일어나 오만가지 감회에 젖어 눈앞에 펼쳐진 넓은 강을 바라보았다.

그곳은 파시스 강이 폰투스 해로 흘러들어가는 어귀였다! 저 강을 거슬러 올라가면 아이에테스 왕이 다스리는 콜키스가 나온다! 콜키스는 이번 여행의 목적지이자 황금양털이 있는 곳이다! 영웅들은 잽싸게 돛을 접고 돛대를 내려 갑판에 눕혀놓았다. 곧이어 영웅들은 힘껏 노를 부여잡고 아르고 호의 방향을 돌려 드넓은 파시스 강 어귀로 접어들었다.

강을 거슬러 올라가는 동안 왼쪽으로는 캅카스 산이 보였고 오른쪽으로는 아이에테스 왕이 다스리는 도시의 밭과 정원이 보였다. 이아손은 신들에게 봉헌하는 의미에서 황금 잔에 든 술을 부었다. 아르고 호의 선원들은 저승에 있는 콜키스의 영웅들에게 자신들의 모험에 행운이 따르기를 빌었다.

이아손의 충고에 따라 영웅들은 아이에테스 왕 앞에 느닷없이 나타나는 대신 우선 콜키스가 얼마나 부강한지 둘러본 다음 찾아가기로 했다. 영웅들은 그늘이 드리워진 후미진 곳에 배를 대고는 날이 저물도록 그 자리에 머물렀다.

밤이 오자 영웅들은 아르고 호의 갑판에서 잠을 청했다. 잠결에 혹은 꿈에 여러 기억이 떠올랐다. 그들이 두고 떠나온 렘노스의 여자들, 맞부딪치는 바위를 빠져나오던 일, 캅카스 산에 높이 솟은 시커먼 봉우리를 올려다보던 헤라클레스의 눈빛이 머릿속을 스쳐 지나갔다. 영웅들은 꿈속에서 황금양털이 바로 눈앞에 있다고 느꼈다. 황금양털 주위는 온통 캄캄했다. 영웅들은 그 어둠이 아이에테스 왕의 마법 때문이라고 꿈속에서 생각했다.

2부

그리스로의
귀환

아이에테스 왕

아르고 호의 선원들은 그 어느 나라보다도 기이하고 그 누구보다도 기이한 사람들이 사는 곳에 들어섰다. 그곳 사람들의 말에 따르면 하늘에 달이 생기기 전부터 그들은 이 땅에 살고 있었다고 했다. 언젠가 이집트의 위대한 왕이 이렇게 말했다. 다른 곳에서는 사람들이 높은 언덕에 살면서 그곳에 자라는 떡갈나무에서 도토리를 따먹으며 지내지만, 이곳 콜키스에 와 보니 아에아라는 도시는 글자가 새겨진 기둥과 담으로 둘러싸여 있구나라고. 당시에 이집트는 '아침의 나라'라고 불리고 있었다.

그 이집트의 왕 세소스트리스와 함께 온 이집트의 마술사 중 상당수가 이 땅 아에아에 머무르며 사람들에게 달이 오가거나 뜨고 지는 길에 달을 잡아둘 수 있는 주술을 가르쳤다. 그리고 훗날 아이에테스 왕이 오기 전까지는 달의 사제들이 아에아를 다스렸다.

아이에테스는 그들의 마법이 필요하지 않았다. 빛나는 태양신 헬리오스가 자신의 아버지임을 알고 있기 때문이었다. 게다가 솜씨좋은 장인 신인 헤파이스토스가 친구였는데 헤파이스토스는 아이에스테스가 자신을 보호할 수 있도록 멋진 물건을 많이 만들어주었던 것이다. 아이에테스의 지혜로운 딸인 메데이아 역시 달을 조종할 수 있는 자들에게 여러 비법을 배워 알고 있었다.

하지만 아이에테스는 언젠가 꿈을 꾸고 겁을 먹은 적이 있었다. 파시스 강의 안개 속에서 나타난 어떤 배가 튼튼하고 아름다운 위용을 자랑하던 자신의 궁궐을 들이받아 무너뜨리는 꿈이었다. 그 꿈을 꾼 날 아침에 아이에테스는 지혜로운 딸인 메데이아를 불렀다. 그리고 달의 여신 헤카테의 신전에 가서 자신의 도시를 파멸시키려는 자를 없앨 수 있는 주술을 알아오도록 명령했다.

강의 후미진 곳에서 밤을 보낸 아르고 호의 선원들은 다음 날 아침 두 명의 젊은이가 다가오는 것을 보았다. 그 젊은이들은 노가 하나밖에 남아 있지 않은 부서진 배를 타고 있었다. 이아손이 젊은이들에게 음식과 마른 옷가지를 건넨 다음 물어보니, 그 젊은이들은 아에아라는 도시에서 왔으며 다름 아닌 프릭소스, 황금 양을 타고 왔던 바로 그 프릭소스의 아들이라고 했다.

두 젊은이, 프론티스와 멜라스 역시 자신들이 얻어 탄 배가 어떤 배인지를 알게 되자 이아손만큼이나 놀라워했다. 이아손은 크레테우스의 손자였는데 크레테우스는 두 젊은이의 할아버지인 아타마스와 형제지간이기 때문이었다. 프론티스와 멜라스는 아타마스의 나라로 가서 자신들에게 통치권이 있음을 주장할 생각으로 자신들이 자란 아에아를 떠나왔다. 하지만 파시스 강 어귀 근처에서 난파를 당하는 통에 엄청나게 고생하며 애를 쓴 끝에 아에아로 돌아오던 중이었다.

프론티스와 멜라스는 아에아와 아이에테스 왕을 두려워한 나머지 기꺼이 아르고 호의 선원들 그리고 이아손과 함께 그리스로 돌아가겠노라고 말했다. 프론티스와 멜라스는 이아손을 도와 아이에테스가 황금양털을 순순히 내주도록 설득해 보겠노라고 말했다. 그들의 어머니는 아이에테스의 딸인 칼키오페로, 왕은 손님으로 온 프릭소스와 딸 칼키오페를 혼인시킨 것이었다.

아르고 호의 선원들이 모여서 회의를 열었고 이아손이 동료 두 명과 함께 아이에테스 왕에게 가되 프론티스와 펠라스도 함께 데려가는 것으로 의견이 모아졌다. 그들은 왕에게 황금양털을 받는 대신 보상을 해 주겠다고 제안하기로 했다. 이아손은 펠레우스와 텔라몬을 함께 데려갔다.

아에아에 다다르자 안개가 자욱이 끼어서 이아손과 동료 두 명 그리고 프릭소스의 아들들은 남의 눈에 띄지 않고 도시로 들어갈 수 있었다. 이윽고 그들은 아이에테스 왕의 궁궐 앞에 다다랐다. 그때 프론티스와 멜라스는 다소 뒤쳐져 있었다. 안개가 걷히자 밝은 아침햇살에 궁궐이 영웅들 앞에 그 찬란한 모습을 드러냈다.

넓은 이파리와 묵직한 포도송이가 달린 덩굴이 회랑을 떠받치는 기둥마다 자라고 있었다. 포도 덩굴 아래로는 헤파이스토스가 아이에테스 왕을 위해 만들어 준 분수대가 네 개 있었다. 물줄기가 각각 금, 은, 청동, 쇠로 된 분수대에서 뿜어져 나왔다. 어떤 분수대는 맑은 물을 내뿜었고, 어떤 분수대는 우유를 내뿜었다. 어떤 분수대는 포도주를, 어떤 분수대는 기름을 내뿜었다. 뜰의 양쪽에 궁궐의 건물이 서 있었다. 한 채에서 아이에테스 왕이 아들인 압시르토스와 함께 살았고 다른 한 채에서 칼키오페와 메데이아가 시녀들과 함께 살았다.

메데이아는 아버지의 처소에서 나오는 중이었다. 그때 갑자기 안개가 걷히자 궁궐 안뜰에 서 있는 세 명의 낯선 자들이 메데이아의 눈에 들어왔다. 한 명은 진홍색 망토를 걸치고 있었다. 어깨가 어찌나 듬직해 보이던지 온 세상이 달려든다 해도 그 남자라면 지켜낼 듯했고 눈은 태양빛이 모조리 담긴 듯 빛났다.

메데이아는 이아손의 빛나는 머릿결과 반짝이는 눈과 치켜든 손이 날렵하고 굳세 보이는 것에 경탄하며 가만히 서서 이아손을 바라보고 있었다. 바로 그때 비둘기 한 마리가 메데이아를 향해 날아왔다. 비둘기는 매에게 쫓기고 있었고 메데이아는 그 매의 눈과 부리를 보았다. 비둘기가 메데이아의 어깨에 내려앉자 메데이아는 비둘기 주위로 재빨리 베일을 둘러버렸고 그 통에 매는 기둥으로 날아가 부딪치고 말았다. 메데이아가 몸서리치며 기둥에 몸을 기대는데 안에서 자매인 칼키오페가 소리를 질렀다.

어느새 프론티스와 멜라스가 다가와 있었는데 문 옆에서 실을 잣고 있던 칼키오페가 그들을 보고 소리친 것이었다. 하인들이 모조리 달려 나왔다. 모두 칼키오페의 아들들을 보고 크게 소리 지르며 소란을 피우는 통에 압시르토스와 아이에테스 왕이 연달아 처소에서 나왔다.

이아손은 아이에테스 왕을 보았다. 아이에테스 왕은 나이 들고 머리가 하얗게 세어 있었지만 커다란 눈동자는 초록빛이었고 행동거지에 온통 표범 같은 기운이 깃들어 있었다. 곧이어 이아손은 압시르토스도 살펴보았다. 압시르토스는 마치 페네키아 상인처럼 보였다. 까만 턱수염에 귀에는 동그란 귀고리를 하고 있었고 코는 매부리코에 얼굴은 구릿빛으로 윤이 났다.

프론티스와 멜라스가 어머니와의 포옹에서 벗어나 아이에테스 왕에게 인사를 올렸다. 이어서 같이 온 영웅들, 즉 이아손과 두 명의 동료인 펠레우스와 텔라몬에 대해 얘기했다. 아이에테스는 모두 궁궐 안으로 들어오라고 청했다. 목욕물이 준비되고, 곧 연회가 시작되었다.

연회가 끝나고 모두 함께 둘러앉자 아이에테스는 칼키오페의 맏

아들에게 말을 걸었다.

"프릭소스의 아들들이여, 이 궁전의 홀에 들어온 인간들 중 내가 그 누구보다도 예우해 마지않았던 프릭소스의 아들들이여. 어찌하여 이리도 빨리 아에아로 돌아왔는지, 같이 온 저들이 누구인지 이제 말해 주시오."

아이에테스는 이와 같이 말하며 프론티스와 멜라스를 날카롭게 살펴보았다. 프론티스와 멜라스가 흑심을 품고 무장한 남자들과 함께 아에아로 돌아왔다고 의심했기 때문이었다. 프론티스는 왕을 바라보며 말했다.

"아이에테스 왕이시여, 우리의 배는 아레스 신의 섬에 떠밀려가서 바위에 부딪쳐 거의 좌초될 뻔했습니다. 안개가 낀 밤이었는데 아침이 되자 아레스 신의 새가 몰려와 날카로운 깃털을 우리에게 쏘아댔습니다. 우리는 그곳을 가까스로 벗어나 바람을 타고 파시스 강 어귀로 밀려왔습니다. 그곳에서 이 영웅들을 만나게 되었는데, 이분들이 우리에게 친절하게 대해 주셨습니다. 이분들이 누구이며 무엇 때문에 이곳까지 왔는지는 이제 말씀드리려 합니다.

어느 왕이 이 영웅들 중 한 분을 자신의 땅에서 몰아내려는 마음에, 그리고 크레테우스 일족의 씨를 말리겠다는 생각에, 이분이 무엇과도 비할 바 없이 위험한 모험을 떠나도록 부추겼습니다. 이분은 제우스의 아내이신 헤라의 명을 받들어 만든 배, 지금까지 인간이 탔던 그 어떤 배보다도 훌륭한 배를 타고 이곳에 오셨습니다. 이분과 함께 그리스에서 가장 막강하신 영웅들도 오셨습니다. 이분은 바로 크레테우스의 손자이신 이아손이십니다. 이아손은 프릭소스가 아에아로 가져온 그 유명한 황금양털을 돌려주십사 간청하러 오셨습니다.

하지만 이분이 아무 대가도 없이 황금양털을 가져가겠다는 뜻은 아닙니다. 이아손은 이 나라의 지긋지긋한 적, 사르마티아에 대해 이미 알고 계십니다. 이아손과 동료들이 폐하를 위해 그들에게 본때를 보여주실 것입니다. 이아손과 같이 오신 영웅들의 이름이 어떠하고 혈통이 어떠한지 궁금하시다면 제가 말씀드리지요. 이분은 펠레우스이고 이분은 텔라몬이십니다. 형제지간이면서 제우스의 혈통인 아이아코스의 아들들이십니다. 그리고 이분들과 함께 오신 다른 영웅들도 하나같이 신의 자손이십니다."

프론티스가 이와 같이 말했지만 왕은 의심을 떨칠 수 없었다. 아이에테스 왕은 칼키오페의 아들들이 전사들을 데리고 아에아로 돌아온 이유는 자신에게서 왕위를 빼앗거나 이니면 이 나라를 약탈하기 위해서라고 생각했다. 아이에테스는 그들을 살펴보며 마음에 분노가 일었고 눈은 표범처럼 번득였다. 그리고 이렇게 소리쳤다.

"썩 꺼지거라. 이런 도둑놈들 같으니라고! 사기꾼들! 너희들이 내 식탁에서 음식을 함께하지 않았다면 나는 네놈들이 신성하신 신에 대해 거짓을 지껄이던 혀를 잘라버렸을 것이다. 이놈과 그 패거리들이 신의 혈족이라니, 말이 되느냐?"

텔라몬과 펠레우스는 분노에 찬 표정으로 앞으로 성큼성큼 걸어 나갔다. 그들은 아이에테스 왕을 가만두지 않을 작정이었지만 이아손이 말렸다. 이아손은 차분한 목소리로 왕에게 말했다.

"아이에테스 왕이시여, 부디 우리의 말을 끝까지 들어보시오. 우리는 왕이 생각하듯 그렇게 나쁜 뜻을 품고 온 것이 아니오. 아아, 나와 동료들이 위험한 바다를 건너와 이곳에서 당신의 분노와 우리를 공격할 수 있는 무장한 병사들과 마주하게 된 것은 사악한 왕이 사악한 명을 내려 나를 이 동료들과 함께 내보냈기 때문이라오. 왕이 우리에게 친절을 베푸신다면 그에 대해 우리는 훌륭한 보답을 드릴 작정이오. 우리가 당신을 위해 사르마티아를 정복하고 왕이 마음에 두고 있는 다른 곳도 정복해 드리겠소."

하지만 이아손의 말에도 아이에테스는 마음이 누그러지지 않았다. 아이에테스는 무장한 병사들을 불러서 그들을 바로 죽여야 할지 아니면 그들을 시험한다는 명목하에 위험한 임무를 맡기는 게 나을지 마음을 정할 수 없었다. 마침내 아이에테스는 마음속에 점찍어둔 임무로 그들을 시험해 보고 필요하다면 나중에 죽이는 것이 낫겠다고 결론지었다. 그리하여 아이에테스는 이아손에게 다음과 같이 말했다.

"콜키스에 온 낯선 이여, 프론티스가 한 말이 사실일지도 모르겠네. 자네들이 진실로 신의 자손들일 수도 있지. 그러니 내가 자네들을 시험해 본 뒤 황금양털을 줄 수도 있겠네."

아이에테스가 말하는 중에 메데이아가 들어왔다. 낯선 자들을 살펴보도록 왕이 전령을 보내어 불렀던 것이다. 메데이아는 가만히 들어와 아버지 그리고 아버지와 얘기를 나누는 남자들로부터 멀찍이 떨어져 섰다. 이아손은 메데이아를 찬찬히 바라보았다. 이아손은 마음이 아이에테스 왕을 설득시키려는 생각으로 꽉 찬 가운데에도 그 여자의 몸가짐이 얼마나 조신한지, 얼마나 아름답고 강인해 보이는지 알아봤다.

가무잡잡한 얼굴이 금빛 머리칼과 어우러져 메데이아는 아주 기묘한 분위기를 풍겼다. 눈은 아버지처럼 크고 빛났다. 입술이 두툼하고 붉어서 마치 피어나는 장미같이 보였다. 하지만 마음속에 비밀스러운 분노를 담아두고 있는 듯 눈썹을 늘 찡그리고 있었다.

"나는 용감한 자들에게는 불만이 없지."

아이에데스가 얘기를 꺼냈다.

"내가 자네의 용기를 시험해 볼 것이니 장담컨대 자네가 무사히 시험을 통과하면 황금양털을 가지고 의기양양하게 이올코스로 돌아가게 될 것이네. 하지만 위대한 영웅이라 해도 내가 주는 임무를 완수하기란 쉽지 않을 것이네. 나는 저쪽 아레스의 들판에 입에서 불을 내뿜고 놋쇠 발굽을 가진 황소 두 마리를 풀어 놓았었지. 한때는 이 황소들이 내게 고분고분해서 놈들에게 쟁기를 매어 아레스의 들판에 있는 밭날갈이를 갈기도 했네. 그다음에는 고랑에 씨를 뿌렸는데 데메테르가 나눠주는 씨앗이 아니라 용의 이빨을 뿌렸어. 그러자 아레스의 들판에 뿌린 용의 씨앗에서 무장한 병사들이 솟아났네. 나는 놈들이 나를 죽이러 솟아나는 족족 창으로 찔러 죽였지. 내가 예전에 해냈던 이 일을 자네가 성취할 수 있다면 내 자네를 인정하여 황금양털을 주겠네. 하지만 해내지 못한다면 자네는 이곳을 빈손으로 떠나게 될 것이야. 용맹한 자가 용맹함을 증명할 수 없는 자에게 뭐가 됐든 양도한다는 것은 이치에 맞지 않으니까 말이네."

아이에테스 왕의 말을 들은 이아손은 어쩔 줄 몰라 하며 눈을 내리깔았다. 마침내 아이에테스 왕에게 답을 하기 위해 고개를 든 순간, 이아손은 메데이아가 기묘한 눈빛으로 자신을 살펴보고 있다는 사실을 알아챘다. 이아손은 온몸의 용기를 그러모아 말했다.

"무시무시한 임무이기는 합니다만 도전해 보겠습니다. 그러다 죽음을 맞는다 해도 어쩔 수 없지요. 이렇게 멀리까지 온 마당에 불을 내뿜는 왕의 황소에 멍에를 씌워 쟁기를 매고 아레스의 들판에서 밭을 갈고 땅에서 솟아나는 전사들과 싸우는 수밖에요."

이아손은 이와 같이 말하는 와중에 메데이아의 눈이 공포로 휘둥그레지는 것을 알아챘다.

곧이어 아이에테스가 말했다.

"자네의 배로 돌아가 임무해 착수 될 준비를 하게."

이아손은 펠레우스와 텔라몬과 함께 자리를 떴고 왕은 그들이 떠나는 모습을 바라보며 으스스한 미소를 띠었다. 프론티스와 멜라스는 어머니가 있는 곳으로 갔다. 하지만 메데이아는 그 자리에 남았다. 아이에테스는 표범과 같은 커다란 눈으로 메데이아를 바라보더니 이렇게 이야기했다.

"내 딸, 지혜로운 메데이아여. 놈이 임무를 수행하는 동안 달의 여신 헤카테가 놈을 힘 빠지게 만들도록 가서 달에게 주문을 걸어라."

마법사 메데이아

　메데이아는 아버지의 눈길을 피하며 자신의 방으로 돌아왔다. 메데이아는 오랫동안 두 손을 꼭 잡은 채 가만히 서 있었다. 자신의 아들들이 아이에테스에게 미운 털이 박혀 언제 왕에게 죽임을 당할지 모른다는 생각에 탄식하는 칼키오페의 목소리가 들려왔다. 메데이아는 자매지간인 칼시오페가 탄식하는 소리를 들으면서도 그 슬픔의 이유가 자신이 슬퍼하는 이유에 비하면 아무것도 아니라고 생각했다.

　메데이아는 이아손을 처음으로 본 순간을 떠올렸다. 안뜰에서 안개가 걷히고 비둘기가 자신에게 날아왔었다. 메데이아는 이아손이 고개를 들었을 때 빛나던 눈동자를 떠올렸다. 그리고 아버지가 이아손에게 그 무시무시한 임무를 내리자 이아손이 대답하던 목소리를 떠올렸다. 그때 메데이아는 이아손에게 이렇게 외칠 뻔했다.

"아아, 젊은이여. 당신이 죽음을 맞이하러 가는 것을 다른 이들이 기뻐한다 해도 저는 하나도 기쁘지 않아요."

여전히 칼키오페는 탄식하고 있었다. 하지만 칼키오페의 슬픔에 비하면 자신의 슬픔은 얼마나 막대한가! 칼키오페는 아들들을 도우려 애를 쓸 수도 있고 아들들이 위험에 처한 것을 슬퍼할 수도 있다. 그렇다 해도 아무도 칼키오페를 탓하지 않을 터였다. 하지만 메데이아 자신은 이아손을 도우려 해도 안 되고 이아손이 위험에 처한 것을 탄식할 수도 없었다. 딸자식이 아버지의 뜻을 거스르고 낯선 자를 돕다니 얼마나 손가락질 받을 짓인가! 콜키스의 여자가 왕의 뜻을 거스르고 낯선 자를 돕는다니 얼마나 끔찍한 일인가! 공주가 다름 아닌 궁궐에서 아이에테스 왕에 반대하여 계략을 짠다니 이 얼마나 배은망덕한 짓인가!

그 순간 메데이아는 자신이 사는 도시인 아에아가 미웠다. 떼로 몰려드는 성난 병사들이 미웠고 헤파이스토스가 아버지에게 주었던 놋쇠 황소가 미웠다. 그 순간 아에아에는 성난 병사들과 불을 내뿜는 황소들만 있는 느낌이었다. 아아, 아레스의 숲에서 잠들지 않는 용이 지키고 있는 황금양털을 구하기 위해 이런 곳까지 왔다니, 그 낯선 영웅과 친구들은 얼마나 가여운가!

칼키오페는 여전히 탄식하고 있었다. 칼키오페가 아들들을 도와달라고 자신에게 부탁하러 올까? 칼키오페가 자신에게 온다면 그 낯선 자들에 대해서도, 그들이 어떤 위험에 처했는지도 얘기하게 될지 몰랐다. 메데이아는 침상으로 가서 누웠다. 그러면서 칼키오페가 자신에게 오거나 자신을 불러주길 바랐다.

하지만 칼키오페는 자신의 방에 계속 머물렀다. 메데이아는 침상에 누운 채 칼키오페의 탄식에 귀를 기울였다. 결국 메데이아는 칼키오페의 방에 가기로 했다. 그러면서 낯선 자에 대한 생각에 푹 빠져 있는 자신이 너무도 부끄럽게 느껴졌다. 메데이아는 발걸음을 멈추고 그 자리에 서 있었다. 잠시 뒤 자신의 침소로 돌아가려 몸을 돌리는데 몸이 너무도 떨려 꼼짝할 수 없었다. 메데이아가 자신의 침소와 칼키오페의 방 중간에 서 있는데 칼키오페가 자신을 부르는 소리가 들렸다.

메데이아가 들어가보니 칼키오페가 서 있었다. 칼키오페는 메데이아를 두 팔로 끌어안으며 간절하게 얘기했다.

"맹세해 줘. 내가 지금 부탁하려는 것을 절대 아무한테도 얘기하지 않겠다고 달의 여신 헤카테를 두고 맹세해 줘."

메데이아가 맹세를 마치자 칼키오페는 자신의 아들들이 어떤 위험에 처해 있는지 얘기했다. 그리고 아들들이 낯선 자들과 함께 아에아에서 빠져나갈 수 있는 방법을 가르쳐달라고 했다.

"아에아와 콜키스에서 내 아들들이 안전하게 머물 수 있는 곳은 이제 없어."

그리고 칼키오페는 프론티스와 멜라스를 살리기 위해 메데이아가 그 낯선 자들도 살려야 한다고 했다. 다음 날 벌어질 놋쇠 황소와의 싸움에서 낯선 자들을 구해 낼 주술을 메데이아가 모를 리 없으니까. 칼키오페는 메데이아가 품었던 생각과 같은 결론에 다다른 것이었다. 메데이아는 기쁨에 가슴이 벅차 칼키오페를 껴안았다.

"칼키오페, 정말이지 나는 언니의 동생이 맞구나. 그리고 딸이기도 하고 말이야. 내가 아기였을 때 언니가 나를 돌봐줬잖아? 내가 있는 힘껏 언니의 아이들을 구해 낼게. 언니의 아이들과 함께 온 낯선 자들도 있는 힘껏 구해 낼게. 그들, 낯선 자들의 우두머리에게 사람을 보내서 동틀 무렵 헤카테의 신전에서 내가 만나잔다고 전하라고 해."

메데이아가 이와 같이 말하자 칼키오페는 다시 동생을 껴안았다. 칼키오페는 메데이아가 울고 있는 것을 깨닫고 놀랐다. 메데이아의 목소리가 들려왔다.

"칼키오페, 그들을 구하기 위해 내가 어떤 위험을 무릅쓰게 될지 아무도 모를 거야."

칼키오페는 서둘러 방에서 나갔다. 하지만 메데이아는 고개를 숙인 채 수치심에 얼굴을 붉히며 그 자리에 있었다. 메데이아 자신이 구하려는 사람은 이아손이 아니라 프론티스와 멜라스라고 생각하도록 칼키오페 언니를 속였구나 싶었다. 게다가 메데이아를 생각하지도 않고, 메데이아의 모습을 마음에 담지도 않고 떠나갈 낯선 자를 위해 아버지와 동족에 반대하는 계략을 세워야 하는구나 싶기도 했다.

이아손은 펠레우스, 텔라몬과 함께 아르고 호로 돌아갔다. 일이 어떻게 되었는지 동료들이 묻자 이아손이 불을 내뿜고 놋쇠 발굽이 달린 황소에 대해 얘기하며 밭에 용의 이빨을 뿌린 뒤 땅에서 솟아난 병사들과 싸워야 한다고 얘기해 주었다. 그러자 아르고 호의 선원들은 그 임무를 달성하기란 불가능할 거라는 생각에 깊이 낙담하였다. 불을 내뿜는 황소 앞에 서는 자는 그 즉시 불길에 휩싸일 터였다. 하지만 그들 중 누군가는 임무를 완수하기 위해 덤벼야 한다는 사실을 모두 알고 있었다. 이아손이 주저한다 해도 펠레우스, 텔라몬, 테세우스, 카스토르, 폴리데우케스, 그도 아니라면 다른 누군가가 그 임무를 짊어질 터였다.

하지만 이아손은 주저하지 않았다. 이아손은 다음 날 불을 내뿜고 놋쇠 발굽이 달린 황소에 멍에를 씌워 쟁기를 매 보겠노라고 말했다. 이아손이 죽는다면 아르고 호의 선원들은 황금양털을 얻기 위해 다른 임무를 떠맡든지 아니면 뱃머리를 돌려 그리스로 돌아가든지 더 나은 쪽을 선택해야 할 터였다.

영웅들이 얘기를 나누는 동안 칼키오페의 아들인 프론티스가 아르고 호로 찾아왔다. 아르고 호의 선원들은 프론티스를 반갑게 맞이했다. 곧 프론티스는 어머니의 여동생인 메데이아에 대해, 메데이아가 어떻게 도움을 줄지에 대해 얘기하기 시작했다. 영웅들은 메데이아 얘기가 나오자 귀를 쫑긋 세웠지만 곰가죽을 걸치고 서 있던 아르카스만은 예외였다.

"부끄러운 줄 알게. 여기까지 와서 기껏 계집의 도움이나 청하다니 부끄러운 줄 알라구! 이 얘기는 더 할 거 없어! 아르고 호의 선원들이여, 칼을 뽑아들고 아에아로 가서 그 왕이란 자를 죽이고 황금양털을 가져갑시다."

몇몇 영웅들이 아르카스의 이야기에 웅얼거리며 찬성했다. 하지만 오르페우스가 모두를 조용히 시켰다. 예언의 능력이 있는 오르페우스는 메데이아가 어떻게 그들을 도울지 마음속에 떠오르는 광경이 있었던 것이나. 오르페우스는 그 현명한 여자에게 도움을 받는 것이 좋겠다고 말했다. 그리고 헤카테의 신전에서 이아손이 그 여자를 만나는 것이 좋겠다고 했다. 아르고 호의 선원들은 오르페우스의 말에 동의했다. 프론티스가 놋쇠 발굽이 달린 황소에 대해 얘기하는 내용에 모두들 귀를 기울이는 가운데 밤이 깊어갔다.

땅 위에 어둠이 내리고 선원들이 바다에서 곰자리와 오리온자리의 별을 바라볼 때, 마을에서 개가 짖는 소리나 사람들의 목소리가 더는 들리지 않을 무렵에 메데이아는 궁궐을 빠져나왔다. 어느 오솔길에 이르자 메데이아는 숲 속 떡갈나무가 드리운 그림자에 잠겨 어두컴컴한 곳에 이를 때까지 그 오솔길을 따라 걸었다.

메데이아는 두 손을 치켜들고 달의 여신인 헤카테를 불렀다. 그러자 주변에 온통 횃불이 타오르는 양 불길이 일었다. 무시무시한 용들이 나뭇가지에서 메데이아를 향해 기지개를 펴는 모습도 보였다. 메데이아는 두려움에 떨며 뒤로 움츠러들었다. 하지만 메데이아는 다시 헤카테를 불렀다. 그러자 메데이아 주위에서 온통 지하세계의 사냥개들이 울부짖는 듯한 소리가 들려왔다. 울부짖는 소리가 가까워질수록 메데이아의 공포 역시 커져갔다. 등을 돌려 도망치고픈 마음이 굴뚝같았다. 하지만 메데이아는 다시 두 손을 치켜들고 헤카테를 불렀다. 이번에는 늪과 강에서 떠돌아다니는 정령들이 소리를 질렀다. 그 비명에 메데이아는 두려움에 떨며 주저앉고 말았다 .

그래도 메데이아는 또 다시 달의 여신 헤카테를 불렀다. 나무우듬지 너머로 달이 떠오르는 모습이 보이자 그 순간 쉭쉭하는 소리와 비명과 울부짖는 소리가 잦아들었다. 메데이아는 잔을 치켜들고 달의 여신 헤카테에게 바치는 꿀을 부었다.

그다음 메데이아는 달빛이 땅 위에 밝게 비치는 곳으로 갔다. 다른 꽃들 위로 솟아오른 꽃 한 송이가 눈에 들어왔다. 두 개의 줄기가 붙은 곳에서 피어난 꽃으로 크로커스와 같은 빛깔이었다. 메데이아가 놋쇠칼로 그 줄기를 자르자 땅속에서 깊은 신음소리가 들려왔다.

그것은 프로메테우스의 꽃이었다. 독수리가 프로메테우스의 간을 쪼아 먹다가 프로메테우스의 피를 한 방울 땅으로 흘렸을 때 처음으로 이 꽃이 땅에서 솟아났다. 메데이아는 카스피 해의 조개껍데기에 그 꽃의 시커먼 즙을 모았다. 이 즙은 메데이아가 무엇보다도 강력한 묘약을 만드는 데 필요했다. 밤 내내 메데이아는 숲속을 누비며 비밀스러운 약초들의 즙을 모았다. 그다음 모아놓은 즙을 유리병에 넣고 섞어 허리띠 안에 넣어두었다.

메데이아는 숲을 떠나 강을 따라 걸었다. 아침 햇살이 눈 쌓인 캅카스 산을 비출 무렵에 메데이아는 헤카테의 신전 바깥에 서 있었다. 메데이아는 기다렸다. 오래 지나지 않아 바다에서 솟아오르는 시리우스 별처럼 빛나는 자태로 메데이아에게 다가오는 이아손의 모습이 보였다. 메데이아가 손짓하자 이아손이 다가와 신전의 입구에 있던 메데이아 곁에 멈춰 섰다.

두 사람은 메데이아가 고개를 수그리고 있지 않았다면 마주보고 섰을 터였다. 하지만 메데이아의 얼굴은 붉게 물들어 있었다. 이아손은 메데이아의 얼굴빛과 고개를 푹 숙인 모습에서 그런 방식으로 낯선 사람과 만나 얘기를 나눈다는 것이 메데이아에게 얼마나 힘든 일인지 알아챘다. 이아손은 메데이아의 손을 잡고 마치 사제를 대하듯 경건하게 말했다.

"공주님, 모든 이방인과 탄원자를 돕는 헤카테와 제우스 신을 걸고 간청하건대 저와 함께 이 나라에 온 동료들과 제게 친절을 베푸소서. 공주님의 도움 없이는 제게 주어진 무시무시한 임무를 이행할 가망이 없습니다. 메데이아, 우리를 도와주신다면 당신은 그리스 방방곡곡에 이름을 떨치게 될 것입니다. 당신의 얼굴과 자태에서 상냥함과 관대함이 풍기는군요. 저는 당신이 우리를 도와주시리라 생각합니다."

이아손이 이와 같이 말하자 메데이아의 얼굴에서 수치스러운 기색이 사라지고 붉은빛이 다소 누그러졌다. 메데이아는 이아손을 바라보았다. 그리고 이아손이 놋쇠 발굽을 한 황소의 입김에 스러지거나 땅에서 솟아난 병사들의 손에 죽는다면 자신은 살 수가 없으리라는 걸 깨달았다. 메데이아는 허리춤에서 묘약을 꺼내 서슴없이 이아손의 손에 쥐어주었다. 크나큰 위험을 무릅쓰고 손에 넣은 묘약을 이아손에게 건네주는 순간, 장미꽃잎에 맺힌 이슬이 떠오르는 아침 햇살에 녹아버리듯 메데이아의 마음에 남아 있던 공포와 고통도 스르륵 녹아내렸다.

메데이아와 이아손은 가까이 선 채 신전의 입구에서 이야기를 나누었다. 메데이아는 이아손에게 머리끝부터 발끝까지 묘약을 발라야 한다고 말했다. 묘약을 바르면 끝없이 힘이 솟고 지치지 않을 뿐 아니라 황소의 입김에 데이지 않고 황소의 뿔에도 상처를 입지 않게 된다고 했다. 메데이아는 칼과 방패에도 묘약을 뿌려두라고 조언했다.

그다음에는 용의 이빨 그리고 용의 이빨로부터 땅에서 솟아나는 병사들에 대해 설명했다. 메데이아는 그들이 땅에서 솟아나면 그들 사이로 커다란 돌멩이를 하나 던지라고 이아손에게 말했다. 땅에서 솟아난 병사들은 그 돌멩이를 두고 서로 싸우게 될 것이고 그러는 과정에서 서로를 죽이게 될 것이라고 했다.

메데이아는 가무잡잡하고 섬세한 얼굴이 아름다웠다. 이아손은 메데이아를 바라보며 콜키스에는 황금양털 말고도 보배로운 것이 있구나 하는 생각을 했다. 그리고 자신이 임무를 달성해 황금양털을 얻게 되면 아르고 호의 선원들과 아이에테스 왕 사이가 화기애애하게 될 것이고 그러면 궁궐의 홀에서 자신과 메데이아가 나란히 앉게 될지도 모르겠다 싶었다. 하지만 이아손이 메데이아의 아버지와 친목을 쌓는 것에 대해 얘기하자 메데이아가 외쳤다.

"조약이나 약속 같은 생각은 하지도 마세요. 그리스에서는 그런 게 의미가 있을지 모르겠지만 여기서는 아니에요. 아아, 제 아버지 아이에테스 왕이 당신과 사이좋게 지낼 수 있을 거라고 생각하지 마세요! 황금양털을 얻으시면 서둘러 떠나셔야 돼요. 아에아에서 지체하시면 안 돼요."

메데이아는 이렇게 말하며 이아손이 그렇게 빨리, 그렇게 멀리 떠나게 될 것이고 그러면 다시는 이아손을 보지 못하리라는 생각에 볼이 눈물로 젖어들었다. 메데이아는 다시 고개를 숙이며 말했다.

"당신의 나라에 대해 얘기해 주세요. 당신의 아버지가 사시는 곳,

당신이 콜키스를 떠나 당당하게 돌아가서 살게 될 곳에 대해서요."

이아손은 메데이아에게 이올코스에 대해 얘기해 주었다. 이올코스는 이곳의 캅카스 산만큼 높지 않은 나즈막한 산에 둘러싸여 있다고 얘기해 주었다. 양 떼가 노니는 목초지에 대해 얘기하고 긴 세월을 살아온 케이론이 자신을 키웠던 펠리온 산에 대해 얘기했다. 아들인 자신이 돌아오기를 하염없이 기다리며 늙어간 아버지에 대해서도 얘기했다.

메데이아가 말했다.

"이올코스로 돌아가시거든 저 메데이아를 잊지 마세요. 아버지가 당신에게 악감정을 갖고 계시지만 저는 이아손, 당신을 기억할게요. 소식을 전하는 새처럼 당신 소식이 제게 닿길 바랄 뿐이에요. 당신이 저를 잊으시면 제가 무슨 돌풍에라도 실려 이올코스까지 날아가서 정체 모를, 예상 밖의 손님으로 당신 궁궐의 홀에 앉아 있었으면 싶네요!"

그들은 곧 헤어졌다. 메데이아는 서둘러 궁궐로 돌아갔고 이아손은 아르고 호가 정박해 있는 강으로 향했다.

영웅들은 이아손을 둘러싸고 질문을 쏟아냈다. 이아손은 메데이아가 조언한 내용을 들려주며 메데이아에게 받은 묘약을 보여주었다. 거친 사나이 아르카스는 메데이아의 조언에 코웃음을 치며 아르고 호의 선원들이 한낱 계집의 도움에 기대야 하다니 정신력이 물러터졌다고 투덜거렸다.

이아손은 강에서 목욕을 한 다음 묘약을 온몸에 발랐다. 창과 방패와 칼에도 묘약을 뿌렸다. 그러고는 여전히 분을 삭히며 자리에 앉아 있는 아르카스에게 다가가 묘약을 뿌린 창을 내밀었다.

아르카스는 자신의 육중한 칼을 집어 들어 그 창의 뭉툭한 부분을 내리쳤다. 칼날이 홱 도니 마치 모루 위에서 망치로 두드려맞은 양 아르카스의 손 안에서 튀어 올랐다. 그러자 이아손은 거칠 것 없는 힘이 끝없이 솟아오르는 것을 느끼며 큰 소리로 웃었다.

황금양털을 얻다

아르고 호의 선원들은 강의 후미에서 배를 끌어내어 아에아의 부두에 아르고 호를 정박시켰다. 그다음 아이에테스 왕과 콜키스의 백성들이 기다리는 아레스의 들판으로 행군했다.

이아손은 방패와 창을 들고 왕 앞으로 나아갔다. 그리고 왕에게서 용의 이빨이 들어 있는 빛나는 투구를 건네받았다. 이아손은 이 투구를 함께 간 테세우스에게 주었다. 그러고 나서 손에 창과 방패를 들고 칼은 어깨에 가로질러 메고 망토는 벗어 던진 뒤 아레스의 들판을 둘러보았다.

황소에게 매야 할 쟁기가 보였다. 근처에는 청동으로 된 멍에도 있었다. 황소의 발굽 자국도 눈에 들어왔다. 이아손이 발굽 자국을 따라가니 불을 내뿜는 황소의 은신처에 이르렀다. 은신처는 땅

밑에 있었는데 연기와 불이 밖으로 뿜어져 나오고 있었다.

이아손은 땅에 두 발을 단단히 딛고 방패를 앞으로 들었다. 이아손은 황소가 달려들기를 기다렸다. 황소가 우렁찬 울음소리를 내며 불을 내뿜는 동시에 발굽 소리를 땡그랑거리며 다가왔다. 그러고는 머리를 숙이고 끝부분이 쇠로 된 무시무시한 뿔로 이아손을 들이받고 짓밟으러 들었다.

이아손은 메데이아의 묘약 덕에 강해져 있었다. 이아손의 방패도 메데이아의 묘약 덕에 무엇에도 뚫리지 않았다. 황소가 달려들어도 이아손은 고꾸라지지 않았다. 동료들은 이아손이 꿋꿋하게 서 있는 모습에 환호했고 콜키스 사람들은 경이로워하며 이아손을 바라봤다. 마치 용광로처럼 이아손 주위로 온통 연기와 불길이 치솟았다.

황소가 무시무시한 소리로 울부짖었다. 이아손은 오른쪽에 서 있는 황소의 뿔을 부여잡고 청동 멍에 옆으로 놈을 질질 끌고 갔다. 그리고 놋쇠로 된 황소의 무릎을 재빨리 걷어차 황소를 꿇어앉혔다. 그다음 다른 황소가 자신에게 달려오자 세게 걷어 차서 그 황소 역시 무릎으로 꿇어앉혔다.

카스토르와 폴리데우케스가 멍에를 이아손에게 건넸다. 이아손은 멍에를 황소의 목에 매고 쟁기를 멍에에 단단히 고정시켰다. 그리고 방패를 등 쪽으로 돌린 다음 쟁기의 손잡이를 단단히 움켜잡고 밭고랑을 만들기 시작했다.

이아손은 기다란 창을 가축을 모는 막대기처럼 써서 황소를 자신의 앞쪽으로 몰아갔다. 황소는 사납게 날뛰며 미친 듯이 불을 뿜어댔다. 이아손 옆에서는 테세우스가 용의 이빨이 담긴 투구를 들고 있었다. 단단한 땅에 쟁기가 파고들자 흙덩어리가 부서지며 신음소리를 냈다. 이아손은 갈라진 흙 사이로 용의 이빨을 던지며, 등 뒤로 치명적인 수확물인 병사들이 땅에서 솟아날까 두려워 자꾸 뒤를 흘끗거렸다.

아침나절이 다 갔을 무렵에 이아손은 아레스의 들판에서 쟁기질하고 씨 뿌리는 일을 마쳤다. 아직까지는 땅에서 솟아난 병사가 밭고랑에 보이지 않았다. 이아손은 강가로 내려가 투구 가득 물을 떠서 벌컥벌컥 들이켰다. 그리고 밭을 가느라 뻣뻣해진 무릎이 다시 부드럽게 움직이도록 풀어주었다.

들판에 작은 언덕이 여럿 솟아났다. 아레스의 들판이 온통 무덤으로 뒤덮인 듯했다. 곧이어 땅에서 창과 방패와 투구가 솟아나더니 무장한 병사들이 사납게 함성을 지르며 튀어나왔다.

이아손은 메데이아가 한 말을 기억해 내고는 장정 네 명이 달라붙어도 들기 어려운 큰 바위를 번쩍 들어 밭을 가느라 뻣뻣해진 팔로 집어 던졌다. 콜키스 사람들은 그렇게 큰 바위를 사람이 들어 올리는 광경에 함성을 내질렀다. 바위는 땅에서 솟아난 병사들한가운데에 떨어졌고 병사들은 서로를 견제하며 사냥개처럼 그 바위로 달려들었다. 병사들이 서로를 공격하느라 방패끼리 서로

들이받고 창끼리 부딪쳐 쨍그랑댔다. 땅에서 태어난 병사들은 빠르게 솟아올랐던 만큼이나 덧없이 동지들의 창에 쓰러졌다.

이아손은 칼을 들고 병사들에게 달려들어 땅에서 어깨까지만 솟아난 자들 몇몇을 베었다. 두 발이 아직 땅에 묻혀 있는 자들도 베었다. 이아손에게 달려들 채비를 갖춘 자들도 베었다. 오래지 않아 이아손은 땅에서 솟아난 병사들 모두를 죽였고, 밭고랑에는 봄철에 물이 흐르는 수로처럼 검붉은 피가 흘렀다.

아르고 호의 선원들은 이아손의 승리에 요란하게 환호성을 보냈다. 아이에테스 왕은 강가의 자리에서 일어나 시내로 돌아갔다. 콜키스 사람들이 그 뒤를 따랐다. 날이 저물었다. 이아손은 임무를 무사히 마친 것이다.

하지만 아이에테스 왕은 이아손이 황금양털을 들고 떠나도록 순순히 두고 볼 수 없었다. 아이에테스는 아들인 압시르토스를 곁에 두고 광장에 서서 성난 콜키스 사람들에 완전히 둘러싸여 있었다. 왕은 아레스 신이 준 빛나는 갑옷을 걸치고 있었다. 머리에는 커다란 깃털 네 개로 장식된 금빛 투구를 쓰고 있어서 실로 태양신 헬리오스의 아들처럼 보였다. 왕의 커다란 눈에서는 번개가 번득이는 듯했다. 왕은 끝이 청동으로 된 창을 들고 콜키스 사람들에게 공격적인 말투로 얘기했다.

왕은 콜키스 인들이 낯선 자들을 공격하고 아르고 호를 불태워야 한다고 말했다. 프릭소스의 아들들도 낯선 자들을 아에아로 데 려왔으니 죽여야 마땅하다고 했다. 왕은 자신의 자손에게 배신당 하는 것을 주의해야 한다는 신탁을 받았노라고 말했다. 그 신탁을 칼키오페의 자식들이 실현시키는 중이라는 것이었다. 왕은 딸인 메데이아가 그 낯선 자들을 도운 것이 아닐까 의심스럽다고도 말 했다. 왕이 이와 같이 말하자 콜키스 사람들은 낯선 자들을 증오 하는 마음으로 왕의 주위에서 함성을 질렀다.

아이에테스 왕이 한 말은 메데이아의 귀에까지 들어갔다. 메데이 아는 아르고 호의 선원들에게 가서 서둘러 아에아를 빠져나가라 고 일러야 한다고 생각했다. 하지만 그들이 황금양털 없이는 떠나 지 않으리라는 사실 또한 알고 있었다. 그렇다면 메데이아 자신이 아르고 호의 선원들에게 황금양털을 얻어내는 방법을 알려주는 수밖에 없었다.

그러고 나면 자신은 아버지의 궁궐로 다시 돌아올 수 없을 것이 다. 이 방에 앉아 자신의 하녀에게 얘기할 수 없을 터이고 다시는 언니인 칼키오페와 함께 있을 수도 없게 될 터였다. 앞으로는 낯선 자들의 호의에 기대며 살아야 할 터였다. 이 모든 생각에 메데이아 는 슬피 울었다. 메데이아는 아득히 먼 곳으로 떠나기 전 작별의 의미로 머리칼을 조금 잘라 방 안에 남겨 두었다. 칼키오페가 있 는 방 쪽으로는 작별 인사를 나지막이 중얼거렸다.

궁궐의 문은 빗장으로 단단히 잠겨 있었지만 메데이아는 빗장을 풀 필요조차 없었다. 메데이아가 노래로 된 주문을 외우자 빗장이 스르르 풀리면서 문이 살며시 열렸다. 메데이아는 강가로 난 길을 잰걸음으로 따라갔다. 모닥불이 활활 타오르는 곳에 이르자 그곳이 아르고 호의 선원들이 머물고 있는 곳임을 알았다.

메데이아가 큰 소리로 사람을 부르자 칼키오페의 아들인 프론티스가 누구의 목소리인지 알아챘다. 프론티스가 이아손에게 알리자 이아손은 재빨리 메데이아가 서 있는 곳으로 갔다.

메데이아가 이아손의 손을 꽉 움켜쥐고 잡아끌며 말했다.

"황금양털 말이에요. 당신이 아레스의 숲에 있는 떡갈나무에서 황금양털을 빼내 가져가야 할 때가 왔어요."

메데이아의 말에 이아손은 온몸이 활시위처럼 팽팽하게 긴장되었다.

사냥꾼이 눈꺼풀에서 잠을 쫓아내는 시각이었다. 밤의 끝자락을 자면서 흘려보내지 않는 사냥꾼은 햇빛이 사냥감의 흔적과 냄새를 지우기 전에 자리에서 일어나 사냥개를 몰고 나올 준비가 되어 있는 법이다. 메데이아는 강가에서 이어지는 오솔길을 따라 이아손을 이끌었다. 두 사람은 숲에 들어섰다. 그때 이아손은 뭔가 떠오르는 태양빛을 가득 머금은 구름같이 생긴 무언가를 보았다. 그것은 커다란 떡갈나무에 매달려 있었다. 이아손은 경외감에 젖어 가만히 바라보며 그 자리에 서 있었다. 마침내 황금양털을 두 눈으로 보는구나 싶었다.

황금양털을 얻는 메데이아와 이아손

이아손은 메데이아의 손을 놓은 다음 황금양털을 집으러 다가
갔다. 바로 그때, 뭔가 무시무시하게 쉭쉭거리는 소리가 들렸다. 곧
이어 이아손은 황금양털을 지키고 있는 것이 무엇인지 알았다. 나
무를 온통 휘감고서 목을 쑥 내민 채 잠들 줄 모르는 날카로운 눈
을 뜨고 있는 것은 바로 무시무시한 용이었다. 용이 쉭쉭거리는 소
리가 숲 구석구석까지 울려 퍼지자 잠에서 막 깨어난 새들이 공포
에 떨며 쨱쨱거렸다.

용은 단단하고 빛나는 비늘에 뒤덮인 몸뚱이로 나선형을 그리
며 피어오르는 연기처럼 나무를 온통 휘감고 있었다. 그리고 또아
리를 풀고 몸뚱이를 뻗어 고개를 쳐들고 이아손을 공격하려고 했
다. 바로 그때 메데이아가 용 앞에 무릎을 꿇고 앉더니 노래로 된
주문을 부르기 시작했다.

메데이아가 노래를 부르자 나무를 휘감고 있던 용의 또아리가
느슨해지기 시작했다. 용은 소리 없이 어두운 파도처럼 땅바닥에
내려앉았다. 하지만 아가리는 여전히 벌린 채 이아손을 위협하고
있었다. 메데이아가 신비로운 용액에 담가두었던, 갓 자른 향나무
가지로 용의 무시무시한 눈가를 건드렸다. 그리고 노래로 된 주문
을 외웠다. 용의 아가리가 닫혔다. 눈에서 빛이 사라졌다. 숲 속 멀
리까지 용의 몸뚱이가 풀어져 뻗쳐졌다.

이아손은 황금양털을 집어 들었다. 손을 뻗치는 순간 황금양털
에서 나오는 빛이 얼마나 밝던지 이아손의 얼굴이 타오르듯 환해

졌다. 메데이아가 이아손을 소리쳐 불렀다. 이아손은 황금양털 전체를 가까스로 거두어 두 팔로 끌어안았다. 메데이아가 곁을 지켰다. 얼마 뒤 이아손과 메데이아는 서둘러 자리를 떴다.

두 사람은 강가로 돌아와 아르고 호를 정박시킨 곳으로 내려갔다. 배 안에 있던 영웅들은 화들짝 놀라 황금양털이 마치 제우스 신의 번개에 빛나듯 휘황한 광경을 바라보았다. 이아손은 메데이아 너머로 황금양털을 던진 뒤 메데이아를 들어 올려 아르고 호에 태우며 외쳤다.

"아아, 친구들이여, 이 여자의 도움 덕에 여러 바다를 전전하고 여러 왕의 분노를 무릅쓰며 이곳까지 온 목적이 드디어 달성되었소. 우리는 그리스로 돌아갈 수 있소. 이제 아버지와 벗을 다시 만날 수 있다는 희망을 품게 되었소. 이에 대해 보답하고자 아이에테스 왕의 딸 메데이아를 우리가 모시고 돌아갈 것이오."

그다음 이아손은 칼을 뽑아들어 배를 매어둔 밧줄을 자르며 영웅들에게 아르고 호를 출항시키라고 지시했다. 분주한 움직임 속에 노가 첨벙대는 소리가 들리고, 아르고 호는 서둘러 아에아를 빠져나갔다. 메데이아는 돛대 옆에 서 있었다. 황금양털은 메데이아의 발치에 떨어져 있었고 메데이아의 머리와 얼굴에는 은빛 베일이 드리워져 있었다.

압시르토스의 죽음

그 은빛 베일은, 동생의 피로 흥건히 젖을 것이며, 아르고 호의 선원들은 그러한 재앙으로 인해 고향땅으로 돌아가는 여정이 오랫동안 지체될 운명이었다.

아르고 호가 강을 따라 내려가던 중 영웅들은 위험이 시시각각 다가오고 있다는 것을 알아챘다. 강둑 위로 콜키스 인의 전차가 보였다. 이아손은 활활 타오르는 횃불에 갑옷과 투구를 빛내며 아이에테스 왕이 전차에 타고 있는 모습을 보았다. 아르고 호는 잽싸게 나아갔지만 뒤에서 쫓아오는 배가 여러 척 있었고 그 배들 역시 빨랐다.

아르고 호가 폰투스 해로 접어들자 프릭소스의 아들인 프론티스가 아르고 호의 선원들에게 조언했다.

"심플레가데스 해협으로 가지 마세요. 폰투스 해 근방에 사는 자들은 누구나 아이에테스 왕에게 호의적이에요. 아이에테스 왕이 우리에 대해 경고할 터이니 그곳 사람들은 기꺼이 우리를 죽이고 아르고 호를 탈취하려 들 겁니다. 우리는 이스테르 강을 거슬러 올라가야 해요. 그쪽으로 가면 트리나키아 해에 이를 수 있고 당신들의 고향도 가까워요."

아르고 호의 선원들은 프론티스의 말이 옳다고 여기고 배를 몰아 이스테르 강에 이르렀다. 콜키스의 배 대부분은 이스테르 강 어귀를 지나쳐 아르고 호를 찾으러 심플레가데스 해협 쪽으로 갔다.

하지만 아르고 호의 위험은 사라지지 않았다. 압시르토스는 아르고 호를 뒤쫓아 심플레가데스 쪽으로 가지 않았기 때문이었다. 압시르토스는 육로를 통해 자신의 병사들을 이스테르 강 어귀에서 멀리 떨어진 상류 지역으로 데리고 갔다. 그 지역에는 섬이 여럿 있었는데 압시르토스의 병사들이 그 여러 개의 섬을 수색하는 동안 압시르토스는 주변 지역의 왕들을 찾아다니며 지원을 호소했다.

상류에 다다르자 영웅들은 빠져나갈 곳이 없다는 사실을 깨달았다. 콜키스의 병사들로 우글거리는 섬 사이로 지나갈 수 없는 노릇인 데다 강가를 따라 아이에테스 왕에게 우호적인 병사들이 진을 치고 있었다. 아르고 호는 옴짝달싹 할 수 없었다. 압시르토스는 사람을 시켜 우두머리를 자신에게 보내라고 알렸다. 압시르토스는 병력이 압도적으로 우세했지만 영웅들과 싸우는 일은 피하고 싶었다. 굳이 싸우지 않고도 자신이 원하는 것을 모두 얻을 수 있을지도 모른다고 생각했다.

테세우스와 펠레우스가 압시르토스를 찾아갔다. 압시르토스는 황금양털을 넘기고 프릭소스의 아들들과 메데이아 역시 넘겨달라고 요구했다.

테세우스와 펠레우스는 압시르토스를 지지하는 왕들에게 판단을 내려달라고 호소했다. 테세우스와 펠레우스는 아이에테스가 이제 황금양털을 가지고 있을 근거가 없다고 주장했다. 아이에테스는 이아손에게 자신이 부과한 임무를 마치면 그 대가로 황금양털을 주겠노라고 약속했고 이아손은 그 임무를 완수했다. 그러니 황금양털을 아레스의 숲에서 어떤 식으로 가져왔든지 간에 황금양털은 이미 자신들 것이었다. 테세우스와 펠레우스가 이와 같이 말하자 압시르토스를 지지하던 왕들도 아르고 호의 선원들이 옳다는 판정을 내렸다.

하지만 왕들과 압시르토스는 메데이아는 압시르토스에게 넘겨줘야 한다고 했다. 압시르토스는 메데이아만 넘기면 아르고 호는 제 갈 길을 갈 수 있을 것이며 황금양털도 그대로 갖고 가도록 하겠다고 약속했다. 게다가 메데이아를 진노한 아버지, 아이에테스 왕에게 다시 데려가지도 않겠다고 얘기했다. 아르고 호의 선원들이 메데이아를 돌려준다면 메데이아는 아르테미스의 섬에서 여신

압시르토스를 찔러 죽이는 이아손

의 보호 아래 머물 수 있도록 하겠노라고 말했다.

　테세우스와 펠레우스는 압시르토스의 전갈을 가지고 돌아왔다. 아르고 호의 선원들이 모여 회의를 한 결과, 메데이아를 아르테미스의 섬에 두고 떠나야 한다는 데 의견을 모았다.

　메데이아는 이러한 제안을 듣고 엄청난 슬픔과 분노에 휩싸였다. 메데이아는 이아손이 서 있는 곳으로 가서 자신이 이아손의 목숨을 구하기 위해, 아르고 호의 선원들이 황금양털을 가지고 돌아갈 수 있도록 하기 위해 어떤 일을 했는지 다시 모조리 읊었다. 그러자 이아손은 메데이아에게 그들 주위를 둘러싼 배와 병사들을 살펴보라고 했다. 그 정도의 전력이면 아르고 호의 선원들을 제압해서 모두를 죽이고도 남을 것이라고 했다. 영웅들이 모두 살해당하고 나면 메데이아는 압시르토스의 손에 넘어갈 텐데 그러면 압시르토스가 메데이아를 아르테미스의 섬에 남겨두든지 아니면 진노한 아이에테스 왕에게 데리고 돌아갈 것인지 알 수 없다고도 했다.

　메데이아는 떠난다고 대답할 마음이 없었고 이아손 역시 속으로는 메데이아를 떠나보내고 싶지 않았다. 그리하여 이 두 사람은 압시르토스를 속일 계략을 짰다. 이아손이 먼저 얘기를 꺼냈다.

　"나는 당신을 압시르토스에게 넘기는 데 동의하지 않소. 당신이 아르테미스의 섬에 남으면 나중에 내가 그곳에서 당신을 몰래 데려오겠소. 콜키스 인들과 그들을 지원하고 있는 왕들에게 당신이 그 섬을 떠나 아르고 호에 숨어 있는 것을 숨긴다면 우리 둘은 이곳을 빠져나갈 수 있소."

메데이아와 이아손은 이와 같이 계획을 세웠는데 그런 행동은 테세우스와 펠레우스가 압시르토스와 한 약속을 어기는 셈이었으니 비열한 짓이었다.

아르고 호의 선원들은 곧 메데이아를 아르테미스의 섬에 남겨두고 떠났다. 그때 압시르토스는 아버지에게서 메데이아를 아에아로 다시 데리고 오라는 명령을 받은 상태였다. 압시르토스는 아르고 호의 선원들이 메데이아를 남겨두고 떠나면 메데이아를 강제로 아에아로 데려가야겠다고 생각했다. 압시르토스는 아르테미스의 섬으로 향했다. 한편 이아손은 남몰래 동료를 떠나 압시르토스와 반대쪽에서 섬으로 들어갔다.

이아손과 압시르토스는 아르테미스의 신전 앞에서 정면으로 맞부딪쳤다. 둘 다 자신이 완전히 배신당했다고 생각한 나머지 칼을 뽑아들었다. 그리고 신전의 현관 앞에서 메데이아가 지켜보는 가운데 이아손과 압시르토스는 싸우기 시작했다. 이아손의 칼이 아이에테스의 아들 압시르토스를 꿰뚫었다. 압시르토스는 쓰러지는 순간 자신이 죽음을 맞이하게 된 것은 메데이아 때문이라며 메데이아에게 저주를 퍼부었다. 그 와중에 메데이아의 은빛 베일은 동생의 피로 흥건히 물들었다.

이아손은 메데이아를 들어 올려 아르고 호에 태웠다. 영웅들은 메데이아를 황금양털 아래에 숨긴 다음 콜키스 인들의 배를 지나 앞으로 나아갔다. 어둠이 내릴 무렵에 아르고 호는 아르테미스의 섬에서 상당히 멀리 떨어져 있었다. 바로 그때쯤 커다란 통곡소리가 들려왔다. 콜키스 인들이 왕자가 살해당한 사실을 알게 되었음이 분명해졌다.

콜키스 인들은 아르고 호를 뒤쫓지 않았다. 그리고 아이에테스 왕의 분노를 감당할 일이 두려워 압시르토스를 지원했던 왕들의 영토에 정착했다. 그들은 아에아에 다시 발을 들이지 않았다. 훗날 그들은 함께 왔던 왕자의 이름을 기려 스스로 압시르토스 인이라 불렀다.

아르고 호는 옴짝달싹 할 수 없던 위기에서 벗어났지만 아르고 호의 선원들은 항해를 계속하면서도 마음이 편치 않았다. 약속은 깨졌고 부당한 목적을 위해 피를 흘리게 만들었다. 아르고 호가 어둠을 뚫고 항해하는 동안 배의 목소리가 들려왔다. 아르고 호의 선원들은 그 소리가 파멸을 예견하고 있다는 생각에 두려움과 비애에 젖어들었다.

카스토르와 폴리데우케스가 뱃머리로 나아가 두 손을 높이 들고 기도를 올렸다. 그러자 목소리가 읊조리는 말이 들려왔다. 제우스는 압시르토스가 살해당한 것에 대해 분노하고 있노라 했다.

아르고 호의 선원들은 어떤 운명을 맞이하게 될까? 메데이아가 자신에게서 동생의 피를 씻어내지 않는 한 아르고 호의 선원들은 끝없이 이 바닷가 저 바닷가를 헤매고 다니게 될 것이라 했다. 메데이아에게서 피를 씻어낼 수 있는 자가 하나 있었으니 태양의 신 헬리오스와 바다의 요정 페르세의 딸인 키르케라고도 했다. 그리고 배에서 들려오는 목소리는 강력히 충고했다. 영웅들은 키르케의 섬으로 가는 길로 이끌어 주십사 하고 불멸의 신들에게 기도해야 한다고.

메데이아가 키르케에게 오다

아르고 호는 이스테르 강을 거슬러 올라 에리다누스 강에 이르렀다. 어떤 새도 에리다누스 강 너머로는 날아갈 수 없었다. 아르고 호는 에리다누스 강을 지나 로다누스 강에 접어들었다. 로다누스 강은 북쪽 끝에서 발원하는 강으로 밤의 여신 닉스가 거주하는 곳이었다. 강을 거슬러 올라가던 영웅들은 스토미라는 호수에 이르렀다. 그 호수에는 밤낮으로 안개가 자욱했다. 스토미 호수를 통과하자 마침내 아우소니아 해에 진입했다.

아르고 호가 그 위험한 항로를 안전하게 통과한 것은 북풍의 신 보레아스의 아들들인 제테스와 칼라이스 덕이었다. 신들의 전령인 이리스가 제테스와 칼라이스 앞에 나타나 키르케의 섬이 어디에 있는지 가르쳐 주었다.

깊고 푸른 바닷물이 그 섬을 둘러싸고 있었고 섬의 꼭대기에 대리석으로 된 집이 서 있었다. 하지만 묘한 아지랑이가 베일처럼 모든 것을 뒤덮고 있었다. 아르고 호가 섬에 가까워지자 마치 커다란 잠자리 같은 것이 보였다. 영웅들은 바닷가에 다다른 다음에야 잠자리 같이 보이던 모습이 사실 빛나는 드레스를 입은 여자들이었음을 알았다.

여자들은 아르고 호의 선원들에게 손을 흔들며 섬으로 들어오라고 외쳤다. 여자들이 있는 곳으로 기묘한 짐승들이 다가와 낑낑대며 울었다.

메데이아가 소리쳐 말리지 않았던들 아르고 호의 선원들은 배를 섬 가까이에 대고 뭍으로 풀쩍 뛰어내렸을 터였다. 메데이아는 여자들 주위에서 낑낑대는 짐승들을 가리켰다. 아르고 호의 선원들은 그제야 찬찬히 살펴보다가 그 짐승들이 야생 짐승이 아님을 알아차렸다. 뭔가 기묘하고 무시무시한 느낌이 그 짐승들에게서 풍겨났다. 영웅들은 불안스러운 눈빛으로 그 짐승들을 바라보았다. 영웅들은 배를 섬 가까이에 대 놓고도 손에 노를 든 채 자신의 자리를 떠나지 못했다.

메데이아가 홀쩍 섬에 내렸다. 메데이아가 여자들에게 말을 걸자 여자들은 두려움에 움츠러들었다. 곧 그 짐승들이 다가와 메데이아를 맴돌며 낑낑댔다. 메데이아가 외쳤다.

"아아, 아르고 호의 선원들이여. 이 섬에 오르는 것을 삼가시오.

키르케를 만나는 이아손과 메데이아

이 섬에 오르는 남자는 짐승으로 변하기 때문이라오."

메데이아는 이아손에게 오라고 외쳤다. 메데이아는 이아손만 그 섬에 내리도록 했다.

메데이아와 이아손이 서둘러 대리석으로 된 집으로 향하는 동안 섬의 짐승들은 인간처럼 청승맞은 눈빛을 하고 이아손과 메데이아를 올려다보며 그 둘을 뒤따랐다. 메데이아와 이아손은 대리석으로 된 키르케의 집으로 들어가 탄원자들이 하는 대로 난롯가에 앉았다.

키르케는 베틀 앞에서 여러 가지 빛깔의 실로 길쌈을 하고 있다가 재빨리 탄원자들 쪽으로 몸을 돌렸다. 키르케는 탄원자들에게 뭔가 기묘한 점이 없는지 살펴보았다. 그들이 오기 직전에 집의 벽에서 피가 주루룩 흘렀고 자신이 마법의 약초를 끓이던 솥에 불꽃이 날아들어와 솥 안에 있던 것을 모조리 태워버렸기 때문이었다. 키르케는 그들이 앉아 있는 곳으로 다가갔다. 메데이아는 두 손에 얼굴을 묻은 채 앉아 있었고 이아손은 아이에테스의 아들을 죽인 칼을 끝이 땅으로 가게 잡고서 고개를 푹 숙이고 있었다.

메데이아가 두 손을 내리는 순간 키르케는 그 여자가 자신과 마찬가지로 헬리오스의 종족임을 알아봤다. 메데이아는 키르케에게 우선 영웅들의 항해와 고초에서 시작하여 자신이 아버지인 아이에테스의 뜻을 거스르며 어떻게 이아손을 도왔는지 얘기를 이어가다가 마침내 두려움에 떨며 그들이 압시르토스를 살해했다고 말했다. 그 대목에서 메데이아는 자신의 옷자락으로 얼굴을 가렸다. 그다음 메데이아는 제우스의 경고에 따라 태양의 신 헬리오스의 딸 케르케에게 동생의 피로 더렵혀진 자신을 정화시켜 달라고 부탁하기 위해 왔노라고 말했다.

헬리오스의 자손들이 모두 그러하듯 키르케의 눈은 크고 생기발랄했지만 움직임 없이 굳게 닫힌 입술은 돌처럼 냉랭했다. 밝은 금발 머리칼은 양쪽 옆구리까지 늘어져 부드럽게 찰랑댔다. 우선 키르케는 깨끗한 물이 가득 찬 잔을 내밀었고 이아손과 메데이아는 그 잔에 든 물을 마셨다.

키르케는 난롯가에 계속 머물렀다. 키르케는 난롯불에 빵을 여러 개 태우며 제우스에게 그 탄원자들에게 너그럽게 대해 주십시간청했다. 그다음 두 사람을 바닷가로 데려갔다. 그곳에서 키르케는 부서지는 물보라에 메데이아의 몸을 씻기고 메데이아의 옷을 빨아주었다.

메데이아는 키르케에게 자신의 앞날을 보이는 그대로 얘기해 달라고 애원했지만 키르케는 입을 열려 하지 않았다. 대신 키르케는 이렇게만 이야기했다. 메데이아가 언젠가 마법에 대해서는 아무것도 모르지만 인간의 지혜로 충만한 여자를 한 명 만나게 될 것이라고 했다. 메데이아는 자신의 인생에서 어떤 일을 해야 하고 어떤 일에서 손을 떼야 할지 그 여자에게 물어봐야 한다고 했다. 그리고 그 지혜로운 여자가 어떤 충고를 하든 메데이아는 그대로 따라야 한다고 했다. 키르케는 다시 한 번 메데이아와 이아손에게 맑은 물이 가득 찬 잔을 내밀었고 그들이 잔에 든 물을 마시자 키르케는 두 사람을 바닷가로 데려다 주었다. 키르케가 대리석으로 된 자신의 집으로 향하는 동안 기묘한 짐승들이 낑낑대며 그 뒤를 따랐다. 이아손과 메데이아가 아르고 호에 오르자 영웅들은 노를 저어 키르케의 섬을 떠났다.

파이아케스 인들의 땅에서

영웅들은 지쳐 있었다. 키르케의 섬에 내려 노 젓는 노동과 파도 소리에서 벗어나 쉬고 싶은 마음이 굴뚝같았다. 하지만 아르고 호에서 가장 지혜로운 자 메데이아가 그 섬의 짐승들이 인간이 변해서 된 놈들인 것을 알아채고 아르고 호를 바닷가에서 멀찍이 떨어진 곳에 정박하도록 했다. 이윽고 이아손과 메데이아가 아르고 호에 오르자 영웅들은 무거운 마음으로 뻣뻣한 팔에 힘을 주어 다시 망망대해로 나아갔다.

이제 영웅들은 '맞부딪치는 바위' 사이를 지나 폰투스 해로 접어들었을 때처럼 의기충전한 상태가 아니었다. 배가 나아가는 동안 영웅들의 고개는 축 쳐지고 노랫가락도 마치 노예들이 절망적인 노동에 시달리며 부르는 노래 같았다. 오르페우스는 영웅들의 상태가 점점 염려스러워졌다.

오르페우스는 아르고 호가 위험한 곳으로 향하고 있다는 사실을 알고 있었다. 아르고 호는 티레니아 해에 있는 안테모사 섬을 지나갈 수밖에 없는데 그곳에는 세이렌들이 살고 있었다. 예전에 그들은 님프들이었고 하데스가 페르세포네를 지하 세계의 여왕으로 삼으려고 납치하기 전에는 페르세포네의 시중을 들었다. 그 시절에 세이렌들은 상냥했었지만 이제는 완전히 바뀌어버려서 인간을 파멸시킬 생각밖에 없었다.

세이렌들이 사는 섬은 온통 바위로 둘러싸여 있었다. 아르고 호가 다가가자 뱃사람을 파멸시키고자 감시를 게을리 하는 법이 없는 세이렌들은 영웅들을 보고 바위 위로 나와 서로의 손을 맞잡고 노래를 불렀다.

세이렌들은 사람을 달래듯 잔잔한 노래를 다 함께 불렀다. 노래를 들은 지친 선원들은 노 따위는 파도에 휩쓸리도록 내버려 두고 세이렌들이 있는 곳으로 한없이 떠내려가고픈 마음에 젖어들었다. 세이렌들은 아르고 호의 선원들 위로 몸을 굽혀 부드러운 손과 흰 팔로 선원들을 안락한 곳에 안아 올릴 듯했다. 세이렌들은 가슴을 파고드는 맑은 소리로 선원들 한 명 한 명에게 노래를 불러주었다. 선원마다 자신의 이름이 그 노래에 들어 있다고 생각했다.

"아아, 당신이 가까이 다가오셨으니 이 얼마나 좋은가요. 제가 당신을 위해 온갖 즐길 거리를 준비해 놓고 기다린 곳 가까이 당신이 다가오셨으니 이 얼마나 좋은가요!"

오르페우스는 세이렌들이 노래를 부르기 시작하자 리라를 집어들었다. 그리고 영웅들이 겪은 그동안의 노고를 노래로 지어 불렀다. 영웅들이 비록 수척하고 지쳐 있긴 해도 여전히 사나이답고 그리스를 지탱하는 힘이며 조국의 사랑과 기대를 먹고 살아온 자임을 노래했다. 영웅들은 황금양털을 손에 넣은 자들이며 그들의 모험담은 영원히 회자될 것이었다. 이들이 성취한 명성을 얻을 수만 있다면 누구라도 휴식과 즐거움 따위는 모조리 미루어둘 터였다. 영웅은 위대한 업적을 세우기 위해, 웬만한 인간들은 겪지 않을 위험과 대면하기 위해 태어난 자들인데 고초를 겪지 않을 리가 있겠는가? 머지않아 고향땅의 사람들이 영웅들을 반갑게 맞이 들이며 남녀 없이 그들에게 손을 내밀 터였다.

오르페우스의 목소리와 리라 소리가 세이렌들의 목소리를 압도하며 울려 퍼졌다. 노를 손에서 놓은 선원들도 있었지만 몇몇 선원들은 자리를 지키며 지친 몸짓으로나마 계속 노를 저었다. 이올코스에서 온 젊은이, 부테스만 아르고 호의 선원들 중 유일하게 바다로 몸을 던져 세이렌들이 노래 부르는 바위로 헤엄쳐갔다.

이렇듯 아르고 호의 선원들이 기진맥진하게 노를 저으며 나아가는 동안 그들이 거의 혼이 빠질 지경으로 괴로워할 상황이 또 하나 닥쳐오고 있었다. 날이 저물어갈 무렵 영웅들은 다른 섬을 하나 보았다. 아주 아름다운 섬인 듯했다. 선원들은 그 섬에 상륙해

쉬면서 섬에서 나는 과일을 먹길 고대했다. 하지만 오르페우스가 그 섬에 상륙하지 못하도록 말렸다. 오르페우스는 그곳이 트리나키아 섬이라고 했다. 그 섬에는 태양신 히페리온이 방목해 놓은 소 떼가 있었는데 그 소들 가운데 만약 한 마리라도 영웅들의 손에 사라지게 되면 귀향길의 안전을 장담할 수 없게 될 터였다. 안개를 뚫고 소가 음매 우는 소리가 들려오자 영웅들은 하얀 집이 근처에 있고 들판에서 가축이 떼 지어 풀을 뜯는 자신의 고향땅을 보고 싶은 마음이 간절해졌다. 트리나키아 섬 근방에 이르자 태양신의 소 떼가 들판의 냇가에서 풀을 뜯고 있는 광경이 보였다. 검정 소는 한 마리도 없었다. 모두 우윳빛으로 머리의 뿔은 황금빛이었다. 소를 몰고 있던 님프 두 명도 보였다. 파에투사와 람페티아라는 님프인데, 파에투사는 은지팡이를, 람페티아는 금지팡이를 들고 있었다.

트리나키아 해에 불어오는 산들바람을 타고 아르고 호는 파이아케스 인들의 땅에 도착했다. 영웅들이 그곳에 다가가며 짐작했던 대로 비옥한 땅이었다. 과일 나무가 자라고 싱그러운 풀밭이 펼쳐진 곳으로 고지대에는 하얗고 햇빛이 잘 드는 도시가 자리 잡고 있었다. 아르고 호가 항구로 들어갈 즈음 영웅들은 다시 활기를 되찾았며, 영웅들은 배의 밧줄을 단단히 매놓은 다음 도시로 향했다.

그제야 영웅들은 주위가 온통 얼굴이 가무잡잡한 콜키스 병사들 천지라는 사실을 깨달았다. 그 병사들은 아이에테스 왕의 부하들이었는데, 아르고 호의 선원들이 빠져나가지 못하도록 육로를 통해 파이아케스 인의 도시에 미리 들어왔던 터였다. 이아손이 그 병사들을 보고 아르고 호에 남아 있던 선원들에게 소리치자 그들은 콜키스 병사들이 아르고 호에 쳐들어와 황금양털을 빼앗아갈까 두려워 항구를 빠져나갔다. 이아손은 바닷가에 야영할 곳을 마련했고, 그러는 동안 콜키스 병사의 우두머리는 이곳저곳을 다니며 자신의 부하들을 모았다.

이아손의 곁을 떠난 메데이아는 서둘러 도시로 들어가 파이아케스 인의 왕인 알키노스의 궁궐로 향했다. 궁궐 안에서 메데이아는 왕비인 아레테를 만났다. 아레테는 난롯가에 앉아 금실, 은실을 잣고 있었다.

아레테는 그 당시에 메데이아만큼이나 젊었지만 아직 아이를 낳지 못하고 있었다. 하지만 너그럽고 사리판단이 분명한 자 특유의 맑은 눈빛을 지니고 있었다. 게다가 위대한 왕의 궁궐에서 자랐는지라 위엄 있는 자태를 하고 있었다. 메데이아는 아레테에게 다가가 무릎을 꿇고 앉아 자신이 아버지인 아이에테스 왕의 궁궐에서 어떻게 달아나게 됐는지 얘기하기 시작했다.

메데이아는 이아손이 황금양털을 손에 넣도록 자신이 어떻게 도왔으며 어떻게 자신의 탓으로 동생이 죽음을 맞이하게 되었는지도 털어놓았다. 동생에 대해 얘기하는 중에 메데이아는 왕비의 무릎팍에서 슬피 울며 기도했다.

아레테는 메데이아의 눈물과 기도에 크게 감동받았다. 아레테는 정원에 있는 알키노스에게 다가가 아르고 호의 선원들이 빠져나가지 못하도록 막으려는 콜키스의 대군으로부터 그들을 구해달라고 알키노스에게 애원했다.

"이아손이 임무를 잘 마쳤으니 황금양털은 이아손의 것이에요. 콜키스 병사들이 메데이아를 데려간다면 메데이아는 아에아로 돌아가서 참혹한 결말을 맞이하게 될 거예요. 그런데 이 여자의 기도와 눈물에 제 마음이 너무도 아팠어요."

"아이에테스는 강한 자이고 그의 나라가 이 땅에서 멀리 떨어져 있다고는 하나 우리와 전쟁을 일으킬 수도 있소."

알키노스 왕이 말했지만 그래도 아레테는 메데이아를 콜키스의 군대로부터 보호해 달라고 계속 왕에게 간청했다.

곧이어 왕은 전차에 올랐다. 메데이아도 왕과 함께 영웅들이 머무는 바닷가로 내려갔다. 아르고 호의 선원들과 콜키스 인들은 서로 대치 중이었는데 지쳐 있는 영웅들보다 콜키스 인들이 수적으로 훨씬 우세했다.

알키노스는 양 편이 대치하는 사이로 전차를 몰고 갔다. 콜키스 인들은 낯선 자들의 항복을 받아내게 해달라고 알키노스에게 청했다. 하지만 왕은 전차를 몰고 영웅들이 서 있는 곳으로 가서 한 명 한 명의 손을 잡고 그들을 손님으로 맞이했다. 그러자 콜키스 인들은 영웅들에게 싸움을 걸면 안 되겠다는 생각이 들었다. 콜키스 인들은 물러났다. 그리고 다음 날에는 행군하여 그곳을 떠났다.

아르고 호의 선원들이 도달한 곳은 땅이 비옥했다. 예전에 아리스타이오스 왕이 이곳에 살면서 어떻게 해야 꿀벌을 쳐서 사람이 꿀을 딸 수 있는지, 어떻게 해야 올리브를 잘 자라게 할 수 있는지 발견했기 때문이다. 아리스타이오스 왕의 딸인 마크리스는 헤르메스가 제우스의 아들인 디오니소스를 불길에서 꺼내 데려왔을 때 입술을 꿀로 축여주며 디오니소스를 돌봐 준 적이 있었다. 마크리스는 파이아케스 인의 땅에 있는 동굴에서 디오니소스를 보살펴주었으므로 그 뒤로 쭉 파이아케스 인들은 온갖 좋은 것들로 듬뿍 축복받았다.

영웅들이 알키노스 왕의 궁궐로 행진하자 그들을 보러 나온 사람들이 양고기와 송아지 고기, 술단지와 꿀단지를 가셔다주었다. 아낙네들은 산뜻한 옷을 건네주었고 메데이아에게는 멋진 리넨 천과 금으로 된 장신구를 주었다.

영웅들은 파이아케스 인들 중 음악과 시합과 이야기를 좋아하는 이들과 오래 어울렸다. 춤판이 벌이지자 오르페우스는 자신을 신처럼 우러러보는 파이아케스 인들을 위해 리라를 연주했다. 그곳에 머물렀던 이레 동안, 파이아케스 인들은 매일같이 영웅들에게 귀한 선물을 가져다주었다.

메데이아는 아레테 왕비의 맑은 눈을 들여다보며 아레테가 바로 키르케가 예언했던 여자, 즉 마법에 대해서는 아무것도 모르지만 인간의 지혜로 충만한 여자라는 사실을 알아챘다. 메데이아는 자신의 인생에서 어떤 일을 해야 하고 어떤 일에서 손을 떼야 할지 아레테에게 물어봐야 할 터였다. 그리고 메데이아는 그 여자가 말해 주는 충고를 그대로 따라야 할 터였다. 아레테는 바닷가에서 이아손이 메데이아를 들어 올려 아르고 호에 태우기 전에 메데이아에게 이와 같이 말했다. 메데이아는 알고 있는 모든 마법과 주문을 싸그리 다 잊어야 하고 마법으로 누군가의 목숨을 해치는 일은 결단코 피해야 한다고.

황무지에 이르다

아르고 호가 돛을 한껏 펼친 채 나아가자 영웅들은 노 젓던 손을 멈추고 쉬었다. 바람이 점점 거세지더니 이내 사나운 돌풍이 되었고 아흐레 낮 아흐레 밤 동안 아르고 호는 사납게 흔들렸다.

아르고 호는 돌풍에 휩쓸린 끝에 리비아 만에 다다랐다. 리비아 만은 양쪽으로 바위와 모래톱이 뻗어 있었는데 끝없는 모래밭을 향해 파도가 밀려오고 있었다. 아르고 호는 엄청난 파도를 타고 치솟다가 황무지의 모래사장 높은 곳에 내동댕이질 당했다.

아르고 호는 좀처럼 보기 힘든 엄청난 밀물에 실려 텅 빈 리비아 땅에 이른 것이었다. 모두 배 밖으로 나와 저 멀리까지 안개처럼 펼쳐진 광대한 모래밭을 바라보았다. 그러다 문득 모두에게 엄청난 공포가 밀려왔다. 물웅덩이 하나 보이지 않았다. 길도 없었다. 목동의 오두막도 없었다. 그 광대한 땅은 침묵과 쥐죽은 듯한 고요로 뒤덮여 있었다. 누군가 옆 사람에게 말했다.

"여긴 어디 땅이야? 우리가 도대체 어디로 온 거야? 우리가 폭풍우에 얼이 빠진 건가, 아니면 폰투스 해로 들어가던 중에 '맞부딪치는 바위' 사이에서 배와 목숨을 한꺼번에 잃었던가?"

키잡이는 앞을 살펴보다 낙담한 목소리로 말했다.

"육지에서 바람이 불어온다 한들 우리는 이곳에서 빠져나가지 못할 거야. 주위로는 온통 모래톱과 날카로운 바위들뿐이니. 바위가 줄줄이 서서 물을 쳐내는 모습을 보게나. 아르고 호가 바닷가에서 쑥 들어온 모래밭까지 밀물에 떠밀려왔기 망정이지 그러지 않았다면 배가 바닷가에 닿기 한참 전에 산산조각 났을 걸세."

얘기하는 동안 키잡이의 볼에 눈물이 타고 흘렀고 배에 대해 아는 자는 모두 키잡이의 말에 동감했다. 아르고 호의 선원들이 그동안 거쳐 온 어떤 위험도 이처럼 끔찍하지는 않았다. 절망에 빠져 마치 생기 없는 유령처럼, 영웅들은 가없는 바닷가를 헤맸다.

영웅들은 서로를 껴안고 작별인사를 나눴다. 그리고 모래밭에 누웠다. 모래가 밤새 불어 닥쳐 영웅들을 뒤덮을 성싶었다. 영웅들은 밑두루 머리를 덮은 다음 식사하는 일도 잊은 채 몸을 눕혔다.

배 옆에 웅크리고 앉아 있던 이아손은 절망스러운 나머지 제 넋이 나갈 지경이었다. 이아손은 메데이아가 모래밭까지 머리칼을 늘어뜨린 채 바위에 기대어 웅크리고 앉은 모습을 바라보았다. 더

할 나위 없는 용기를 내어 자신을 따라온 동료들이 희망을 잃고 지쳐 사막의 모래 위에 뻗어 있는 모습도 바라보았다. 최고의 영웅들이 자신의 공훈을 전혀 알리지도 못한 채 이 사막에서 죽는구나 싶었다. 메데이아와 함께 고향으로 돌아가 메데이아를 이올코스의 왕비로 맞아들이는 일은 결코 없겠구나 싶었다.

이아손은 머리를 망토로 감싼 채 배의 옆구리에 기대어 누웠다. 사막의 님프들이 그 용감한 자들에 대해 무심했다면 이아손과 동료들은 결국 죽음을 맞이했을 터였다. 그런데 님프들이 이아손에게 다가왔다. 때는 한낮이었고 뜨거운 햇빛이 리비아 전체를 달구고 있었다. 님프들은 이아손을 가까이 에워싸고 이아손의 머리를 덮은 망토를 걷어내고는 이렇게 물었다.

"왜 그렇게 절망에 빠져 있나요? 그토록 많은 일을 해 냈고 그토록 많은 것을 얻어낸 당신 같은 분이 왜 그토록 절망에 빠져 있나요? 일어나세요! 동료들을 일으키세요! 우리는 외따로 지내는 님프이자 리비아 땅의 수호자예요. 우리는 아르고 호의 선원들에게 이곳을 빠져나갈 방법을 알려주기 위해 왔어요. 잘 둘러보면서 포세이돈의 멋진 말이 풀려나는 때를 기다리세요. 그리고 여러분 모두를 품었던 어머니에게 보상을 해 드릴 채비를 하세요. 어머니가 여러분 모두에게 해 주었던 일을 여러분 모두가 어머니를 위해 해 드려야 해요. 그러면 그리스 땅으로 돌아갈 수 있을 거예요."

이 목소리를 끝으로 님프들의 모습을 더는 볼 수 없었다. 님프들

바닷가에서 솟아오른 포세이돈의 말

은 사막의 모래 언덕 사이로 사라져버렸다.

이아손은 자리에서 일어섰다. 님프들이 해 준 말을 어떻게 이해해야 할지는 알지 못했지만 그래도 마음속에 용기와 희망이 솟았다. 이아손이 소리쳤다. 이아손의 목소리는 마치 친구를 부르는 사자의 포효 같았다. 이아손이 외치는 소리에 동료들이 몸을 일으켰다. 아르고 호의 선원들은 하나같이 사막의 모래에 뒤덮인 꾀죄죄한 몰골로 이아손을 빙 에워쌌다.

"동료들이여, 내 말을 들으시오. 방금 겪은 기이한 일을 알리겠소. 아르고 호의 옆구리 쪽에 누워 있는데 님프 세 명이 내 앞에 다가왔소. 님프들은 가벼운 손놀림으로 내 머리를 덮고 있던 망토를 치워버렸소. 님프들은 자신을 외뗘로 지내는 님프들이자 리비아 땅의 수호자라고 밝혔소. 그들이 내게 한 말은 실로 기이했소. 포세이돈의 멋진 말이 풀려나거든 어머니가 우리 모두를 위해 했던 일을 어머니를 위해 함으로써 우리 모두의 어머니에게 보상을 해 드려야 할 것이라고 말했소. 그 님프들이 한 말은 이렇소만 나는 그 말이 무슨 뜻인지 모르겠구려."

그 자리의 몇몇은 이아손의 말에 별 뜻이 없다고 여기고 그다지 귀담아듣지 않았다. 하지만 이아손의 말이 끝나기도 전에 그들의 눈앞에 놀라운 일이 벌어졌다. 저 멀리 바다에서 멋진 말 한 마리가 뛰어올랐다. 크기가 어마어마했고 갈기는 금빛이었다. 그 말이 몸을 흔들어 옆구리와 갈기에서 바닷물을 털어내고는 영웅들을 지나쳐 모래위로 커다란 발자국을 남기며 힘차게 지평선을 향해 달려갔다.

바로 그때 네스토르가 환호하며 말했다.

"저 멋진 말을 보시오! 사막의 님프들이 얘기해 준 말, 바로 포세이돈의 말이 아니겠소. 저 말이 풀려났으니 이제 님프들이 우리보고 하라고 한 대로 행동해야 할 때요. 우리 모두의 어머니라면 아르고 호 말고 누가 있겠소? 아르고 호가 우리를 품고 다녔소. 이제 우리가 아르고 호에 보상을 해 주어야 하니 아르고 호가 우리를 실어 날랐듯 우리가 아르고 호를 날라야 하오. 지칠 줄 모르는 우리의 어깨로 아르고 호를 메고 이 광대한 사막을 건너가야 하오. 그렇다면 아르고 호를 메고 어디로 향해야겠소? 포세이돈의 말이 모래에 남겨둔 발자국을 따라가면 되지 않겠소! 포세이돈의 말이 땅속으로 들어갈 리 없소. 그 말은 다시 바다로 몸을 던질 것이오!"

아르고 호의 선원들은 네스토르의 말이 옳다는 사실을 깨달았다. 다시 희망이 샘솟았다. 사막을 떠나 바다에 도달할 수 있다는 희망이었다. 그들이 다시 바다에 이르러 돛을 펼치고 두 손에 노를 쥐나면 신성한 배 빠르고 하는 고향땅을 향해 날래게 나아갈 수 있을 터였다.

아르고 호를 나르기

아르고 호의 신원들은 아르고 호의 어마어마한 무게를 어깨로 지탱하며 황금빛 갈기를 가진 포세이돈의 말이 남긴 발자국을 따라 사막을 건너기 시작했다. 상처 입은 구렁이가 고통을 참으며 자신의 몸뚱이를 끌고 가는 것처럼 아르고 호의 선원들은 가없는 사막을 가로질러 하루하루 나아갔다.

하지만 그 말의 발자국이 더는 보이지 않는 날이 왔다. 바람이 불어 말의 발자국이 모래에 덮여버렸다. 엄청난 무게의 배를 어깨에 걸치고 태양이 머리 위에서 작렬하는 가운데 어느 쪽으로 가야 할지 보여주던 발자국이 모래밭에서 사라지자 영웅들은 피가 심장에서 솟구쳐 터져 나올 듯한 기분으로 그 자리에 멈춰섰다.

그때 북풍의 신 보레아스의 아들인 제테스와 칼라이스가 날개를 펴고 날아올라 바다가 어느 쪽에 있는지 찾아보기 시작했다. 제테스와 칼라이스는 계속 위로 올라갔다. 가없는 땅을 내려다보던 제테스와 칼라이스는 음력월이 시작되면 마치 구름 층 사이로 달이 보일락 말락 하듯 멀리서 어슴푸레 빛나는 바닷물을 보았다. 그들은 아르고 호의 선원들에게 소리쳐 나아갈 방향을 알려주었고 영웅들은 지친 와중에도 희망이 솟아나는 것을 느끼며 그 쪽으로 계속 나아갔다.

영웅들은 마침내 널따란 내해처럼 보이는 곳의 바닷가에 이르렀다. 영웅들은 지칠 대로 지친 어깨에서 아르고 호를 내려놓은 다음 배의 용골이 다시 물맛을 보도록 했다.

바닷물은 매우 짜고 빛깔이 거무스름했다. 아르고 호의 선원들은 바닷물에 손을 담가 짠 맛을 맛봤다. 오르페우스가 그들이 다다른 바다가 어디인지 알아냈다. 바다의 노인 네레우스의 아들 트리톤의 이름을 딴 내해였다. 그들은 제단을 만들고 제물을 올려 신들에게 감사를 표했다.

마침내 물가에 이르렀지만 아르고 호의 선원들은 이제 다른 물, 마실 수 있는 담수를 찾아야 했다. 주위를 열심히 둘러보았지만 샘이 있을 끼미네 보이지 않았다. 그때 한 줄기 바람이 불어오는데 사막의 모래 대신 초목의 향기가 실려 있었다. 영웅들은 그 바람이 불어오는 곳으로 향했다.

가는 길에 하늘을 배경으로 거대한 형상이 보였다. 산 같은 어

바다를 찾아 날아오르는 제테스와 칼라이스

깨를 수그린 거인의 모습이었다. 오르페우스가 영웅들에게 멈추어 서서 그 거대한 형상을 바라보며 경의를 표하라고 했다. 그 형상은 바로 티탄 족이자 프로메테우스와 형제지간인 아틀라스였다. 아틀라스는 어깨로 하늘을 떠받치며 서 있는 중이었다.

곧이어 영웅들은 향기로운 바람이 불어오던 곳 근처에 이르렀다. 그곳에는 정원이 하나 있었다. 정원을 둘러싼 담장이라고는 은빛의 격자 모양 울타리뿐이었다.

"정원 안에야 샘이 있겠지. 이 아름다운 정원에 들어가서 갈증을 해소하자구."

아르고 호의 선원들이 이렇게 말했지만 오르페우스는 주위가 온통 신성한 땅이니 걸음걸이를 경건하게 하라고 영웅들에게 지시했다. 그 정원은 헤스페리데스의 정원으로 '어둠의 땅'의 딸들이 지키고 있었다. 아르고 호의 선원들은 은빛 격자 울타리 사이로 안을 들여다보았다. 탐스러운 과일이 달린 나무들이 보이고 정원을 오가며 주의 깊게 주변을 살펴보는 세 명의 여자들이 보였다. 제우스가 헤라에게 결혼 선물로 주었던 황금 사과가 바로 그 정원에 있는 나무에서 따온 사과였다.

영웅들의 눈에도 황금 사과가 달린 나무가 보였다. 여자들은 그 나무로 다가가 주위를 꼼꼼히 둘러봤다. 그러던 중 은빛 격자 울타리 사이로 들여다보고 있는 선원들을 발견하자 연달아 비명을 지르더니 나무를 에워싸고 서서 손을 맞잡았다.

하지만 오르페우스가 소리쳐 말을 걸자 여자들은 오르페우스가 신의 말을 구사한다는 사실을 알아차렸다. 오르페우스는 격자 앞에 서 있는 자들이 신을 경건하게 모시는 자들이며 금지된 정원에 발을 들이려 하지 않을 것이라고 설명했다. 여자들이 영웅들에게 다가왔다. 그들의 목소리는 오르페우스의 노래만큼이나 감미로웠지만 말하는 내용은 불평과 탄식으로 가득했다.

여자들은 라돈이라는 용의 죽음에 대해 긴 탄식을 늘어놓았는데 라돈은 백 개의 머리를 가졌으며 잠드는 일 없이 황금 사과가 열린 나무를 지켰던 용이었다. 그런 용이 살해당했다. 여자들의 용, 라돈은 히드라의 피에서 나온 맹독을 묻힌 화살에 맞아 살해당하고 없었다.

'어둠의 땅'의 딸들은 자신들이 지키는 정원에 어떻게 한 인간이 들어왔는지에 대해 노래했다. 그 인간은 커다란 활을 들었는데 그 활로 황금 사과를 지키던 용을 살해했다. 그리고 황금 사과를 가져가버렸다. 황금 사과는 인간이 소유할 수 있는 것이 아니기에 본래 있던 자리로 돌아오긴 했다. 여자들, 즉 헤스페리아, 아레투사, 아이글레는 이와 같이 노래하며 이제는 백 개의 머리가 달린 용이 없으니 자신들이 그 나무를 지켜야 한다고 투덜댔다.

아르고 호의 선원들은 여자들이 누구 얘기를 하는지 단박에 알아차렸다. 동료인 헤라클레스 얘기였다. 헤라클레스가 지금 함께 있다면 얼마나 좋을까!

헤스페리데스의 여자들은 헤라클레스에 대해 얘기해 주었다. 헤라클레스가 황금 사과를 따가는 바람에 어떻게 정원의 샘이 말라 붙어버렸는지에 대한 얘기였다. 헤라클레스는 정원 밖으로 나오자 목이 말랐다. 하지만 어디에서도 샘을 찾을 수 없었다. 헤라클레스는 눈에 들어오는 커다란 바위로 다가갔다. 헤라클레스가 그 바위를 발로 세게 치자 물이 콸콸 솟아나왔다. 그러자 헤라클레스는 두 손과 가슴팍으로 땅을 짚고 누워 바위 틈새로 솟아나는 물을 끝도 없이 마셨다.

아르고 호의 선원들은 그 바위가 서 있는 곳이 어디인지 둘러보았다. 어디선가 물소리가 들려왔다. 그들은 메데이아를 데려왔다. 곧이어 차례차례 옹송그리며 모여 몸을 수그리고 맑은 물을 양껏 마셨다. 입술의 물기가 마르기도 전에 영웅들은 서로에게 외쳤다.

"헤라클레스! 지금 우리와 함께 있지는 않지만 헤라클레스가 동료들을 끔찍한 갈증에서 구해 낸 것은 한 치 모자람 없는 사실이지!"

영웅들은 헤라클레스의 발자국이 바위에 패여 있는 것을 보고 그 흔적을 따라갔다. 그러자 발자국이 남아 있는 법이 없는 모래 밭에 이르렀다. 헤라클레스! 그때 헤라클레스를 볼 수 있다면 영웅들은 동료를 만나 얼마나 기뻤을 것인가! 하지만 헤라클레스가 이 장소에 머물렀던 것은 오래전 일, 헤라클레스가 그들과 함께 배에 오르기도 전의 일이었다.

아르고 호의 선원들은 '어둠의 땅'의 딸들이 여전히 불평하는 소리를 들으며 여자들이 서 있는 격자 울타리로 돌아왔다. 여자들은 고개를 숙이고 아르고 호의 선원들이 서로에게 얘기하는 소리에 귀를 기울였다. 그러자 오르페우스는 여자들이 고개 숙여 귀 기울이는 모습을 보고 리비아 사막을 건너간 자, 헤라클레스만큼이나 대단한 영웅이었던 자에 대해 얘기하기 시작했다.

····· 페르세우스의 이야기 ·····

아틀라스가 서 있는 곳 너머에 포르기스의 늙은 딸들인 기묘한 여자들이 사는 동굴이 있었습니다. 그들은 태어날 때부터 머리가 희끗희끗했지요. 그들은 눈 하나와 이빨 하나를 공유하고 있을 뿐이어서 앞을 보거나 먹으려면 눈과 이빨을 돌려가며 써야 했습니다. 그 두 자매는 그라이아이라 불렸지요.

그 자매가 사는 동굴에 어느 날 한 젊은이가 다가왔습니다. 젊은이는 수염이 없었고 입고 있는 옷은 찢어진 데다 먼 길을 오느라 꾀죄죄했지만 균형 잡힌 몸매에 아름다운 용모를 하고 있었습니다. 가죽 허리띠에는 유난히 빛나는 칼을 차고 있었어요. 그 칼은 흔히 보는 칼처럼 곧은 모양이 아니라 낫처럼 갈고리 모양을 하고 있었습니다. 빛나면서도 이상한 칼을 찬 기묘한 젊은이는 대단

그라이아이에게서 이빨과 눈을 가로채는 페르세우스

히 잽싸면서도 조용한 몸놀림으로 그라이아이가 사는 동굴로 다가가 커다란 바위 너머로 동굴 안을 엿보았습니다.

한 명은 앉아서 단 한 개의 이빨로 도토리를 우적우적 먹고 있었지요. 다른 한 명은 손에 눈을 든 채 이마에 대고서 동굴 뒤쪽을 들여다보고 있었습니다. 회색 머리칼은 무성한 양털처럼 늘어뜨리고 이마와 볼과 코와 입이 얼굴의 전부인 이 두 명의 노파는 실로 기이한 모습을 하고 있었지요. 젊은이는 숨소리조차 죽인 채 그 노파들을 지켜보며 서 있었습니다. 그런데 도토리를 우적우적 먹고 있던 노파가 외쳤지요.

"이봐, 이봐. 이봐, 눈을 이쪽으로 내놔 봐. 뭔가 움직이는 소리가 들렸어."

다른 노파가 몸을 돌리더니 이마에 대고 있던 눈으로 동굴에 난 구멍 쪽을 살폈습니다. 젊은이는 바위 뒤로 몸을 숨겼지요.

"이봐, 이봐. 아무 일도 없어."

눈을 가진 노파가 대꾸하고 곧 다시 이렇게 말했습니다.

"이봐, 나도 도토리 먹게 이빨을 줘. 대신 눈을 줄 테니까 망을 보라구."

도토리를 먹고 있던 노파는 이빨을 내밀었고 망을 보던 노파는 눈을 내밀었지요. 젊은이는 쏜살같이 동굴로 들어갔습니다. 앞이 보이지 않는 두 노파 사이에 서서 젊은이는 한 손으로는 이빨을 받고 다른 손으로는 눈을 받았습니다.

"이봐, 이봐. 눈을 받았지?"

"못 받았는데. 이빨은 받았어?"

"못 받았는데."

"누군가 눈을 가져가버렸군. 게다가 이빨도 가져가버렸어."

두 노파는 함께 우두커니 서 있었지요. 젊은이는 누가 동굴에 들어왔으며 누가 눈과 이빨을 가져가버렸는지 두 노파가 알아내려 애쓰는 모습을 지켜보았습니다.

곧이어 두 노파는 함께 소리쳐 말했지요.

"포르키스의 늙은 딸들인 그라이아이로부터 눈과 이빨을 가져간 자는 누구든 밤의 어머니가 숨통을 짓눌러 죽여버리길."

젊은이가 대답했습니다.

"포르키스의 늙은 딸들 그라이아이여, 나는 당신들 것을 훔치러 오지 않았소. 단지 길을 묻기 위해 이 동굴에 왔을 뿐이오."

"아아, 인간이구만, 인간이야. 이봐, 그라이아이한테 물어보려는 게 뭔데?"

"오랜 세월을 살아온 그라이아이여, 어둠의 모자와 하늘을 날 수 있는 신발과 마법의 자루, 이 세 가지 마법의 보물을 지키는 님프들이 어디에 사는지 말씀해 주시오. 오직 그라이아이만 알고 있는 비밀 아니오."

"얘기 안 해. 그걸 얘기할 수는 없지."

두 노파가 외쳤습니다.

"그렇다면 눈과 이빨은 내가 가져가겠소. 그리고 나를 돕는 자에게 눈과 이빨을 주겠소."

"눈을 내게 주게, 그럼 말해 주지."

한 노파가 이렇게 말했습니다.

"이빨을 내게 주게, 그럼 말해 주지."

다른 노파도 대답했지요. 젊은이는 어쩔 수 없이 두 노파의 손에 각각 눈과 이빨을 쥐어주었지만 그라이아이가 마법의 보물을 지키는 님프들이 사는 곳을 말하기 전에 그들의 비쩍 마른 손을 자신의 힘센 손아귀에서 놓아줄 생각이 없었습니다. 두 노파는 젊은이에게 비밀을 털어놓았고, 빛나는 칼을 찬 젊은이는 그 동굴을 떠났습니다. 동굴에서 나가는 길에 땅바닥에 청동으로 된 방패가 있는 것을 보고는 그 방패까지 가져갔지요.

젊은이는 아틀라스가 서 있는 곳의 맞은편으로 향했지요. 그곳에서 젊은이는 계곡에 사는 님프들과 마주쳤습니다. 님프들은 신과 인간의 발자취가 닿지 않는 그곳에서 오랫동안 살아왔지요. 그래서 낯선 젊은이가 그런 외딴 계곡까지 찾아오자 화들짝 놀랐습니다. 님프들은 달아났어요. 그러자 젊은이는 깊은 슬픔에 빠진 사람처럼 고개를 떨어뜨린 채 땅바닥에 주저앉았습니다.

마침내 님프 중 가장 어리고 아름다운 님프가 젊은이에게 다가와 말을 걸었습니다.

"무슨 일로 왔나요? 왜 그리도 괴로운 모습으로 이곳에 앉아 있어요? 허리에 차고 있는 낫같이 생긴 기묘한 칼은 뭐예요? 우리가 사는 곳을 누가 당신에게 알려주었나요? 이름이 뭐예요?”

“내가 이곳에 온 이유는 말이오.”

젊은이가 대답하면서 청동 방패를 무릎에 올려놓고 윤이 나도록 닦기 시작했다.

“어둠의 모자와 하늘을 날 수 있는 신발 그리고 마법의 자루를 지키는 당신들 님프들에게 그 세 가지 보물을 달라고 하려고 이곳에 왔소. 나는 그 세 가지 보물이 반드시 필요하오. 그게 없다면 나는 죽음을 맞이할 도리밖에 없소. 내 이야기를 듣고 나면 그 보물들이 왜 꼭 필요한지 알게 될 것이오.”

젊은이가 님프들이 지키고 있는 세 가지 마법의 보물을 얻으러 왔다고 말하자 친절한 님프는 조금 전 외딴 계곡에 낯선 젊은이가 나타나자 화들짝 놀랐던 때보다도 더 놀랐습니다. 님프는 젊은이 에게서 고개를 돌렸어요. 하지만 젊은이를 다시 쳐다보자 그 젊은 이가 아름다운 용모에 용감해 보이는 인상이라는 것을 알았지요. 그러다가 젊은이가 죽음을 언급한 것이 떠올랐습니다. 님프가 젊은이를 측은하게 바라보며 서 있는 동안 젊은이는 무릎 옆에 청동 방패를 놓이두고 그 위로 갈고리 모양의 이상한 칼을 둔 채 이야기를 시작했습니다.

"나는 페르세우스요. 그리고 사람들 말로는 할아버지가 아르고스의 왕이라고 합니다. 할아버지 이름은 아크리시오스지요. 내가 태어나기 전에 할아버지가 신탁을 들었는데 자신의 딸 다나에의 아들이 자신을 살해할 운명이라는 내용이었소. 아크리시오스는 그 신탁을 듣고 두려워한 나머지 내가 태어나자마자 어머니와 나를 상자에 넣어서 바다의 파도에 띄워 보냈소.

나는 갓 태어난 아기였기 때문에 내가 얼마나 위험한 상황에 놓였는지 몰랐지요. 어머니는 얼마나 절망해버렸는지 숨이 넘어갈 지경이었소. 하지만 우리는 바람과 파도에 목숨을 잃지 않고 어느 바닷가로 실려 갔소. 한 양치기가 상자를 발견하고는 여전히 살아 있던 어머니와 나를 꺼내주었소. 우리가 다다른 곳은 세리포스였소. 그 상자를 발견해서 어머니와 나를 구해 준 양치기는 그곳의 왕과 형제지간이었지요. 이름은 딕튀스였소.

윗가지로 엮은 양치기의 집에서 어머니는 작은 아기였던 나와 함께 지내게 되었소. 그 집에서 나는 아기에서 사내아이로 무럭무럭 자랐지요. 딕튀스라는 양치기는 상냥한 사람이었소. 형제지간인 폴리데크테스가 딕튀스를 궁궐에서 쫓아냈었지만 딕튀스는 그에 대해 슬퍼하지 않았소. 딕튀스는 산비탈에서 양을 치며 사는 게 행복했고 윗가지와 진흙으로 만든 작은 오두막에서도 늘 만족스러워 했다오.

폴리데크테스 왕은 딕튀스에 대한 소식을 거의 듣지 못했소. 그래서 몇 년이 지나도록 딕튀스의 오두막에서 어느 모자가 함께 살고 있다는 것을 몰랐지요. 하지만 결국 폴리데크테스는 우리에 대해 알게 되었소. 어머니에 대해 이상한 말이 돌기 시작했기 때문이오. 어머니가 얼마나 아름다운지, 얼마나 신들의 총애를 받은 사람처럼 보이는지 말이오. 그러자 어느 날 폴리데크테스 왕이 사냥을 나왔다가 양치기인 딕튀스의 오두막에 들렀소.

왕은 오두막에서 내 어머니인 다나에를 봤소. 왕은 어머니의 용모를 보고서 어머니가 왕녀이고 신들의 총애를 받았던 사람이라는 사실을 알아봤소. 왕은 어머니를 아내로 삼고 싶어 했소. 하지만 어머니는 그 냉혹하고 고압적인 왕을 대단히 싫어해서 왕과 결혼하려 하지 않았소. 왕이 자꾸 찾아와서 양치기의 오두막 주위를 맴도니까 결국 어머니는 왕에게서 벗어나기 위해 신전으로 피신해야 했소. 그곳에서 어머니는 여신의 사제가 되었다오.

나는 폴리데크테스의 궁궐로 옮겨져 그곳에서 자랐소. 어머니와 결혼해야겠다는 생각이 점점 더 강해져서 왕은 여전히 어머니가 계시는 곳 주위를 맴돌았소. 어머니가 신전에서 여신의 보호 아래 있지 않았던들 왕은 어머니의 뜻 따위는 무시해버리고 어머니와 결혼했을 거요.

나는 점점 자라서 어느 정도 어머니를 보호할 수 있을 정도가 됐소. 내 팔뚝은 힘이 셌소. 폴리데크테스도 자신이 내 어머니에게 어떤 식으로든 모욕을 주면 내가 자신을 가만두지 않을 것이고 내게 그런 의지와 힘이 있다는 사실을 알고 있었소. 어느 날 나는 왕이 귀족과 신하들 앞에서 자신이 다나에가 아닌 다른 여자와 결혼할 생각이라고 말하는 걸 들었소. 나는 그 말을 듣고 매우 기뻤소. 왕은 신하와 귀족에게 결혼 축하연에 와 달라고 했소. 신하와 귀족들은 그러마고 하면서 그날 가져올 선물에 대해 얘기했소.

그때 폴리데크테스 왕이 내 쪽으로 몸을 돌려 나보고 결혼 축하연에 와 달라고 했소. 나는 그러겠다고 했지요. 그 당시 나는 어리고 젊은이의 혈기가 가득했던 데다 이제 왕이 내게 위협을 가하지 않을 것이라는 생각에 결혼 축하연에 고르곤의 머리를 가져오겠다고 장담했다오.

내 말을 듣고 왕이 빙그레 웃었는데 선한 사람이 젊은이의 혈기 방장한 얘기를 듣고 웃는 얼굴이 아니었소. 왕은 빙그레 웃더니 신하와 귀족을 바라보며 말했소. '페르세우스는 돌아올 것이오. 그리고 당신들 그 누구보다도 더 훌륭한 선물을 가지고 올 것이오. 페르세우스는 눈만 마주쳐도 돌로 변해버린다는 고르곤의 머리를 가져올 테니 말이오.'

내가 혈기를 자랑한 것을 두고 왕이 그와 같이 무섭게 얘기하는 것을 듣자 그제야 내가 하겠다고 말해 놓은 일이 얼마나 공포스러운 일인지 실감했소. 고르곤의 머리가 내 앞에 나타나자 그 순간 그 자리에서 내가 돌로 변해버리는 상황이 한 순간 머릿속을 스쳐 갔소.

결혼 축하연이 다가왔소. 나는 그 축하연에 갔지만 선물을 가져가진 못했소. 나는 부끄러움에 고개를 떨어뜨리고 서 있었소. 그때 신하와 귀족이 앞으로 나와 준비해 온 훌륭한 선물을 선보였소. 나는 왕이 나를, 그리고 내가 혈기를 자랑했던 일을 잊었으면 싶었소. 그런데 왕이 내 이름을 부르는 소리가 들렸소. '페르세우스.' 왕은 이렇게 말하더군. '페르세우스, 이제 고르곤의 머리를 우리에게 보여주렴. 결혼 선물로 가져오겠다고 약속하지 않았니.'

신하와 귀족과 사람들의 시선이 내게 쏠렸소. 나는 더욱 더 부끄러워졌소. 선물을 가져오지 못했다고 대답하자 그 냉혹하고 고압적인 왕이 내게 소리쳤지. '떠나라. 가서 네가 말했던 선물을 가져와라. 그 선물을 가져오지 못한다면 영원히 내 땅에 발을 들이지 마라. 세리포스에서 속없는 허풍쟁이가 있을 자리 따윈 없다.' 신하와 귀족은 왕이 한 말에 박수를 쳤소. 백성들은 나와 내 어머니를 생각하며 슬퍼했지만 나서서 나를 도우려 하지는 않았소. 왕의 말은 너무도 정당하고 적절해 보였으니까. 어쩔 수 없이 나는 어머니를 폴리데크테스의 손에 맡긴 채 세리포스를 떠나야 했소.

나는 슬픔에 잠긴 어머니에게 작별인사를 하고 세리포스를 떠났소. 고르곤의 머리를 가져오지 않는 한 다시는 밟지 못할 땅을 떠난 셈이오. 나는 세리포스에서 먼 곳까지 떠돌았소. 어느 날 외딴 곳에 앉아 신들에게 기도를 올렸소. 고르곤의 머리를 베어 내가 약속을 어겼다는 오명을 걷어내고 냉혹한 왕에게서 어머니를 구하기 위해 세리포스로 돌아가려는 의지, 이제 내 안에서 꿈틀대는 그 의지에 걸맞는 힘을 주십사 기도했소.

고개를 들어보니 누군가 내 앞에 서 있었소. 그 역시 젊은이였소. 하지만 그 젊은이의 몸놀림을 보고, 그리고 얼굴과 눈에서 광채가 나는 것을 보고 그 젊은이가 불멸의 신이라는 것을 알았소. 내가 두 손을 들어 그 신에게 경의를 표하자 그가 다가와 이렇게 말했소. '페르세우스, 있는 힘을 다할 용기가 있다면 고르곤의 머리를 얻을 방법을 알려주겠네.' 나는 있는 힘을 다할 용기가 있다고 말했소. 신도 내가 허풍떨고 있는 게 아니라는 걸 알았소.

신은 내가 가지고 다니는 이 낫 모양의 빛나는 칼을 주셨소. 그리고 고르곤과 눈이 마주쳐 돌로 변하는 일이 없이 고르곤에게 가까이 다가길 수 있는 방법을 말씀해 주셨소. 고르곤 자매 중 불사신이 아닌 메두사를 어떻게 죽일 수 있을지, 메두사를 죽인 다음 다른 고르곤 자매에게 갈갈이 찢기는 일 없이 어떻게 메두사의 머리를 가지고 도망칠 수 있을지도 말씀해 주셨소.

나는 고르곤 자매를 공중에서 공격해야 한다는 사실을 알았소. 불사가 아닌 메두사를 죽인 다음이니 내가 바람처럼 재빨리 날아야 한다는 것도 알았소. 그리고 그렇게 빨리 움직인다 해도 살아남지 못하리라는 것을 알았소. 내가 날아다니는 모습을 감추지 않는다면 말이오. 목숨을 부지하면서 고르곤의 머리를 따기 위해서는 세 가지 마법의 물건이 필요하오. 하늘을 날 수 있는 신발, 마법의 자루와 머리에 쓰면 모습이 보이지 않는 모자, 개가죽으로 만든 하데스의 모자가 필요하오.

그 신이 말했소. '마법의 자루와 하늘을 날 수 있는 신발과 하데스의 개가죽 모자는 님프들이 갖고 있는데 그들이 사는 곳을 인간은 아무도 알지 못하네. 그들이 사는 곳을 나는 당신에게 얘기할 수 없네. 하지만 아틀라스가 서 있는 곳 근처의 동굴에 사는 포르키스의 늙은 딸들이라면 그 님프들이 사는 곳을 얘기해 줄 수 있을 것이네.'

그런 다음 신은 내게 어떻게 그라이아이를 찾아갈지, 어떻게 해야 그라이아이가 당신들 님프들이 사는 곳을 실토하도록 만들 수 있을지 알려주셨소. 내게 말씀해 주신 분은 바로 올림푸스에 사시는 헤르메스였소. 헤르메스가 내게 주신 이 낫 모양의 칼을 보면 내가 당신에게 거짓 없이 말했다는 것을 아시겠지요."

페르세우스가 말을 마치자 님프 중 가장 어리고 가장 아름다운 그 님프가 페르세우스에게 더 가까이 다가갔습니다. 님프는 페르세우스가 진실되게 얘기했다는 것을 알았고 무엇보다 그 젊은이가 안쓰러웠지요.

"우리가 그 마법의 보물을 갖고 있는 건 사실이에요. 어쩌면 당신보다도 더 그 보물을 필요로 하는 사람이 언젠가 나타나 그 보물을 달라고 요구할지도 모르죠. 하지만 우리에게 약속할 수 있겠어요? 고르곤을 죽여 머리를 손에 넣으면 마법의 보물을 우리에게 돌려주겠다고 말이에요."

페르세우스는 마법의 보물을 님프에게 돌려줘서 다시 님프들이 보관하도록 하겠노라고 못을 박았습니다. 그러자 페르세우스를 가엽게 여겼던 님프가 다른 님프들을 소리쳐 불렀지요. 페르세우스가 멀찍이 떨어져서 청동 방패를 닦아 윤을 내는 동안 님프들은 함께 이야기를 나눴습니다. 마침내 페르세우스의 얘기를 처음 들었던 님프가 다른 님프들이 뒤따르는 가운데 페르세우스에게 돌아왔지요. 님프들은 그동안 지켜왔던 보물들을 가져와 페르세우스의 팔에 안겨주었습니다. 지하 세계에서 가져온 개가죽으로 만든 모자, 한 쌍의 날개가 달린 신발과 한쪽 어깨에 비스듬히 걸쳐 맬 수 있는 기다란 자루였지요.

그리하여 페르세우스는 하늘을 날 수 있는 신발, 어둠의 모자와 마법의 자루를 들고 고르곤을 찾으러 갔습니다. 헤르메스가 준 낫 모양의 칼은 허리춤에 차고 있었고 이제 반짝반짝 윤이 나는 청동 방패는 팔에 걸치고 있었지요.

페르세우스는 공중으로 날아올라 님프들이 가르쳐 준 쪽으로 향했습니다. 그곳은 세계의 가장자리인 오케아노스였습니다. 살아 있던 생명체가 온통 돌로 되어 있는 형상이 보이자 페르세우스는 고르곤의 은신처가 멀지 않다는 사실을 깨달았지요.

페르세우스는 윤이 나는 방패의 표면에 반사된 모습을 통해 아래쪽에 있는 고르곤을 보았습니다. 고르곤 둘은 단단한 뱀의 비늘로 덮혀 있었지요. 멧돼지처럼 기다란 엄니가 나 있었고 빛나는 황동으로 된 손과 눈부신 금으로 된 날개가 달려 있었습니다. 표면이 거울처럼 윤이 나는 방패를 계속 살펴보며 페르세우스는 아래로 아래로 내려갔습니다. 곧 세 번째 자매가 눈에 들어왔어요. 불사가 아닌 메두사였지요. 메두사는 여자의 형상을 하고 있었는데 아름다운 얼굴이면서도 뭔가 무시무시한 기운이 서려 있었습니다. 비늘로 덮이고 날개가 달린 두 자매는 잠들어 있었지만 메두사는 깨어 있었지요. 메두사는 가까이 다가온 도마뱀을 잡아 손으로 갈갈이 찢고 있었습니다.

메두사의 머리에는 뱀들이 엉켜 있었는데 모두 쉭쉭 소리를 내고 있는 양 머리를 곤추세우고 있었어요. 방패에 비친 모습을 지켜보며 페르세우스는 메두사를 향해 아래로 내려갔습니다. 페르세우스는 메두사에게서 고개를 돌린 채 낫 모양의 칼을 휘둘러 메두사의 머리를 잘랐습니다. 메두사에게서 비명이 새어나오지는 않았지만 메두사 머리의 뱀들은 요란하게 쉭쉭거렸지요.

여전히 고개를 돌린 채 페르세우스는 얽혀 있는 뱀을 잡아 메두사의 머리를 들어올렸습니다. 그리고 그것을 마법의 자루에 집어

넣은 다음 공중으로 날아올랐지요. 하지만 이제는 고르곤 자매들이 깨어났습니다. 메두사의 머리에 있는 뱀들이 쉭쉭거리는 소리에 깨서 메두사의 머리 없는 몸뚱이를 바라보고 있었지요. 고르곤 자매는 황금빛 날개로 날아올랐습니다. 쭉 뻗은 황동 발로 메두사를 살해한 자를 잡아 찢을 태세였습니다. 고르곤 자매는 페르세우스를 뒤쫓아 날아가며 요란하게 소리를 질렀지요.

페르세우스가 비록 바람같이 날았다고는 하나 여느 때처럼 모습이 보였다면 고르곤 자매에게 따라잡혔을 터였습니다. 하지만 하데스의 개가죽 모자가 페르세우스를 살렸어요. 고르곤 자매는 페르세우스가 위에 있는지 아래에 있는지 뒤에 있는지 앞에 있는지 도통 알 수가 없었습니다. 페르세우스는 아틀라스가 서 있는 곳을 향해 계속 날아갔습니다. 리비아 위로 날아갈 때는 메두사의 머리에서 피가 방울져 사막으로 떨어졌지요. 그 피가 변해서 치명적인 독사가 되어 사막과 바위 위를 휘젓고 다니게 되었지요. 페르세우스는 아틀라스와 님프들이 사는 외딴 계곡을 향해 계속 날아갔습니다. 님프들이 그 마법의 보물을 다시 지키게 될 터였지요. 하지만 그 님프들에게 다다르기 전에 페르세우스는 또 다른 모험을 겪을 운명이었습니다.

리비아의 다른 편에 있는 에티오피아는 케페우스라는 왕이 다스리고 있었습니다. 케페우스는 왕비가 자신이 바다의 님프보다 더 아름답다고 뻐기도록 내버려두었어요. 포세이돈은 왕비의 불경함과 왕의 어리석음에 대한 벌로 바다에서 괴물을 보내 에티오피아를 혼돈 속에 몰아넣었지요. 그 괴물은 해마다 나타나 그 나라를 점점 더 쑥대밭으로 만들었습니다. 그러자 왕이 나라와 백성을 구하려면 어떻게 해야 할지 사제에게 물었지요. 그 사제는 왕이 아주 끔찍한 일을 해야 한다고 말했습니다. 왕의 딸, 아름다운 안드로메다 공주를 제물로 바쳐야 한다는 것이었어요.

왕은 사나운 백성들에게 떠밀려 안드로메다 공주를 바닷가로 데려가 바위에 사슬로 묶어놓았습니다. 얼마 뒤에는 바다괴물이 나타나 안드로메다를 먹잇감으로 만족스러워하며 꿀꺽 집어삼킬 터였지요.

근처를 날고 있던 페르세우스에게 안드로메다의 탄식이 들렸습니다. 페르세우스의 눈에 아름다운 여자가 바위에 사슬로 묶여 있는 모습이 들어왔지요. 페르세우스는 어둠의 모자를 벗고 여자에게 다가갔습니다. 안드로메다는 페르세우스를 보고 부끄러운 마음에 고개를 숙였지요. 자신이 무슨 끔찍한 죄를 지어서 이런 곳에 사슬로 묶인 채 남겨졌을 것이라고 젊은이가 생각하겠거니 싶어서였답니다.

그런데 안드로메다의 아버지가 근처에 남아 있었습니다. 페르세우스는 그를 소리쳐 불러 이 여자가 왜 바위에 사슬로 묶여 있는지 말해 달라고 청했지요. 왕은 자신이 어쩔 수 없이 치러야 했던 희생에 대해 페르세우스에게 얘기해 주었습니다. 곧이어 여자에게 다가간 페르세우스는 여자가 간절히 애원하는 눈빛으로 자신을 바라보고 있음을 알았지요.

페르세우스는 자신이 그 바다 괴물을 죽인다면 안드로메다를 아내로 맞이할 수 있게 해 달라고 왕에게 청했습니다. 케페우스는 기꺼이 그러겠다고 약속했지요. 그러자 페르세우스는 다시 낫 모양의 칼을 뽑아들었습니다. 페르세우스는 안드로메다가 묶여 있는 바위 곁에 머물며 바다 괴물이 나타나길 기다렸지요.

바다 괴물이 볼품없고 흉측한 몰골로 망망대해에서 불쑥 나타났습니다. 페르세우스는 하늘을 날 수 있는 신발을 신고 괴물 위로 날아올랐어요. 괴물은 페르세우스의 그림자가 물 위에 어른거리는 것을 보고 그 그림자를 공격하러 무자비하게 돌진했습니다. 페르세우스는 한 마리 독수리처럼 바다 괴물을 내리 덮쳤습니다. 낫 모양의 칼로 바다 괴물을 공격하여 괴물의 어깨를 베었지요. 괴물은 바다에서 사납게 몸을 솟구쳤습니다. 괴물이 입을 쩍 벌리자 세 줄로 나 있는 송곳니가 보였습니다. 페르세우스는 괴물의 입을 피해 위로 솟아올랐다가, 다시 아래로 내리 덮쳐 괴물을 공격했습니다. 괴물의 가죽은 온통 단단한 비늘과 바닷속 샘물들로 다져진 껍데기로 뒤덮여 있었지만 페르세우스의 칼은 거침이 없었지요. 괴물은 다시 몸을 솟구치며 핏빛 액체를 내뿜었습니다. 안드로메다가 묶여 있는 바위 근처에 페르세우스가 내려앉자, 그 괴물은 우렁찬 소리를 내더니 물살을 가르며 돌진해 와 페르세우스를 제압하려 했습니다. 괴물이 솟구치는 순간 페르세우스는 몇 번이고 괴물의 몸뚱이에 칼을 내리꽂았지요. 괴물은 물속으로 가라앉았고 그자리에서 핏빛 액체가 뿜어져 나왔습니다.

승리한 페르세우스는 기절할 지경인 안드로메다를 쇠사슬에서 풀고는 안아 올려 왕의 궁궐로 데리고 왔어요. 케페우스는 안드로메다를 구해 온 페르세우스가 딸을 아내로 맞이하게 하겠노라고 그 자리에서 거듭 공표했지요.

페르세우스는 다시 길을 떠났습니다. 님프들이 사는 외딴 계곡에 다다르자 페르세우스는 님프들에게 빌렸던 세 가지 마법의 보물인 어둠의 모자, 하늘을 날 수 있는 신발과 마법의 자루를 돌려주었지요. 님프들에게 찾아가는 길을 알아낼 수 있는 영웅이라면 페르세우스와 마찬가지로 그 보물들을 쓰게 될지도 모릅니다.

페르세우스는 안드로메다가 묶여 있던 곳으로 돌아갔습니다. 페르세우스는 고개를 돌린 채 바위 사이에 숨겨두었던 고르곤의 머리를 꺼냈어요. 페르세우스는 자신이 죽인 괴물의 뻣뻣한 가죽으로 고르곤의 머리를 넣을 자루를 하나 만들었습니다. 그리고 고르곤의 머리라는 굉장한 전리품을 들고 신부를 맞이하러 케페우스왕의 궁궐로 향했지요.

케페우스는 사실 안드로메다를 바다 괴물에게 제물로 바칠 생각을 하기 전에 피네우스라 불리는 에티오피아 왕자에게 안드로메다를 아내로 맞이하라고 했었습니다. 하지만 피네우스는 안드로메다를 구하려고 힘을 쓰지 않았지요. 그런데도 안드로메다가 괴물로부터 구출되었다는 소식을 듣자 안드로메다를 아내로 데려가겠다며 찾아왔습니다. 그것도 천 명의 병사를 데리고 말이지요.

페르세우스가 케페우스의 궁궐에 들어갔을 때 궁궐은 병사로 바글거리고 있었습니다. 홀의 단상에 올라가 있는 안드로메다가 보였지요. 안드로메다는 바위에 묶여 있었을 때처럼 얼굴에 핏기라곤 없이 창백했습니다. 하지만 페르세우스가 궁궐에 돌아오자 안드로메다는 기쁨의 탄성을 질렀습니다.

케페우스 왕은 무장한 병사들과 함께 온 피네우스에게 겁이 나서 안드로메다를 데려가라고 말하려 했습니다. 그런데 페르세우스가 안드로메다 곁으로 다가와 신부로 데려가겠노라고 선언했지요. 피네우스는 페르세우스에게 무례하게 굴며 장군 한 명에게 페르세우스를 쓰러뜨리라고 명령했습니다. 여러 병사들이 페르세우스에게 달려들었습니다. 페르세우스는 자루에서 메두사의 머리를 꺼내 싸움을 걸어오는 자들 앞에 들어보였어요. 그 자들이 순식간에 돌로 변했지요. 케페우스의 부하 중 한 명은 페르세우스를 도우려던 참이었습니다. 그 부하는 페르세우스에게 가까이 다가온 장군을 찌르려고 했었지요. 부하의 칼이 메두사의 머리를 쳐다본 장군에게 부딪치는 순간 칼이 돌에 부닥치는 쨍그랑 소리가 울렸어요.

페르세우스는 아름다운 안드로메다를 데리고 에티오피아 땅을 떠났습니다. 페르세우스는 할아버지가 다스렸던 나라 아르고스로 갈 생각에 안드로메다와 함께 그리스로 들어갔지요. 바로 그 무렵 아크리시오스는 다나에와 손자의 소식을 듣고 둘이 바다의 파도에 휩쓸려가지 않았다는 사실을 알게 되었습니다. 자신이 손자에 의해 살해되리라는 신탁이 두렵고, 손자가 자신을 찾아 아르고스에 오리라는 사실이 두려운 나머지 아크리시오스는 자신의 나라를 두고 도망쳐 버렸어요.

아크리시오스는 테살리아 지방으로 갔습니다. 마침 페르세우스와 안드로메다도 그곳에 있었지요. 어느 날 아크리시오스 왕은 어느 죽은 영웅을 기념하여 열린 시합에 가게 되었습니다. 어느 젊은이가 금속 원반을 던지는 모습을 왕은 지팡이에 기대어 바라보았지요. 그런데 젊은이의 용모에서 어딘지 모르게 왕의 시선을 면밀히 잡아끄는 점이 있었습니다. 젊은이에게서는 무언가 신처럼 고귀한 풍모가 느껴졌어요. 아크리시오스 왕은 황동 탑과 그곳에 가두어 두었던 자신의 딸을 떠올렸지요.

페르세우스는 원반 던지는 젊은이를 더 가까이 보러 다가갔습니다. 하지만 서 있던 자리를 떠나 움직이다가 날아오는 원반에 관자놀이를 맞고 말았어요. 왕은 쓰러져 그 자리에서 죽어버렸지요. 왕이 쓰러지는 순간 사람들이 왕의 이름을 외쳤습니다.

"아크리시오스, 아크리시오스 왕!"

그 순간 페르세우스는 자신의 손으로 던진 원반에 맞아 살해당한 사람이 누구인지 깨달았지요.

뜻하지 않게 왕을 죽였다는 이유로 페르세우스는 아르고스에 발을 들이려 하지 않았고 할아버지가 다스리던 나라를 물려받을 마음도 접었습니다. 페르세우스는 안드로메다와 함께 어머니가 있는 세리포스로 갔지요. 페르세우스에게 고르곤의 머리를 가져오라는 끔찍한 임무를 맡겼던 폴리데크테스가 여전히 세리포스를 다스리고 있었습니다.

페르세우스는 세리포스에 도착하자 안드로메다를 양치기인 딕튀스의 오두막에 남겨두었습니다. 이제 페르세우스를 아는 자는 아무도 없었어요. 세리포스에서 페르세우스라는 이름은 가망 없는 임무를 띠고 떠나 다시는 소식을 들을 일이 없는 젊은이로 얘기되고 있을 뿐이었지요. 페르세우스는 어머니가 사제로 있는 신전에 다다랐습니다. 보초병이 신전을 온통 둘러싸고 있었어요. 어머니가 한탄하는 목소리가 페르세우스에게 들려왔습니다.

"벽 안에 갇히고 굶주림에 지친 나는 폴리데크테스의 궁궐로 끌려가 그의 아내가 되어야 하는 신세로구나. 아아, 신들이시여. 페르세우스의 어머니 다나에가 가엽지도 않으십니까?"

페르세우스가 소리치자 다나에는 페르세우스의 목소리를 알아채고 탄식을 멈추었습니다. 페르세우스는 몸을 돌려 폴리데크테스 왕이 있는 궁궐로 갔어요.

폴리데크테스 왕은 페르세우스를 비웃으며 맞이했습니다.

"네가 페리포스에 하루 동안은 머물 수 있도록 허락하마. 너를 결혼 축하연에 부르고 싶구나. 다나에가 토라진 채 머물고 있는 신전에서 다나에를 데리고 나와 내일 해가 지기 전에 내 아내로 삼겠노라고 맹세했거든."

폴리데크테스가 이와 같이 말하자 왕 주변에 있던 귀족과 신하들은 페르세우스를 놀리며 왕에게 아첨했습니다. 페르세우스는 일단 조용히 물러났어요. 그리고 다음 날 다시 궁궐에 왔지요. 하지만 이번에는 페르세우스의 손에 무시무시한 것이 들려 있었습니다. 바다 괴물의 가죽으로 만든 가방에 들어 있는 고르곤의 머리였지요.

페르세우스는 어머니를 쳐다보았습니다. 다나에는 '이제 저 냉혹하고 고압적인 왕과 결혼식을 해야 하는 거구나'라는 생각에 곧 기절이라도 할 듯 얼굴에 핏기가 하나도 없는 상태였지요. 하지만 아들의 모습을 보자 얼굴에 희망의 빛이 떠올랐습니다.

폴리데크테스 왕은 페르세우스를 보고 비아냥 댔어요.

"애야, 왔느냐 너 왔구나, 그리고 네 어머니가 위대한 왕과 결혼하는 것을 보려무나. 앞으로 나와서 결혼을 똑바로 지켜본 나흘 씨나라. 약속을 해 놓고 지키지 않는 젊은이가 내가 다스리는 땅에 계속 머물다니 가당치 않은 일이로다. 이제 앞으로 나오너라, 빈손으로 돌아온 페르세우스."

하지만 페르세우스가 앞에 나섰을 때 그는 빈손이 아니었습니다. 페르세우스가 큰 소리로 외쳤지요.

"아아, 왕이시여, 마침내 당신에게 드릴 것을 가져왔소. 왕, 그리고 나를 비웃는 왕의 친구들에게 드리는 선물이오. 하지만 어머니, 그리고 나의 친구들이여. 내가 가져온 것을 보지 말고 고개를 돌리시오."

페르세우스는 이렇게 말하며 고르곤의 머리를 꺼냈습니다. 그리고 뱀으로 된 머리카락을 붙들어 사람들 앞에 내밀었지요. 페르세우스의 어머니와 친구들은 고개를 돌렸습니다. 하지만 폴리데크테스 왕과 그의 오만한 친구들은 페르세우스가 보여주는 것을 똑바로 쳐다보며 이렇게 말했어요.

"이 젊은이가 무슨 마술사의 속임수를 써서 우리를 놀래키려는 게야."

하지만 왕과 그 친구들은 더는 말을 이을 수 없었습니다. 돌로 변했기 때문이었지요. 그들은 세리포스에 있는 궁궐의 홀에 돌로 변한 모습 그대로 아직까지 남아 있습니다.

페르세우스는 양치기의 오두막으로 가서 딕튀스를 안드로메다와 함께 데리고 나왔습니다. 페르세우스는 딕튀스를 폴리데크테스 대신 왕으로 옹립했어요. 그런 다음 어머니인 다나에와 아내인 안드로메다와 함께 세리포스를 떠났습니다.

메두사의 머리를 들어 적을 물리치는 페르세우스

아르고스의 백성들은 페르세우스가 돌아와서 왕이 되어 다스리기를 바랐지만 페르세우스는 할아버지가 다스렸던 아르고스로 돌아가지 않았습니다. 페르세우스는 아르고스 땅을 내주고 대신 티린스의 땅을 다스리게 되었지요. 그리고 에티오피아에서 데려온 아름다운 아내 안드로메다와 함께 티린스에서 살았습니다. 페르세우스와 안드로메다는 페르세스라는 아들을 낳았는데 페르세스는 훗날 페르시아 왕가의 조상이 되었지요.

고르곤을 죽였던 낫 모양의 칼은 다시 헤르메스에게 돌아갔습니다. 헤르메스는 메두사의 머리도 가져갔어요. 헤르메스의 누이 아테네가 메두사의 머리를 자신의 방패에 붙여놓았지요. 그리하여 아테네 여신의 방패는 메두사의 머리로 장식되게 되었습니다. 아아, 아테네 여신이 우리 모두를 지켜주시기를! 그리고 고르곤의 머리에서 떨어진 핏방울로부터 무서운 독사들이 나와 모래와 바위투성이 땅에서 휘젓고 다니는 이곳을 우리가 부디 벗어날 수 있도록 해 주소서!

오르페우스의 이야기가 끝나자, 아르고 호의 선원들은 '어둠의 땅'의 딸들이 지키는 정원에서 물러났다. 그들은 아틀라스가 하늘을 떠받치고 서 있는 거대한 형상에서 몸을 돌려 트리톤 내해로 향했다. 하지만 모두가 아르고 호로 돌아오지는 못했다. 배로 돌아오는 길에 키잡이 나우플리오스는 죽음을 맞이했다.

나우플리오스가 걷는 길에 뱀 한 마리가 꾸물꾸물 기어가고 있었다. 사람이 피해 주면 굳이 물지는 않는 뱀이었다. 그런데 나우플리오스가 무심코 뱀을 밟는 바람에 뱀이 고개를 꼿꼿이 쳐들고 나우플리오스의 발을 물어버렸다. 아르고 호의 영웅들은 나우플리오스를 어깨에 들쳐 메고 서둘러 돌아왔다. 하지만 나우플리오스의 팔다리는 점점 감각이 사라졌고 영웅들이 트리톤의 물가에 내려놓았을 즈음에는 전혀 움직이지 못했다. 곧 나우플리오스의 몸은 싸늘하게 식어갔다. 영웅들은 트리톤 내해 곁에 나우플리오스를 위해 무덤을 팠다. 그리고 그 사막의 땅에 돌을 쌓아 무덤을 표시하고는 한가운데에 키잡이의 노를 꽂아두었다.

바위에서 뱀이 자신의 은신처로 이어지는 틈을 찾지 못해 이쪽 저쪽으로 구불구불 헤매고 다니는 것처럼, 이제 아르고 호의 선원들은 내해에서 빠져나가는 길을 찾으려 갈팡질팡하고 있었다. 출구는 도통 나오지 않았고 고향으로 돌아가는 길을 다시 잃어버린 듯싶었다. 그리게 오르페우스가 네레우스의 아들이자 그 내해의 이름을 따온 트리톤에게 자신들을 도와달라며 기도를 올렸다.

그러자 트리톤이 나타났다. 트리톤은 손을 뻗어 바깥 바다로 빠져나가는 길을 가르쳐 주었다. 트리톤은 영웅들에게 즐거운 마음으로 항해하라고 친근한 말투로 타일렀다.

"그리고 힘을 써야 되는 일에 대해 말하자면 그것 때문에 한탄하지는 말게. 젊은 혈기가 넘치는 팔다리는 수고스러워야 마땅하니 말일세."

영웅들이 노를 집어 들고 바깥 바다를 향해 노를 젓는 동안 상냥한 신 트리톤이 거들었다. 트리톤은 아르고 호의 용골을 잡고 나아갈 방향을 인도했다. 아르고 호의 선원들은 물속에 있는 트리톤의 모습을 보았다. 트리톤의 머리부터 허리까지는 아름답고 위엄 있는 모습이 다른 신들의 몸과 다를 바 없었다. 하지만 몸 아래쪽에서는 커다란 물고기처럼 생긴 지느러미를 좌우로 흔들며 헤엄치고 있었다. 트리톤은 초승달의 뾰족한 끝처럼 생긴 지느러미를 움직이며 나아갔다. 그리고 아르고 호가 바깥 바다에 들어설 때까지 계속 따라오며 거들었다. 그다음 트리톤은 끝없이 깊은 바닷속으로 몸을 던졌다. 영웅들은 트리톤에게 큰 소리로 감사를 표했다. 그러고는 서로를 바라보며 기쁨에 젖어 얼싸안았다. 그리스 땅과 맞닿은 바다가 눈앞에 펼쳐져 있었다.

다시 이올코스 근처에서

해가 저물었다. 그리고 별이 떴다. 별을 보던 양치기는 양 떼를 우리에 집어넣고 지친 농부는 집으로 돌아가 쉬었다. 하지만 아르고 호의 선원들은 별이 떠도 쉴 수 없었다. 돛을 부풀리던 바람이 잠잠해져 영웅들은 돛을 접고 돛대를 내려야 했다. 밤새 영웅들은 노를 저었다. 그다음 날도 하루 종일 노를 저었고 그다음 날도 마찬가지였다. 이윽고 섬이 보였다. 그리스로 가는 길 중간쯤에 있는 크고 아름다운 크레타 섬이었다.

그레타 섬을 배에 처음 발견한 사람은 테세우스였다. 훗날 테세우스는 아르고 호가 아닌 다른 배를 타고 크레타 섬을 다시 찾게 될 운명이었다. 영웅들은 아르고 호를 크레타 섬 가까이로 몰고 갔다. 부족한 물도 보충할 겸 그곳에서 쉬어갈 참이었다.

크레타를 다스리는 자는 위대한 왕 미노스였다. 미노스는 섬을 지키는 임무를 청동족 거인인 탈로스에게 맡겼는데 탈로스는 청동족이 다 말살당한 다음에도 살아남은 자였다. 탈로스는 청동 발이 지치는 법도 없이 하루에 세 번씩 크레타 섬을 돌았다.

섬으로 다가오는 아르고 호를 발견한 탈로스는 커다란 바위를 들어 배를 향해 집어던졌고, 영웅들은 허겁지겁 바위가 닿지 않는 곳까지 배를 돌려야 했다.

영웅들은 지쳐 있었고 견딜 수 없을 정도로 목이 말랐다. 하지만 청동족 거인이 버티고 서서 아르고 호를 가라앉힐 기세로 커다란 바위를 두 손으로 집어 던지고 있었다. 보다 못한 메데이아가 청동족 거인에 주술을 사용하려고 뱃머리로 나섰다.

탈로스는 몸통과 팔다리가 청동이라 활도 칼도 통하지 않았다. 하지만 발목 부분만은 얇은 피부로 덮여 있었다. 발목 힘줄 아래로는 목에까지 이어지는 혈관이 하나 지나가는데 그 혈관이 터지면 탈로스는 죽게 될 터였다.

뱃머리에 나선 메데이아는 아직 그 혈관에 대해 모르고 있었다. 청동 거인 탈로스는 크레타 섬의 절벽 위에서 햇빛을 받아 반짝이며 서 있었다. 탈로스에게 주술을 걸려는 순간 메데이아의 머릿속에 지혜로운 여왕 아레테가 해 준 말이 떠올랐다. 메데이아는 앞으로 주술을 쓰지 말아야 하며 마법으로 누군가의 목숨을 해치는 일은 피해야 한다는 충고였다.

메데이아의 마법에 걸려 크레타 해에 빠지는 청동 거인 탈로스

그러나 메데이아는 제우스가 이미 탈로스의 동족을 모조리 파멸시켜버렸기에 탈로스에게 마법을 쓰는 것이 불경한 일은 아니라는 사실을 알고 있었다. 메데이아는 뱃머리에 서서 마법의 노래를 불러 탈로스의 넋을 뺐다. 탈로스는 계속 빙빙 돌다가 바위에서 튀어나온 모서리에 발목을 부딪쳤다. 하나 있는 혈관이 터지고, 녹아버린 납처럼 청동 거인의 피가 쏟아져 나왔다. 탈로스는 움직임을 멈추더니 나무꾼이 산꼭대기에서 반쯤 베다 남겨둔 소나무에 강풍이 몰아치듯 앞뒤로 흔들렸다. 얼마 뒤 몸에서 힘이 모두 빠져버리자 미노스 왕의 청동 거인은 크레타 해에 빠져버렸다.

영웅들은 밤 동안 크레타 땅에 누워 쉰 뒤 동이 트자 샘에서 물을 길어 와서는 다시 아르고 호에 올랐다.

드디어 키잡이가 이런 말을 하는 날이 왔다.

"내일이면 테살리아 땅이 눈에 들어올 것이고 해가 지기 전에는 파가사이 항구에 도착하겠지요. 아아, 선원들이여. 머지않아 우리는 황금양털을 찾아 떠나왔던 도시에 도착할 겁니다."

이아손은 고향땅인 테살리아가 시야에 들어오는 모습을 메데이아와 나란히 지켜보려고 메데이아를 뱃머리로 데리고 왔다. 펠리온 산이 눈에 들어오자 이아손은 기쁨으로 벅차올랐다. 그리고 메데이아에게 켄타우로스 족의 나이 많은 케이론에 대해, 펠리온 산에서 보낸 어린 시절에 대해 얘기해 주었다.

아르고 호는 계속 나아갔다. 해가 지고 어둠이 내렸다. 그날 밤의 어둠은 일찍이 본 적 없던 어둠이었다. 훗날 아르고 호의 선원들은 그날 밤의 어둠을 '밤의 장막'이라 불렀다. 마치 어두운 혼돈, 카오스가 세상을 다시 덮친 것만 같았다. 자신들이 바다 위를 떠다니고 있는 건지 '하데스의 강'에 떠 있는 건지 종잡을 수가 없었다. 별빛 한 점 어둠을 뚫지 못했고 달빛 한 줄기 스며들지 않았다.

며칠 밤같이 느껴지던 하룻밤이 지나고 새벽이 왔다. 동이 트는 가운데 테살리아 땅의 산과 숲과 들판이 보였다. 영웅들은 오랜 헤어짐 끝에 만난 사람처럼 서로를 소리쳐 부르며 돛대를 세우고 돛을 펼쳤다.

하지만 그들은 파가사이로 가지 않았다. 아르고 호의 목소리가 들려와 그들의 마음을 온통 뒤흔들었기 때문이었다. 이아손과 오르페우스, 카스토르와 폴리데우케스, 제테스와 칼라이스, 펠레우스와 텔라몬, 테세우스, 아드메토스, 네스토르, 아탈란테 모두 아르고 호의 외침을 들었다. 파가사이 항구로 가지 말라는 경고의 외침이었다.

영웅들은 깁짝에 서서 외올고나 쪽을 비라보며 슬픔에 젖어들었다. 극심한 슬픔에 다들 억장이 무너지는 심경이었다. 오래도록 그들은 넋이 나간 상태로 그 자리에 서 있었다.

그때 아드메토스가 입을 열었다. 아드메토스는 황금양털을 찾아 떠난 탐험대에서 가장 낙천적인 사람이었다.

"파가사이 항구나 이올코스로 들어갈 수는 없다 하더라도 우리가 그리스 땅에 도착했다는 사실은 변함이 없잖소. 다른 항구나 다른 도시 중에도 갈 곳은 많소. 게다가 우리는 온갖 고난과 위험을 무릅쓰고 그 유명한 황금양털을 그리스로 가져왔으니 어디에 가든 영웅으로 존경받을 것이오."

아드메토스의 말에 영웅들은 활기를 되찾았다. 단, 이아손은 예외였다. 다른 사람들은 달리 갈 도시가 있고 다른 곳에 자신을 맞아줄 아버지와 어머니와 친구들이 있었지만 이아손에게는 오로지 이올코스뿐이었다.

메데이아는 이아손의 손을 잡으며 그의 불행을 깊이 슬퍼했다. 메데이아는 이올코스에서 무슨 일이 있었으며 영웅들이 왜 이올코스로 가면 안 되는지 직감으로 알았기 때문이었다.

아르고 호가 다다른 곳은 코린토스였다. 코린토스의 왕 크레온이 영웅들을 맞이했고 온갖 고초와 위험을 겪고 경이로운 보물을 그리스로 가져온 영웅들에게 최대한 예를 갖춰 경의를 표했다.

그 뒤 아르고 호의 선원들은 칼리돈으로 가서 멜레아그로스 왕자의 나라를 황폐하게 만들던 멧돼지를 사냥했다. 그리고 흩어져 각자의 고향으로 돌아갔다. 이아손은 메데이아가 기다리는 코린토스로 돌아갔다. 코린토스에서 이아손은 이올코스에서 어떤 일이 있었는지 소식을 듣게 되었다.

펠리아스 왕이 산악지대에서 사나운 병사들을 불러와서는 이올코스를 더욱 공포 속에 몰아넣어 다스리고 있다고 했다. 게다가 이아손의 아버지 아이손과 어머니 알키메데는 펠리아스 왕에게 이미 살해당한 상태라고도 했다.

테살리아 땅에서 코린토스로 온 사람들이 이아손에게 이러한 소식들을 알려주었다. 게다가 펠리아스 왕은 이올코스에 대군을 집결시켜놓았다고도 했다. 이아손은 이올코스로 가서 복수를 할 수도 없고 그렇게 먼 길을 떠나 가져온 황금양털을 이올코스의 백성들에게 보여줄 수도 없었다.

3부

탐험대의
영웅들

사냥꾼 아탈란테

|

    탐험대의 영웅들이 칼리돈에서 멧돼지를 사냥할 때의 이야기다. 이아손과 펠레우스, 텔라몬, 테세우스와 사나운 아르카스, 네스토르 그리고 헬렌과 형제지간인 폴리데우케스와 카스토르까지 모두 쟁쟁한 영웅들뿐이었지만, 이번 사냥에서 누구보다도 눈에 띄는 자는 바로 아르카디아의 여자 사냥꾼 아탈란테였다.

    아르고 호를 타고 함께 항해를 하는 동안 영웅들은 아탈란테를 아름다운 사람이라고 생각했다. 하지만 사냥 장비를 갖춰 입은 아틀란테의 모습은 지금까지보다 훨씬 아름다웠다. 양 갈래로 묶은 아름다운 머리칼은 어깨 너머로 찰랑댔고, 상아로 만든 화살통은 화살이 가득한 채 가슴팍에 매달려 있었다. 눈매가 길고 차분한 얼굴은 소년이라기엔 여성스럽고 여자라기엔 소년답다고들 했다. 아탈란테는 당당하게 고개를 들고 민첩하게 움직였는데 그곳에 모인 영웅들은 입을 모아 이렇게 말하곤 했다.

"아아, 미혼인 아탈란테가 남편으로 맞이하는 자는 실로 복된 자일 테지!"

그 중에서도 가장 진심을 담아 말한 이는 칼리돈의 왕자인 젊은 멜레아그로스였다. 멜레아그로스는 영웅들 중 그 누구보다도 아탈란테의 아름다움에 매혹된 사람이었다.

이번에 사냥해야 할 멧돼지는 무시무시한 괴물이었다. 그 멧돼지는 칼리돈으로 와서 밭과 과수원을 초토화시키고 사람들이 키우는 소와 말을 죽이고 다녔다. 사실 그 멧돼지는 아르테미스라는 여신이 보낸 것이다. 칼리돈의 왕 오이네우스가 풍년에 대한 감사의 표시로 제물을 바칠 때 야생동물의 수호신인 아르테미스에게 제물을 바치는 것을 빠뜨렸기 때문이었다. 화가 난 아르테미스는 무시무시한 멧돼지를 보내어 오이네우스의 영토를 짓밟게 했다.

그 멧돼지는 실로 무시무시했다. 덩치가 황소만큼이나 크고 엄니는 거미의 상아만큼 거대했다. 등에 난 뻣뻣한 털은 창끝처럼 뾰족했고 뜨거운 콧김에 들판의 초목이 시들어 버렸다. 멧돼지는 밭의 옥수수를 쓰러뜨리고 묵직한 포도 알이 송이송이 달려 있던 포도 덩굴을 짓밟았다. 들판에서는 소를 들이받아 죽여 버렸다. 사낭개 중 그 멧돼지와 맞서려는 놈은 없었다. 그리하여 멧돼지의 횡포에서 벗어나기 위해 사람들은 애써 일군 농토를 버리고 도시 벽 안쪽으로 피난을 가야만 했다. 바로 그 무렵 칼리돈의 통치자들이 탐험대의 영웅들에게 멧돼지 사냥을 요청한 것이었다.

칼리돈에서는 멜레아그로스 왕자의 숙부인 플렉시포스와 톡세우스를 보냈다. 멜레아그로스의 어머니인 알타이아가 그들의 누이였다. 알타이아는 불가사의한 것들을 보는 능력을 가진 여자이면서 종잡을 수 없는 격정적인 심성을 가지고 있었다. 아들인 멜레아그로스가 태어났을 때, 알타이아는 난롯가에 앉아 있는 운명의 세 여신을 발견했다. 운명의 여신들은 멜레아그로스의 생명줄인 실을 자으며 노래를 부르고 있었다.

"새로 태어난 아기에게 우리는 지금 불길에 타고 있는 장작개비와 같은 수명을 주리라."

운명의 여신들이 부르는 노래를 듣고 있던 알타이아는 그 의미를 깨닫자마자 침대에서 벌떡 일어났다. 그리고 그 장작개비를 움켜쥐어 불길이 옮겨 붙기 전에 난로 밖으로 꺼내놓았다.

알타이아는 그 장작개비를 자신의 보관함 속에 숨겨두었다. 그 장작개비에 대해, 멜레아그로스 왕자의 목숨이 그 장작개비가 불에 타지 않는 동안만 지속되리라는 사실에 대해 알타이아 말고는 아무도 아는 자가 없었다. 사냥하는 날, 멜레아그로스는 칼리돈의 젊은이 중 가장 강하고 용감한 모습이었다. 하지만 가여운 멜레아

그로스는 마음속에 싹튼 아탈란테에 대한 사랑이 자신의 목숨이
달린 장작개비를 불 속으로 던지고 말리라는 사실은 꿈에도 모르
고 있었다.

II

아탈란테가 활을 손에 들고 지나가자 멜레아그로스 왕자가 그
뒤를 바짝 따라붙었다. 이아손과 펠레우스, 텔라몬, 테세우스 그리
고 네스토르가 그 뒤를 따랐다. 마지막은 멜레아그로스의 숙부들
로 눈썹이 짙은 플렉시포스와 톡세우스였다. 그들은 숲이 우거진
어느 산자락에 이르렀다. 사냥꾼들이 날뛰는 사냥감을 잡아둘 그
물을 준비하여 그곳에서 기다리고 있었다. 사냥개는 가죽끈으로
매어 준비해 놓았다. 사람들이 모두 모이자 영웅들과 사냥꾼들은
무시무시한 멧돼지의 흔적을 따라 숲속으로 들어갔다.

멧돼지를 뒤쫓기는 어렵지 않았다. 숲을 지나간 곳마다 멧돼지
가 흔적을 크게 남겨놓았기 때문이었다. 멧돼지를 찾아 계속 나아
세기 비비 속에서 멧돼지가 머무는 은신처에 도착했다. 고리버들
과 버드나무와 키가 훌쩍한 골풀이 빽빽이 우거져 있어 사람이 들
어가기는 쉽지 않아 보였다.

사냥꾼들이 뿔피리를 요란하게 부르며 멧돼지를 깨우자 멧돼지

가 튀어나왔다. 엄니에 거품을 물고 있었고 눈에는 불길이 이글거렸다. 멧돼지는 덤불을 헤치며 계속 돌진했고 영웅들은 그 괴물을 향해 침착하게 창끝을 겨누었다.

사냥개들이 목줄에서 풀려나 멧돼지에게 달려들었다. 멧돼지는 엄니를 휘두르며 사냥개를 짓밟았다. 이아손이 창을 던졌지만 창은 목표물을 한참 벗어났다. 뒤를 이어 아르카스가 창을 던졌지만 창끝이 아닌 창대에 맞는 바람에 오히려 멧돼지를 자극시키고 말았다. 멧돼지의 눈이 이글거리더니 마치 투석기로 쏘아 올린 거대한 바위처럼 오른쪽에 배치되어 있던 사냥꾼들에게 달려들어 젊은이 두 명을 땅바닥에 쓰러뜨렸다.

훗날 트로이에서 활약할 네스토르는 그때 하마터면 자신의 모험에 끝을 맞을 뻔했다. 멧돼지가 방향을 틀더니 순식간에 네스토르를 덮쳤다. 네스토르는 장대높이뛰기를 하듯 창으로 땅을 짚고 위로 솟구쳐 올라 나뭇가지를 붙들었다. 멧돼지는 돌진해 와 창을 쓰러뜨리고는 분노를 이기지 못해 나무의 밑동을 마구 할퀴었다. 폴리데우케스와 카스토르가 쏜살같이 달려와 돕지 않았다면 아마 영웅들은 뿔뿔이 흩어지고 말았을 것이다. 텔라몬은 나무뿌리에 발이 걸려 넘어졌고, 펠레우스가 몸을 던져 텔라몬을 위험에서 끌어내려 했다. 그 순간 폴리데우케스와 카스토르가 키 큰 흰 말을 타고 창을 든 채 달려왔다. 두 형제는 창을 던졌지만, 누구도 그 괴물 같은 멧돼지를 맞히지 못했다.

곧 멧돼지가 방향을 돌려 덤불 속으로 물러나려 했다. 멧돼지가 덤불 속으로 들어가면 찾을 수 없을 터이니 그땐 멧돼지를 놓쳐버릴 수도 있었다. 하지만 멧돼지가 완전히 몸을 숨기기 전에 아탈란테가 활시위에 화살을 걸고 활을 어깨까지 들어 올려 화살을 쏘았다. 화살이 멧돼지를 맞히자 멧돼지의 빳빳한 털이 피로 물들었다. 멜레아그로스 왕자가 소리쳤다.

"아아, 괴물을 처음으로 쓰러뜨린 분이여! 당신, 아르카디아의 여자께서 실로 이에 대한 영예를 누리실 것이오."

멜레아그로스의 숙부들은 이 말에 격노했고 아르카디아 사람인 사나운 아르카스 역시 마찬가지였다. 아르카스가 쌍날 도끼를 들고 앞으로 튀어나와 외쳤다.

"영웅과 사냥꾼 여러분, 여러분은 이제 사내의 공격이 어떻게 계집의 공격을 능가하는지 두 눈으로 똑똑히 목격하게 될 것이오."

아르카스는 멧돼지에 맞서 발돋움한 채 도끼를 치켜 올려 공격할 태세를 갖추었다. 멜레아그로스의 숙부들이 소리치며 아르카스를 응원했다. 하지만 아르카스의 도끼가 채 내려오기도 전에 멧돼지가 엄니로 아르카스를 들이받아 밟아 뭉개 버렸다.

아탈란테의 화살에 옆구리 멧돼지가 사냥꾼들에게 달려들었다. 이아손이 다시 창을 던졌지만 이번에도 빗나가 사냥개를 맞추며 땅에 내리꽂혔다. 곧이어 멜레아그로스가 아탈란테의 이름을 부르며 영웅들과 사냥꾼들 앞으로 튀어나갔다.

멜레아그로스는 양손에 창을 하나씩 들고 있었다. 처음 던진 창은 빗나가더니 부르르 떨며 땅에 꽂혔다. 하지만 두 번째로 던진 창은 그 무시무시한 멧돼지의 등을 꿰뚫었다. 멧돼지는 피와 거품을 내뿜으며 빙빙 돌았다. 멜레아그로스는 공격을 밀어붙여 사냥용 칼을 멧돼지의 어깨 깊숙이 내리꽂아 숨통을 끊었다.

멜레아그로스의 숙부인 플렉시포스와 톡세우스가 가장 먼저 다가와 칭찬하는 말을 던졌다.

"네가 이런 어마어마한 일을 해 내다니 정말 장하다, 애야. 낯선 자가 멧돼지를 처치할까 봐 우리가 얼마나 전전긍긍했는지 아느냐. 이제 이 괴물의 머리와 엄니가 우리의 홀을 장식하게 될 터이니 사람들은 우리 가문이 이 땅을 수호하는 데 얼마나 혁혁한 공이 있는지 인지하게 될 것이야."

멜레아그로스는 그 말에 대답하는 대신 단지 "아탈란테."라는 이름을 한 번 내뱉었을 뿐이었다. 그리고 아탈란테가 다가오자 멜레아그로스는 머리에 창을 올린 채 말했다.

"오오, 아르카디아의 아름다운 여자여. 사냥의 전리품을 받으시오. 멧돼지에게 가장 먼저 상처를 입힌 자가 당신이라는 사실을 모두들 알고 있소."

플렉시포스와 톡세우스는 멜레아그로스가 여전히 자신들에게 가르침을 받는 꼬마라도 되는 양 멜레아그로스를 밀어젖히려 했다. 멜레아그로스는 숙부들에게 물러나라고 소리치더니 곧 멧돼지의 무시무시한 엄니를 잘라내어 아탈란테에게 내밀었다.

아탈란테는 그 엄니를 받으려 했다. 어느 젊은이에게도 사랑스러운 눈길 한 번 준 적이 없는 아탈란테였지만 멜레아그로스 왕자의 아름다운 용모와 관대함에 감동받았던 것이다. 하지만 아탈란테가 두 팔을 내밀자 멜레아그로스의 숙부들이 아탈란테의 팔을 창대로 쳤다. 아탈란테의 하얀 두 팔에 맞은 자국이 뚜렷이 남았다. 그 순간 멜레아그로스는 이성을 잃고 창을 집어 들어 처음에는 플렉시포스, 그다음에는 톡세우스를 차례로 찔렀다. 멜레아그로스는 사냥의 흥분으로 가득 차 있었기에 창을 찌르는 기세가 엄청났고, 숙부들은 쓰러져 죽어 버렸다.

그러자 영웅들 모두 엄청난 공포에 사로잡혔다. 영웅들은 플렉시포스와 톡세우스의 시체를 들어 올려 사냥터에서 벗어나 신전이 있는 곳으로 운반했다. 멜레아그로스는 자신이 저지른 짓에 경악하며 땅바닥에 쭈그리고 앉아 있었다. 아탈란테는 멜레아그로스의 머리에 손을 얹은 채 곁에 서 있었다.

|||

신전에서 신들에게 제물을 바치고 있던 알타이아의 눈에 두 남자의 시체를 운반해 들어오는 사람들이 보였다. 알타이아는 그 시

체가 자신의 오빠인 플렉시포스와 톡세우스임을 알아봤다.

알타이아는 가슴을 치며 소리쳤다. 비탄에 젖은 알타이아의 울음소리가 신전에 온통 울려 퍼졌다.

"누가 내 오빠들을 죽였느냐? 누가 내 오빠들을 죽였어?"

그러자 자신의 아들인 멜레아그로스가 오빠들을 죽였다는 답이 돌아왔다. 알타이아는 눈물이 말라붙어 버렸고 곧이어 차가운 목소리로 물었다.

"내 아들이 무엇 때문에 숙부인 플렉시포스와 톡세우스를 죽였단 말이냐?"

아탈란테와 아르카스에 대해 분노하고 있던 자가 다가와 알타이아의 오빠들이 아탈란테라는 여자에게 시비를 걸다가 살해당했냐고 말해 주었다.

"한 계집이 내 아들을 홀리는 바람에 내 오빠들이 살해당했구나. 그렇다면 내 아들이 저주받아 마땅하지."

알타이아는 이렇게 외치며 가장자리에 금빛 테두리가 있는 여사제의 옷을 벗어던지고 검은 상복으로 갈아입었다.

오빠들, 아버지에게 단 둘뿐이었던 아들들이 살해당했다. 게다가 한 계집 때문에 벌어진 일이었다. 아탈란테를 생각하자 알타이아는 자신의 아들을 지독하게 벌주고 싶은 마음이 굴뚝같았다. 하지만 벌 받을 아들은 그곳이 아닌 먼 곳에 있었고 아들이 플렉시포스와 톡세우스를 죽이게 만든 계집도 아들과 함께 있었다.

분노가 심장까지 다다르자 알타이아는 실로 제정신이 아니었다.

"그 장작개비를 태워 멜레아그로스의 생명을 앗아갈 수 있었는데도 내가 생명을 주었거늘 이제 놈이 내 오빠들의 생명을 앗아가다니."

소리를 지르는 동안 알타이아는 그 장작개비를 자신의 보관함에 숨겨둔 데에 생각이 미쳤다.

알타이아는 집으로 돌아갔다. 집 안에 들어서자 난로에서 소나무 장작더미가 활활 타고 있는 것이 보였다. 불이 타오르는 것을 보고 있자니 마음을 에는 듯한 고통이 밀려왔다. 알타이아는 난롯가를 떠나 내실로 들어갔다. 그곳에는 알타이아가 몇 년 동안이나 열어보지 않은 보관함이 놓여 있었다. 알타이아는 보관함을 열고 그 안에서 불에 그슬린 흔적이 있는 장작개비를 꺼냈다.

알타이아는 장작개비를 난롯불에 가져갔다. 네 번이나 알타이아는 불길 속으로 장작개비를 던지려 했지만 번번이 그 손길을 멈추었다. 눈앞에서도 불길이 타고 있었지만 마음속에서도 불길이 일었다. 그러다가 오빠들이 숨이 끊어져 널브러진 모습을 떠올리고는 오빠들을 죽인 자는 죽어야 한다고 읊조리고는 그 장작개비를 타는 불길 속으로 던졌다.

장작개비는 곧바로 불붙어 타오르기 시작했고, 알타이아는 소리 높여 외쳤다.

"내 아들을 죽게 하소서. 그리하여 아무것도 남지 않게 하소서.

나의 남편 오이네우스가 건설한 이 왕국까지 포함해서 내 오빠들과 함께 모든 것이 사라지게 하소서."

말을 마친 뒤 알타이아는 돌아섰다. 온몸에 기운이 하나도 없이 몸이 뻣뻣하게 굳어들었다. 알타이아의 딸인 고르게와 데이아네이라가 다가와 알타이아를 그 자리에서 끌어내려 했지만 알타이아는 꼼짝도 하지 않았다.

멜레아그로스는 아탈란테가 곁에서 지켜보는 가운데 땅바닥에 쪼그리고 앉아 있었다. 그러다가 자리에서 일어나 아탈란테의 손을 잡으며 말했다.

"당신과 함께 신전에 갔으면 하오. 내가 오늘 저지른 짓에 대해 속죄라도 해 보고 싶소."

아탈란테는 멜레아그로스와 함께 갔다. 하지만 시내의 거리에 다가갈 즈음 멜레아그로스는 타는 듯한 격렬한 고통을 느꼈다. 고통은 점점 심해졌고 멜레아그로스는 점점 기운을 잃어갔다. 나중에는 아탈란테의 부축을 받이 한 발짝씩 가까스로 떼어놓을 정도였다. 이아손과 펠레우스가 멜레아그로스를 들어 올려 문지방을 지나 신전 안으로 데려갔다.

이아손과 펠레우스는 멜레아그로스를 내려놓으며 아탈란테의 무릎에 그의 머리를 뉘었다. 멜레아그로스의 고통은 점점 심해졌지만 마침내 타오르던 장작개비가 재로 내려앉는 순간 모든 고통이 사라졌다. 탐험대의 영웅들은 깊은 슬픔에 젖어 빙 둘러서 있었다. 거리에서 플렉시포스와 톡세우스, 멜레아그로스 왕자의 죽음과 오이네우스가 세운 왕국의 몰락에 대해 통탄하는 소리가 들려왔다. 신전을 떠난 아탈란테는 하얀 말을 타고 온 두 오라비, 폴리데우케스와 카스토르의 보호 아래 아르카디아로 돌아갔다.

펠레우스와 바다에서 온 신부

펠레우스 왕자는 배를 타고 테살리아 해변의 어느 만에 이르렀다. 살 찌며진 펠레우스의 배가 두 개의 커다란 바위 사이에 있을 때 펠레우스는 선미루에서 보이는 광경에 매혹되고 말았다. 바다에서 한 아름다운 여자가 돌고래를 타고 솟아나왔다. 얼굴과 팔다리에서 빛이 나는 모습을 보고 펠레우스는 그 여자가 불멸의 여신임을 알았다.

펠레우스는 그동안 어느 모로 보나 얼마나 훌륭하게 처신해 왔고, 신들의 사랑을 한 몸에 받았다. 신들 중 가장 높은 제우스는 펠레우스에게 다음과 같은 약속을 했다. 펠레우스가 어느 인간의 자손도 누려보지 못한 영예를 누리도록 할 터이며 불멸의 여신을 아내로 맞이하도록 해 주겠다는 내용이었다.

바다에서 솟아나온 여자는 포도덩굴과 장미가 제멋대로 우거진 동굴로 들어갔다. 동굴 안을 살펴보던 펠레우스는 그 여자가 바다 짐승의 가죽 위에서 자고 있는 것을 발견했다. 펠레우스는 그 광경을 넋을 잃고 바라보았다. 그리고 그 여신을 매일매일 보지 못한다면 자신의 삶이 무의미하리라는 사실을 깨달았다. 그리하여 펠레우스는 자신의 배로 돌아와 기도를 올렸다.

"아아, 제우스 신이여. 당신께서 예전에 제게 약속하신 대로 행하시길 청하옵니다. 이 여신이 저와 함께 떠나도록 해 주십시오. 그러지 못할 바에는 차라리 저의 배와 저를 바다의 파도 아래로 던져버리십시오."

펠레우스는 이와 같이 말한 다음 제우스가 보낸 징표가 없는지 땅과 바다를 훑어보았다.

그 무렵 동굴에서 자고 있던 여신은 안온한 자신의 휴식처에서 한 번도 꿔본 적이 없는 꿈을 꾸고 있었다. 깊고 넓은 바다에서 끌려 나가 기묘하고 부자유스러운 곳으로 가게 되는 꿈이었다. 동굴에 누워 자는 동안 불멸의 존재인 신의 눈에 고일 일 없는 눈물이 여신의 마음에 고였다.

멀리 꿈머진 자신의 배에 서 있던 펠레우스는 무지개가 떠서 바다와 맞닿은 것을 보았다. 그 징표를 보고 펠레우스는 제우스의 여신 전령인 이리스가 공중에서 내려온 것을 알았다. 그때 기묘한 광경이 눈앞에 펼쳐졌다. 바다에서 한 남자의 머리가 솟아올랐다. 주름지고 수염을 기른 얼굴이었는데 눈매가 아주 나이 들어 보였다. 바다의 노인 네레우스였다.

늙은 네레우스가 말했다.

"자네가 제우스에게 기도했으니 자네의 기도에 답을 주기 위해 내가 여기에 왔네. 자네가 살펴본 여자는 바다의 여신 테티스라네. 테티스는 제우스의 명령이라도 자네와 결혼하는 것을 대단히 싫어할 것이야. 결혼하지 않고 바다에 머무는 것이 테티스의 뜻이라서 불멸의 신과 결혼하는 것조차 거절했다네."

그러자 펠레우스가 대답했다.

"제우스 신께서 내게 불멸의 여신을 아내로 맞이하게 하겠다고 약속하셨습니다. 테티스를 아내로 맞이할 수 없다면 저는 다른 누구와도 결혼하지 않겠습니다."

바다의 현자인 네레우스가 말했다.

"그렇다면 자네가 직접 테티스를 설득해야 하네. 테티스가 자네에게 굴복한다면 다시는 바다로 돌아갈 수 없네. 테티스는 온갖 힘과 지혜를 동원해서 자네에게서 벗어나려 할 것이야. 하지만 테티스가 무슨 짓을 하든, 어떻게 변신하든 자네는 테티스를 놓아주면 안 되네. 자네가 테티스를 처음 봤을 때의 모습 그대로 다시 보게 된다면 테티스가 자네에게 굴복한 것이라네."

이와 같이 말한 다음 바다의 노인 네레우스는 파도 밑으로 사라져버렸다.

II

펠레우스는 그 어느 때보다도 용기백배하여 동굴 안으로 들어갔다. 펠레우스는 곁에 무릎을 꿇고 앉아 여신을 가만히 내려다보았다. 테티스가 입고 있는 옷은 초록빛과 은빛이 어우러진 갑옷 같았다. 얼굴과 팔다리는 백옥 같았는데 신들에게서만 나는 광채가 몸을 휘감고 있었다.

펠레우스는 바다의 여신 테티스의 머리칼을 쓰다듬었다. 금발머리가 어찌나 길던지 여신의 몸을 온통 덮을 지경이었다. 테티스가 화들짝 놀라며 느닷없이 잠에서 깨어났다. 펠레우스는 테티스의 손을 꽉 움켜쥐었다. 펠레우스가 손아귀에서 힘을 뺀다면 테티스는 바다 깊은 곳으로 도망쳐버릴 터였다. 그렇게 되어버리면 어떤 신이 무슨 명령을 내린다 해도 테티스가 자신에게 돌아오지 않으리라는 사실을 펠레우스는 알고 있었다.

테티스가 하얀 새로 변신하여 빠져나가려 했다. 펠레우스는 새의 날개를 부여잡고 놓지 않았다. 테티스가 변신하여 나무가 되었다. 펠레우스는 나무의 줄기에 매달렸다. 테티스가 다시 변신했는데 이번에는 무시무시한 형상이었다. 이제 테티스는 눈빛이 이글거리는 점박이 표범이 되어 있었다. 하지만 펠레우스는 사나워 보이는 표범의 목을 부여잡았고 표범의 이글거리는 눈빛 따위는 아랑곳하지 않았다. 그러자 테티스가 변신하여 펠레우스가 처음 봤던 모습으로 돌아왔다. 여신의 눈썹과 기다란 금발머리를 한 아리따운 여자의 모습이었다.

이제 테티스의 얼굴과 몸에서는 광채가 나지 않았다. 테티스는 자신을 붙들고 있는 펠레우스 너머로 드넓게 펼쳐진 바다를 바라보았다.

"나를 이토록 굴복시킨 자는 대체 누구란 말인가?"

테티스가 소리치자 펠레우스가 대답했다.

"나는 펠레우스요. 제우스 신이 당신을 굴복시킬 힘을 내게 주셨소. 테티스, 나와 함께 가지 않겠소? 신들 중 가장 높은 분이 당신을 내게 주셨으니 당신을 아내로 맞이하겠소. 당신이 나와 함께 가다면 당신을 언제나 사랑하고 숭배하겠소."

테티스가 울먹이며 말했다.

"어쩔 수 없이 바다를 떠나야 하는군요. 어쩔 수 없이 펠레우스, 당신과 가야 하는군요."

펠레우스에게 굴복당한 이상 테티스는 이제 바다에서 살 수가 없었다. 테티스는 펠레우스의 배에 올라 펠레우스의 고향인 프티아로 갔다. 영웅과 바다의 여신이 결혼하는 날, 불멸의 신과 여신들이 궁궐의 홀로 와서 신랑과 신부에게 멋진 선물들을 주었다. 운명의 여신들인 세 자매도 왔다. 현명하고 나이 많은 세 여신은 펠레우스와 테티스 사이에서 태어나는 아들이 펠레우스 자신보다 더 위대한 사람이 될 것이라 얘기했다.

III

이윽고 테티스는 아들을 낳았다. 그 아들은 조금이지만 불멸의
신들과 같은 광채를 내뿜고 있었다. 하지만 테티스는 여전히 쓸쓸
하고 외로웠다. 남편이 어떻게 해 주어도 달갑지 않았다. 펠레우스
왕자는 테티스의 마음이 바다같이 황폐해져 자신의 가문에 큰 화
가 닥칠지 모른다는 근심에 사로잡혔다.

어느 날 밤 잠에서 깬 펠레우스의 눈에 누군가 불이 타고 있는
난롯가에 서 있는 광경이 눈에 들어왔다. 아내인 테티스였다. 손에
는 무엇인가를 들고 있었는데, 그 주위로 불이 이글거리고 있었다.
그렇게 서 있는 동안 테티스는 기묘한 노래를 흥얼거리고 있었다.

그제야 펠레우스는 테티스가 두 손에 들고 있는 것, 이글거리는
불 한가운데에 있는 것이 무엇인지 알아챘다. 바로 그들의 아이 아
킬레우스였다.

펠레우스 왕자는 침상에서 튀어나가 테티스의 허리를 움켜쥐어
테티스와 아이를 이글거리는 불가에서 떼어놓았다. 그리고 아내와
아들을 침대로 옮긴 다음 아내가 발뒤꿈치를 잡고 있던 아들을 빼
앗았다. 펠레우스는 걷잡을 수 없이 화가 나 있었다. 아내가 제정
신을 잃은 나머지 아이를 작정하고 죽이려 들었다고 생각했기 때
문이었다. 하지만 테티스는 여신의 눈썹 아래 두 눈으로 펠레우스
를 똑바로 쳐다보며 말했다.

"내가 아직 가지고 있는 신적인 힘으로 나는 우리 아이를 무슨 일에도 끄떡없게 만들 수 있었을 텐데. 하지만 내가 아이를 붙들었던 발뒤꿈치에는 불길이 미치지 못했으니 언젠가 아이가 발뒤꿈치를 다칠지 모르겠어요. 불길을 쐬었던 곳은 온갖 무기로부터 아이의 목숨을 지켜줄 것입니다. 하지만 이제는 신적인 힘이 내게서 빠져나가고 말았으니 아이의 발뒤꿈치를 그 무엇에도 상처입지 않도록 만들어 줄 수가 없어요."

이와 같이 말하는 동안 테티스는 남편을 뚫어져라 바라보았다. 테티스의 눈빛은 마치 용서할 수 없다고 말하는 듯 차가웠다. 신적인 광채가 모조리 사라져버린 지금 테티스는 얼굴이 창백하고 속이 쓰라린 한 여인에 불과했다. 펠레우스는 테티스의 신랄한 비난을 대하게 되자 자신의 집에서 가출해버렸다.

고향땅에서 멀리 떠난 펠레우스는 헤라클레스를 도우러 갔다. 당시 헤라클레스는 엄청난 과업을 수행하기 위해 어느 도시를 둘러싸는 성벽을 짓고 있었다. 펠레우스도 헤라클레스를 도와 라오메돈 왕을 위해 성벽을 쌓느라 노역했다. 어느 날 밤, 펠레우스가 자신이 힘을 보태어 지었던 성벽을 끼고 걷고 있는데 땅속에서 도란거리는 말소리가 들려왔다.

"자신의 아들이 그 성벽을 정복하기 위해 열심히 싸울 텐데 펠레우스는 왜 그리도 열심히 성벽을 쌓으려고 일을 하는 거야?"

대답하는 목소리는 없었다. 얼마 뒤 성벽이 완성되었고 펠레우스는 도시를 떠났다. 성벽이 둘러싸고 있는 그 도시가 바로 위대한 트로이였다.

펠레우스는 어디로 가든 바다의 종족에게 미움을 받았는데 프사마테라 불리는 님프의 미움이 그 누구보다도 심했다. 펠레우스는 고향땅에서 멀리, 아주 멀리 떠나 마침내 '새벽의 아들'이라 불리는 상냥한 왕 케윅스가 다스리는 환한 계곡의 땅에 이르렀다.

케윅스 왕은 얼굴이 밝았고 행동거지가 다정하며 온화했는데 그가 다스리는 땅도 다정하고 온화하긴 마찬가지였다. 자신을 보호해 주고 소를 방목할 수 있는 미개간지를 달라고 간청하기 위해 찾아가자 케윅스 왕은 무릎 꿇고 앉아 있던 펠레우스를 일으켜 세우며 이렇게 말했다.

"이곳은 땅이 온화하고 넓소. 그러니 이곳에 오는 자는 누구라도 마음의 평화를 갖고 먹을 양식을 일굴 수 있소. 오오 낯선 이여, 마음이 내키는 곳에 가서 사시오. 그리고 소를 방목할 목초지로는 바닷가 옆의 미개간지를 쓰시오."

펠레우스는 케윅스 왕의 평온한 얼굴과 자신이 다다른 땅의 환한 계곡을 살펴보며 마음에 평화가 깃드는 것을 느꼈다. 펠레우스는 미망가 없의 미개간지로 자신의 소 떼를 몰고 와 그곳에서 목동들이 소 떼를 보살피도록 했다. 환한 계곡을 거니는 동안 아내와 아들 아킬레우스 생각이 떠오르자 마음속에 그리움이 솟았다. 하지만 곧 바다의 님프인 프사마테의 적대감이 떠올라 마음이 다시 고통스러워졌다. 펠레우스는 상냥한 왕인 케윅스의 궁궐에 계속 머물 수는 없다고 느꼈다. 펠레우스는 목동들이 야영하는 곳으로 가서 그들과 어울려 살았다. 하지만 바다가 매우 가까웠으므로 펠레우스는 바다 소리에 계속 시달렸다. 시간이 흐름에 따라 펠레우스의 거칠고 텁수룩한 모습에서 한때 신들이 총애하던 영웅의 모습을 찾기란 점점 어려워졌다.

어느 날 펠레우스가 궁궐 근처에 서서 왕과 얘기를 나누는데, 목동 한 명이 펠레우스에게 달려와 외쳤다.

"펠레우스, 펠레우스. 미개간지에서 무시무시한 일이 일어났습니다."

목동은 숨을 고른 뒤 무슨 일이 일어났는지 설명했다.

목동들이 소 떼를 바닷가로 몰고 갔는데 바다와 땅이 만나는 갯벌에서 느닷없이 무시무시한 짐승이 튀어나와 소 떼를 덮쳤다. 그 짐승은 얼핏 늑대 같았지만 주둥이와 턱은 늑대보다도 무시무시했다. 죽인 소를 이리저리 찢어놓을 뿐 집어삼키지는 않는 것으로 보아 허기져서 사나운 건 아니었다. 그 짐승은 계속 날뛰며 잇따라 소를 죽이고 찢어댔다. 목동이 말했다.

"오래지 않아 그 짐승이 소 떼를 모조리 죽일 겁니다. 그다음에는 이 땅에 있는 양 떼와 소 떼 중 남아나는 것이 없을 거예요."

펠레우스는 자신이 소 떼가 도륙당하고 있다는 사실에 충격 받았지만 그 상냥한 왕의 영토가 유린당할 것이라는 사실에, 게다가 그 이유가 자신 때문이라는 사실에 더욱 충격을 받았다. 바다와 땅이 만나는 곳으로부터 온 그 무시무시한 짐승은 프사마테가 보낸 놈일 것이 뻔했다. 펠레우스는 왕의 궁궐 가까이에 있는 탑으로 올라갔다. 그곳에서는 바닷가를 바라보고 영토 전체를 살펴볼 수도 있었다. 펠레우스의 눈에 그 끔찍한 짐승의 모습이 들어왔다. 그 짐승은 펠레우스의 널브러진 소 떼 사이로 돌진하여 상냥한 왕의 가축을 막 덮치는 중이었다.

펠레우스는 바다 쪽을 바라보며 자신이 들어와 있는 그 땅을 짓밟지 말아달라고 프사마테에게 빌었다. 하지만 그러는 동안에도 펠레우스는 프사마테가 자신의 말에 귀 기울이지 않으리라는 사실을 알고 있었다. 곧이어 펠레우스는 자신에게 그토록 가차 없이 굴었던 아내, 테티스에게 기도를 올렸다. 펠레우스는 테티스에게 케윅스 왕의 영토가 모조리 유린당하는 일은 피하도록 프사마테를 설득해 달라고 빌었다.

탑 위에서 지켜보던 펠레우스는 왕이 그 끔찍한 짐승을 죽이기 위해 무기를 들고 나서는 것을 보았다. 펠레우스는 그 상냥한 왕이 목숨을 잃을까 두려웠다. 펠레우스는 탑에서 내려와 창을 집어 들고 케윅스 왕과 합류했다.

머지않아 가장 환한 계곡 중 한 자락에서 펠레우스와 케윅스 왕은 그 짐승과 마주쳤다. 펠레우스와 케윅스 왕은 털에 윤기가 흐르는 소 떼와 그 짐승 사이에 자리 잡았다. 놈은 사람을 보자 주둥이에 피와 거품을 머금은 채 돌진해 왔다. 그 순간 펠레우스는 그 흉포한 짐승 앞에서 자신들이 가져온 창은 별 쓸모가 없으리라는 것을 알았다. 펠레우스는 왕이 그곳을 벗어나 목숨을 부지할 수 있도록 자신이 그 짐승과 맞붙어 싸워야겠다는 생각을 했다.

펠레우스는 다시 두 손을 치켜들고 프사마테의 적개심이 누그러지게 해달라고 테티스에게 기도했다. 짐승이 펠레우스와 케윅스를 향해 달려들다가 느닷없이 중간에 멈춰 섰다. 몸뚱이의 뻣뻣한 털이 굳어버린 것 같았다. 떡 벌린 주둥이도 움직이지 않았다. 함께 있던 사냥개들이 그 짐승에게 달려들었지만 곧 실망스러운 듯 낑낑대며 뒤로 물러났다. 펠레우스와 케윅스는 가까이 가서 살펴본 뒤에야 그 무시무시한 짐승이 돌로 변해버린 것을 알았다.

짐승이 변한 돌은 환한 계곡에 계속 남아 케윅스가 다스리는 나라의 모든 백성에게 경탄의 대상이 되었다. 케윅스의 영토는 그 짐승의 횡포에서 벗어났다. 펠레우스는 테티스가 자신의 기도에 귀기울여 주었고 프사마테에게 이제 적개심을 내려놓으라고 설득해 주었구나 생각하니 희망으로 마음이 부풀어 올랐다. 아내가 자신을 완전히 내친 것은 아니라는 생각이 들었다.

그날 펠레우스는 환한 계곡의 땅, 상냥한 케윅스 왕이 다스리는 땅을 떠나 바위투성이 고향땅인 프티아로 돌아왔다. 궁궐 근처에 이르자 문간에서 자신을 기다리는 두 사람의 모습이 보였다. 테티스가 서 있었고 그 옆에 아들인 아킬레우스가 있었다. 이제 테티스의 얼굴에서 불멸의 신들이 내뿜는 광채는 사라지고 없었다. 대신 영웅 펠레우스를 맞아들이는 기쁨으로 얼굴이 발갛게 상기되어 있었다. 바다의 종족이 품은 적개심으로 오래도록 고통받았던 펠레우스는 이와 같이 자신이 바다로부터 데려온 아내에게 돌아왔다.

테세우스와 미노타우로스

아르고 호의 항해를 마치고 테세우스는 누구인지 모르지만 왕인 아버지를 찾으러 가기로 결심했다. 지혜로운 메데이아는 테세우스에게 아테네로 가 보라고 충고했다. 칼리돈의 사냥이 끝나자 테세우스는 길을 떠났다. 도중에 여러 나라를 돌아다니며 사람들을 부당하게 괴롭히던 강도 두 명과 맞붙어 싸워 둘 다 죽였다.

먼저 처치한 강도는 시니스였다. 시니스는 미리 구부려둔 튼튼한 나뭇가지들에 희생자의 팔다리를 묶은 뒤 구부려둔 나뭇가지를 풀어 팔다리를 찢어 죽이는 잔인한 강도였다. 테세우스는 시니스를 단호하게 처단했다. 그다음에 처치한 자는 프로크루스테스라는 자로 역시 강도였다. 프로크루스테스는 잡아 온 사람을 강철로 된 튼튼한 침대에 눕게 했다. 만약 잡아 온 사람이 침대 길이보다 키가 크면 다리를 잘라냈고 반대로 침대 길이보다 키가 작으면 팔다리를 뽑아 늘렸다. 테세우스는 앞에서와 마찬가지로 프로크루스테스에게 자비를 베풀지 않았다. 테세우스는 프로크루스테스를 죽이고 잡혀 있던 사람들을 풀어주었다.

당시 아테네의 왕은 아이게우스였다. 아이게우스는 테세우스의 아버지였지만 테세우스도 아이게우스도 그 사실을 몰랐다. 테세우스의 어머니인 아이트라는 트로이젠의 왕의 딸이다. 테세우스가 태어나기 전에 테세우스의 아버지는 커다란 칼을 바위 아래에 숨겨두며 아이트라에게 아이가 그 바위를 옮길 수 있게 되면 칼을 찾도록 하라고 말했었다.

아이게우스 왕은 그 무렵 공포에 떨고 있었다. 도시에 전쟁과 골칫거리가 끊이지 않았다. 궁궐에는 사악한 마녀가 살고 있었는데 아이게우스 왕은 마녀의 말을 따랐다. 마녀는 당당하고 용맹한 젊은이가 아테네에 들어왔다는 말을 듣자마자 그 젊은이를 없애버릴 마음을 품었다.

그리하여 마녀는 두려움에 떠는 왕과 얘기를 나누며 낯선 젊은이가 아테네에 온 이유는 적들과 결탁하여 왕을 죽이기 위해서라고 왕이 믿도록 만들었다. 아이게우스 왕이 마녀에게 어찌나 휘둘렸던지 마녀는 왕이 낯선 젊은이를 궁궐의 연회에 초청해서 독이 든 잔을 건네도록 하라고 설득할 수 있었다.

테세우스가 궁궐에 왔다. 테세우스는 왕과 함께 연회장에 자리를 잡았다. 하지만 독이 든 잔이 건네지기 전에 테세우스는 왠지 모르게 자리에서 일어나 가지고 다니는 칼을 내밀었다. 왕은 공포에 떨며 그 칼을 살펴보았다. 그 순간 상아로 된 묵직한 손잡이에 흥미로운 조각이 새겨진 것이 눈에 들어왔다. 왕은 그 칼이 자신이 오래전 트로이젠 왕의 궁궐 근처에서 바위 아래에 놓아둔 것임을 알아챘다. 왕이 테세우스에게 그 칼을 어떻게 손에 넣게 되었느냐고 묻자 테세우스는 어머니인 아이트라가 그 칼이 숨겨져 있던 곳을 가르쳐 주었고 자신이 소년티를 채 벗기도 전에 그 바위 밑에서 칼을 꺼낼 수 있었노라고 왕에게 설명했다. 아이게우스 왕은 질문을 계속했고 마침내 앞에 앉아 있는 젊은이가 자신의 아들이 틀림없음을 알게 되었다. 왕은 연회장 탁자에 놓인 독이 든 잔을 내동댕이치고는 자신이 하마터면 끔찍한 범죄를 저지를 뻔했다는 생각에 온몸을 떨었다. 그 광경을 모조리 지켜보던 마녀는 용이 끄는 마차를 타고 날아올라 아테네를 빠져나갔다.

강도였던 시니스와 프로크루스테스를 죽인 자가 다름 아닌 테세우스임을 알게 된 백성들은 테세우스를 기쁘게 맞아들였다. 테세우스가 그 나라의 왕자임이 밝혀지자 백성들은 더욱 기뻐했다. 머지않아 테세우스는 아테네를 괴롭히던 전쟁과 골칫거리들을 종식시킬 수 있었다.

II

당시 세계에서 가장 위대한 왕은 크레타의 왕 미노스였다. 미노스 왕은 자신의 아들을 아테네로 보내어 자신의 왕국과 아이게우스 왕의 왕국이 서로 화해하여 우정을 다지고자 했다. 하지만 아테네 사람들은 미노스 왕의 아들을 죽여 버렸다. 아이게우스 왕은 그런 사명을 띠고 온 이방인을 마땅히 보호해 줘야 했음에도 아무런 조치를 취하지 않았다. 그래서 미노스 왕은 아이게우스 왕도 그 죽음에 일부 책임이 있다고 주장하며 분노에 휩싸여 아테네를 침공하여 영토를 짓밟고 사람들을 죽였다. 게다가 신들마저 아테네에 격노한 상태였다. 신들은 아테네의 강바닥을 말라붙게 만들어 백성들에게 기근이라는 형벌을 내렸다. 아테네 사람들은 사제를 찾아가 자신들의 죄를 씻기 위해 어떻게 해야 하는지 아폴론 신에게 신탁을 구했다. 아폴론 신은 아테네 사람들이 미노스와 화해를 하고 미노스 왕의 요구를 모조리 들어주어야 한다고 답했다.

테세우스는 이 모든 상황에 대한 얘기를 듣고 나서야 아테네가 직면한 전쟁과 골칫거리 뒤에는 아버지인 아이게우스도 일부 책임져야 할 악행이 있었음을 알게 되었다.

미노스 왕의 요구사항은 실로 끔찍했다. 미노스 왕은 자신의 아들을 죽인 대가로 아테네 사람들이 매년 젊은 남자 일곱 명과 젊은 여자 일곱 명을 크레타로 보내야 한다고 했다. 게다가 이들 젊은이들을 단순히 죽이거나 노예로 부리는 게 아니라 미노타우로스라는 괴물에게 먹잇감으로 주어버린다는 것이다.

아테네는 그동안 젊은이들을 보냈고 곧 미노스 왕의 사절단이 세 번째로 아테네를 방문할 예정이었다. 미노타우로스에게 공물로 바칠 젊은이들은 제비뽑기로 정하게 되어 있었다. 자식을 둔 아비와 어미는 자신의 아들딸을 미노타우로스의 먹잇감으로 빼앗길지 모른다는 생각에 하나같이 공포에 떨었다.

아테네 사람들은 함께 모여서 두려움에 떨며 제비를 뽑았다. 그들보다 높은 곳에 있는 옥좌에는 테세우스의 아버지인 아이게우스 왕이 핏기 없는 얼굴로 앉아 있었다.

제비뽑기가 시작되기 전에 테세우스가 그곳에 모인 사람들 모두에게 말했다.

"아테네의 백성들이여, 여러분의 자식이 사지로 떠나는 마당에 아이게우스 왕의 아들인 내가 이곳에 남는다는 것은 정당하지 않소. 분명 아테네의 젊은이 중 누군가가 크레타의 무시무시한 괴물과 맞서야 한다면 내가 나서야 하지 않겠소. 제비뽑기를 한 자리 남겨두시오. 내가 크레타로 가겠소."

아이게우스 왕은 테세우스의 연설을 듣자마자 옥좌에서 내려와 테세우스를 붙들고 가지 말라고 애원했다. 하지만 테세우스의 의지는 확고했다. 테세우스는 일행과 함께 크레타로 가서 미노타우로스와 맞설 생각이었다. 테세우스는 아이게우스가 왕으로서의 임무를 제대로 해서 미노스의 아들이 살해되지 않았다면 미노타우로스에게 바치는 공물을 강요당하는 일은 없었을 것이라며 백성들의 원성이 자자하다는 사실을 아버지에게 상기시켰다. 테세우스가 아테네에 왔을 때 목격했던 전쟁과 혼란은 바로 그런 불만이 쌓여서 터져 나온 것이었다.

게다가 테세우스는 자신의 두 팔에 희망이 있지 않느냐고 아버지와 백성들에게 얘기했다. 자신의 두 팔은 막강한 강도인 시니스와 프로크루스테스를 처치할 만큼 강하니 크레타의 무시무시한 괴물도 처치할 수 있으리라는 것이었다. 마침내 아이게우스 왕은 테세우스가 떠나는 것을 허락했다. 테세우스는 자신이 미노타우로스와 싸워 이겨 그동안 아테네가 어쩔 수 없이 끔찍한 공물을 바쳐오던 세월에 종지부를 찍을 수 있으리라는 믿음을 백성들에게 심어줄 수 있었다.

테세우스는 열세 명의 젊은이와 함께 매년 크레타에 공물을 실어 나르는 배에 올랐다. 그 배는 늘 검정빛 돛을 달고 항해했다. 하지만 이번에는 출항하기 전에 아이게우스 왕이 배의 선장인 나우시테우스에게 하얀 돛을 가져가라고 주었다. 그리고 테세우스에게 괴물을 처치한 뒤에는 하얀 돛을 달아달라고 간곡히 당부했다. 테세우스는 그렇게 하겠노라고 약속했다. 만약 돛이 검정색이라면 미노타우로스가 그동안 아테네에서 온 젊은이들을 처치해 온 것처럼 자신의 아들도 잡아먹었다는 것을 아이게우스도 미리 알게 될 터였다. 하지만 돛이 하얀색이라면 아이게우스는 실로 뛸 듯이 기뻐하게 될 터였다.

Ⅲ

마침내 검정빛 돛을 단 배가 크레타에 도착하자 아테네의 젊은이들은 갑판에 나와 건축가인 다이달로스가 미노스 왕을 위해 지은 위대한 도시 크노소스를 바라보았다. 붉은 빛과 검정빛이 어우러진 왕의 궁궐도 보였다. 그 궁궐 안에 역시 다이달로스가 만든 미로가 있었고 미로 속에는 무시무시한 미노타우로스가 도사리고 있었다.

아테네의 젊은이들은 두려움에 젖어 도시와 궁궐을 살펴보았다. 하지만 테세우스는 그 웅장한 광경에 놀랐을 뿐 두려움이 일지는 않았다. 항구에는 도시로 이어지는 장대한 계단이 있었고 온통 붉은빛과 검정빛이 어우러진 궁궐이 넓게 펼쳐져 있었으며 하얗고 빨간 돛을 단 배가 첩첩이 정박해 있었다. 일행은 크노소스의 시가지를 통과하여 왕의 궁궐로 안내받았다. 그곳에서 테세우스는 미노스 왕을 보았다. 미노스 왕은 도끼 그림으로 장식된 붉은빛의 커다란 방에 앉아 있었다.

미노스 왕은 새가 앉아 있는 홀을 들고 낮은 옥좌에 앉아 있었다. 테세우스는 두려운 기색 없이 차분한 눈길로 왕을 살펴보았다. 미노스 왕은 오래도록 고민거리에 시달린 얼굴이었는데 눈빛이 기이하게 어둡고 깊었다. 왕은 테세우스의 눈길이 자신에게 머물러 있다는 것을 알아채자 신하에게 고갯짓을 보냈고 신하는 테세우스를 붙잡아 왕 가까이에 세웠다. 미노스는 테세우스에게 누구인지, 그동안 어떤 지역을 거쳐 왔는지 물었고 테세우스가 아테네의 왕인 아이게우스의 아들임을 알게 되자 살해당한 아들의 이름을 뇌까렸다.

"안드로게우스, 안드로게우스."

미노스는 여러 번 그 이름을 되뇌더니 입을 굳게 다물었다.

테세우스가 왕 곁에 서 있는 동안 방 안으로 세 명의 여자가 들어왔다. 그 중 한 명은 미노스 왕의 딸임을 테세우스는 알아챘다. 공주와 두 하녀는 그리스의 여자들과 달랐다. 이들은 치렁치렁한 옷과 샌들 차림에 머리를 묶는 대신, 반짝거리는 재질에 허리가 달라붙는 종 모양의 옷을 걸치고 있었는데 어깨 위로 흘러내린 머리칼은 부드럽게 휘어져 있었다. 굽이 높은 신발은 유리처럼 반짝이는 물질로 만든 것이었다. 테세우스는 그렇게 기이한 차림새의 여자들을 한 번도 본 적이 없었다.

그들은 기묘한 크레타 말로 왕과 얘기를 나누었다. 그러더니 미노스의 딸은 아버지에게 공손히 인사한 뒤 하녀들과 함께 방에서 나갔다. 테세우스는 그들이 굽이 높은 신발을 신고 느린 걸음걸이로 기다란 통로를 지나가는 모습을 지켜보았다.

얼마 뒤, 아테네의 젊은이들도 안내를 받아 같은 통로를 지나갔다. 넓은 홀에 이르자, 붉은 벽에 검정색으로 그림이 그려져 있었다. 소녀들과 호리호리한 젊은이들이 거대한 황소들과 맞붙어 싸우는 그림들이었다. 이 홀은 시합과 공연이 벌어지는 곳이었다. 테세우스는 아테네에서 온 젊은이들 그리고 궁궐 사람들과 함께 서서 그곳에서 벌어지는 시합과 공연을 지켜보았다.

여자들이 마술을 부리듯 뱀을 홀리는 모습이 보였다. 그다음에는 권투시합을 구경했고 그 뒤에 모두들 레슬링 시합을 지켜봤다. 테세우스는 레슬링을 하는 사람들 너머 홀의 맞은편에서 미노스 왕의 딸과 두 명의 하녀를 발견했다.

어깨가 넓고 턱수염이 난 남자 하나가 자신과 붙어보겠다고 나선 상대를 모조리 거꾸러뜨렸다. 그는 거드름을 피우며 서 있었고 테세우스는 그 자가 거들먹거리는 모습에 화가 났다. 싸우겠다고 나서는 사람이 아무도 없자 그 자는 경기장을 나오려 몸을 돌렸다.

하지만 그때 테세우스가 앞을 가로막고 그 자를 뒤로 떠밀었다. 거드름을 피우던 자는 테세우스를 붙잡아 경기장 안으로 끌어들였다. 그 자는 다른 사람들을 상대했을 때처럼 테세우스를 거꾸러뜨리려 용을 썼다. 하지만 그리스에서 왔다는 이 젊은이가 만만치 않은 상대라서 이기려면 온힘을 다해야 하리라는 점을 곧 간파했다.

궁궐 사람들과 아테네에서 온 젊은이들은 으스대던 레슬링 선수

크레타의 레슬링 선수를 쓰러뜨리는 테세우스

와 테세우스의 경기를 이전에 봤던 어떤 구경거리보다도 몰입해서 지켜보았다. 테세우스를 지켜보던 아테네의 젊은이들에게도 그때처럼 테세우스가 훤칠하고 강인하게 느껴졌던 적이 없었다. 호리호리하고 머리칼이 검은빛인 크레타 사람들 곁에서 테세우스는 마치 신의 모습을 빚은 조각상처럼 보였다.

크레타의 레슬링 선수는 매우 노련했으므로 테세우스는 두 다리를 땅에 딛고 버티기 위해 젖 먹던 힘까지 짜내야 했다. 하지만 오래지 않아 테세우스는 상대방이 자신에게 어떤 기술을 구사하고 있는지 파악했다. 곧 크레타의 레슬링 선수가 자신의 기술들은 제쳐두고 테세우스를 거꾸러뜨리기 위해 있는 힘껏 용을 쓰기 시작했다.

테세우스가 차츰 봄을 일으켜 세우는 동안 크레타의 레슬링 선수는 힘겹게 숨을 몰아쉬며 테세우스를 넘어뜨리려 애쓰고 있었다. 그 순간 테세우스는 상대편을 붙든 손아귀에 힘을 주었다. 테세우스는 레슬링 선수의 몸이 뒤로 휘도록 몰아붙인 다음 온 힘을 다해 잽싸게 땅바닥에 쓰러뜨렸다. 외국에서 온 젊은이의 힘과 체력에 모두들 놀라움을 금치 못했다.

음식과 술이 나오자 아테네에서 온 젊은이들은 테세우스와 함께 궁궐 안을 이리저리 돌아다닐 수 있었다. 하지만 보초병들이 그들을 따라다니는 데다 배로 가는 길에 바글거리는 낯선 자들이 그들을 순순히 지나가게 할 리 없었으니 도망치는 것은 불가능했다.

아테네의 젊은이들은 미노타우로스에 대해 서로 이야기를 나누었다. 그들의 말 한 마디 한 마디에 공포가 서려 있었다. 하지만 테세우스가 젊은이들 사이로 다니며 자신이 그 괴물에게 다가가 처치할 수 있는 방법이 무언가 있을 것이라 얘기했다. 젊은이와 여자는 으스대던 레슬링 선수를 테세우스가 거꾸러뜨린 사실을 떠올리며 테세우스가 진짜로 미노타우로스를 처치하여 자신들을 모두 구해낼 수 있을지도 모른다는 생각에 다소 위안을 받았다.

IV

테세우스는 누군가의 손길을 느끼고 잠에서 깨어났다. 몸을 일으킨 테세우스가 얼굴이 까무잡잡한 하인을 쳐다보자 하인이 나오라고 손짓을 했다. 테세우스가 자고 있던 작은 방에서 밖으로 나오자 기묘한 크레타 옷을 입은 여자가 눈에 들어왔다. 미노스 왕의 딸이었다.

"저는 아리아드네예요. 아아, 그리스에서 온 젊은이시여. 저는 그 무시무시한 미노타우로스로부터 당신을 구하려고 왔어요."

테세우스는 기다란 눈매에 눈동자가 까만 아리아드네의 기묘한 얼굴을 바라보면서 이 여자가 어떻게 자신과 아테네의 젊은이들을 미노타우로스로부터 구할 수 있다고 하는 것인지 어안이 벙벙했다. 아리아드네는 테세우스의 팔에 손을 얹더니 미노스 왕이 앉았던 방으로 테세우스를 이끌었다. 작은 램프 여러 개가 그 방을 밝히고 있었다.

"빠져나갈 길을 알려드릴게요."

아리아드네의 말을 듣고 테세우스는 주위를 둘러보았다. 아테네에서 온 젊은이들은 누구도 보이지 않았다. 테세우스는 아리아드네를 다시 바라보며 그 기묘한 공주가 자신을 돕고 싶어 했음을, 그것도 다른 젊은이들이 어떻게 되든 자신만을 돕고 싶어 했음을 깨달았다.

"다른 젊은이들에게는 누가 빠져나가는 길을 알려주게 되나요?"

"아아, 다른 젊은이들은 빠져나갈 길이 없어요."

테세우스의 질문에 아리아드네 공주가 대답했다.

"미노타우로스에게 잡아먹힐 운명을 맞이하러 크레타로 함께 온 아테네의 젊은이들을 두고 나 혼자 떠날 수는 없소."

"아아, 테세우스. 그들은 미노타우로스에게서 벗어날 수 없어요. 단 한 명만 벗어날 수 있는데 나는 그 한 사람이 당신이면 좋겠어요. 나는 당신이 우리의 위대한 레슬링 선수, 데우칼리온과 레슬링하는 모습을 보았어요. 그 뒤로 나는 당신을 구해 내고 싶은 마음이 간절해졌답니다."

"나는 미노타우로스를 처치하러 왔소. 미노타우로스를 죽일 때까지는 내 목숨은 나만의 것이 아니오."

테세우스에게 미궁을 빠져나갈 방법을 가르쳐주는 아리아드네

"테세우스, 당신이 미노타우로스를 봤다면 그리고 미노타우로스의 힘이 어느 정도인지 알았다면, 당신이 미노타우로스를 죽일 수 없으리라는 사실을 깨달았을 거예요. 오로지 청동 거인인 탈로스만이 미노타우로스를 죽일 수 있을 테지요."

공주의 말을 듣고 테세우스가 말을 꺼냈다.

"공주님, 내가 이 두 손으로 그 괴물을 죽일 수 있을지 없을지 확실히 가늠해 볼 수 있도록 미노타우로스에게 다가가 놈을 살펴볼 수 있게 도와주지 않겠소?"

"당신이 미노타우로스에게 다가가 놈을 살펴볼 수 있도록 도와드릴 수 있어요."

공주의 대답이 떨어지자 테세우스가 외쳤다.

"그렇다면 도와주시오. 내가 미노타우로스에게 다가가 놈을 살펴볼 수 있도록 도와주시오. 그리고 내가 크레타로 가져온 칼을 되찾는 것도 도와주시오."

"당신의 칼도 미노타우로스 앞에서는 별 도움이 안 될 거예요. 그 괴물을 살펴보고 나면 놈을 죽이는 것은 당신이 감당할 수 있는 몫이 아니라는 점을 수긍하게 될 거예요."

"아아, 그래도 나의 칼을 내게 가져다주시오."

테세우스가 공주에게 두 팔을 뻗어 애원하며 외쳤다.

"당신의 칼을 가져다 드리지요."

아리아드네가 말했다.

아리아드네는 테세우스가 미노스 왕의 방에 있는 낮은 옥좌 곁에 서 있도록 내버려둔 채 작은 램프를 들고 문간을 나섰다. 얼마 뒤 아리아드네는 테세우스의 것인, 손잡이를 상아로 만든 훌륭한 칼을 들고 돌아왔다.

"훌륭한 칼이군요. 당신의 칼이기에 눈여겨 봐두었어요, 테세우스. 하지만 이 훌륭한 칼조차 미노타우로스 앞에서는 별 도움이 되지 않을 거예요."

"오오, 아리아드네. 부디 미노타우로스에게 가는 길을 안내해 주시오."

아리아드네가 테세우스 자신도 미노타우로스와 대적할 수 없으리라 여기고 있음을, 그리고 테세우스가 그 무시무시한 괴물을 쳐다보는 순간 아리아드네 자신에게 돌아와 탈출로를 통해 빠져나가리라 여기고 있음을 테세우스는 알고 있었다.

아리아드네는 테세우스의 손을 잡고 미노스의 방에서 빠져나갔다. 아리아드네는 키가 크지는 않았지만 자세가 반듯하고 발걸음이 침착했다. 테세우스는 미노스 왕이 풍기던 묘한 위엄 같은 것을 아리아드네에게서도 느꼈다.

그들은 미궁으로 넘어가는 입구인 커다란 청동문에 이르렀다.

"여기에서 미로가 시작돼요."

아리아드네가 말했다.

"다이달로스가 만든 미궁 안에 미노타우로스가 숨겨져 있어요.

하지만 미궁은 대단히 복잡해서 이 실을 잡지 않는다면 아무도 미궁에서 빠져나올 수 없어요. 하지만 당신께는 실타래를 드릴 터이니 미노타우로스를 살펴본 뒤 내게 돌아오세요. 테세우스, 당신의 손에 지금 놓아드리는 이 실타래가 미궁의 길 모퉁이마다 당신을 이끌어 줄 거예요. 그리고 미노타우로스가 있는 미궁 안쪽에 다른 실타래가 있을 터이니 당신은 그 실을 따르면 미궁에서 나올 수 있을 거예요."

바닥에 놓인 원뿔 모양의 실패에 실이 감겨 있었다. 아리아드네는 원뿔형의 실타래를 테세우스에게 건넸다. 테세우스의 손에 놓인 원뿔 모양의 실패에 감긴 실이 미궁의 구불구불한 길모퉁이마다 테세우스에게 나아갈 길을 인도할 터였다.

아리아드네는 테세우스 곁을 떠났고 테세우스는 길을 나섰다. 테세우스는 원뿔형의 실타래에 실을 감으면서 미궁의 널따란 통로를 지나갔다. 모퉁이를 돌자 대단히 긴 통로에 들어섰다. 그 통로를 따라가다 보니 문 같은 것이 있었는데 문틀 안쪽은 아무것도 없는 벽으로 막혀 있었다. 하지만 그 문간 아래쪽으로 계단이 여섯 개인 층계가 있었다. 실은 그 계단 아래쪽으로 향하고 있었다. 실을 따라 나아가던 테세우스는 흙먼지에 자신의 발자국이 남아 있는 곳에 다다르자 자신이 아리아드네와 헤어졌던 곳으로 되돌아왔다는 사실을 알았다.

계속 나아가니 앞에 계단이 보였다. 실은 계단 위로 이어져 있지 않고 통로에서 가장 심하게 휘어 돌아가는 모퉁이로 이어지고 있었다. 길이 얼마나 구불구불한지 세 발짝 앞도 보이지 않았다. 테세우스는 그 구불구불한 통로를 지나가느라 어질어질해질 지경이었지만 계속 나아갔다. 테세우스는 나선형 계단을 올라간 다음 좁은 통로를 지나갔다. 통로의 벽 아래로 넓은 계단이 나오자 테세우스는 그 계단으로 뛰어내려야 했다. 계단 아래로 내려가자 텅 빈 넓은 홀이 나왔다. 왼쪽과 오른쪽에 문이 여러 개 나 있었다. 그곳에서 실타래가 끝났다. 실 끝은 땅에 놓인 원뿔 모양의 실패에 매어 있었고 그 옆에 실타래가 하나 더 놓여 있었다. 바로 테세우스를 미궁 밖으로 인도할 실마리였다.

그러자 테세우스는 자신이 미궁 한가운데에 들어와 있음을 알고 미노타우로스를 찾아 주위를 둘러보았다. 하지만 괴물의 모습은 보이지 않았다. 테세우스는 문마다 다가가 빠짐없이 밀어보았다. 어떤 문은 열렸고 어떤 문은 꿈쩍도 하지 않았다. 그런데 한 가운데에 있는 문을 열자 테세우스는 주위에 서늘한 공기가 감도는 것을 느꼈다.

그 서늘한 공기는 괴물의 입김에서 비롯된 것이었다. 그 순간, 테세우스는 미노타우로스를 보았다. 화수의 외교을 한 기이한 괴물이 바닥에 누워 있었다.

테세우스는 이 괴물과 이 텅 빈 외딴 곳에서 홀로 싸워야 된다는 데에 생각이 미치자 기쁨이 썰물처럼 빠져나갔다. 테세우스는

미노타우로스에게 일격을 가하는 테세우스

돌처럼 굳어버렸다. 신음 소리를 내뱉는 테세우스의 귓가에 아리아드네가 돌아오라고 자신을 부르는 소리가 들려오는 듯했다. 테세우스에게는 미궁을 무사히 빠져나가 아리아드네에게 돌아갈 방법이 있었다. 테세우스가 뒷걸음치자 크레타의 무시무시한 괴물, 미노타우로스와 테세우스 사이로 문이 닫혔다.

하지만 테세우스는 그 즉시 문을 다시 열고 미노타우로스가 있는 방으로 들어섰다. 뒤에서 육중한 문이 쾅 닫혔다. 테세우스는 황소의 머리를 한 까무잡잡한 괴물을 다시 살펴보았다. 괴물이 마치 말처럼 앞다리를 쳐들자 테세우스는 그 괴물이 자신을 덮쳐 용과 같은 발톱으로 자신을 산산이 찢어놓을 기세임을 알아챘다. 테세우스는 훌쩍 몸을 날려 자신을 덮치려는 괴물로부터 멀찍이 피했다. 그다음 테세우스는 미노타우로스를 정면으로 바라보았다. 놈의 입술은 두꺼웠고 입에서는 침이 흘렀다. 놈의 피부는 두껍고 단단했다.

테세우스는 칼을 움켜쥐고 괴물에게 다가갔다. 테세우스가 칼로 괴물의 눈을 치자 괴물은 큰 상처를 입었다. 하지만 미노타우로스는 피가 없는 괴물이었기에 피가 나지는 않았다. 괴물의 입과 콧구멍에서 나오는 숨결로 인해 테세우스는 서늘하고 끈적끈적한 점액으로 뒤덮였다.

곧이어 괴물은 테세우스에게 달려들어 고꾸라뜨렸고, 테세우스는 괴물의 무시무시한 무게에 짓눌렸다. 하지만 테세우스가 칼을 위로 휘두르자 괴물은 고통스러운 비명을 지르며 다시 앞발을 쳐들었다. 테세우스는 몸을 피한 뒤 미노타우로스가 빙빙 돌며 자신을 찾는 모습을 보고 자신이 그 괴물의 눈을 멀게 만들었음을 알았다. 곧 미노타우로스는 테세우스와 마주섰다. 상처에서 피가 흐르지 않기에 괴물은 더욱 무서워 보였다.

　미노타우로스가 앞에 무시무시한 모습으로 서 있는 모습을 보자 테세우스의 마음속에 분노가 솟았다. 피도 눈물도 없는 이 괴물이 그동안 죽인 젊은이들, 그리고 자신이 지금 이 괴물을 죽이지 않는다면 이 괴물이 앞으로 죽이게 될 젊은이들을 떠올렸다. 테세우스는 훌륭한 칼에 분노를 실어 그 괴물에게 달려들었다. 괴물은 테세우스를 할퀴고 찢어발기려 하면서 마치 테세우스를 삼키기라도 하려는 듯 사악하기 그지없는 입을 쩌억 벌렸다. 하지만 테세우스는 다시 미노타우로스에게 달려들었다. 테세우스는 자신의 훌륭한 칼을 괴물의 목 깊숙이 찔러 넣은 뒤 칼에서 손을 놓았다. 테세우스는 남은 힘을 그러모아 무거운 문을 잡아당겨 열고 미노타우로스가 있는 방에서 빠져나갔다. 테세우스는 실타래를 집어 들었다. 그리고 그곳까지 오면서 다른 실패에 실을 감았던 것처럼 실을 감아나가기 시작했다. 테세우스는 끝없이 이어지는 통로와 빈 공간을 지나며 계속 나아갔다. 정신이 몽롱해서 자신이 어디로 가고 있는지에 대한 생각도 거의 없었다. 괴물과 싸우다 입은 상처와 괴물이 테세우스에게 불어넣은 한기 그리고 피도 눈물도 없는 그 무시무시한 괴물에 대한 공포로 인해 테세우스는 정신이 거의 나갈 지경이었다. 테세우스는 실타래를 손에서 놓지 않고 실을 감으며 미궁 속에서 계속 나아갔다. 그러던 중 비틀거리다가 실이 끊어져버렸다. 테세우스는 몇 발자국 옮기다가 손아귀에서 놓쳐버린 실을 찾기 위해 발길을 돌렸다. 이제 테세우스는 미궁에서 자신이 거쳐 가지 않은 곳을 지나고 있었다.

오래도록 걸은 끝에 테세우스는 흙먼지에 자신의 발자국이 남아 있는 곳에 이르렀다. 테세우스는 문을 밀어 열고 바깥으로 나왔다. 지금 테세우스는 궁궐의 외벽 옆에 서 있었다. 곁으로 새들이 날아다니는 모습이 보였다. 테세우스는 더는 미로를 통과하려 용을 쓰는 일은 없겠구나 생각하며 궁궐의 벽에 몸을 기대었다.

V

바로 그날, 아테네의 젊은이들은 탄식하고 흐느끼며 미노타우로스가 있는 방으로 끌려갔다. 절실하게 테세우스를 찾는 사람도 있었고, 빛빛은 테세우스가 자신들을 버렸다고 힐난했다. 무거운 문이 열렸다. 젊은이들을 데려온 자들의 눈에 목에 테세우스의 칼이 꽂힌 채 빳빳하게 굳어 누워 있는 미노타우로스의 모습이 보였다. 그들이 소리치며 나팔을 불자 나팔소리가 미궁 곳곳에 울려 퍼졌다. 잠시 뒤 그들은 젊은이들을 데리고 되돌아 나오기 시작했다. 미노타우로스가 살해당했다는 속삭임이 온 궁궐에 번져갔고, 젊은이들은 미노스 왕이 판정을 내리는 방으로 인도되었다.

VI

테세우스는 지칠 대로 지쳐 궁궐의 벽 옆에서 깊은 잠에 빠져들었다. 그러다가 미노타우로스의 발톱이 자신을 덮치는 느낌에 잠에서 깨어났다. 높은 성벽 위 하늘에서 별이 반짝이는 가운데, 검정빛 옷을 걸친 노인이 곁에 서 있었다. 궁궐과 미궁을 지은 다이달로스였다. 다이달로스가 부르자 호리호리한 젊은이가 다가왔다. 다이달로스의 아들인 이카로스였다. 미노스 왕은 다이달로스 부자를 궁궐 외딴 곳에 가둬두었는데 테세우스는 그들 부자가 머무는 곳 가까이에 와 있었던 것이다. 이카로스는 테세우스를 나선형 계단으로 데려간 다음 어디로 가야 할지 가르쳐 주었다.

테세우스는 얼굴이 까무잡잡한 하인 한 명과 마주쳤는데 그 하인이 테세우스의 얼굴을 뚫어져라 바라보았다. 그러더니 자신이 찾고 있던 사람이 맞는다는 것을 확인했는지 테세우스를 세 여자가 있는 작은 방으로 안내했다. 한 여자가 흠칫 놀라더니 재빨리 테세우스에게 다가왔다. 테세우스는 아리아드네를 다시 보게 된 것이었다.

아리아드네는 자신이 지저귀는 새들을 키우는 궁궐의 방에 테세우스를 숨겨두었다. 그리고 테세우스의 곁에 앉아 그의 고향에 대해 물어보며 자신도 테세우스와 함께 그곳에 가겠다며 얘기를 꺼냈다.

"제가 당신께 미노타우로스에게 가는 방법을 알려드렸지요. 당신이 가서 그 괴물을 처치했으니 저는 아버지의 궁궐에 계속 머물수 없게 될지 몰라요."

테세우스는 항상 고향으로 돌아갈 생각으로 꽉 차 있었고 어떻게 해야 아테네의 젊은이들을 데리고 조국으로 돌아갈 수 있을지 늘 궁리했다. 하지만 기묘한 공주 아리아드네는 테세우스에게 소중한 존재는 아니었다. 메데이아가 이아손에게 소중하고 여자 사냥꾼인 아탈란테가 젊은 멜레아그로스에게 소중했던 것과는 달랐다.

어느 해질 무렵 아리아드네는 테세우스를 데리고 궁궐의 지붕으로 가서 배들이 정박해 있는 항구를 보여주었다. 아리아드네는 테세우스가 크노소스에 올 때 타고 온 검정 돛이 달린 배를 가리켰다. 그리고 자기가 테세우스를 데리고 저 배에 탈 것이며 아테네의 젊은이들이 함께 가도록 하겠다며 자신이 배의 선장에게 미노스 왕의 승인장을 가져다 줄 것이며 선장은 승인장을 보면 어디든 테세우스가 가자는 곳으로 출항할 것이라고 했다.

그 순간 테세우스는 아리아드네의 엄청난 배려에 마음이 움직였다. 아리아드네가 사랑스럽게 느껴졌다. 테세우스는 아리아드네의 눈에 키스하며 아리아드네가 자신과 함께 조국으로 가는 것이 아니라면 궁궐을 떠나지 않겠노라고 맹세했다. 기묘한 공주는 미소를 짓더니 테세우스의 말을 믿지 못하겠다는 양 흐느껴 울었다. 그런데도 아리아드네는 테세우스를 데리고 지붕에서 내려가 궁궐의 정원으로 갔다. 얼마 뒤 아테네의 젊은이들 모두 망토에 얼굴과 몸을 가린 채 정원으로 들어왔다. 젊은 이카로스가 그들을 궁궐 내에서 항구로 안내했다. 아리아드네도 미노스 왕의 승인장을 갖고 그들과 함께 갔다.

모두 검정빛 돛이 달린 배에 오르자 아리아드네가 선장인 나우시테우스에게 승인장을 보여주었다. 선장은 돛을 올려 저녁의 산들바람을 품도록 했고 그렇게 테세우스는 크레타 섬을 떠났다.

VII

크레타 섬을 떠난 배가 낙소스 섬에 이르자, 배의 선장은 이번 항해가 미노스 왕의 뜻이 아닌 것 같다고 의심하며 배를 정박시켰다. 선장은 크노소스에서 다른 배들이 오길 기다렸다. 마침내 다른 배들이 미노스 왕의 전갈을 가져왔다. 테세우스와 아테네의 젊은이들을 붙들 생각도 죽일 생각도 없으니 그만 떠나도 좋다는 내용이었다. 다만 딸인 아리아드네만은 돌아와 자신과 함께 크레타를 다스려야 한다고 했다.

그러자 아리아드네는 검정빛 돛이 달린 배를 떠나 낙소스 섬에서 크레타로 돌아갔다. 테세우스는 아리아드네를 잡아두지 않고 순순히 보내주었다. 테세우스에게 아리아드네는 사랑스럽기보다는 기묘한 여자였다.

이 모든 일이 벌어지는 동안 테세우스의 아버지인 아이게우스는 궁궐의 탑에 머물며 크노소스를 향해 떠났던 배가 돌아오기만을 눈이 빠지도록 기다리고 있었다. 테세우스가 떠난 뒤 왕은 살아도 사는 것이 아니었다. 이제는 겨우 생명을 부지하는 지경이었다. 매일같이 왕은 테세우스가 돌아오리라는 실낱같은 희망을 안고 배가 돌아오기만을 목이 빠져라 기다렸다. 마침내 배 한 척이 항구로 들어왔다. 그 배는 검정빛 돛을 달고 있었다. 급하게 달아나느라 경황이 없었고, 아르아드네와 헤어진 뒤 슬픔에 젖어 하얀 돛으로 바꿔 달 생각을 아들인 테세우스가 미처 떠올리지 못했다는 사실을 아버지인 아이게우스로서는 알 길이 없었다.

미노타우로스를 처치하고 아테네를 짓누르던 조공의 의무를 완전히 없애버린 테세우스는 기쁨에 넘쳐 항구에 이르렀다. 아테네의 젊은이들도 이제 그들의 부모에게 돌려보낼 수 있었다. 하지만 이미 아버지인 아이게우스 왕은 배에 달린 검정빛 돛을 보자마자 실낱같던 희망을 잃어버리고는 바다를 지켜보기 위해 자신이 지었

궁궐의 탑에 서서 아들 테세우스를 기다리는 아이게우스

던 탑 꼭대기에서 생명줄을 놓아버린 뒤였다.

테세우스는 조국의 해변에 상륙했다. 배를 바닷가로 끌어올리게 한 뒤 신에게 감사의 뜻으로 제물을 바쳤다. 그러고는 시내로 전령을 보내어 자신이 돌아왔음을 알리게 했다. 전령은 기쁨에 겨워 시내로 향했다. 하지만 전령이 관문에 다다르자 비탄에 젖은 곡소리가 들려왔다. 테세우스의 아버지인 아이게우스 왕의 죽음을 애통해하는 소리였다. 전령은 서둘러 돌아와 바닷가에 서 있는 테세우스에게 다가갔다. 전령은 테세우스에게 줄 승리의 화관을 테세우스의 손에 놓으며 아이게우스 왕의 죽음을 알렸다. 테세우스는 화관을 땅에 내려놓고 아이게우스 왕의 죽음을 슬퍼하며 흐느꼈다. 아이게우스 왕, 자신이 태어나기도 전에 자신에게 줄 칼을 바위 아래에 감춰두었던 영웅인 아버지가 세상을 떠난 것이다.

바닷가에 몰려온 사람들이 무사히 돌아온 자식을 품에 끌어안으며 흐느껴 울거나 웃었다. 테세우스는 말없이 고개를 숙인 채 그 자리에 서 있었다. 아버지와 함께했던 마지막 순간, 미노타우로스와의 싸움, 아리아드네와의 이별……. 이 모든 기억이 다시 밀려왔다. 자신에게 바쳐진 승리의 화관을 머리에 쓰지도 않고 테세우스는 고개를 숙인 채 그 자리에서 움직일 줄 몰랐다.

VIII

그 무렵 아테네에 대단히 용맹스러운 젊은이가 들어와 있었으니 그의 이름은 페이리토오스였다. 페이리토오스는 명성이 자자하던 테세우스를 만나겠다는 기대에 부풀어 머나먼 나라에서 찾아왔다. 마을 사람들과 함께 바닷가로 내려간 페이리토오스는 테세우스가 고개를 수그린 채 외따로 서 있는 모습을 보았다. 페이리토오스는 테세우스에게 다가가 말을 걸었다. 테세우스가 고개를 들자 강건하고 아름다운 젊은이의 모습이 눈에 들어왔다. 테세우스는 그 젊은이를 살펴보면서 위업을 이루고 싶은 마음이 다시 솟아났다. 이 젊은이를 동료로 삼아 갖가지 위험을 무릅쓰며 탐험을 함께하고 싶었다. 페이리토오스는 테세우스를 살펴보면서 테세우스가 자신이 생각했던 것보다도 더 위대하고 고결하다고 느꼈다. 그들은 친구가 되어 의형제를 맺고 함께 머나먼 곳을 돌아다녔다.

그 무렵 흉포한 왕이 에페이로스를 다스리고 있었는데 왕에게는 매우 아름다운 딸이 하나 있었다. 왕은 딸의 이름을 페르세포네라고 지었으니, 데메테르의 딸인 페르세포네가 지하 세계를 다스리는 하데스에게 꽉 붙들려 있는 만큼이나 자신의 딸도 자신에게 꽉 붙들려 있음을 과시하기 위해서였다. 어떤 남자도 왕의 딸을 볼 수 없었으며 어떤 남자도 왕의 딸과 혼인할 수 없었다. 하지만 페이리토오스는 그 왕의 딸을 본 적이 있었는데 그 딸을 왕에게서 뺏어와 자신의 아내로 삼는 것이 소원이었다. 페이리토오스는 궁궐에 들어가 왕의 딸을 데리고 올 수 있도록 도와달라고 테세우스에게 간청했다.

그리하여 테세우스와 페이리토오스는 에페이로스로 가서 왕의 궁궐에 들어갔다. 그러자 무시무시한 사냥개가 으르렁거리는 소리가 들렸는데 그 개는 일단 궁궐 안으로 들어온 자는 밖으로 그냥 내보내는 법이 없었다. 그런데 갑자기 흉포한 왕의 호위병들이 나타나 테세우스와 페이리토오스를 덮쳐 사로잡은 뒤 어두운 지하 감옥으로 그들을 끌고 내려갔다.

그곳에는 돌로 된 커다란 의자가 두 개 있었고 테세우스와 페이리토오스는 그 의자에 앉은 채 남겨졌다. 돌 의자의 마력이 얼마나 셌던지 두 영웅은 의자에서 일어날 수가 없었다. 테세우스와 페이리토오스는 꼼짝없이 흉포한 왕의 지하 감옥에 있는 커다란 돌 의자에 붙잡혀 있는 수밖에 없었다.

마침 그때 헤라클레스가 왕의 궁궐에 왔다. 냉혹한 왕은 헤라클레스를 융숭히 대접하며 헤라클레스 앞에서는 자신의 흉포함을 드러내지 않으려 했다. 하지만 두 영웅이 페르세포네를 채 가려 했는데 자신이 그들을 어떻게 사로잡았는지 자랑하지 않고는 견딜 수 없었다. 왕은 그 영웅들이 돌로 된 의자에서 일어날 수 없으며 자신의 지하 감옥에 갇혀 있노라고 얘기했다. 귀를 기울이던 헤라클레스는 그리스에서 온 영웅들이 그런 가혹한 운명을 맞이하게 된 것이 한없이 가여웠다. 그런데 왕이 그 영웅 중 한 명은 테세우스라고 언급했다. 그러자 헤라클레스는 아르고 호의 동료였던 테세우스를 풀어주겠다고 약속하지 않는 한 왕과 같은 식탁에 앉지 않겠노라고 선언했다.

왕은 테세우스가 앉아 있는 돌 의자를 헤라클레스가 지하 감옥에서 꺼내 바깥으로 날라준다면 테세우스를 풀어주겠노라고 말했다. 그러자 헤라클레스가 지하 감옥으로 내려갔다. 두 영웅이 돌로 된 커다란 의자에 앉아 있는 것이 보였다. 하지만 페이리토오스는 이미 숨을 쉬고 있지 않았다. 헤라클레스는 테세우스가 앉아 있는 커다란 돌 의자를 집어 들고 지하 감옥에서 꺼내 바깥으로 날랐다. 헤라클레스에게조차 쉽지 않은 일이었다. 헤라클레스가 그 의자를 산산조각내자 테세우스가 마법에서 풀려나 일어났다.

그 뒤 테세우스의 앞길은 창창했다. 테세우스는 헤라클레스와 함께 떠나 헤라클레스가 이루게 될 위업에 동참했다.

헤라클레스의 삶과 노역

|

헤라클레스는 제우스 신의 아들이지만 인간의 왕가에서 태어났다. 헤라클레스가 아직 혈기왕성한 젊은이였을 때 어느 여신이 내린 광기에 휩싸여 헤라클레스는 형인 이피클레스의 아이들을 죽였다. 자신이 무슨 일을 저질렀는지 깨닫고 나자 헤라클레스는 잠을 잘 수도, 쉴 수도 없었다. 헤라클레스는 자신의 죄를 씻어내기 위해 델포이에 있는 아폴론 신의 신전으로 갔다

델포이에 있는 아폴론 신의 신전에서 여사제가 헤라클레스의 죄를 씻어주었다. 그러고 난 뒤 여사제는 다음과 같이 예언했다.

"오늘부터 당신의 이름은 알시데스가 아닌 헤라클레스요. 당신

은 미케네에 있는 당신의 사촌 에우리스테우스에게 가서 그의 명을 전적으로 따르시오. 에우리스테우스가 부여하는 노역을 완수해 낸다면, 여생이 다한 뒤 당신은 불멸의 신이 될 것이오."

헤라클레스는 이 예언을 듣고 미케네를 향해 떠났다.

헤라클레스는 자신을 증오하는 사촌 앞에 섰다. 덩치가 우람한 헤라클레스가 두려움에 떠는 나약한 왕 앞에 우뚝 서 있는 셈이었다. 헤라클레스가 말했다.

"나는 에우리스테우스 왕이 내게 부여하는 노역을 수행하기 위해 왔소. 그러니 말해 보시오. 에우리스테스 왕이시여, 내게 어떤 일을 시킬 것인지 알려주시오."

비실비실한 왕인 에우리스테우스는 헤라클레스 같은 젊은이가 불멸의 신처럼 훤칠하고 굳건하게 서 있는 모습을 바라보자 마음속 가득 증오가 솟아났다. 왕은 고개를 들고 얼굴을 찌뿌리며 말했다.

"네메아에 사는 사자 한 놈이 유례 없이 힘이 세고 난폭하네. 그 놈을 죽인 뒤, 자네가 임무를 완수한 것이 사실임을 알 수 있도록 그 사자의 가죽을 내게 가져다주게."

에우리스테우스가 이와 같이 말하자 헤라클레스는 네메아의 사자를 찾아 싸우기 위해 방패도 무기도 없이 왕의 궁궐을 나와 길을 떠났다.

헤라클레스는 어느덧 울타리가 무너지고 밭은 황량하고 빈 집이

즐비한 지역에 이르렀다. 계속 나아가자 그 지역을 둘러싼 황무지가 나왔다. 그곳에서 헤라클레스는 사자의 흔적을 발견했다. 흔적은 산 옆구리로 이어지고 있었다.

곧 사자가 으르렁대는 소리가 들려왔다. 헤라클레스가 위쪽을 쳐다보자 석양을 등지고 선 시커멓고 거대한 짐승이 눈에 들어왔다. 짐승은 동굴 어귀에 서서 세 번 으르렁거리더니 동굴 안으로 들어갔다.

동굴 주변에는 사자가 죽여서 끌고 온 동물들의 뼈다귀가 흩어져 있었다. 헤라클레스는 흩어진 뼈다귀를 잠시 쳐다보고는 동굴 안으로 들어갔다. 동굴 깊숙이 들어가자 마침내 사자의 모습이 눈에 들어왔다. 사자는 잠들어 있었다.

헤라클레스는 사자의 육중한 덩치와 손마디가 울퉁불퉁한 자신의 손과 팔뚝을 견주어보았다. 헤라클레스는 자신이 겨우 여덟 달 된 아기였을 때 요람에 기어들어와 자신을 삼키려던 엄청난 구렁이를 목 졸라 죽였다던 이야기를 떠올렸다. 이제 어른이 되었으니 힘도 더불어 세졌을 터였다.

사자는 먹이를 잔뜩 잡아먹고 잠들어 있었다. 헤라클레스는 사자의 입과 콧구멍에서 나오는 숨결을 생생하게 느낄 수 있었다. 사자가 하품을 하는 순간, 헤라클레스는 사자를 덮쳐 자신의 육중한 두 손으로 사자의 목덜미를 움켜쥐었다. 목을 잡힌 사자는 아무런 소리도 내지 못했다. 대신 커다란 두 눈을 이글거리며 무시무시한

사자의 목을 졸라 죽이는 헤라클레스

발을 헤라클레스에게 휘둘렀다. 헤라클레스는 그 짐승을 바위에 대고 눌렀다. 그러고는 어떤 화살과 창으로도 뚫을 수 없는 사자 가죽을 두 손으로 움켜쥐고 손아귀에 힘을 주면서 사자의 목을 졸랐다. 사자는 무시무시하게 몸부림쳤지만 영웅의 굳건한 손아귀는 사자의 목을 계속 짓눌렀다.

마침내 사자의 몸부림이 잠잠해지자 헤라클레스는 질긴 가죽을 사자의 몸통에서 벗겨냈다. 그리고 사자 가죽을 망토처럼 걸쳤다. 그 뒤 동굴을 나와 숲을 지나가다가 헤라클레스는 어린 떡갈나무를 뽑아 가지를 다듬어 곤봉을 만들었다. 어떤 창이나 화살로도 뚫을 수 없는 사자 가죽을 어깨에 걸치고 손에는 곤봉을 든 헤라클레스는 길을 재촉하여 마침내 에우리스테우스 왕의 궁궐로 돌아왔다.

에우리스테우스 왕은 건장한 젊은이가 무시무시한 사자의 가죽을 온통 뒤집어쓴 채 다가오는 모습을 보자 줄행랑을 쳐서 커다란 단지 안에 숨었다. 그러고는 단지의 뚜껑만을 살짝 들어 올린 채 하인들에게 저 무시무시한 젊은이의 정체가 누구인지 물었다. 하인들은 헤라클레스가 네메아의 사자 가죽을 갖고 돌아온 것이라고 보고했다. 에게 그 말을 듣자마자 에우리스테우스는 다시 단지 안으로 숨어버렸다.

에우리스테우스는 너무나 겁을 먹은 나머지 헤라클레스와 말을 하려 하지 않았고 헤라클레스가 자신에게 다가오지도 못하게 했다. 헤라클레스는 오히려 누구의 간섭도 받지 않게 되어 만족스러웠다. 헤라클레스는 궁궐 안에 자리를 잡고 마음껏 먹고 마셨다.

하인들이 왕에게 갔다. 에우리스테우스가 단지의 뚜껑을 들어올리자 하인들은 헤라클레스가 궁궐의 식량을 모조리 먹어치우는 중이라고 왕에게 보고했다. 왕은 화가 머리끝까지 치솟았지만 여전히 그 영웅을 마주하기가 두려웠다. 그래서 전령을 보내 헤라클레스에게 당장 길을 떠나 두 번째 임무를 수행하라는 명령을 전하도록 했다.

그 임무는 레르네의 늪지대에 사는 거대한 물뱀을 죽이는 것이었다. 헤라클레스는 하루 더 머물며 마음껏 포식한 다음 사자 가죽을 어깨에 걸치고 손에 커다란 곤봉을 들고 길을 떠났다. 하지만 이번에는 혼자가 아니었다. 이올라우스라는 소년과 함께였다.

길을 떠난 헤라클레스와 이올라우스는 마침내 레르네의 광활한 늪지대에 이르렀다. 늪 한가운데에 히드라라 불리는 물뱀이 있었다. 히드라는 머리가 아홉 개였는데 영웅과 그의 친구가 다가오자 물 밖으로 아홉 개의 머리를 내밀었다. 사람이건 짐승이건 늪에 가라앉으면 빠져나올 길이 없었기에 헤라클레스와 이올라우스는 늪을 건너 그 괴물에게 다가갈 수 없었다.

히드라는 늪 한가운데에 머물며 영웅과 그의 친구를 향해 진흙

머리가 아홉 개 달린 히드라와 싸우는 헤라클레스

을 뿜어댔다. 그러자 헤라클레스는 활을 꺼내 히드라의 머리를 겨냥하여 불이 붙은 화살을 쏘았다. 히드라는 치솟는 화를 어쩌지 못하고 헤라클레스를 공격하기 위해 늪을 건너왔다. 히드라가 가까이 다가오자 헤라클레스는 곤봉을 휘둘러 히드라의 몸뚱이에서 머리를 차례로 쳐 냈다.

하지만 히드라는 머리가 하나 떨어져나간 자리마다 머리 두 개가 새로 자라났다. 게다가 헤라클레스가 그 괴물과 싸우는 와중에 거대한 게가 늪에서 나와 헤라클레스의 다리를 움켜쥐고 늪으로 끌고 들어가려 했다. 헤라클레스가 비명을 지르자 이올라우스가 다가왔다. 이올라우스는 히드라를 도우러 온 게를 처치했다.

그러자 헤라클레스는 히드라를 두 손으로 옮겨쥐고 늪 밖으로 끌어냈다. 헤라클레스는 곤봉으로 히드라의 머리를 하나 쳐 낸 다음 이올라우스에게 히드라의 머리가 떨어져나간 자리에서 머리 두 개가 새로 자라지 않도록 그 자리를 불로 지지게 했다. 히드라의 생명은 가운데 달린 머리에 있었다. 그 머리만은 헤라클레스가 곤봉으로 쳐 낼 수 없었다. 그러자 헤라클레스는 곤봉을 내려놓고 손으로 그 머리를 잡아뗀 다음 그 머리가 다시 살아나지 못하도록 커다란 바위 밑에 묻어두었다. 마침내 히드라가 죽었다. 헤라클레스는 화살촉을 그 괴물의 담즙에 담가 자신의 화살을 치명적인 무기로 만들었다. 아무도 그 화살에 맞으면 생명을 부지할 수 없었다.

헤라클레스가 궁궐로 돌아오자 에우리스테우스는 다시 줄행랑을 쳐서 단지 안에 몸을 숨겼다. 헤라클레스는 하인들에게 자신이 두 번째 노역을 완수했음을 왕에게 알리라고 지시했다.

에우리스테우스는 헤라클레스가 온화해졌다는 얘기를 하인들로부터 듣고 단지에서 나왔다. 그리고 한껏 거드름을 피우며 헤라클레스에게 말했다.

"자네는 열두 가지의 노역을 수행해야 하네. 그러니 완수해야 할 노역이 아직 열한 가지 남아 있지."

에우리스테우스의 말에 헤라클레스가 물음을 던졌다.

"어째서요? 노역을 이미 두 가지 완수하지 않았소? 네메아의 사자와 레르네의 거대한 물뱀을 죽이고 오지 않았소?"

"물뱀을 죽일 때 이올라우스가 도와주지 않았는가?"

왕이 쌀쌀맞게 대꾸하면서 눈알을 굴리며 헤라클레스를 쳐다보았다.

"그 노역은 인정할 수 없네."

헤라클레스는 왕을 땅바닥에 때려눕히고 싶은 마음이 굴뚝같았다. 하지만 자신이 광기에 휩싸여 저지른 짓을 속죄하기 위해서는 저 사람의 명에 따라 노역을 수행해야 한다는 사실을 떠올렸다. 헤라클레스는 에우리스테우스를 똑바로 쳐다보며 말했다.

"다른 노역은 어떤 게 있는지 말해 주시오. 그러면 비케네를 떠나 그 노역을 모조리 완수하겠소."

그러자 에우리스테우스는 헤라클레스에게 아우게이아스 왕의 외양간을 치우라고 명령했다. 헤라클레스는 아우게이아스 왕의 나라로 갔다. 외양간에서 나는 냄새가 멀리 떨어진 곳부터 진동했다. 셀 수 없이 많은 소와 염소가 그 외양간에서 몇 년 동안이나 지내왔는데 외양간의 불결함과 악취 때문에 주변의 곡식이 온통 시들어가고 있었다. 헤라클레스는 아우게이아스 왕에게 소와 염소의 십 분의 일을 자신에게 준다면 그 대가로 외양간을 깨끗이 치워주겠다고 제의했다.

왕은 그러겠노라고 동의했다. 그러자 헤라클레스는 소와 염소를 외양간 밖으로 몰아내고는 물길을 파서 알페이오스 강과 페네이오스 강을 끌어들였다. 강물이 외양간을 통과하여 흐르며 하루 만에 더러운 것들을 모조리 씻어냈다. 그러자 헤라클레스는 물길을 원래대로 되돌려놓았다.

하지만 헤라클레스는 왕과 합의했던 보상을 받지 못했다.

헤라클레스는 미케네로 돌아가 자신이 어떻게 외양간을 청소했는지 들려주었다.

"이제 노역이 열 가지 남았지요."

"열한 가지네."

헤라클레스의 얘기를 들은 에우리스테우스가 대답했다.

"자네는 외양간을 청소해 준 대가를 받기로 했더군. 그러니 자네가 아우게이아스 왕의 외양간을 청소한 것을 내가 어찌 인정할 수 있겠나?"

헤라클레스가 에우리스테우스를 패 주고 싶은 마음을 꾹 누르며 부들부들 떨자 에우리스테우스는 줄행랑을 쳐서 단지 안에 숨었다. 그리고 전령을 보내어 헤라클레스에게 다른 노역이 어떤 게 있는지 알리도록 했다.

이번에 맡은 노역은 사람을 잡아먹는 스팀팔로스 늪지의 새들을 쫓아내는 일이었다. 그다음에는 황금빛 뿔을 가진 케리네이아의 사슴을 사로잡아서 왕에게 가져와야 했다. 그리고 에리만토스의 멧돼지를 생포해서 미케네로 가져오라고 했다.

헤라클레스는 스팀팔로스의 늪지로 갔다. 수풀이 얼마나 빽빽이 우거져 있던지 사람을 잡아먹는 새들이 있는 곳까지 나아갈 수가 없었다. 그 새들은 숲 안의 낮은 관목에 앉아 그곳까지 가져온 살코기를 포식하고 있었다.

며칠이 지나도록 헤라클레스는 초목을 베어 길을 내려 용을 썼다. 하지만 새들이 있는 곳에 다다를 수 없었다. 그러자 헤라클레스는 이 노역을 완수하지 못하겠구나 싶은 생각에 절망한 나머지 땅에 털썩 주저앉고 말았다.

바로 그때 불멸의 신이 헤라클레스 앞에 나타났다. 헤라클레스가 신의 도움을 받은 게 이때가 처음이자 마지막이었다.

헤라클레스에게 나타난 신은 아테나였다. 아테나는 두 손에 놋쇠 심벌즈를 들고 헤라클레스에게서 멀찌감치 물러났다. 그 자리에서 아테나가 심벌즈를 치자 심벌즈가 쨍 부딪치는 소리에 스팀

팔로스의 새들이 정글 뒤쪽의 낮은 관목에서 날아올랐다. 헤라클레스는 목표물에서 빗나가는 법이 없는 자신의 화살을 쏘았고, 사람을 잡아먹는 새들은 차례차례 늪으로 떨어졌다.

그다음 헤라클레스는 케리네이아의 사슴이 풀을 뜯는 곳을 찾아 북쪽을 향했다. 그 사슴은 어찌나 발이 빠른지 어떤 사냥개나 사냥꾼도 그 사슴을 따라잡을 수 없었다. 헤라클레스는 일 년 내내 지치지 않고 쫓아다닌 끝에 마침내 아르테미시온 산 중턱에서 금빛 뿔을 가진 그 사슴을 잡을 수 있었다. 야생동물을 수호하는 여신 아르테미스는 헤라클레스가 그 사슴을 잡은 데 대해 벌을 내리려 했지만 헤라클레스가 간곡히 부탁하자 마음을 풀고 그 사슴을 미케네로 데려가 에우리스테우스 왕에게 보여주도록 허락해 주었다. 게다가 헤라클레스가 에리만토스의 멧돼지를 잡으러 떠나 있는 동안 금빛 뿔을 가진 사슴을 맡아주기로 했다.

헤라클레스는 프소피스로 갔다. 그 도시의 주민들은 멧돼지의 횡포로 인해 엄청난 공포에 떨고 있었다. 헤라클레스는 멧돼지를 사냥하기 위해 산길에 올랐다. 그 산에는 켄타우로스 족이 한 무리 살고 있었는데 헤라클레스가 케이론의 슬하에서 자랄 무렵부터 알고 지내던 사이라 헤라클레스를 반가이 맞았다. 켄타우로스 족의 한 명인 폴루스는 헤라클레스를 데리고 켄타우로스 족이 술을 보관하는 커다란 저장고로 갔다.

켄타우로스 족은 술을 마시는 일이 거의 없었다. 그들은 술을 한 모금만 마셔도 거칠어지기 때문에 술을 따로 보관해 두고 켄타우로스 족의 일원이 관리하도록 했다. 헤라클레스는 폴루스에게 술을 한 모금만 달라고 애원했다. 그다음 연이어 술을 더 달라고 애원하자 폴루스는 커다란 술 단지 하나를 통째로 열었다.

헤라클레스는 술을 마시다가 실수로 술을 쏟았다. 그러자 술 없이 지내온 켄타우로스들이 술 냄새를 맡고 와서 문을 쾅쾅 두드리며 자신들도 거칠게 놀아보게 술을 달라고 요구했다.

헤라클레스가 그들을 내쫓으러 앞으로 나섰다. 켄타우로스 족이 헤라클레스를 공격했다. 그러자 헤라클레스는 빗나가는 법이 없는 자신의 화살을 쏘아 켄타우로스들을 쫓아버렸다. 켄타우로스 족은 활을 든 헤라클레스에게 쫓겨 산 위로, 혹은 멀리 떨어진 강으로 잽싸게 달아나버렸다.

그러다가 켄타우로스 족의 일원이 살해되었으니 바로 헤라클레스를 접대하던 폴루스였다. 헤라클레스가 공교롭게도 폴루스의 발에 독이 묻은 화살을 떨어뜨렸기 때문이었다. 헤라클레스는 산봉우리까지 폴루스의 시신을 들고 가 폴루스를 묻어주었다. 그런 뒤 헤라클레스는 에리만토스에 쌓인 눈에 덫을 놓아 멧돼지를 잡았다.

헤라클레스는 멧돼지를 어깨에 걸쳐 메고 사슴이 황금빛 뿔을 잡아끌며 미케네로 왔다. 에우리스테우스 왕에게 멧돼지와 사슴을 보인 뒤, 멧돼지는 도살되었지만 사슴은 풀려나 아르테미시온 산으로 달아났다.

에우리스테우스 왕은 커다란 단지 안에 웅크리고 앉아 헤라클레스에게 시킬 더 끔찍한 노역이 뭐 없을까 궁리했다. 헤라클레스를 멀리 나라 밖으로 보내 사나운 부족들과 더욱 무시무시한 괴물들과 싸우도록 만드는 게 좋을 듯했다. 궁리를 마치자 에우리스테우스는 헤라클레스를 불러 다른 노역이 어떤 게 남아 있는지 전했다.

우선 야만적인 트라키아로 가서 디오메데스 왕이 기르고 있는 인육을 먹는 말을 죽이라고 했다. 그다음에는 전쟁의 신 아레스의 딸들인 무시무시한 아마존 족을 찾아가 아레스가 그들의 여왕 히폴리테에게서 주었던 허리띠를 가져와야 했다. 그 뒤에는 크레타로 가서 미노스 왕이 포세이돈에게 받아 기르고 있는 아름다운 황소를 빼앗아 와야 했다. 그러고는 에리테이아 섬으로 가서 머리가 두 개 달린 사냥개 오르토스가 지키고 있는 붉은 소 떼를 몸뚱이가 셋이나 있는 괴물 게리오네우스에게서 뺏어 와야 했고, 그다음에는 헤스페리데스의 정원에 가서 제우스가 헤라에게 결혼 선물로 주었던 황금 사과를 가져와야 했다. 그런데 인간들 중 헤스페리데스의 정원이 어디 있는지 아는 사람은 아무도 없었다.

그리하여 헤라클레스는 위험으로 가득 찬 긴 여정에 올랐다. 우선 전쟁의 신 아레스의 아들인 디오메데스가 다스리는 야만의 땅 트라키아로 향했다. 거기서 인육을 먹는 말이 있는 마구간으로 몰래 들어가 말 세 마리의 머리를 잡아채고는 말이 발로 차고 물고 날뛰어도 아랑곳하지 않고 마구간에서 끌고 나와 바닷가로 데리고 갔다. 바닷가에서는 친구인 압데로스가 헤라클레스를 기다리고 있었다. 트라키아 사람들은 말들이 사납게 울부짖는 소리를 듣고 왕과 함께 헤라클레스의 뒤를 쫓았다. 헤라클레스는 말을 압데로스에게 맡겨두고 트라키아 사람들과 그들의 야만적인 왕에 맞섰다. 우선 맞으면 치명적인 화살을 그들에게 쏘아 물리친 다음 트라키아의 왕과 맞붙었다. 마침내 왕과 사람들 모두를 바닷가에서 몰아내고 나서 압데로스에게 사나운 말을 맡겨둔 곳으로 돌아왔다.

압데로스는 바닥에 쓰러져 있었고 말이 압데로스를 짓밟고 있었다. 헤라클레스는 활시위를 당겨 자신이 죽인 히드라의 담즙에 화살촉을 담갔던, 빗나가는 법이 없는 화살을 말에게 쏘았다. 디오메데스 왕의 말은 비명을 지르며 바다를 향해 달려 나갔지만 한 놈이 쓰러지고 다른 놈도 쓰러지더니 사나운 말 중 나머지 놈도 밀려드는 물거품에 닿을 즈음 쓰러지고 말았다. 셋 다 빗나가는 법이 없는 헤라클레스의 화살에 목숨을 잃은 것이다.

헤라클레스는 친구의 시신을 들고 가 합당한 예를 차려 장례를 치른 뒤 무덤 위에 기둥 모양의 기념비를 세워주었다. 훗날 그 기념비 주위로 도시가 세워졌는데 그 도시의 이름은 헤라클레스의 친구 압데로스에서 따온 압데리였다.

그다음, 헤라클레스는 흑해로 향했다. 테미스키라 강이 흑해로 흘러들어가는 어귀에 아마존 족의 거주지가 보였다. 바위나 가파른 곳 위에서는 여성 전사들이 활시위를 당기고 서 있었다. 헤라클레스는 어떻게 그곳으로 접근해야 할지 당최 알 수가 없었다. 빗나가는 법이 없는 자신의 화살로 그들을 쏠 수는 있겠지만 화살이 떨어지고 나면 아마존 족이 가파른 곳 위에서 화살을 쏘아 자신을 죽일 수도 있었다.

헤라클레스가 멀찌감치 서서 어떻게 해야 할지 궁리하는 중에 뿔피리 소리가 들리더니 아마존 족 한 명이 하얀 수말을 타고 헤라클레스에게 달려와 크게 외쳤다.

"헤라클레스! 히폴리테 여왕께서 당신이 아마존 족에게 오도록 허락하셨소. 여왕의 천막에 들어가서 정복당하는 법이 없는 아마존 족을 무슨 이유로 찾아왔는지 여왕께 아뢰시오."

헤라클레스는 여왕의 친막으로 들어갔다. 여왕 히폴리테는 키가 훤칠했으며 쇠로 된 왕관을 머리에 썼다. 허리에는 유리와 청동으로 만들어 무지갯빛으로 빛나는 아름다운 허리띠를 두르고 서 있었다. 독수리처럼 위풍당당하고 용맹스러운 풍모였다. 헤라클레스는 어떤 방식으로 여왕을 제압해야 할지 알 수가 없었다. 천막 바깥에는 아마존 족이 창으로 방패를 두드려 거칠고 요란스러운 소리를 끊임없이 내고 있었다.

"헤라클레스가 무슨 이유로 아마존 족의 나라에 왔소?"

히폴리테 여왕이 물었다.

"당신이 걸치고 계신 허리띠 때문이오."

헤라클레스가 대답을 하며 주먹을 불끈 쥐고 싸울 준비를 했다.

"전쟁의 신 아레스가 내게 주신 허리띠 때문에 아마존 족과 맞설 각오를 하고 이곳에 왔단 말이오?"

"그렇소이다."

"아마존 족은 당신과 싸우고 싶지 않소."

히폴리테 여왕이 대답하며 무지갯빛으로 빛나는 허리띠를 풀어 헤라클레스의 손에 건네주었다.

헤라클레스는 그 아름다운 허리띠를 받았다. 헤라클레스는 여왕이 무슨 속임수를 쓰고 있는 게 아닌가 싶어 걱정스러웠지만 눈을 크게 뜬 여왕의 얼굴을 들여다보는 순간 여왕의 말이 진심임을 깨달았다. 헤라클레스는 그 허리띠를 자신의 널따란 이마에 둘렀다. 그러고는 히폴리테 여왕에게 감사를 표한 뒤 천막을 나섰다. 아마존 족의 전사들이 활시위를 당긴 채 바위와 가파른 곳 위에 서 있는 모습이 헤라클레스의 눈에 들어왔다. 하지만 아무도 헤라클레스를 공격하지 않았으므로 헤라클레스는 자신의 배로 돌아와 그 나라를 떠났다. 노역 한 가지를 더 완수한 셈이었다.

그 뒤의 노역은 위험하지 않았다. 헤라클레스는 배를 타고 바다를 건너 미노스 왕이 다스리는 땅인 크레타 섬에 이르렀다. 그곳에서 헤라클레스는 포세이돈이 미노스 왕에게 주었던 황소가 특별히 마련된 목초지에서 풀을 뜯고 있는 것을 발견했다. 헤라클레스는 황소의 뿔을 붙들고 싸운 끝에 황소를 쓰러뜨린 뒤 바닷가까지 몰고 내려갔다.

그다음 노역은 게리오네우스라는 괴물이 소유한 붉은 소 떼를 뺏어오는 일이었다. 괴물은 에리테이아 섬에 살고 있었는데 머리가 두 개 달린 사냥개 오르토스가 게리오네우스의 소 떼를 지켰다. 지하 세계를 지키는 머리가 셋 달린 사냥개인 케르베로스는 오르토스와 형제지간이었다.

헤라클레스는 포세이돈이 미노스 왕에게 준 황소를 타고 바다를 건너갔다. 도중에 유럽과 아프리카를 나누는 해협에까지 이르렀는데 헤라클레스는 자신의 여정을 기념하는 의미에서 그곳에 기둥 두 개를 세워놓았다. 지브롤터 해협 양쪽에 있는 바위인 '헤라클레스의 기둥'은 오늘날까지도 남아 있다. 헤라클레스와 황소는 그곳에서 쉬었다. 눈앞에 넓은 바다가 펼쳐져 있었고 에리테이아 섬은 그 바다에 위치해 있었지만 헤라클레스는 황소가 그토록 멀리까지 자신을 데려다주지는 못할 것이라 생각했다.

게다가 햇빛이 쨍쨍 내려쬐는 통에 헤라클레스는 힘이 쭉 빠졌고 빛나는 햇살에 눈이 부셔 앞이 잘 안 보일 지경이었다. 헤라클레스는 태양을 향해 고함을 지르다가 홧김에 태양과 맞서 싸우고 싶어졌다. 곧 헤라클레스는 활시위를 당겨 하늘을 향해 화살을 날렸다. 헤라클레스의 화살은 시야에서 벗어나 멀리멀리 날아갔다. 태양의 신 헬리오스는 자신에게 화살을 쏘는 불가능한 일을 시도하는 인간, 헤라클레스에 대해 깊이 감탄했다. 곧 헬리오스는 헤라클레스에게 자신의 커다란 황금 잔을 던져주었다.

게리오네우스에게 화살을 쏘는 헤라클레스

헬리오스의 거대한 황금 잔은 헤라클레스가 바라보던 바다에 떨어졌다. 배 한 척에 탄 사람 정도는 모조리 타도 될 만큼 커다란 황금 잔이 바다에 둥둥 떠 있었다. 헤라클레스가 미노스의 황소를 헬리오스의 황금 잔에 태우자 황금 잔은 헤라클레스와 황소를 싣고 서쪽으로 바다를 건너 둥둥 흘러갔다.

그렇게 하여 헤라클레스는 에리테이아 섬에 이르렀다. 게리오네우스의 붉은 소 떼가 섬 곳곳에 제멋대로 흩어져 풍성한 목초지에서 풀을 뜯고 있었다. 헤라클레스는 미노스의 황소를 황금 잔에 남겨두고 섬으로 올라갔다. 그리고 나무로 곤봉을 하나 만든 다음 소 떼에게 다가갔다.

사냥개 오르토스가 으르렁거리며 주둥이에 독을 품은 거품을 물고 헤라클레스에게 달려들었다. 헤라클레스는 곤봉을 휘둘러 오르토스의 머리 두 개를 쳐냈다. 오르토스의 주둥이에 있던 거품이 떨어진 자리에서는 독초가 솟아올랐다. 헤라클레스는 오르토스의 시신을 들고 빙빙 돌려 바다로 던져버렸다.

다음에는 괴물인 게리오네우스가 헤라클레스에게 달려들었다. 게리오네우스는 몸뚱이가 셋이었는데, 커다란 바윗돌을 던지며 헤라클레스를 공격했다. 헤라클레스는 날아오는 바윗돌에 맞아 상처를 입었다. 곧이어 게리오네우스는 헬리오스의 황금 잔을 보자 그 잔을 향해 바윗돌을 던지기 시작했다. 황금 잔을 바다에 가라앉혀 헤라클레스가 그 섬에서 빠져나갈 길이 없도록 만들 작정이었다. 하지만 헤라클레스가 활을 집어 들어 게리오네우스를 향해 잇달아 화살을 쏘자 게리오네우스는 목초지의 무성한 수풀 속에 쓰러져 죽었다.

헤라클레스는 황소와 암소를 가리지 않고 붉은 소 떼를 한데 모아 바닷가로 몰고 가서 미노스의 황소가 타고 있던 헬리오스의 황금 잔에 태웠다. 그러자 황금 잔은 다시 바다를 가로질러 둥둥 떠가기 시작했다. 크레타의 황소와 게리오네우스의 소 떼를 실은 황금 잔은 시칠리아 섬을 지나 헬레스폰트라 불리는 해협을 지나갔다. 그러다 마침내 야만의 땅 트라키아에 다다랐다. 헤라클레스가 소 떼를 몰고 배에서 내리자 헬리오스의 황금 잔은 바다에 가라앉았다. 헤라클레스는 게리오네우스의 소 떼와 미노스의 황소를 몰고 트라키아의 황무지를 지나 다시 미케네로 돌아왔다.

하지만 헤라클레스는 에우리스테우스 왕과 얘기를 나눌 새도 없이 '어둠의 땅'의 딸들인 헤스페리데스의 정원을 찾으러 다시 미케네를 떠났다. 오래도록 찾아 헤맸지만 그 정원이 어디 있는지 알려줄 수 있는 자는 어디에도 없었다. 결국 헤라클레스는 펠리온 산에 있는 케이론을 찾아갔고 케이론은 헤라클레스에게 헤스페리데스의 정원에 이르려면 어디로 가야 하는지 알려주었다.

긴 여행 끝에 아틀라스가 피곤한 어깨로 하늘을 떠받치고 서 있는 곳에 다다랐을 무렵 헤라클레스는 매우 지쳐 있었다. 헤라클레스가 그곳에 가까워질수록 꿈도 꿔보지 못한 좋은 향기가 풍겨왔다. 오랜 여정과 고역에 지칠 대로 지친 헤라클레스는 그대로 주저 앉아 그 어둠의 땅에서 꿈에 잠긴 채 시간을 보내고 싶은 마음이 굴뚝같았다. 하지만 몸을 일으켜 그 향기가 풍겨오는 곳으로 향했다. 그 위로 별 하나가 금방이라도 솟아오를 듯 반짝였다.

헤라클레스는 은빛 격자 울타리로 둘러싸인 정원에 이르렀다. 정원 가득 저녁의 고요가 내려앉아 있었다. 황금빛 꿀벌이 공기 중에 앵앵댔고 잔잔한 물소리가 들려왔다. 헤라클레스는 새삼 자신이 그동안 겪어온 세계가 얼마나 거칠고 힘든 곳이었나 생각했다. 돌아가지 말고 여기 계속 머무르면 어떨까 하는 생각이 머릿속에 떠올랐다.

헤라클레스의 눈에 세 여자의 모습이 들어왔다. 머리에 화관을 쓰고 손에는 꽃이 핀 나뭇가지를 들고 서 있었다. 여자들은 헤라클레스를 보자 가까이 다가오며 소리쳤다.

"아아, 헤스페리데스의 정원에 오신 분이여. 잠들지 않는 용이 지키고 있는 나무에는 가까이 가지 마십시오."

그러고 난 뒤 여자들은 어떤 나무를 향해 다가가더니 마치 그 나무를 보호하려는 듯 곁에서 자리를 지켰다. 주위가 온통 꽃과 과실이 달린 나무 천지였지만 그 나무에는 생기 있는 초록빛 이파리 사이로 황금 사과가 열려 있었다.

그때 헤라클레스는 그 나무를 지키는 존재를 발견했다. 나무줄기 옆에 누운 용 한 마리였는데 가까이 다가가자 반짝이는 비늘과 무시무시한 발톱이 드러났다.

헤라클레스가 화살을 쏘자 그 잠들지 않는 용 라돈이 온몸을 움찔하며 비명을 질렀다. 그러더니 잠시 뒤 쓰러져 꼼짝하지 않았다. 여자들은 슬퍼하며 눈물을 흘렸고, 헤라클레스는 나무로 다가가 황금 사과를 따서 갖고 다니는 자루 안에 집어넣었다. 그리고 슬픔에 주저앉아 탄식하는 '어둠의 땅'의 딸들 헤스페리데스를 뒤로 한 채 그들이 지켜온 마법의 정원에서 빠져나갔다.

이렇게 헤라클레스는 아틀라스가 피곤한 어깨로 하늘을 떠받치고 서 있는 세상 끝을 떠났다. 그리고 아시아, 리비아, 이집트를 거쳐 다시 미케네에 있는 에우리스테우스 왕의 궁궐에 들어섰다.

헤라클레스는 왕에게 게리오네우스의 소 떼를 건네주었다. 그리고 미노스의 황소와 히폴리테의 허리띠, 헤스페리데스의 황금 사과도 건네주었다. 에우리스테우스 왕은 여위고 창백한 얼굴로 옥좌에 앉아 헤라클레스가 자신에게 가져다 준 온갖 경이로운 것들을 살펴보았다. 하지만 에우리스테우스는 하나도 기쁘지 않았다. 오히려 자신이 미워하는 자가 그런 멋진 것들을 손에 넣을 수 있었다는 사실에 화가 났다.

에우리스테우스 왕은 헤스페리데스의 황금 사과를 집어 들었다. 그 사과는 에우리스테우스 같은 자에게는 과분한 것이었다. 십사기 독수리 한 마리가 황금 사과가 달린 나뭇가지를 에우리스테우스의 손에서 낚아채더니 하늘 저편으로 날아올랐다. 독수리는 한

참을 날아 '어둠의 땅'의 딸들이 슬피 울고 있는 정원에 다다라 황금 사과가 달린 나뭇가지를 그곳에 떨어뜨렸다. 여자들이 그 나뭇가지를 원래 붙어 있던 자리로 가져가자 놀라운 일이 일어났다! 헤라클레스가 꺾기 전처럼 나뭇가지가 나무에 다시 붙어 자라게 된 것이다.

다음 날 에우리스테우스가 보낸 전령이 헤라클레스를 찾아와 마지막 노역에 대해 이야기했다. 헤라클레스가 노역을 완수하기 위해 곧 떠나야 한다고 했다. 이번에는 지하 세계로 내려가 머리가 셋 달린 사냥개 케르베로스를 데려와야 한다는 것이었다.

헤라클레스는 사자 가죽을 걸치고 다시 길을 떠났다. 이번 노역이 실로 헤라클레스의 삶에서 마지막 노역이 될지 몰랐다. 케르베로스는 이승에 속한 괴물이 아니었으니 지하 세계에서 케르베로스와 맞붙는 자는 저승의 신과 맞서는 것과 다름없었기 때문이다.

하지만 헤라클레스는 계속 나아가 마침내 지하 세계로 들어가는 입구인 테나론 동굴에 다다랐다. 음울한 동굴 깊숙이 들어간 다음 한참을 아래로 내려가자 아케론 강이 나왔다. 어둑한 강 너머는 오로지 죽은 자들의 영역이었다. 죽은 자들이 강을 건너는 곳에서 케르베로스가 헤라클레스를 향해 으르렁댔다. 케르베로스는 헤라클레스가 죽은 자가 아니라는 것을 알아채고 달려들었지만 헤라클레스가 어떤 창이나 화살로도 뚫을 수 없는 사자 가죽을 걸치고 있었기에 물거나 찢어발기려 해도 소용이 없었다. 헤라

케르베로스와 대결하는 헤라클레스

클레스는 케르베로스가 물거나 찢어발기거나 큰 소리로 짖지 못하
도록 케르베로스의 가운데 목을 움켜잡았다.

그때 지하 세계의 여왕인 페르세포네가 나타났다. 페르세포네는
헤라클레스가 케르베로스를 지상으로 데려갔다가 다시 지하 세계
로 데리고 내려와 돌려주겠다고 약속한다면 저승의 신이 헤라클레
스를 가로막지 않을 것이라 말했다.

헤라클레스는 그러겠노라고 약속했다. 그러고는 주둥이에서 거
품을 흘리고 있는 케르베로스의 목을 움켜쥐고 데려갔다. 헤라클
레스는 케르베로스와 함께 이승을 향해 계속 위로 올라갔다. 그리
고 케르베로스의 가운데 목을 붙잡은 채 트로이젠에 있는 동굴을
통해 밖으로 나왔다.

헤라클레스는 트로이젠에서 미케네로 향했다. 사람들은 헤라클
레스가 붙잡고 데려가는 괴물의 모습에 놀라 달아났다. 헤라클레
스는 왕의 궁궐을 향해 여정을 계속했다. 그날 에우리스테우스 왕
은 궁궐 밖에 앉아 있었다. 왕은 자신이 그동안 자주 몸을 숨겼던
커다란 단지를 바라보면서 헤라클레스가 나타나 자신에게 공포를
안기는 일은 다시 없을 것이라 내심 안심하고 있었다. 그때 헤라
클레스가 나타나 에우리스테우스 왕을 소리쳐 불렀다. 왕이 고개
를 들자 헤라클레스는 케르베로스를 왕 앞에 내밀었다. 그 사냥개
의 머리 세 개가 왕을 보며 씩 웃자 왕은 비명을 지르며 잽싸게 단
지 안으로 기어들어갔다. 하지만 발이 단지의 바닥에 닿기도 전에

에우리스테우스 왕은 공포에 짓눌려 이미 죽어 있었다. 단지가 데 구르르 구르자 두려움에 온몸이 뒤틀린 시신이 헤라클레스의 눈에 들어왔다. 곧 헤라클레스는 몸을 돌려 다시 지하 세계로 향했다. 헤라클레스가 케르베로스를 풀어주자 머리가 세 개 달린 사냥개의 우렁찬 울음소리가 다시 아케론 강가에 울려 퍼졌다.

II

신들이 헤라클레스에게 무기를 준 때가 바로 이때이다. 그 무기는 헤르메스의 칼, 아폴론의 화살, 헤파이스토스가 만든 방패였다. 무기를 얻은 헤라클레스는 아르고 호의 선원들과 합류하여 캅카스 산자락에 이를 때까지 함께 모험을 했다. 그리고 캅카스 산에서 프로메테우스의 간을 쪼아 먹는 독수리를 죽임으로써 제우스의 뜻에 따라 프로메테우스를 해방시켰다. 그 뒤 제우스와 프로메테우스는 화해를 했는데, 그들 사이의 적대감으로 인해 신들과 인간이 얼마나 고통받았는지 둘 다 잊지 않도록 제우스가 프로메테우스에게 돌 반지를 차야 하도록 했다. 그 반지는 프로메테우스가 차고 있던 족쇄로 만든 것으로 반지에는 프로메테우스가 묶여 있던 바위의 조각을 박아 넣었다.

그러는 동안 아르고 호의 선원들은 그리스로 무사히 돌아가 있었다. 아르고 호의 동료들을 다시 만나러 여행하는 동안 헤라클레스는 오이칼리아라는 곳에 들렀고, 거기서 이올레라는 여자를 보았다.

오이칼리아의 왕은 활쏘기에서 자신과 자신의 아들들을 능가할 수 있는 영웅이 있다면 자신의 딸 이올레와 결혼시키겠노라고 공언했다. 헤라클레스는 눈동자가 파랗고 아이같이 순수한 이올레를 보자 헤스페리데스의 정원 근처까지 함께 데려가고픈 마음이 간절해졌다. 이올레도 헤라클레스를 눈여겨보았다. 헤라클레스는 자신이 이올레가 그리도 순수하고 여린 모습인 데 대해 감탄했듯이 이올레도 자신이 그리도 훤칠하고 우람한 데 대해 감탄하고 있음을 알아챘다.

곧 시합이 시작됐다. 왕과 아들들은 활을 매우 잘 쐈고 헤라클레스보다 차례가 먼저였던 영웅들 중 누구도 그들보다 앞서지 못했다. 이윽고 헤라클레스가 활을 쐈다. 과녁이 아무리 멀리 놓여도 헤라클레스는 과녁의 정중앙을 맞혔다. 사람들은 이 위대한 궁수가 누구인지 궁금해 했다. 그러다가 마침내 사람들의 추측 끝에 입에 오르내리는 이름이 있었으니 바로 헤라클레스였다!

왕은 그 이름을 듣자 헤라클레스가 시합을 계속하지 못하게 했다. 전에 미친 적이 있고 또다시 광기에 휩싸일지 모르는 자에게 딸인 이올레를 보상으로 줄 수 없다는 것이었다.

헤라클레스는 왕의 말을 듣고 대단히 화가 났지만, 왕의 말마따

나 자신의 광기가 분노와 함께 몰려올까 두려워 애써 마음을 삭였다. 그리하여 헤라클레스는 왕과 백성에게 자신이 나중에 돌아올 것이라 공언하고는 오이칼리아를 떠났다.

그 뒤 크레타 섬까지 떠돌던 헤라클레스의 귀에 아르고 호 선원들의 소식이 들려왔다. 오이네우스의 영토를 초토화시키는 멧돼지를 사냥하러 선원들이 근처에 있는 칼리돈에 와 있다는 내용이었다. 하지만 헤라클레스가 칼리돈에 다다랐을 때는 이미 영웅들이 떠난 뒤였고, 온 나라가 멜레아그로스 왕자와 왕자의 숙부 두 명을 잃은 슬픔에 잠겨 있었다.

멜레아그로스와 숙부들의 시신이 운반되어왔던 신전의 계단에서 헤라클레스는 멜레아그로스의 누이인 데이아네이라를 보았다. 키가 훤칠한 산악지대 여인인 데이아네이라는 슬픔에 잠겨 창백한 얼굴이었다. 언뜻 보면 여사제처럼 보이기도 했고 다시 보면 야영지의 병사들에게 적절한 조언과 용기, 깊은 동지애로 사기를 북돋워 줄 수 있는 여인처럼 보이기도 했다. 머리칼은 칠흑같이 검고 눈동자도 검은빛이었다.

데이아네이라와 헤라클레스는 곧바로 가까워졌다. 한동안 서로를 바라본 나음에는 사랑에 빠졌다. 헤라클레스는 오이칼리아에서 보았던 순수한 여자 이올레를 잊어버렸다.

헤라클레스는 데이아네이라에게 결혼을 청했다. 데이아네이라의 가족들은 헤라클레스의 청혼을 기쁘게 여기며 멜레아그로스 왕자와 숙부들의 애도 기간이 끝나는 대로 헤라클레스가 데이아네이라와 결혼하게 해 주겠다고 말했다. 헤라클레스는 너무도 아름답고 현명하고 용감한 데이아네이라와 함께 칼리돈에 머물렀다.

하지만 곧 칼리돈에서 끔찍한 일이 일어났다. 헤라클레스가 경솔하게 힘을 쓰다가 실수로 데이아네이라와 혈족 관계에 있는 젊은 이를 죽이고 만 것이다. 헤라클레스는 이제 데이아네이라의 혈족을 죽인 대가를 치르기 전에는 데이아네이라와 결혼할 수 없게 되었다.

살인에 대한 대가로 헤라클레스가 삼 년 동안 노예로 팔려가야 한다는 판결이 내렸다. 삼 년간의 노예 생활을 마쳐야 헤라클레스는 칼리돈으로 돌아와 데이아네이라와 결혼할 수 있었다.

그리하여 헤라클레스와 데이아네이라는 헤어지게 되었다. 헤라클레스는 리디아에 노예로 팔려갔다. 헤라클레스를 산 사람은 남편을 여읜 여자로 이름은 옴팔레였다. 헤라클레스는 갑옷을 들고 사자 가죽을 몸에 걸친 채 옴팔레의 집으로 갔다. 옴팔레는 그 우람한 남정네가 사자 가죽을 걸친 채 하인들이 하는 허드렛일을 해 주러 자기 집에 온 모양새를 보고 폭소를 터뜨렸다.

옴팔레와 그 집안사람들 모두 헤라클레스를 골리며 재미있어했다. 그들은 헤라클레스에게 집안일을 시키고 물을 긷고 상을 차리고 상을 치우게 했다. 옴팔레는 헤라클레스에게 여자처럼 물레로 실을 잣도록 시키기도 했다. 헤라클레스가 여자 옷을 걸친 채 설거지를 하고 요강을 비우는 동안 옴팔레는 헤라클레스의 사자 가죽을 걸치고 헤라클레스의 곤봉을 질질 끌며 돌아다녔다.

하지만 헤라클레스도 하인들이 하는 허드렛일에 싫증을 낼 때가 있었다. 그럴 때면 옴팔레는 헤라클레스가 멀리 떠나 위대한 공훈을 세울 수 있도록 보내주었다. 헤라클레스는 종종 긴 여행을 떠나 오래도록 먼 곳에 머물러 있었다. 페이리토오스에게 잡혀 지하 감옥에 갇혀 있던 테세우스를 헤라클레스가 구해 주었을 때가 헤라클레스가 옴팔레에게 노예로 팔려가 있던 시기였다. 트로이에 갔을 때에도 헤라클레스는 여전히 노예 신분이었다.

트로이에서 헤라클레스는 아폴론과 포세이돈이 수 년 전 트로이 둘레에 지었던 장대한 성벽을 라오메돈 왕이 보수하는 것을 도왔다. 노역에 대한 대가로 헤라클레스는 공주인 헤시오네를 아내로 맞이하도록 제안 받았다. 헤시오네는 라오메돈 왕의 딸이다. 당시에는 포다르케스로 불리던 프리아모스의 누이동생이었다. 아르고 호의 선원 중 두 명, 펠레우스와 텔라몬이 그곳에서 헤라클레스를 도왔다. 펠레우스는 오래 머물지 않았지만 텔라몬은 남았고, 헤라클레스는 텔라몬에게 보답하기 위해 헤시오네 공주에 대한 자신의 권리를 양보했다. 헤라클레스에게는 그리 어려운 일이 아니었던 것이, 당시 헤라클레스의 마음은 데이아네이라 생각으로 꽉 차 있었다.

텔라몬은 헤시오네를 대단히 사랑했기에 더할 나위 없이 기뻐했다. 결혼식을 올리던 날 헤라클레스는 하늘의 독수리를 가리키며 텔라몬과 헤시오네에게 말했다. 저 독수리는 그들의 결혼에 대한 전조로 보내진 것이라고 했다. 텔라몬은 그 일을 기념하는 의미에서 아들의 이름을 '아이아스', 즉 '독수리'라고 지었다.

트로이의 성벽 보수가 끝나자 헤라클레스는 옴팔레가 있는 리디아로 향했다. 노예로 지내기로 한 삼 년이 거의 끝나가고 있었기에 이제 옴팔레를 섬겨야 하는 시간은 얼마 남지 않았다. 곧 헤라클레스는 칼리돈으로 돌아가 데이아네이라와 결혼할 터였다.

리디아로 가는 길에 헤라클레스는 옴팔레의 집에서 오가던 친근한 인사말을 하나하나 떠올리며 웃음을 터뜨렸다. 리디아 사람들은 상냥했고 헤라클레스는 비록 노예 신분이었지만 그곳에서 좋은 시간을 보냈다.

저 멀리 옴팔레의 집이 보이자 헤라클레스는 갑옷을 벗고 활과 화살과 방패를 잠시 내려놓고 쉬기로 했다. 긴 여행길에 지치기도 했고 햇볕의 열기에 노곤해진 참이었다. 그런데 헤라클레스가 잠에서 깨어나자 남자 둘이 헤라클레스를 내려다보고 있었다. 헤라클레스는 이들이 길을 지나는 여행자들을 불러 세워 시비를 거는 강도, 케르코페스 형제임을 알아차렸다. 형제는 헤라클레스를 내려다보며 웃고 있었다. 헤라클레스는 그들이 자신의 무기와 갑옷을 들고 있는 것을 보았다.

형제는 헤라클레스가 덩치는 우람할지 몰라도 무기와 갑옷을 뺏긴 이상 항복할 것이라 생각했다. 하지만 헤라클레스는 벌떡 일어나 한 사람은 허리를, 다른 사람은 목을 잡은 다음 거꾸로 뒤집어두 형제의 발뒤꿈치를 한데 모아 꽁꽁 묶었다. 이제 시내로 가서그들에게 발이 묶여 강도질 당했던 사람들에게 그 형제를 넘겨줄참이었다. 헤라클레스는 강도 형제의 발목 부분을 어깨에 걸쳐 메고 가던 길을 재촉했다.

하지만 강도 형제가 몸을 여기저기 찧으며 매달려 있는 동안 서로 사근사근하게 대화를 나누며 유쾌한 얘기를 해대는 통에 헤라클레스는 웃음을 참을 수 없었다. 한 명이 형제에게 말했다.

"아아, 형제여, 우리는 생쥐들이 분노에 가득 차 개구리들을 습격했을 때로 말하자면 개구리의 처지에 있네 그려."

그러자 그 형제가 답했다.

"실로 이 상황에서 빠져나갈 길이 없네 그려. 제우스가 개구리들에게 지원군을 보냈던 것처럼 우리에게도 지원군을 내려주시면 모를까."

그러자 처음 말을 꺼낸 강도가 답했다.

"그 싸움을 누가 시작한 거지? 개구리야, 아니면 생쥐야?"

그러자 다른 강도가 헤라클레스의 어깨에 머리를 매달려매달린 채로 이야기를 시작했다.

······ **개구리와 생쥐의 결투** ······

호전적인 생쥐 한 마리가 그저 물이나 좀 마시려는 생각으로 연못가에 내려왔다지. 그때 개구리 한 마리가 폴짝 뛰어 생쥐에게 다가왔네 그려. 그리고 무척 권위적인 말투로 생쥐에게 말했지. 마치 명령이라도 하는 것처럼 말일세.

"우리의 연못가로 들어온 낯선 생쥐야, 자네는 모르겠지만 나는 개구리들의 왕인 '불룩 주머니'다. 내가 보통 생쥐한테는 말을 걸지 않네만, 보아하니 자네는 고귀한 왕족인 듯하구나. 자네의 핏줄이 뭔지 말해 보게. 만약 자네가 고귀한 핏줄이라면 내 자네에게 왕의 우정을 베풀겠네."

생쥐가 대답했어. 사뭇 시건방진 태도였지.

"나는 '부스러기 수집가'인데 내 핏줄은 실로 유명하지. 내 아버지가 바로 위대하신 '빵을 야금야금'이시고 사랑스러운 공주이신 '맷돌 핥기'와 혼인하셨네. 내 핏줄이 다 그렇듯이 나 역시 싸움에서 눈썹 하나 까딱하는 법이 없는 전사라네. 게다가 나는 고귀한 신분으로 자랐기 때문에 무화과와 견과류, 치즈와 꿀떡을 먹고 살아왔지."

자칭 왕이라는 개구리는 '부스러기 수집가'의 대답이 대단히 만족스러웠나 봐. 그래서 이렇게 얘기했지.

"장한 '부스러기 수집가'여, 나와 함께 내 거처에 가지 않겠나?

그러면 내 왕의 궁궐에서나 접할 수 있는 여흥을 베풀어 주겠네."

하지만 생쥐는 개구리를 날카롭게 바라보며 이렇게 물었지.

"내가 자네의 집에 어떻게 갈 수 있겠나? 자네와 나는 사는 곳이 다르네. 우리 생쥐들은 그 어느 곳보다도 건조한 곳을 좋아하네만 자네 개구리들은 물속에 거처를 두고 있지 않나."

개구리가 대답했어.

"아아, 자네는 개구리가 그 어떤 생물보다도 사랑받는다는 사실을 모르는군. 신은 우리 개구리들에게만 물과 뭍 양쪽에서 살 수 있는 힘을 주셨네. 나는 자네를 이 연못 반대편의 뭍에 있는 궁궐에 데려갈 작정이네만."

생쥐인 자칭 '부스러기 수집가'가 의심스럽다는 듯이 물었어.

"내가 어떻게 연못 건너편에 갈 수 있단 말인가?"

"내 등을 타고 가면 되지. 그러니 고귀한 '부스러기 수집가'여, 내 등에 올라타게. 가는 동안 내 연못의 신비를 보여줌세."

개구리가 등을 내밀자 '부스러기 수집가'는 용감하게 개구리의 등에 올라탔어. 그리고 앞발을 개구리의 목에 둘렀지. 그러자 '불룩 주머니'는 헤엄치며 나아갔지. '부스러기 수집가'는 물살을 헤치며 나아가는 느낌이 처음에는 좋았어. 하지만 연못이 깊어지고 물결이 일기 시작하자 처음의 용기가 스러져갔지. '부스러기 수집가'는 다시 뭍에 오르고픈 마음이 간절해져서는 그만 크게 신음 소리를 내고 말았지 뭔가. 때마침 '불룩 주머니'의 목소리가 들려왔어.

"엄청 빠르게 가지 않나? 곧 뭍에 있는 내 궁궐에 도착할 걸세."

개구리의 말에 용기를 얻은 '부스러기 수집가'는 자신의 꼬리를 물속에 집어넣어 키잡이 노 역할을 하도록 했어. 계속 앞으로 나아갈수록 '부스러기 수집가'의 가슴에서는 그 모험에 대한 기대가 샘솟았네 그려. 나중에 생쥐 일족에게 얼마나 멋진 얘기를 들려주게 될까!

하지만 느닷없이 연못 깊은 곳에서 물뱀 한 마리가 무시무시한 머리를 내밀었어. 물뱀은 생쥐와 개구리 모두가 두려워하는 생물이지. '불룩 주머니'는 등에 태우고 있던 손님을 잊은 채 물속으로 들어가 버렸어. 그리고 연못 바닥에 다다르자 진흙 속에 숨어버렸지. '불룩 주머니'는 이제 안전해졌다며 안도의 한숨을 내쉬었어.

하지만 생쥐인 '부스러기 수집가'의 상태는 안전과 거리가 멀어도 한참 멀었지. 생쥐는 가라앉았다 떠올랐다 다시 가라앉았다 떠올랐다를 반복하고 있었어. 그러면서 털이 젖자 몸이 점점 무거워졌지. 마지막으로 가라앉기 직전에 생쥐는 목청껏 소리를 질렀어. 그 소리가 연못가에까지 울려 퍼졌다고 하네 그려.

"아아, '불룩 주머니', 이 배신자 같으니! 나를 연못 한가운데에서 빠져죽도록 내버려 두다니! 그런 사악한 짓을 할 줄이야. 네놈과 뭍에서 마주쳤다면 우리 둘 중 누가 더 훌륭한 전사인지 보여주었을 텐데. 이제 나는 이렇게 물에 빠져 죽는구나. 하지만 분명히 말하거니와, 내 죽음에 대한 대가가 따를 것이야. 생쥐들의 왕자인 내게 그런 사악한 짓을 했으니 비겁한 개구리들은 벌을 받게 될 거야."

'부스러기 수집가'는 다시 떠오르지 못하고 가라앉아버렸어. 하지만 연못가에 있던 '접시 핥기'라는 생쥐가 그 소리를 들었지. '접시 핥기'는 곧바로 '빵을 야금야금'의 쥐구멍으로 달려가 왕에게 왕자의 죽음을 알렸네.

'빵을 야금야금'은 생쥐 일족을 소집했지. 생쥐 전사들은 무장을 했는데 그들이 야심차게 무장한 모습은 다음과 같았어.

우선 앞다리에는 양쪽으로 갈라진 콩 꼬투리로 만든 정강이 받이를 댔지. 방패로는 각각 램프 밑받침을 들고 있었어. 창은 인간의 집에서 들고 나온 기다란 청동 바늘이었네 그려. 그토록 나무랄 데 없이 무장한 생쥐들은 개구리와 전쟁도 불사할 기세였어. 그리고 이 생쥐 전사들 사이로 생쥐의 왕, '빵을 야금야금'의 목소리가 울려 퍼졌지.

"비겁한 개구리들을 공격해서 이 연못가에서 단 한 놈도 살려두지 말라. 이제부터 그 연못가는 개구리의 영역이 아닌 우리 것이다. 모두 진격!"

그때 연못 맞은편에서는 '불룩 주머니'가 개구리들에게 전쟁을 부추기고 있었어.

"우리는 연못가에 자리를 잡도록 하자. 생쥐들이 공격해 들어오면 놈들을 하나씩 붙잡아 연못 안으로 던져버리는 거야. 그러면 물속에서는 꼼짝 못하는 생쥐 놈들을 처치할 수 있겠지."

개구리들은 왕의 연설에 박수를 쳤고 곧바로 갑옷과 무기를 챙겼네 그려. 우선 다리를 아욱 이파리로 감쌌고 흉갑으로는 사탕무의 이파리를 썼지. 잘 잘라낸 배추 잎은 튼튼한 방패가 되었어. 창은 연못가에서 가져왔는데 끝이 치명적으로 뾰족한 골풀이었다네. 머리에는 달팽이 껍질을 투구로 썼지. 그토록 나무랄 데 없이 무장한 개구리들은 생쥐들의 야심찬 공격에 맞설 준비가 되어 있었어.

강도의 이야기가 이 대목에 이르자 헤라클레스는 발걸음을 멈추고 한바탕 웃음을 터뜨렸다. 강도는 이야기를 멈추었고, 헤라클레스는 그 상노의 다리를 잘싹 때리며 말했다.

"생쥐들이 세운 영웅적인 공훈은 또 뭐가 있느냐?"

그러자 이야기를 하던 강도가 말했다.

"저는 더 아는 게 없어요. 하지만 당신 뒤쪽에 매달린 제 형제가 생쥐와 개구리의 전면전에 대해 말씀드릴 수 있을걸요."

그 말에 헤라클레스가 등 뒤에 매달려 있던 첫 번째 강도를 앞쪽에 오도록 매달자 첫 번째 강도가 말했다.

"개구리와 생쥐의 치열한 전투에 대해 제가 아는 대로 말씀드리지요."

곧이어 첫 번째 강도가 이야기를 계속했다.

각다귀들이 나팔을 불었습니다. 그 소리가 전쟁을 알리는 무시무시한 신호였지요.

제일 먼저 공격에 나선 자는 '빵을 야금야금'이었습니다. '빵을 야금야금'은 '큰 목청' 개구리를 공격하여 쓰러뜨렸지요. 그러자 '큰 목청'의 친구인 '높은 목청' 개구리가 창과 방패를 내던지고는 물속으로 뛰어들었습니다. 상황은 마치 생쥐의 승리를 예고하는 듯했어요. 하지만 그때 개구리들 중 가장 호전적인 '연못의 개구쟁이'가 커다란 조약돌을 집어 '높은 목청'을 뒤쫓고 있던 '햄을 야금야금'에게 던졌지요. '햄을 야금야금'이 쓰러지자 생쥐 진영은 동요하기 시작했습니다.

그때 용감한 개구리인 '양배추 등반가'가 진흙 덩어리를 집어 들어 자신에게 맹렬하게 달려드는 생쥐에게 정통으로 맞혔습니다. 그 생쥐는 투구가 벗겨지고 이마는 진흙덩어리로 범벅이 되어 눈앞이 거의 보이지 않을 지경이 되었지요.

바로 그 순간부터 승리는 개구리 쪽으로 기울기 시작했습니다. 하지만 '빵을 야금야금'이 다시 공격을 개시했지요. '빵을 야금야금'은 개구리의 왕인 '불룩 주머니'에게 사납게 달려들었어요.

'불룩 주머니'의 신임을 한 몸에 받는 '유사 부추'가 '빵을 야금야금'의 맹공격에 맞섰습니다. '유사 부추'는 무시무시한 기세로 생쥐의 왕을 창으로 찔렀지만 '빵을 야금야금'의 방패에 부딪쳐 창끝이 부러져버렸지요. 결국 '유사 부추'는 고꾸라지고 말았습니다.

'빵을 야금야금'이 '불룩 주머니'에게 다가왔습니다. 그렇게 두 위대한 왕은 서로를 마주하게 되었지요. 개구리들과 생쥐들이 옆으로 비켜섰고 전투가 잠시 중단됐습니다. 곧 생쥐인 '빵을 야금야금'이 개구리인 '불룩 주머니'의 발가락을 사정없이 공격했지요.

견디다 못한 '불룩 주머니'가 전투에서 물러났습니다. 이때 신들의 아버지인 제우스가 그 싸움을 내려다보고 있지 않았다면 아마 개구리들은 모든 것을 잃고 말았겠지요. 제우스는 이렇게 말했습니다.

"이런, 이런, 개구리들을 구하려면 어떻게 해야 하지? 저기 보이는 생쥐의 돌격을 내버려둔다면 개구리들은 틀림없이 전멸당하고 말텐데."

그때 신들의 아버지 제우스는 어느 생쥐 전사가 그 전투 전체를 통틀어서 전례 없이 무시무시한 맹공을 펼치려는 모습을 지켜보고 있었습니다. 그 전사의 이름은 '음식 조각 수집가'였지요. '음식 조각 수집가'는 전쟁터에 늦게 합류했습니다. 밤 껍질이 둘로 갈라지기를 기다려 반쪽씩 앞발에 대고 나왔거든요. 그는 개구리들에게 용감하게 돌진하며 연못가가 개구리들은 코빼기도 보이지 않는 생쥐들만의 놀이터가 되도록 개구리의 씨를 말리는 순간까지 자신은 전쟁터를 떠나지 않을 것이라 외쳤습니다.

제우스가 '음식 조각 수집가'의 공격을 막기 위해 할 수 있는 일이라곤 신과 인간이 두려워하는 번갯불을 던지는 것뿐이었지요.

개구리와 생쥐 모두 번갯불에 경외감을 품지 않을 수 없었습니다. 하지만 '음식 조각 수집가' 덕에 사기가 충만한 생쥐들은 여전히 개구리에 대한 맹공을 멈추지 않았지요.

그대로라면 개구리들이 완전히 전멸당했을 터였습니다. 하지만 적진으로 돌진하던 생쥐들은 곧 처음 보는 무시무시한 부대와 맞닥뜨리고 말았지요. 그 부대의 전사들은 등에 딱딱한 갑옷을 입고 휜 모양의 집게발을 달고 있었습니다. 안짱다리였고 팔을 길게 뻗을 수 있었지요. 그들의 눈은 뒤쪽도 쳐다볼 수 있었습니다. 그리고 옆으로 걸었지요. 생쥐들이 그때까지 듣도 보도 못했던 동물, 그러니까 게였습니다. 개구리 종족이 완전히 전멸하는 사태를 막기 위해 제우스가 보낸 전사였지요.

게는 집게발로 생쥐의 앞발을 꼬집으며 공격했습니다. 생쥐가 뒤돌아서면 생쥐의 꼬리를 꼬집었어요. 생쥐들 중 가장 용감무쌍한 전사들이 날카로운 창으로 게를 공격했지만 소용이 없었습니다. 생쥐의 창으로는 게의 딱딱한 등껍질에 자그마한 흠집조차 내지 못했으니까요. 무시무시한 집게발을 휘두르며 게 부대는 기묘한 다리로 계속 나아갔습니다. '빵을 야금야금'도 이제는 생쥐들을 결집시키지 못했고 생쥐들이 빈못가에 능신 넙을 세우니다고 밀이딘 '음식 조각 수집가'도 더는 입을 열지 못했습니다.

개구리들은 물속으로 후퇴하여 고개만 빼꼼 내민 채 전투의 결말을 지켜보았습니다. 생쥐들은 창과 방패를 내던지고 전쟁터에서 달아났어요. 게 부대는 자신들의 승리 따위에 아무 관심도 없는 양 계속 나아갔습니다. 개구리들은 물 밖으로 나와 연못가에 앉아 게 부대의 모습을 경탄하며 바라보았지요.

강도 형제가 들려준 유쾌한 얘기에 실컷 웃은 터라 헤라클레스는 감옥에 갇히거나 죽임을 당할 게 뻔한 곳으로 강도 형제들을 데려갈 마음이 사라졌다. 헤라클레스가 강도 형제를 길에서 풀어주자 형제는 청산유수로 감사를 표하며 나중에 혹시라도 헤라클레스가 길가에서 자고 있는 모습을 다시 발견하게 되면 계속 자도록 내버려두겠노라고 공언했다. 이와 같이 말한 뒤 강도 형제는 길을 떠났고 헤라클레스는 개구리와 생쥐의 위대한 전투를 생각하다 웃음을 터뜨리며 옴팔레의 집으로 향했다.

옴팔레는 헤라클레스를 쾌활하게 맞이한 다음 헤라클레스에게 부엌일을 시키며 곁에 앉아 트로이와 라오메돈 왕에 대해 얘기해 주었다. 이야기를 마친 뒤 옴팔레는 헤라클레스의 사자 가죽을 걸치고 안뜰로 나가 헤라클레스의 무거운 곤봉을 질질 끌며 돌아다녔다. 옴팔레는 헤라클레스가 남은 노예 생활을 유쾌하고 즐겁게 보내도록 해 주었다. 머지않아 노예살이가 끝나는 날이 오자 헤라클레스는 유쾌한 과부인 옴팔레와 리디아에 작별인사를 고하고는 데이아네이라를 신부로 맞이하기 위해 칼리돈을 향해 길을 떠났다.

데이아네이라는 멜레아그로스에 대한 애도기간이 끝나 있었기에 실로 아름다워 보였다. 여사제 같고 적절한 조언을 들려줄 듯한 분위기이면서도 늘 슬픔 아래에 잠겨 있던 얼굴에서 이제 환한 웃음이 반짝이곤 했기 때문이었다. 검정빛 눈동자는 별처럼 빛났고 병사들의 야영지에서 야영지로 떠돌아다니며 늘 친구들과 인사를 나누고 새로운 친구들을 사귈 듯한 활기가 뿜어져 나왔다. 헤라클레스와 데이아네이라는 결혼식을 마치고 티린스를 향해 출발했다. 티린스에서 어느 왕이 헤라클레스에게 왕국을 넘겨주기로 약속했기 때문이다.

헤라클레스와 데이아네이라는 에베노스 강에 이르렀다. 헤라클레스 혼자였다면 거뜬히 그 강을 건넜겠지만 데이아네이라를 안고서는 쉽지 않아 보였다. 헤라클레스와 데이아네이라는 강을 따라 걸으며 그들이 탈 배가 있을지 찾아보았다. 그 둘은 함께 있음에 행복해하며 강변을 따라 거닐다가 어느 켄타우로스가 보이는 곳에 이르렀다.

헤라클레스는 그 켄타우로스를 알고 있었다. 이름은 네소스로 헤라클레스가 에리만토스의 멧돼지를 사냥하러 갔을 때 헤라클레스에게 쫓겨 산 위로 올라갔던 켄타우로스 중 한 명이었다. 켄타우로스 족이라면 누구나 헤라클레스를 알고 있었기에 네소스는 마치 헤라클레스와 친하게 지낸 양 말했다. 그리고 자신이 헤라클레스의 신부를 태우고 강을 건네주겠다고 했다.

헤라클레스는 먼저 강을 건넌 다음 맞은편에서 네소스와 데이아네이라를 기다렸다. 네소스는 강을 건너기 위해 강변으로 다가갔다. 그 순간, 강 맞은편에 있던 헤라클레스에게 아내인 데이아네이라의 비명이 들려왔다. 헤라클레스는 네소스가 인정사정없이 데이아네이라를 폭행하는 광경을 보았다.

그러자 헤라클레스는 활시위를 당겨 네소스에게 화살을 쏘았다. 화살은 연달아 네소스의 몸뚱이에 꽂혔고, 데이아네이라를 움켜쥔 네소스의 손아귀에서 힘이 풀렸다. 곧 네소스는 피를 흘리며 강가에 쓰러졌다.

죽어가면서도 헤라클레스에 대한 분노를 누르지 못한 네소스는 자신의 목숨을 앗아간 영웅이 그에 대한 대가로 고통받게 할 방법을 생각해 냈다. 네소스가 데이아네이라를 부르자 데이아네이라는 네소스가 더는 자신을 해치지 못하리라는 점을 파악하고 가까이 다가갔다. 네소스는 자신이 데이아네이라를 폭행한 것을 뉘우치는 의미에서 멋진 선물을 주겠다고 말했다. 네소스는 자신의 몸에서 흘러나온 피를 얼마간 거두어 보관해 두라고 했다. 자신의 피는 상대방에게 연정을 일으키게 할 터이니, 혹시라도 남편의 사랑이 식으면 뭔가에 자신의 피를 묻혀서 남편에게 건네면 사랑이 다시 자라날 것이라고 말했다.

데이아네이라는 켄타우로스 족의 지혜로움에 대해 헤라클레스에게 들은 적이 있었기에 네소스의 말을 그대로 믿었다. 데이아네

네소스의 말을 듣는 데이아네이라

이라는 작은 유리병을 꺼내 그 안에 네소스의 피를 받았다. 곧 네소스는 강에 몸을 던져 죽었고 헤라클레스는 다시 강을 건너 데이아네이라가 서 있는 곳으로 다가왔다.

데이아네이라는 헤라클레스에게 네소스가 한 말을 언급하지 않았고 자신이 네소스의 피를 유리병에 받아 감춰두었다는 사실도 알리지 않았다. 헤라클레스와 데이아네이라는 강변의 다른 지점에서 강을 건넜고 오래지 않아 티린스에 이르러 헤라클레스가 넘겨받기로 한 왕국에 다다랐다.

헤라클레스와 데이아네이라는 그곳에서 지내며 아들을 하나 낳았는데 이름을 힐로스라고 지었다. 얼마 뒤 헤라클레스는 오이칼리아의 왕 에우리토스와 전쟁을 벌이게 되었다.

데이아네이라는 오이칼리아가 헤라클레스에게 점령당했으며 왕과 왕의 딸인 이올레가 포로로 잡혔다는 소식을 들었다. 데이아네이라는 예전에 헤라클레스가 이올레를 아내로 맞이하려고 시합을 벌인 일을 알고 있었기에 헤라클레스가 이올레를 보게 되면 그 여자에 대한 예전의 감정이 다시 살아날까 두려워졌다.

데이아네이라는 네소스가 해 준 말을 떠올렸다. 마침 전령이 도착해 예복을 보내달라는 헤라클레스의 전갈을 알렸다. 그 아름다운 예복은 데이아네이라가 보관하고 있던 것으로 헤라클레스가 신에게 제물을 바칠 때 입을 예정이라 했다. 데이아네이라는 예복을 꺼내들었다. 그 예복을 통해 네소스의 피가 헤라클레스에 닿을 수 있다면 자신은 헤라클레스에게 변함없이 사랑받을 것이라 생각했다. 데이아네이라는 네소스의 피를 그 예복에 부었다.

전령이 돌아왔을 때 헤라클레스는 오이칼리아에 있었다. 헤라클레스는 데이아네이라가 보낸 옷을 받아든 다음 신에게 제물을 바치기 위해 바다를 굽어다보는 산 위로 올라갔다. 이올레도 함께 올라갔다. 헤라클레스는 데이아네이라가 보내온 예복을 입었다. 살갗에 닿는 순간 예복에서 확 불길이 일었다. 헤라클레스는 예복을 찢어내려 했지만 그럴수록 불길은 살 속으로 파고들었다. 불길은 계속 타올랐다. 아무도 그 불길을 끌 수 없었다.

그러자 헤라클레스는 자신의 생이 막바지에 이르렀음을 알아챘다. 헤라클레스는 자신이 불에 타 죽을 것임을 알고 어마어마한 장작더미를 쌓아 그 위로 올라갔다. 예복이 살점을 태워 들어가는 가운데 장작더미 위에 올라가 있던 헤라클레스는 지나가는 사람들에게 자신의 죽음이 앞당겨지도록 장작더미에 불을 붙여달라고 부탁했다.

하지만 아무도 장작더미에 불을 붙이려 들지 않았다. 마침내 젊은 전사인 필록테테스가 그곳을 지나가게 되자 헤라클레스는 장작더미에 불을 붙여달라고 필록테테스에게 애원했다. 필록테테스는 헤라클레스가 그런 식으로 죽음을 맞이하는 것이 신들의 뜻임을 알고 장작더미에 불을 붙였다. 헤라클레스는 보답으로 자신의 멋진 활과 빗나가는 법이 없는 화살을 필록테테스에게 주었다. 훗날 프리아모스의 도시를 함락시키는 데 도움이 되었던 것이 바로 필록테테스가 헤라클레스로부터 받은 활과 화살이었다.

헤라클레스가 딛고 서 있는 장작더미에 불길이 일었다. 하늘 높이, 바다 위로 불길이 치솟았다. 불길 근처에 있던 자들은 모두 달아나버렸다. 하지만 아이같이 순수한 여자, 이올레는 예외였다. 이올레는 그 자리에 머무르며 끝 모르고 치솟는 불길을 지켜보았다. 불길은 하늘을 뒤덮었고 제우스 신을 찾는 헤라클레스의 목소리가 들려왔다. 그 순간 커다란 전차가 내려와 헤라클레스를 태우고 올림푸스로 사라졌다. 많은 노역을 완수하고 이제는 바다 위 높은 곳에서 활활 타오르는 불길에 휩싸였던 인간, 헤라클레스는 이와 같이 죽어 불멸의 신이 되었다.

아드메토스

예전에 제우스는 자신의 아들인 아폴론에게 벌을 내려야겠다고 마음먹었던 적이 있었다. 그때 제우스는 아폴론을 올림푸스에서 추방해버리며 아폴론이 신의 징표를 드러내지 못하고 불멸의 존재가 아닌 인간의 모습으로 보이도록 만들었다. 그리하여 아폴론은 인간의 모습으로 사람들 사이에서 밥벌이 할 길을 찾아야 했다. 아폴론은 아드메토스 왕의 집에 이르렀고 그곳에서 왕의 목동으로 일하게 되었다.

아폴론은 일 년 동안 왕의 검정 소 떼를 놀보면서 그 싫은 왕을 섬겼다. 아드메토스 왕은 자신의 집과 들판에서 일하는 자가 불멸의 신이라는 사실을 알지 못했다. 하지만 아드메토스 왕이 아폴론에게 친절하게 대했으므로 아폴론은 아드메토스 왕을 섬기는 동안 만족스럽게 지냈다.

　곧 사람들은 아드메토스가 얼굴에서 늘 웃음이 떠나질 않고 늘 행복감으로 환하게 빛나는 모습에 경탄을 금치 못하게 되었다. 아드메토스가 그토록 행복하게 지낸 것은 바로 아폴론이 그에게 호의를 품은 덕분이었다. 마침내 아폴론이 아드메토스의 집과 들판을 떠날 때가 오자 아폴론은 아드메토스에게 자신의 정체를 밝힌 다음 지하 세계의 신이 아드메토스에게 죽음의 사자를 보내오더라도 여느 인간과 달리 아드메토스는 죽음의 사자를 뿌리칠 기회를 한 번 가지게 하겠노라고 약속했다.

　이것이 아드메토스가 이아손의 탐험대와 함께 아르고 호에 올라 항해에 나서기 전에 일어난 일이었다. 아드메토스의 동료애는 항해 중 많은 이에게 기쁨을 안겨 주었는데 영웅들 중 그 동료애를 누구보다도 기꺼워한 사람은 헤라클레스였다. 그래서 헤라클레스는 종종 아드메토스를 곁에 불러 자신에게 활과 화살을 준 태양의 신 아폴론에 대해 이야기를 들려주곤 했다.

　아르고 호의 항해와 칼리돈의 사냥 이후 아드메토스는 자신의 고향으로 돌아왔다. 고향에서 아드메토스는 아름답고 사랑스러운 여인 알케스티스를 아내로 맞이했다. 결혼을 허락받기 위해 아드메토스는 사자와 표범에 멍에를 씌워 전차를 끌도록 해야 했는데 그 일은 어떤 영웅도 이행하지 못한 난제였다. 아드메토스는 아폴론의 도움을 받아 그 임무를 성공적으로 완수했다. 알케스티스와의 사랑을 누리면서 아드메토스는 이전보다도 더욱 행복해졌다.

어느 날 아드메토스가 가축우리 곁을 지나 목초지를 걸어가는데 자신의 검정 소 떼 곁에 누군가가 서 있는 모습을 보았다. 광채를 내뿜는 그 모습을 보고 아드메토스는 아폴론 신이 다시 자신에게 왔음을 알아차렸다. 아드메토스는 아폴론 신에게 다가가 예를 표한 뒤 말을 걸었다. 하지만 아폴론 신은 어두운 얼굴로 아드메토스를 바라보기만 했다.

"오오, 아폴론 신이시여. 신께서 제게 베풀어주신 호의 덕에 지난 세월 동안 얼마나 행복했는지 모릅니다. 아아, 오늘 제 목초지를 걸어오는데 제가 이 초록빛 땅과 푸른 하늘을 얼마나 사랑하는지 새삼 생각하게 되더군요. 당신 덕분에 사랑과 행복에 대해 알고 있는 것을 제가 모조리 누리고 있습니다."

하지만 아폴론은 여전히 어두운 얼굴로 아드메토스 앞에 서 있을 뿐이었다. 마침내 아폴론이 입을 열었지만 예전에 아드메토스에게 말할 때의 또렷하고 활기찬 목소리가 아니었다.

"아드메토스, 아드메토스. 자네가 이제 푸른 하늘을 바라볼 수도, 초록빛 땅을 거닐 수도 없음을 말해 주러 왔네. 지하 세계의 신이 당신을 부를 것이라고 말해 주러 왔네. 아드메토스, 아드메토스. 이미 지하 세계의 신이 자네를 데려오도록 죽음의 사자를 보내려는 참이네."

아드메토스는 온 세상의 빛이 사라진 느낌에 떨리는 목소리로 아폴론에게 말했다.

"아아, 아폴론, 아폴론이시여, 당신은 불멸의 신이시니 분명 저를 구할 수 있으시지요! 지하 세계의 신이 저를 데려오라고 보내려는 죽음의 사자로부터 저를 당장 구해 주소서!"

하지만 아폴론이 답했다.

"아드메토스, 오래전 나는 자네를 위해 지하 세계의 신과 약조를 맺었다네. 자네는 여느 인간과 달리 기회가 한 번 있네. 누군가가 자네 대신 죽음의 사자와 기꺼이 동행한다면 자네는 더 살 수 있네. 가게, 아드메토스. 자네는 사람들에게 사랑받는 자이니 누군가 자네를 대신해 줄 사람을 찾을지도 모르겠네."

곧 아폴론은 산꼭대기로 올라가버렸고 아드메토스는 잠시 소 떼 곁에 가만히 머물렀다. 세상에서 어둠이 조금은 걷힌 듯했다. 아드메토스는 궁궐에 가야겠다고 생각했다. 궁궐에는 나이 많은 노인들이 있고 하인과 노예도 있으니 분명 누군가 한 명은 왕을 대신해서 죽음의 사자와 함께 지하 세계로 내려가겠노라고 기꺼이 나설 터였다.

그런 생각을 하며 아드메토스는 궁궐로 향했다. 궁궐에 이르자 아드메토스는 안뜰의 돌 위에 앉아 맷돌로 옥수수를 갈고 있는 아주 나이 많은 노파와 마주쳤다. 노파는 그 고달픈 노동을 아주 오랫동안 해 왔다. 아드메토스가 작은 꼬마였던 시절, 그 안뜰에 처음 발을 들였을 때부터 노파를 보아왔는데 노파의 표정에서는 끝 모를 고통 빼고는 아무것도 느껴지지 않았다. 노파는 눈이 침침하고 무릎은 떨리고 텁수룩한 머리칼에는 안뜰의 흙먼지와 옥수수의 겉껍질이 내려앉은 채 아드메토스가 처음 봤을 때와 마찬가지로 뜰에 앉아 있었다. 아드메토스는 노파에게 다가가 말을 걸면서 자기 대신 죽음의 사자와 같이 가 달라고 부탁했다.

하지만 죽음의 사자라는 말을 듣자 노파의 얼굴에 공포의 빛이 떠올랐다. 그리고 죽음의 사자가 자신의 근처에도 못 오게 하겠노라고 외쳤다. 그러자 아드메토스는 그 자리를 떠나 앞이 안 보이는 거지를 만났다. 거지는 궁궐의 하인들이 혹시 먹을 것을 줄까 싶어 오글쪼글한 마른 손을 내밀고 있었다. 아드메토스는 거지의 마른 손을 잡고서 자신을 데리러 곧 죽음의 사자가 올 텐데 자기 대신 죽음의 사자와 함께 가지 않겠느냐고 물었다. 앞이 안 보이는 거지는 울부짖고 악을 쓰며 자신은 가지 않겠노라고 했다.

그러자 아드메토스는 궁궐로 들어가 자신의 침대가 있는 방으로 갔다. 아드메토스는 침대에 누워 지하 세계의 신이 보낸 죽음의 사자가 자신을 데리러 오면 함께 갈 수밖에 없겠구나 생각하며 탄식했다. 그리고 궁궐 주위의 비참한 사람들 중 아무도 자신을 대신해서 죽으려 하지 않는다는 사실에 슬퍼했다.

그때 누군가 아드메토스에게 손을 얹었다. 아드메토스가 올려다보자 키가 훤칠한 아내 알케스티스가 수심 어린 눈빛으로 곁에 서 있었다. 알케스티스는 진지한 목소리로 천천히 말했다.

"아아, 아드메토스. 당신이 하는 말을 들었어요. 누군가 당신을 대신해서 가야 한다고요. 당신은 왕이고 처리해야 할 중요한 일들이 많겠지요. 아무도 가겠다는 사람이 없다면 저 알케스티스가 당신 대신 가겠어요, 아드메토스."

아드메토스는 아폴론의 말을 들었을 때부터 무거운 발소리가 자신에게 계속 다가오고 있는 느낌을 받았다. 하지만 이제 그 발소리가 멈춘 듯했다. 발소리가 예전처럼 끔찍하게 느껴지진 않았다. 아드메토스는 자리에서 벌떡 일어나 알케스티스의 손을 잡고 말했다.

"그렇다면 당신이 나 대신 가겠다는 것이오?"

"당신 대신 제가 죽음의 사자와 함께 가겠어요, 아드메토스."

아드메토스가 알케스티스의 얼굴을 바라보고 있는 동안, 알케스티스의 얼굴에서 핏기가 사라져갔다. 알케스티스의 몸에서 힘이 빠지는가 싶더니 침대 위로 맥없이 쓰러져버렸다. 아내를 지켜보던 아드메토스는 자신이 아닌 알케스티스가 죽음의 사자와 함께 가리라는 사실을 실감했다. 그렇게 되자 아드메토스는 자신이 한 말, 아내가 남편 대신 자신이 죽음의 사자와 함께 가겠노라고 결심하게 만든 말을 다시 주워 담고 싶었다.

알케스티스는 점점 창백해지고 기운이 없어졌다. 죽음의 사신이 곧 알케스티스를 데리러 올 터였다. 아니, 여기로 오면 안 되지. 아드메토스는 죽음의 사신이 궁궐 안에 발을 들이지 못하게 할 작정이었다. 아드메토스는 알케스티스를 침대에서 안아 올려 궁궐 밖,

아드메토스 왕 대신 죽음의 사자를 따라가겠다고 말하는 알케스티스

신들의 신전으로 데리고 갔다. 아드메토스는 신전에서 알케스티스를 상여 위에 눕힌 다음 그 곁에서 기다렸다. 그러나 알케스티스가 다시 말을 하는 일은 생기지 않았다. 아드메토스는 침묵에 휩싸인 궁궐로 돌아왔다. 하인들은 말없이 왕비를 애도하며 고개를 숙이고 다녔다.

II

아드메토스가 신전에서 돌아오는 길에 어디선가 커다란 고함이 들렸다. 고개를 들어보니 궁궐 입구에 누군가 서 있었다. 사자 가죽과 우람한 덩치를 보고 아드메토스는 누가 왔는지 단박에 알아챘다. 바로 헤라클레스였다. 하지만 지금은 애도 기간이었다. 지금 아드메토스에게 헤라클레스와 함께 있는 기쁨을 누릴 마음의 여유는 없었다. 하지만 헤라클레스가 어떤 엄청난 노역을 마치고 오는 길인지도 모르는데 말 한 마디라도 서운하게 해서 헤라클레스가 자신의 집 문간에서 등을 돌리게 할 수는 없었다. 헤라클레스는 휴식과 재충전이 간절히 필요할지도 몰랐다.

이와 같은 생각에 아드메토스는 헤라클레스에게 다가가 손을 붙잡고 자신의 집으로 기꺼이 맞아들였다.

"아드메토스, 내 친구여. 그동안 잘 지냈나?"

헤라클레스의 물음에 아드메토스는 집에 별일 없으며 영웅이자 동료인 헤라클레스를 환영한다고만 얘기했다. 다만 자신의 마음이 어느 위대한 제물에 머물러 있으니 헤라클레스와 만찬을 함께할 수는 없을 것이라고 말했다.

하인들이 헤라클레스를 욕탕으로 안내한 다음 어디에 만찬이 준비되어 있는지 알려주었다. 아드메토스는 방으로 들어가 알케스티스가 누워 있던 침대 곁에 무릎을 꿇고 앉아 아내의 죽음에 대한 끔찍한 상실감에 빠져 들었다.

헤라클레스는 목욕을 마친 뒤 아드메토스의 하인들이 가져다준 밝은 빛깔의 옷을 걸쳤다. 헤라클레스는 머리에 화관을 쓰고 만찬 자리에 앉았다. 헤라클레스는 아드메토스와 만찬을 함께하지 못하는 것이 못내 아쉬웠다. 하지만 이번 만찬은 앞으로 있을 많은 만찬 중 첫 번째 만찬일 뿐이었다. 앞으로도 아드메토스와 깊은 동지애를 나누게 되리라 생각하며 만찬장을 나오다가 아무 말도 없이 서 있기만 한 하인들과 마주쳤다.

"오늘따라 아드메토스네 집이 왜 이리 조용한가?"

헤라클레스가 묻자 하인 중 한 명이 안 좋은 일이 생겨서라고 얘기했다.

"아아, 왕이 신께 제물을 바쳤다고 했지. 어느 신에게 바치는 제물인가?"

하인이 대답했다.

"지하 세계의 신이지요. 여왕이신 알케스티스께서 신들의 신전에 있는 상여에 누워 계시는데 그곳으로 죽음의 사자가 다가오고 있습니다."

하인은 알케스티스가 나서서 남편 대신 죽음의 사자와 함께 가기로 했다는 얘기를 헤라클레스에게 들려주었다. 헤라클레스는 슬픔에 잠겨 있을 친구의 마음과 그의 아내가 친구를 위해 커다란 희생을 치르는 슬픈 사태에 대해 생각에 잠겼다. 그토록 깊은 슬픔 속에 있으면서도 자신을 집에 맞아들여 융숭히 대접해 주다니, 아드메토스는 얼마나 사려 깊은 친구인가. 그러자 헤라클레스는 자신이 해야 할 노역이 하나 더 생겼다 싶었다.

"케르베로스를 내가 지하 세계에서 끌고 올라오기도 했잖아. 죽음의 사자가 지하 세계의 신이 다스리는 영역으로 데리고 내려오는 자들을 감시하는 사냥개 말이야. 그런데 죽음의 사자와 붙어보지 못할 이유는 뭐람? 게다가 그 충직한 부인을 남편에게 다시 데려다 준다니 이 얼마나 고귀한 일인가! 이 일은 내게 주어진 노역이 아니라 내가 스스로 맡은 노역이다."

헤라클레스는 이와 같이 마음먹고는 아드메토스의 궁궐에서 나와 신들의 신전으로 갔다. 신전 안으로 들어가자 알케스티스가 누워 있는 상여가 보였다. 헤라클레스는 여왕의 모습을 살펴보았다.

알케스티스는 꼼짝도 하지 않고 아무 말 없이 누워 있었지만 아직은 죽음의 손길이 닿지 않은 상태였다. 헤라클레스는 알케스티스 곁에서 지켜보다가 죽음의 사자가 나타나면 알케스티스를 위해 맞붙어 싸울 작정이었다.

헤라클레스가 지키고 있는데 죽음의 사자가 신전에 들어섰다. 헤라클레스는 죽음의 사자를 꽉 붙잡았다. 인간의 손아귀에 붙들려 본 적이 없는 죽음의 사자는 그 정도는 아무것도 아니라는 듯 성큼성큼 지나갔다. 하지만 곧 죽음의 사자도 헤라클레스를 붙잡아 맞붙어야 했다. 죽음의 사자는 그저 손아귀 힘만 센 것이 아니었다. 죽음의 사자의 손이 헤라클레스에게 닿는 순간 지독한 상실감이 헤라클레스를 덮쳤다. 빛을, 숨결을, 움직임을 잃어버린 느낌이었다. 하지만 헤라클레스는 숨이 가빠지고 기운이 빠져나가는 느낌 가운데서도 죽음의 사자와 맞서 싸웠다. 헤라클레스가 돌처럼 차갑고 딱딱한 사자의 몸을 붙잡자 냉기가 온몸에 스며들었다. 헤라클레스 자신의 뼈까지 돌로 변하는 느낌이었다. 그래도 헤라클레스는 죽음의 사자와의 싸움에서 물러나지 않았고 마침내 죽음의 사자를 바닥에 쓰러뜨려 제압했다.

"죽음의 사자여, 이제 당신은 내 손 안에 있소이다. 내 손에 잡혀 있는 동안 당신은 이 일이건 다른 일이건 지하 세계의 신이 맡긴 일을 처리할 수 없을 테니 지하 세계의 신은 화를 내겠지요. 하지만 죽음의 사자여, 당신은 내 손 안에 있으니 당신이 이 신전에

아드메토스 왕을 위해 죽음의 사자와 겨루는 헤라클레스

서 아무도 데려가지 않고 떠나겠다고 약속하지 않는 한 이곳에서 벗어나지 못할 것이오."

그러자 죽음의 사자는 헤라클레스가 자신을 언제까지고 이곳에 잡아둘 수 있으며, 자신이 잡혀 있는 동안 지하 세계의 신이 맡긴 일들을 처리하지 못하리라는 사실을 깨닫고 신전에서 아무도 데려가지 않고 떠나겠노라고 약속했다. 헤라클레스가 죽음의 사자를 놓아주자 그 돌 같은 형상은 신전을 떠났다.

헤라클레스가 알케스티스를 지켜보는 가운데 알케스티스의 얼굴에 핏기가 돌기 시작했다. 오래 지나지 않아 알케스티스는 자신이 누워 있던 상여에서 몸을 일으켰다. 알케스티스가 아드메토스를 큰 소리로 부르자 헤라클레스가 다가가 자신이 알케스티스를 남편의 집으로 데려다 주겠노라고 말했다.

III

아드메토스는 전에 아내가 누워 있던 방에서 나와 궁궐의 문 앞에 멈춰 섰다. 동이 트고 있었다. 아드메토스가 신전 쪽을 바라보자 헤라클레스가 궁궐로 다가오는 모습이 보였다. 어떤 여인과 함께였다. 그 여인은 베일을 쓰고 있어서 아드메토스는 여인의 이목구비를 파악할 수 없었다. 아드메토스 앞에 다다르자 헤라클레스가 말했다.

"아드메토스, 자네가 나를 위해 해 줬으면 하는 일이 있네. 나는 여기 이 여인을 남편에게 데려다 주려 하네. 내가 적과 싸워 이 여인을 구해 냈지. 내가 멀리 여행을 떠나 있는 동안 이 여인이 자네의 집에서 머물도록 해 주겠나?"

아드메토스가 대답했다.

"헤라클레스, 자네가 내게 그런 부탁을 하면 안 되지. 어제까지만 해도 알케스티스가 살고 있던 집인데 다른 여인을 들일 수는 없네."

헤라클레스가 다시 말했다.

"나를 봐서 이 여인을 받아주게. 자, 아드메토스. 와서 이 여인의 손을 잡아주게."

아드메토스는 헤라클레스 옆에 서 있는 이 여인이 이제 곁에 없는 아내와 비슷한 몸집인 것을 알고 가슴을 찌르는 듯한 통증을 느꼈다. 아드메토스는 차마 그 여인의 손을 잡을 수 없었다. 하지만 헤라클레스가 재촉하는 통에 아드메토스는 여인의 손을 잡았다.

"이제 여인을 집 안으로 모시게, 아드메토스."

헤라클레스가 부탁했지만 아드메토스는 차마 그렇게 할 수 없었다. 자신의 아내가 죽음의 사자와 함께 떠나갔는데 자신의 집에 낯선 여자를 들인다고 생각하니 견디기 힘들었다. 하지만 헤라클레스가 자꾸 강요하기에 아드메토스는 그 여인의 손을 잡아 집 안으로 이끌었다.

"이제 베일을 걷어 올리게, 아드메토스."

헤라클레스의 말에 아드메토스가 외쳤다.

"그건 못 하겠네. 이 정도만으로도 충분히 고통스럽네. 다른 여인의 얼굴을 바라보면 알케스티스의 얼굴을 다시는 볼 수 없다는 걸 실감할 뿐인데, 그 고통을 어떻게 감당하란 말인가?"

"베일을 걷어 올리게, 아드메토스."

헤라클레스가 다시 재촉했다.

그러자 아드메토스는 자신이 집 안으로 들인 여인의 베일을 마지못해 걷어 올렸다. 아드메토스의 눈에 알케스티스의 얼굴이 들어왔다. 아드메토스는 제우스의 아들 헤라클레스가 죽음의 사자의 손아귀에서 구해 온 아내의 모습을 다시 들여다보았다. 예전 그 어느 때보다도 큰 행복감이 몰려왔다. 아내가 다시 곁에 있었다. 아폴론의 친구이자 헤라클레스의 친구인 아드메토스는 자신이 원하는 모든 것을 가지게 되었다.

음유시인인 오르페우스는 어떻게
죽음의 세계로 내려갔는가

먼 옛날에는 세상을 돌아다니며 사람들에게 신들의 이야기, 신들의 전쟁과 탄생에 대해 얘기해 주던 음유시인들이 많았다. 하지만 그 중에서도 아르고 호를 탔던 오르페우스만큼 널리 알려진 이는 없었다. 신들에 대해 오르페우스보다 더 진실하게 얘기할 수 있는 이는 없었으니, 오르페우스 자신이 절반은 신이기 때문이었다.

하지만 이런 오르페우스에게 너무도 큰 슬픔이 닥친 적이 있다. 어린 아내인 에우리디케가 곁을 떠나버렸고, 오르페우스는 슬픔을 가누지 못해 노래 부르며 리라 타는 일을 멈추었다. 어느 날 정원을 거닐던 에우리디케가 뱀에게 발뒤꿈치를 물려 죽음의 세계로 끌려가고 말았던 것이다.

그러자 음유시인인 오르페우스에게는 세상만사가 어둡고 쓰라리게만 느껴졌다. 오르페우스는 잠을 이루지 못했고 음식을 먹어도 맛을 몰랐다. 마침내 오르페우스가 말했다.

"나는 지금까지 그 어느 인간도 해 보지 못한 일을 하리라. 심지어는 불멸의 신들조차 감히 나서지 못한 일을 하리라. 나는 죽음의 세계로 내려가 나의 신부 에우리디케를 다시 삶과 빛의 세계로 데려오리라."

곧 오르페우스는 길을 떠나 아케루시아 계곡으로 향했다. 그 계곡을 끝없이 내려가면 죽음의 세계에 닿을 수 있었다. 나무들이 길을 가르쳐 주지 않았던들 오르페우스는 아케루시아 계곡까지 찾아가지 못했을 터였다. 오르페우스는 길 위에서 리라를 타며 노래를 불렀기에 나무들이 그 노래를 듣고 오르페우스의 슬픔에 동감한 나머지 팔과 고개를 움직여 깊고 깊은 아케루시아 계곡으로 가는 길을 알려준 것이었다.

그 어느 곳보다도 깊고 그늘진 골짜기에 난 구불구불한 오솔길을 따라 오르페우스는 끝없이 아래로 내려갔다. 마침내 오르페우스는 죽음의 세계로 들어가는 거대한 관문에 다다랐다. 죽은 자를 다스리는 통치자의 명을 받아 관문을 지키던 말없는 보초병들은 산 자를 보고 두려움에 휩싸여 오르페우스가 관문에 다가가지 못하도록 막았다.

하지만 그들이 왜 두려워하는지 알고 있는 음유시인 오르페우스는 이와 같이 말했다.

"나는 헤라클레스가 아니며 머리가 셋 달린 개 케르베로스를 죽음의 세계에서 끌고 올라가려고 다시 온 것도 아니오. 내 이름은 오르페우스, 이 두 손으로 할 수 있는 일이라곤 리라를 타는 것뿐이라오."

오르페우스가 리라를 집어 들고 연주하기 시작했다. 말없는 보초병들이 관문을 내버려 두고 리라 소리를 듣기 위해 오르페우스 주위로 몰려들었다. 오르페우스가 리라를 타는 동안 죽음의 세계를 다스리는 통치자인 하데스와 페르세포네가 나와 산 자가 읊는 내용에 귀를 기울였다.

"제가 어둡고 무시무시한 길을 지나 이곳까지 온 이유는 저의 신부인 에우리디케에게 더 공정한 운명을 허락해 주시길 간청하기 위해서입니다. 아아, 영원한 세계의 통치자시어. 땅 위의 모든 깃은 결국 당신께 내려와야 합니다. 하지만 에우리디케는 때가 되기도 전에 이곳에 끌려오고 말았습니다. 제게 아내의 죽음을 견뎌 낼 힘이 생기길 바랐지만 도저히 이대로 견딜 수 없습니다. 그리하여 저는 사랑의 힘으로 이곳의 통치자이신 하데스와 페르세포네 앞에 왔습니다."

오르페우스가 '사랑'이란 말을 입에 올리자 지하 세계의 여왕인 젊은 페르세포네가 고개를 숙였고 왕인 하데스 역시 수염이 나 있

에우리디케를 잃고 상심에 빠진 오르페우스

는 얼굴을 숙였다. 페르세포네는 엄마인 데메테르가 자신을 찾아 얼마나 온 방방곡곡을 누비고 다녔던가를 떠올렸고, 엄마의 눈물이 자신의 얼굴 위로 떨어지던 감촉을 떠올렸다. 하데스는 페르세포네에 대한 사랑에 눈이 멀어 지상 세계의 골짜기에서 꽃을 꺾고 있던 페르세포네를 어떻게 지하 세계로 데려왔던가를 떠올렸다. 하데스와 페르세포네가 고개를 숙인 채 한쪽으로 비켜서자 오르페우스는 관문을 지나 죽은 자들의 세계로 들어갔다.

오르페우스는 여전히 리라를 타고 있었다. 지은 죄 때문에 물속에 목까지 잠긴 채 서 있으면서도 결코 갈증을 달랠 수 없는 벌을 받은 탄탈로스도 오르페우스의 리라 소리를 듣느라 늘 속절없이 흘러가버리는 물로 입술을 축이려 발버둥치는 일을 잠시 잊었다. 시시포스는 바위를 굴려 언덕 위로 밀어 올리는 벌을 받은 자인데 언덕 위로 올린 바위는 다시 아래로 굴러 떨어지므로 바위를 밀어 올리는 일을 끝없이 되풀이해야 했다. 그런 시시포스도 오르페우스가 연주하는 리라 소리를 듣자 한동안 바위 위에 가만히 앉아 있었다. 죽은 자에게 생전의 온갖 죄악과 잘못을 떠올리게 만드는 그 무시무시한 복수의 여신들조차 볼이 눈물로 젖어들었다.

오르페우스는 새로 온 지 얼마 안 되는 죽은 자의 무리 중에서 에우리디케를 발견했다. 에우리디케도 남편을 바라보았지만 남편에게 가까이 다가갈 힘이 없었다. 그래도 하데스가 부르자 에우리디케는 서서히 다가갔다. 마침내 오르페우스는 기쁨에 젖어 에우리디케의 손을 잡았다.

그러자 하데스와 페르세포네는 오르페우스와 에우리디케가 함께 죽음의 세계를 떠나 삶의 세계에서 머무르도록 허락했다. 어떤 인간도 일찍이 그런 특권을 누린 예는 없었다. 단 조건이 하나 있었으니 그들이 아케루시아 계곡을 통과하여 올라가는 동안 오르페우스와 에우리디케가 뒤를 돌아보면 안 된다는 것이었다.

오르페우스와 에우리디케는 관문 주위에서 지켜보는 구경꾼들 사이로 문을 빠져 나왔다. 이들이 오르페우스와 에우리디케에게 아케루시아 계곡을 통과하여 위로 향하는 오솔길을 가르쳐 주었다. 오르페우스가 에우리디케보다 앞서 걸으며 둘은 그 오솔길로 향했다.

오르페우스와 에우리디케는 어두운 길을 따라 계속 위쪽으로 올라갔다. 오르페우스는 에우리디케가 뒤에서 따라오고 있다는 것을 알면서도 결코 에우리디케를 뒤돌아보지 않았다. 하지만 길을 가는 동안 오르페우스의 마음은 에우리디케에게 들려주고 싶은 이야기들로 꽉 차 있었다. 에우리디케가 떠나간 뒤 정원의 나무에 얼마나 꽃이 만발했는지, 분수의 물이 얼마나 반짝거렸는지, 집의 문을 어떻게 늘 열어두었는지, 예전에 눈이 나린이 많이 일세가 덤불 위로 쏟아지는 햇빛을 어떻게 바라보곤 했는지 얘기하고 싶었다. 보이지 않지만 말없이 뒤에서 따라오는 에우리디케에게 오르페우스는 이 모든 얘기를 들려주고픈 마음으로 꽉 차 있었다.

이제 아케루시아 계곡이 지상의 세계로 이어지는 곳이 멀지 않았다. 오르페우스는 파란 하늘을 올려다보았다. 날개가 하얀 새가 창공을 날아갔다. 오르페우스는 뒤돌아보며 외쳤다.

"오오, 에우리디케, 내가 당신을 다시 데리고 온 이 지상의 세계를 보시오!"

에우리디케의 길고 검은 머리칼과 창백한 얼굴이 눈에 들어왔다. 오르페우스는 에우리디케를 붙잡으려 두 손을 뻗었다. 하지만 바로 그 순간, 에우리디케는 깊은 계곡 속으로 빨려 들어갔다. 오르페우스에게 들린 소리는 단 한마디뿐이었다.

"작별이로군요!"

에우리디케가 그도록 멀리 기어오르기까지 실로 오랜 시간이 걸렸지만 오르페우스가 뒤돌아본 찰나에 에우리디케는 죽음의 세계로 다시 돌아가 버린 것이었다.

오르페우스는 다시 아케루시아 계곡을 통해 아래로 내려가 관문의 보초병들 앞에 섰다. 하지만 이제는 오르페우스를 쳐다보는 이도 오르페우스의 말에 귀 기울이는 이도 없었다. 절망한 오르페우스는 지상의 세계로 다시 돌아오는 수밖에 없었다.

이제 새들이 오르페우스의 친구가 되어주었고 나무와 돌멩이도 마찬가지였다. 새는 오르페우스 곁에서 날며 함께 슬퍼했다. 나무와 돌멩이가 리라 소리에 감동하여 종종 오르페우스를 따라다니기도 했다. 하지만 난폭한 무리들이 오르페우스를 살해하고 머리를 잘라 리라와 함께 헤브루스 강으로 던져버렸다. 시인들의 말에 따르면 리라가 강 한복판에서 떠내려가며 구슬픈 소리를 내자 오르페우스의 머리가 그 반주에 맞춰 노래를 불렀다고 한다.

이제 오르페우스는 산 자가 아니기에 죽음의 세계로 내려갔는데, 아케루시아 계곡에 난 경사가 심한 길로 간 것이 아니라 직통으로 내려갔다. 말없는 보초병들도 오르페우스를 통과시켜 주었다. 망자들에게 다가간 오르페우스는 그들 중 에우리디케를 발견했다. 오르페우스와 에우리디케는 다시 함께 지내게 된 것이었다. 하데스 왕이 다스리는 지하 세계에 있는 동안 그들은 서로 뒤돌아보는 것을 두려워할 필요가 없었다.

이아손과 메데이아

이올코스로 돌아갈 수 없게 된 이아손과 메데이아는 코린토스에서 크레온 왕의 궁궐에 머물렀다. 크레온은 이아손이 자신의 나라에 머무는 것이 자랑스러웠지만 메데이아가 어떻게 동생인 압시르토스를 죽음으로 몰고 갔는지 들었기에 메데이아는 두려워했다.

메데이아는 크레온 왕의 궁궐에서 그렇게 오래도록 기다리는 것이 진절머리가 났다. 자신이 가진 마법의 힘을 발휘하고 싶은 마음이 굴뚝같았다. 하지만 아레테 왕비가 해 준 말이 떠올랐다. 신들의 분노를 누그러뜨리고 싶다면 이제 마법에서 완전히 손을 떼야 한다는 말이었다. 그렇지만 자신이 가진 마법의 힘을 마음껏 쓰고 싶은 마음은 점점 커져만 갔다.

이아손 역시 크레온 왕의 궁궐에서 지내며 억누르고 있는 열망이 있었다. 이아손은 이올코스로 돌아가 사람들에게 자신이 가져온 황금양털을 보여주고 싶었다. 어머니와 아버지를 죽인 펠리아스를 처치하고도 싶었다. 그리고 무엇보다도 이아손은 왕이 되어 할아버지인 크레테우스가 세운 왕국을 다스리길 원했다.

어느 날 이러한 열망을 이야기하는 이아손에게 메데이아는 이렇게 말했다.

"아아, 이아손. 지금까지 당신을 위해 많은 일들을 해 왔으니 이번 일도 제가 할게요. 제가 이올코스로 들어가서 아르고 호가 귀환할 수 있도록, 당신이 동료들과 함께 돌아올 수 있도록 제 마법의 힘으로 길을 터놓겠어요. 그뿐 아니라, 아아, 이아손 당신이 왕위에 오를 수 있게 해 놓겠어요."

그때 이아손은 아레테 왕비가 메데이아에게 들려준 말을 기억했어야 했다. 하지만 승리와 복수에 대한 갈망이 이아손에게서 그 기억을 덮어버렸다.

"아아, 메데이아. 부디 당신의 마법을 있는 힘껏 동원해서 그렇게 되도록 도와주시오. 그러면 당신은 내게 지금까지보다도 더욱 소중한 존재가 될 것이오."

곧 메데이아는 크레온 왕의 궁궐을 떠나 콜키스에서 썼던 것보다 더욱 무시무시한 마법을 사용했다. 밤 내내 메데이아는 외딴 곳에 머물며 마법을 부렸고, 동이 터올 즈음에는 자신의 마법이 헛되지 않았음을 확인했다. 이제 메데이아 곁에는 용이 끄는 전차가 내려와 있었다.

마법사인 메데이아조차 지금까지 용이 끄는 전차를 본 적이 없었다. 용을 살펴보니 두려움이 밀려왔지만 메데이아는 곧 마음을 가다듬고 이렇게 말했다.

"나는 메데이아다. 나는 예전의 그 어느 때보다도 더욱 훌륭하고 용의주도한 마법사가 되어야 하리니 내가 계획한 일을 그대로 실행에 옮기리라."

말을 마친 메데이아는 용이 끄는 전차에 올라 새벽이 밝아오는 가운데 코린토스를 떠났다.

메데이아는 용이 끄는 전차를 몰아 마법의 약초가 자라는 곳으로 갔다. 오사 산, 펠리온 산, 오트리스 산, 핀도스 산, 올림푸스 산을 거진 다음 아피다노스 강, 에니페우스 강, 페네오스 강으로 이동했다. 메데이아는 산에서 약초를 뜯고 강둑에서 풀을 거두었다. 어떤 것은 뿌리째 뽑았고 어떤 것은 구부러진 칼날로 잘라냈다. 약초와 풀을 다 모으자 메데이아는 용이 끄는 전차를 타고 코린토스로 돌아왔다.

그때 이아손은 메데이아를 보았다. 메데이아의 얼굴은 핏기 없이 핼쑥했고 눈빛은 기묘하게 번득였다. 용이 끄는 전차 옆에 서 있는 모습을 보자 이아손은 메데이아에 대한 두려움이 밀려왔다. 이아손이 메데이아에게 다가갔지만 메데이아는 차가운 목소리로 이제 약을 달일 터이니 방해되지 않도록 가까이 오지 말라고 했다. 이아손은 몸을 돌렸다. 궁궐로 가던 중에 이아손은 크레온 왕의 딸 글라우케를 보았다. 우물에서 오는 길인지 물동이를 들고 있었다. 이아손은 글라우케가 아침 햇빛을 받아 얼마나 아름다워 보이는지, 글라우케의 머리카락과 옷자락이 바람에 얼마나 그윽하게 날리는지, 글라우케가 요술과 마법으로부터 얼마나 멀리 떨어진 존재인지 생각하며 탄식했다.

메데이아는 자신이 따온 마법의 약초와 풀을 곁에 한 무더기로 쌓아놓았다. 그다음 청동으로 된 솥에 집어넣고 개울에서 길어온 물을 넣어 끓였다. 곧 부글부글 거품이 일며 끓어오르자 메데이아는 마른 사과나무 가지로 솥 안을 저어주었다. 나뭇가지는 시들어 있어 그저 마른 작대기에 불과했다. 하지만 메데이아가 약초와 풀을 저어주자 나뭇가지에서 처음에는 이파리가 돋아나고, 그다음에는 꽃이 피더니, 나중에는 반짝반짝 윤이 나는 사과가 열렸다. 솥이 끓어 넘쳐 흘러내린 액체가 땅에 떨어지자 메마른 땅에서 부드러운 풀과 꽃이 자라났다. 메데이아가 만든 약이 가진 재생의 힘은 그토록 강했다.

메데이아는 작은 유리병 가득 자신이 제조한 액체를 넣은 다음 나머지는 뜰 안에서 수풀이 제멋대로 우거진 곳 여기저기에 뿌렸다. 그런 다음 작은 유리병과 메마른 나뭇가지에서 자라난 사과를 들고 용이 끄는 전차에 올라 다시 코린토스를 떠났다.

메데이아는 용이 끄는 전차를 타고 이올코스 근처에 다다랐다.

이아손을 위해 마법을 사용하는 메데이아

용이 내려앉은 곳은 물빛 짙은 웅덩이가 있는 곳이었다. 메데이아는 옷을 벗고 웅덩이 안으로 들어가 섰다. 잠시 동안 메데이아는 어두운 수면에 비친 자신의 모습을 내려다보며 하얀 몸뚱이와 탐스러운 머리칼을 살펴보았다. 그다음 메데이아는 웅덩이에서 목욕을 했다. 곧 메데이아에게 무시무시한 변화가 일어났다. 메데이아가 자신의 모습을 바라보는 동안 숱이 없어진 머리칼은 회색빛으로 변했고 몸은 볼품없이 구부정해졌다. 메데이아는 살갗이 쪼글쪼글한 마귀할멈 같은 몰골로 웅덩이에서 걸어 나왔다. 전에 입고 있던 화려한 옷을 걸치자 옷이 후줄근하게 늘어져 더욱 으스스하게 보였다. 메데이아가 용에게 떠나라고 지시하니 용은 빈 전차를 끌고 하늘로 날아올랐다. 그다음 메데이아는 자신이 조제한 액체를 넣은 유리병과 마른 나뭇가지에서 자라난 사과를 옷 속에 숨겼다. 그러고는 몸을 지탱할 막대기를 하나 집어 들고 나이 많은 노파의 걸음걸이로 이올코스를 향해 절뚝거리며 걷기 시작했다.

이올코스의 거리 곳곳에 펠레아스가 산악지대에서 불러온 사나운 병사들이 보였다. 대낮인데도 시내에 사람들의 모습은 거의 보이지 않았다. 메데이아는 시내를 지나 펠리아스 왕의 궁궐로 갔다. 하지만 보초병들이 메데이아를 붙잡아 제지했다.

메데이아는 보초병들에게 굳이 저항하지 않았다. 대신 옷자락 사이로 숨겨두었던 윤이 나는 사과를 한 개 꺼내 보초병에게 건네며 이렇게 말했다.

"펠리아스 왕에게 드리려고 가져왔소. 그 사과를 왕께 바친 뒤 왕이 저에 대해 명하시는 대로 따르시오."

보초병이 그 윤이 나는 사과를 왕에게 가져갔다. 나이가 들어 몸이 떨리는 펠리아스 왕은 사과를 받아들어 향기를 맡더니 그 사과가 어디에서 났느냐고 물었다. 보초병은 어느 나이 많은 노파가 가져 왔으며 노파는 지금 바깥에서 뜰의 바위에 앉아 있노라고 대답했다.

왕은 그 빛나는 사과를 살펴보고 향기를 맡았다. 나이가 들어 몸이 떨리는 펠리아스 왕은 이 사과가 자신이 예전의 원기왕성하고 혈기방장하던 모습으로 돌아가는 길을 알려줄지 모르겠다는 생각을 떨칠 수 없었다. 펠리아스는 이 사과가 어디에서 났으며 이 사과를 자신에게 보낸 자가 누구인지 물어보고자 노파를 데려오라고 지시했다. 그러자 보초병은 메데이아를 왕 앞에 데려왔다.

메데이아는 창백한 얼굴에 몸이 떨리는 한 노인이 손을 떨며 두려운 눈빛으로 자신을 살펴보는 모습을 보았다.

"자네는 누구인가? 짐에게 보낸 그 사과는 어디에서 났나?"

왕 앞에 선 메데이아는 세월과 함께 구부정해진 여위고 쪼그라든 노파의 모습이었지만 눈빛은 반짝이고 생기가 감돌았다. 메데이아는 왕에게 다가와 말했다.

"오오, 왕이시여. 그 사과는 '어둠의 땅'의 딸들이 지키는 정원에서 난 것입니다. 그 사과를 먹는 자는 나이를 먹는 압박을 조금은 덜 수 있지요. 하지만 그 머나먼 정원에서는 빛나는 사과보다도 더욱 놀라운 것들이 자란답니다. 그곳에서 자라는 여러 가지 풀로 만든 즙을 쓰면 나이 먹고 기력이 쇠한 것도 다시 젊게 만들 수 있지요. 그 사과는 왕이 전성기 시절에 누렸던 활력을 다소 되찾게 할 것입니다. 하지만 제가 갖고 있는 즙은 왕에게 더욱 멋진 시절을, 왕이 한창때에 누렸던 세력과 영화까지도 되찾게 할 수 있지요."

왕은 노파의 말을 듣자 게슴츠레하던 눈에 광채가 돌더니 메데이아를 붙잡아 끌어당기며 외쳤다.

"'어둠의 땅'의 딸들이 지키는 정원을 논하다니 자네는 누구인가? 한창때의 세력과 영화를 되찾게 해 준다는 즙을 논하다니 자네는 누구인가?"

메데이아가 대답했다.

"오오, 왕이시여, 저는 엄청난 슬픔을 수없이 겪은 노파입니다. 슬픔을 가누지 못해 세상을 이곳저곳 떠돌았습니다. 많은 이들이 '어둠의 땅'의 딸들이 지키는 정원을 찾아 헤맸습니다만 저는 어쩌다보니 그 정원에 이르게 되었고 굳이 원했던 것도 아닌데 운이 나빠 이끼를 때 모았으며 그곳의 풀에서 젊음을 되찾아주는 즙을 짜게 됐습죠."

"그 즙을 손에 넣을 수 있었다면 어찌하여 자네는 슬픈 노년과 쇠약해진 몸뚱이를 견디고 있는가?"

"왕이시여, 제가 수없이 겪어온 슬픔을 생각해 보건대 저는 삶을

갱신하고 싶지 않습니다. 저는 죽음과 모든 일의 끝에 더욱 가까이 다가가고 싶을 뿐입니다. 하지만 당신은 왕이시며 당신이 바라시는 모든 것을 갖고 계십니다. 아름다움과 국가와 권력을 손에 넣어 누리고 계십니다. 젊음을 되찾는 것이라면 분명 그 누구보다도 왕이 바라실 일이지요."

펠리아스는 메데이아의 말을 듣고 자신이 젊음 빼놓고는 아쉬운 것이 없음을 깨달았다. 온통 범죄로 얼룩진 성인 시절을 보낸 끝에 펠리아스는 크레테우스가 세운 나라를 집어삼킬 수 있었다. 하지만 펠리아스는 이미 노년기에 접어들어 쇠약해져 갔고 손에 넣은 권력은 점점 흔들리고 있었다. 자신이 쇠약해지면 왕위에서 쫓거나거나 머지않아 죽음을 맞이하게 될 것이고 그렇게 되면 자신의 이름과 왕위는 종말을 맞이하게 될 터였다.

펠리아스는 생각했다. 누군가 젊음을 되찾을 수 있는 즙을 갖고 자신에게 온 것이 사실이라면 자신은 그 어떤 왕보다도 얼마나 운이 좋은가! 펠리아스는 나이가 매우 많은 듯한 노파의 얼굴을 갈망하는 눈빛으로 들여다보며 말했다.

"자네가 얘기하는 그 즙을 가지고 자네는 어찌하여 아무 이득도 취하지 않았는가? 자네는 늙었고 몸뚱이는 슬프게도 쇠약해졌네. 젊음을 되찾지 않는다 하더라도 자네가 갖고 있다고 말하는 즙에 대한 대가로 재물과 권력을 가질 수 있었을 터인데."

그러자 메데이아가 대답했다.

"저는 너무도 많은 것을 잃었고 너무도 큰 고통을 겪었기에 굳이 살아갈 세월을 연장하면서까지 젊음을 되찾고 싶지 않습니다. 그보다는 무덤 속의 고요함에 잠기고 싶지요. 하지만 죽기 전에 다소 안락하게 지내고는 싶습니다. 왕의 궁궐에서 지내며 좋은 음식을 먹고 휴식을 취하고 늙은 몸뚱이의 수발을 들어줄 하인을 두는 정도의 안락함이지요. 아아, 펠리아스 왕이시여. 당신은 젊음을 원하지만 제가 원하는 것은 그 정도입니다. 당신은 그런 안락함을 제게 베풀 수 있으신 데다 저는 젊음에 대한 갈망이 당신보다 덜한 왕에게 가느니 젊음을 간절히 원하는 당신께 온 것입니다."

펠리아스가 말했다.

"당신은 그런 즙을 갖고 있다는 것을 내게 말로 했을 뿐이네. 왕에게 와서 사기 치려는 놈은 많네."

메데이아가 소리쳤다.

"오오, 왕이시여. 말이 오가는 것은 여기까지만 합시다. 제가 가져온 즙에 어떤 효능이 있는지 내일 당신께 보여드리겠습니다. 커다란 통을 하나 준비해 주십시오. 한 사람이 안에 들어가 물에 잠길 수 있는 정도의 크기여야 합니다. 그 통을 물로 채워 놓은 다음 당신이 구할 수 있는 가장 늙은 동물을 데려다 놓으시지요. 양이건 염소건 그 무리에서 가장 늙은 놈으로 말입니다. 오오, 왕이시여. 이와 같이 준비해 놓으시면 경이롭고 희망적인 광경을 보게 되실 것입니다."

메데이아는 이와 같이 말한 다음 몸을 돌려 왕 앞에서 물러났다. 펠리아스는 호위병을 불러 그 노파를 책임지고 도맡아 잘 배려해드리라고 지시했다. 하루 종일 왕은 노파가 했던 말을 곰곰이 생각하며 희망에 들떠 심장이 쿵쾅거렸다. 왕은 하인에게 아래층 방에 커다란 통을 마련해 놓도록 했고 양치기에게는 양 떼 중 가장 나이 많은 양을 데려오라고 지시했다.

그 방에는 오로지 메데이아만이 왕과 함께 들어갈 수 있도록 허락받았다. 방으로 가는 길에는 보초가 섰고 무엇이든 그 방에서 일어나는 일은 비밀로 해야 했다. 호위병이 메데이아를 그 방의 문 앞으로 데려갔다. 메데이아가 닫힌 문을 열자 왕이 방 안에 있고 통이 준비되어 있는 것이 보였다. 통 근처에는 묶여 있는 양도 한 마리 보였다.

메데이아는 왕을 살펴보았다. 횃불에 비친 왕의 얼굴은 창백한 데다 험악해 보였고 입으로는 숨을 몰아쉬고 있었다. 메데이아가 왕에게 조용히 말했다.

"설명은 필요 없습니다. 엄청난 기적이 일어날 터이니 잘 보십시오! 양의 무리 중 가장 늙고 쇠약한 양이 이 통에서 나올 때에는 젊고 팔팔한 모습으로 나타날 것입니다."

메데이아는 양을 풀었고 펠리아스의 도움을 받아 그 양을 통으로 끌고 갔다. 양이 너무도 쇠약했기에 그리 어려운 일은 아니었다. 양은 다리로 몸뚱이를 지탱하기 힘들 지경이었고 노리끼리한 털이 쪼그라든 몸뚱이에 드문드문 나 있을 뿐이었다. 양을 통 안으로 밀어 넣는 일도 그리 어렵지 않았다. 그다음 메데이아는 가슴팍에서 작은 유리병을 꺼내어 코린토스에 있는 크레온의 정원에서 만들어두었던 액체를 물속에 조금 부었다. 통 안의 물에서 기묘한 거품이 부글부글 일더니 양이 물속으로 가라앉았다.

그러자 통 옆에 서 있던 메데이아가 주문을 외기 시작했다.

"오오, 대지의 신이시여. 현명한 인간에게 강력한 약초를 내려주시는 대지의 신이시여. 오오, 대지의 신이시여. 이제 저를 도우소서. 제가 구름을 몰아낼 수 있는 자입니다. 제가 바람을 쫓아버릴 수 있는 자입니다. 제가 주문을 외워 구렁이의 턱을 부숴버릴 수 있는 자입니다. 제가 살아 있는 나무와 바위를 뿌리 뽑을 수 있는 자입니다. 제가 산을 흔들 수 있고 무덤에서 유령을 불러낼 수 있는 자입니다. 오오, 대지의 신이시여. 이제 저를 도우소서."

이 기이한 주문에 통 안의 혼합물이 점점 더 끓어오르며 거품으로 부글거렸다. 그러다가 거품을 내며 펄펄 끓던 것이 멈추더니 수면으로 양이 떠올랐다. 메데이아는 양이 버둥거리며 통에서 나오려는 깃일 느꼈는메 발을 꼬을 빼저 나오자마자 몸을 돌려 머리로 통을 받아버렸다.

펠리아스는 햇불을 집어서 내려 양 앞에 섰다. 양은 실로 활기찼고 양털은 하얀 데다 몸통에 고르게 자라 있었다. 메데이아와 펠리아스는 그 양을 다시 묶어둘 수가 없어서 하인들을 방으로 불러

들였는데 두 명이 달라붙어서야 그 양을 끌고 나갈 수 있었다.

왕은 어서 통 안에 들어가 메데이아가 그 액체를 집어넣고 주문을 외우기만을 간절히 바랐다. 하지만 메데이아는 왕에게 다음 날까지 기다려야 한다고 말했다. 그날 밤 왕은 자신이 젊음과 힘을 되찾아 안정적으로 성공을 구가하게 되리라는 생각에 들떠 뜬눈으로 밤을 지새웠다.

동이 터 오르자 왕은 메데이아를 불러서 통을 대령해 놓도록 할 터이니 그날 밤 자신이 그 안에 들어가겠노라고 메데이아에게 말했다. 메데이아는 왕을 살펴보았다. 무력한 왕의 모습을 보니 왕에게, 아니 왕이 아닌 왕가 전체에 더욱 사악한 짓을 저지르고 싶은 마음이 솟구쳤디. 왕을 처치하겠다는 메데이아의 책략은 이제 곧 성공할 수 있을 터였다! 하지만 메데이아는 왕가가 겪는 고통을 그토록 빨리 끝나게 할 생각이 없었다.

그리하여 메데이아가 왕에게 말했다.

"저는 그 주문을 들판의 짐승에게는 외우겠지만 왕에게 외울 수는 없습니다. 왕이 젊음을 되찾아 줄 통에 들어가실 때에는 마땅히 왕의 친족이 있어야겠지요. 그곳에 공주님들을 데려오세요. 제가 공주님들께 통에 넣어 섞을 즙을 드리고 필요한 주문도 가르쳐 드리지요."

펠리아스 왕은 메데이아의 말이 그럴듯하다고 생각했다. 곧 전갈을 받고 펠리아스 왕의 딸인 공주들이 와서 메데이아 앞에 섰다.

공주들은 억압적인 아버지에게 짓눌려 지내온 여인들이었다. 눈빛이 흐리고 대단히 허약하고 겁에 질린 공주 둘이 이제 아버지 앞에 서 있었다. 메데이아는 공주들에게 통에 넣어 섞을 액체가 담긴 유리병을 건네고 주문도 가르쳐 주었지만 주문의 내용은 틀리게 가르쳐 주었다.

아래층 방에 통이 준비되었다. 펠리아스와 딸들은 그곳으로 들어갔고 방문 앞에는 보초병이 섰으며 그 방 안에서 일어나는 일은 비밀이었다. 펠리아스는 통 안으로 들어갔다. 유리병의 액체가 통 안에 들어가자 전날처럼 액체가 끓어오르며 거품이 부글부글 일었다. 그 속으로 펠리아스가 가라앉았다. 펠리아스의 딸들은 메데이아가 가르쳐 준 대로 주문을 외웠다.

펠리아스는 가라앉았지만 다시 떠오르지는 않았다. 시간이 흘러 아침이 오자 펠리아스 왕의 딸들은 겁에 질리고 슬픔에 젖어 울부짖기 시작했다. 통 안의 액체가 부글부글 거품을 내며 끓어올라 테두리 위로 넘쳤지만 펠리아스는 죽어서 팔다리가 뻣뻣해진 채 바닥에 가라앉은 모습으로 발견될 운명이었다.

비로소 보초병들이 펠리아스 왕을 통에서 꺼내어 왕의 방에 안치했다. 왕이 죽었다는 소식이 궁궐에 퍼졌다. 그러자 궁궐 안에 정적이 흘렀다. 하지만 슬픔의 정적은 아니었다. 하인과 종들은 너나없이 혐오하던 궁궐에서 하나둘씩 몰래 빠져나갔다. 그 뒤로 산악지대에서 온 사나운 용병들이 손이 닿는 대로 약탈품을 챙겨 달아나는 소리가 길가에 요란하게 울려 퍼졌다. 이 모든 일이 벌어지는 동안 펠리아스 왕의 딸들은 두려움에 떨며 아버지의 시신 곁에 쪼그리고 앉아 있었다.

그리고 메데이아는 여전히 나이 많은 노파의 모습으로 군중을 뚫고 시내의 큰길에 다다랐다. 메데이아는 사람들 사이를 지나며 아이손의 아들이 살아 있고 곧 그들에게 돌아올 것이라 말했다. 그 말을 듣자 사람들은 원로회를 구성하여 이아손이 돌아올 때까지 백성을 다스리도록 했다. 이와 같은 방식으로 메데이아는 펠리아스 왕의 통치에 종말을 가져왔다.

메데이아는 외기양양히여 시내를 지나갔다. 하시만 메데이아가 신전 앞을 지나가는데 누군가 옷자락을 붙들었다. 아르테미스의 여사제로 나이가 아주 많은 이피아스였다.

"너는 아이에테스의 딸이로구나. 너는 속임수를 써서 이올코스로 들어왔구나. 네가 오늘 저지른 짓으로 인해 너와 이아손에게 저주가 내리리라! 펠리아스를 죽여서가 아니라 그의 딸들에게 펠리아스를 죽게 만든 죄책감을 안겨줌으로써 그들을 고통 속으로 몰아넣었으니 너는 벌을 받아 마땅하리. 아이에테스 왕의 딸이여, 이 도시를 떠나거라. 결코, 다시는 이곳으로 돌아오지 말아라."

하지만 메데이아는 나이 많은 여사제 이피아스의 말을 귀담아듣지 않았다. 메데이아는 여전히 노파의 모습을 한 채 시내의 거리를 지나 관문을 통과하여 이올코스에서 이어지는 큰길을 따라갔다.

메데이아는 전에 목욕했던 물빛 짙은 웅덩이에 다다랐다. 하지만 이번에는 웅덩이로 걸어 들어가지 않았고 웅덩이의 물을 자신의 쪼그라든 몸뚱이에 붓지도 않았다. 대신 메데이아는 초록빛 풀로 뒤덮인 제단을 두 개 세웠다. 하나는 젊음의 신 헤베에게 바치는 제단이었고 다른 하나는 마녀의 여왕 헤카테에게 바치는 제단이었다. 메데이아는 숲에서 가져온 초록빛 나뭇가지들로 제단을 에워싼 뒤 각각의 제단 앞에서 기도를 올렸다. 그다음 옷을 모두 벗고 마법의 약초와 풀을 달여 만들어 놓은 액체를 몸에 발랐다. 늙고 쇠약하던 모습이 흔적도 없이 사라진 메데이아가 물빛 짙은 웅덩이의 가장자리에 서서 자신의 모습을 굽어다 보았다. 몸은 예전처럼 하얗고 맵시 있는 데다 머리칼도 부드럽고 윤이 났다.

메데이아는 무성한 숲과 물빛 짙은 웅덩이 사이에서 밤새 머물렀다. 동이 터오자 비늘로 뒤덮인 용이 전차를 끌고 메데이아에게 왔고, 메데이아는 전차에 올라 코린토스로 돌아가는 여정에 올랐다.

이아손은 메데이아가 비늘로 뒤덮인 용이 끄는 전차에 오르는 것을 봤을 때부터 메데이아가 두려워졌다. 이제 이미 깊은 메데이아가 아르고 호에서 함께했던 동반자로 느껴지지 않았다. 메데이아는 자신을 도와줄 수 있고 자신을 위해 멋진 일을 해낼 수 있긴 했지만 부드럽고 정답게 얘기를 나눌 수 있는 여자는 아니었다. 아아, 하지만 이아손에게 자신의 왕국에 대한 열망, 황금양털을 가

용이 끄는 전차를 타고 날아오르는 메데이아

지고 금의환향하겠다는 열망이 그리 강하지 않았다면 메데이아가 용을 부르는 일도 없었을 터였다.

메데이아에 대한 사랑이 식었기에 이아손은 다른 여인의 사랑스러움에 정신이 팔리고 말았으니 그 여인은 코린토스의 왕인 크레온의 딸 글라우케였다. 붉은 입술과 천진한 눈빛을 지닌 글라우케는 콜키스에서 황금양털을 가져온 이아손을 마치 자신이 그동안 이야기에서만 들었던 영웅처럼 생각하고 있었다. 왕인 크레온도 이아손이 자신의 딸과 결혼하여 코린토스에 머물면서 왕국의 세력을 강화시켜주기를 바라는 마음에 이아손과 글라우케가 자주 어울리도록 했다. 크레온 왕은 기묘한 여자인 메데이아가 계속 이아손의 동반자로 남을 수 없으리라 생각했다.

두 사람이 왕의 정원에서 거닐고 있었으니 그들은 이아손과 글라우케였다. 문득 그들 사이로 그림자가 드리워졌다. 이아손이 고개를 드니 용이 끄는 메데이아의 전차가 보였다. 메데이아가 전차에서 내려 이아손과 공주 사이에 섰다. 그리고 화난 목소리로 이아손에게 말했다.

"당신이 이올코스로 돌아와 왕위에 오를 수 있도록 준비해 놓았어요. 하지만 당신이 이올코스로 끼 ͮ 돌 수 ͮ 제가 이 예쁜 여자를 저만의 방식으로 상대할 수 있게 해 주셔야 해요."

메데이아의 사나운 눈초리에 글라우케는 움츠리며 물러나 이아손에게 매달리며 소리쳤다.

"아아, 이아손. 당신이 황금양털을 찾아 모험에 나서느라 그리스 땅을 떠나기 전, 케이론과 함께 숲에서 지낼 때 저와 같은 여자를 꿈꿨다고 하셨지요. 아아, 용이 끄는 전차를 타고 온 여자의 힘으로부터 이제 저를 구해 주세요."

그러자 이아손이 말했다.

"당신 말이 맞소, 글라우케. 내가 당신을 지켜줄 것이오."

그 순간 메데이아는 이아손을 위해 떠나온 아버지의 궁궐을, 살해당하도록 자신이 내버려둔 동생을, 이아손을 다시 이올코스로 데려오기 위해 자신이 실행에 옮긴 교묘한 방법을 떠올렸다. 메데이아의 가슴에서는 걷잡을 수 없이 분노가 치솟았다. 메데이아가 용의 주둥이에서 손으로 거품을 섞어 글라우케에게 던지자 글라우케 공주는 뒤로 쓰러지며 이아손의 품에 안겼다. 용의 거품이 글라우케의 살 속으로 타들어가고 있었다.

그리고 메데이아는 이아손의 눈빛을 보고 이아손이 메데이아에게 빚진 사실을 모조리 잊고 있다는 걸 깨달았다. 황금양털을 얻게 도와주고 아르고 호의 안전을 지켜주었으며 마침내 펠리아스 왕을 무너뜨린 이 모든 일을 이아손은 잊고 있었다. 메데이아는 용이 끄는 전차에 올라 주문을 외웠다. 비늘로 덮인 용은 메데이아를 태운 채 하늘 높이 날아올랐다. 그리고 이아손이 죽어가는 글라우케를 품에 안고 있는 크레온 왕의 정원을 벗어나 코린토스 밖을 향했다. 이아손은 글라우케를 안아 올려 침대에 뉘었지만 글라우케의 친구들이 곁으로 다가오는 가운데 크레온 왕의 딸 글라우케는 숨을 거두고 말았다.

 그 뒤 이아손은 어떻게 되었을까? 이아손은 오랫동안 코린토스에 머물렀다. 사람들 사이에서 이아손은 유명인이었지만 이아손의 하루하루는 슬프고도 외로웠다. 그러던 어느 날 이아손의 마음에 왕위를 되찾아 나라를 다스리고픈 갈망이 다시 자랐다. 이아손은 이올코스가 고향인 자들을 다시 불러 모았다. 이아손이 황금양털을 찾아오겠다고 처음으로 선언했을 때 눈을 빛내던 젊은이들, 그래서 이아손의 뒤를 따랐던 젊은이들이었다. 이아손은 그들을 불러 모아 함께 아르고 호에 올랐다. 그들은 다시 한 번 돛을 올렸고 아르고 호는 다시 한 번 망망대해로 나아갔다.
 그들은 이올코스로 향했다. 바닷길이 순조로웠으므로 아르고 호는 머지않아 파가사이 항구에 안전하게 다다랐다. 오오, 떼를 지어 몰려온 사람들은 그 유명한 황금양털이 아르고 호의 돛대 꼭대기에 매달려 있는 것을 보며 얼마나 즐거워했던가! 그리고 사람들이 이아손과 그의 동료들의 머리에 씌워주기 위해 가져온 화환은 얼마나 푸르고 달콤한 향기를 풍겼던가! 몰려나온 군중을 살펴보며 이아손은 이렇게 생각했다. '자신이 잃은 것도 많지만 무엇을 잃었든지 간에 자신에게 남아 있는 것도 있구나'라고. 그 남아 있는 것이란 바로 왕이 되어 백성을 다스리는 위대한 통치자가 되는 일이었다.

그리하여 이아손은 이올코스로 돌아왔다. 이아손은 아르고 호를 불에 태워 바다의 신 포세이돈에게 제물로 바쳤다. 황금양털은 신들의 신전에 걸어두었다. 이아손은 크레테우스가 세운 왕국을 이어받아 다스렸고 그리스에서 가장 위대한 왕이 되었다.

해마다 젊은이들이 이올코스로 찾아와 신들의 신전에 걸려 있는 빛나는 가죽을 바라보았다. 젊은이들은 황금양털을 바라보며 강하게 단련하고 용기를 키워 이아손의 황금양털만큼이나 귀중한 뭔가를 조국에 바치고 싶다고 생각하곤 했다. 그리고 그들은 이아손이 황금양털 곁에 위치한 기둥에 새겨 넣은 말을 평생토록 마음속에 간직했다. 아르고 호의 선원들이 내해에서 빠져나가는 길을 찾으려 애쓸 때 트리톤이 그들에게 한 말이었다.

저쪽이 바다로 빠져나가는 길이네. 깊은 바닷물이 움직이지 않고 짙은 물빛으로 자리 잡은 곳이라네. 그 출구 양쪽으로 하얀 파도가 몰려와 반짝이며 부서진다네. 아르고 호가 빠져나가는 길목은 좁네. 하지만 즐거운 마음으로 항해하게. 그리고 힘을 써야 되는 일에 대해 말하자면 그것 때문에 한탄하지는 말게. 젊은 혈기가 넘치는 팔다리는 수고스러워야 마땅하니 말일세.

옮긴이의 말

여러분은 이제 이아손이 황금양털을 어떻게 손에 넣었는지, 신과 인간들이 이아손의 모험과 어떻게 엮였는지 이 책을 읽으며 알게 되었을 거예요. 하지만 아주 먼 옛날, 그리스 사람들은 이 이야기를 여러분처럼 눈으로 읽은 것이 아니라 귀로 들었답니다. 글자가 아직 만들어지지 않았던 시절이라 사람들이 다 함께 모여 음유시인들이 노래로 읊어주는 이야기를 들었거든요. 우리나라의 판소리를 상상해 보면 이해하기가 더 쉬울 거예요. 가락이 있는데 캐릭터와 이야기를 담고 있어서 사람들이 흥부가 놀부에게 얻어맞거나 박을 타는 대목을 들으며 웃음과 눈물을 함께했잖아요.

저자인 패드라익 콜럼은 어린이 여러분과 동네 사랑방에서 마주 앉아 있는 것처럼 이아손의 이야기를 조곤조곤 들려주고 싶었던 모양이에요. 이 이야기에 나오는 음유시인 오르페우스처럼 말이에요. 이 책 중간 중간에 오르페우스가 아르고 호의 선원들을 앉혀 두고 여러 신들과 인간에 얽힌 이야기를 읊어주잖아요. 이런 이야기 구조를 액자 구성이라고 해요. 마치 멋진 액자가 그 안에 들어가 있는 사진이나 그림을 돋보이게 하는 것처럼 이아손의 모험이라는 바깥 이야기 안에 오르페우스나 아탈란테가 들려주는 다른 이야기가 들어가 있는 구성이지요. 글자로 정착된 이야기와 달리 입에서 입으로 전해지는 이야기에는 전달하는 사람의 느낌과 개성이 어떤 식으로든 녹아들지 않겠어요. 청중과의 교감에 따라 세부적인 부분은 바뀌기도 하겠구요.

그리스·로마 신화는 여러 음유시인을 거치다가, 고대 그리스 시인 호메로스, 고대 로마 시인 베르길리우스와 오비디우스에 이르러 하나의 이야기로 집대성되기 시작했어요. 호메로스가 남긴 작품으로는 그리스와 트로이의 전쟁을 담은 《일리아드》와 《오디세이》가 있어요. 그리스 문화의 원형이자 유럽 사상의 원천을 담은 뜻깊은 작품이지요. 베르길리우스는 트로이 전쟁이 끝난 뒤 새 나라를 찾아 떠나다 로마를 건국한 영웅 아이네아스의 이야기 《아이네이스》를 지었어요. 오비디우스는 《변신 이야기》로 신화를 집대성했어요. 나늘 한 번씩 들어 본 제목일 거예요.

이러한 작품과 어깨를 나란히 한 작품이 바로 아폴로니오스 로디오스가 쓴 《아르고나우티카》예요. 바로 이 책의 원형이 된 작품이지요. '아르고나우티카' 또는 '아르고나우타이'는 '아르고 호의 선원들'이라는 뜻이에요. 이 작품은 앞서 언급한 작품들보다 앞선 시대를 다루고 있어요. 이를테면 이아손과 황금양털을 찾아 떠난 영웅들이 훗날 트로이 전쟁에 참여하거나 아들을 트로이 전쟁에 내보내지요. 게다가 아르고 호 원정대에는 다른 작품과는 비교할 수 없을 만큼 영웅들이 총동원돼요. 이 영웅들이 바다 건너 있다는 보물을 찾아간다는 이야기는 그야말로 인류 최초의 모험담인 셈이에요. 또 아르고 호 원정대를 시발점으로, 식민지 건설과 정복의 제국주의로 이어진다는 해석도 있어요. 아르고 호 원정대의 이면에는, 기원전 650~600년경 그리스 인들이 청동기나 철기 시대에 흑해로 진출하여 식민지를 건설하던 역사적 배경이 담겨 있다고 추정한 것이죠. 그래서인지 2006년에 그리스에서 3천여 년 전 아르고 호와 똑같은 배를 지어서 아르고 호가 항해했던 항로 그대로 따라가보는 시험 항해를 했다는 기사도 났었어요. 그리스 볼로스에서 출항하여 그루지야 그러니까 황금양털이 있던 콜키스까지 갔다고 하죠.

하지만 그런 역사적 사실 여부와는 상관없이 '아르고 호의 모험'은 여러 영웅들이 겪는 극적인 이야기로 가득해요. 황금양털이라는 엄청난 보물, 그 보물을 가져오겠다는 부푼 의지, 그 의지를 실현시킨 용기와 지혜. 《아르고나우티카》는 그야말로 인간이 겪을 수 있는 최고의 꿈과 극한의 시련, 엄청난 용기와 빛나는 우정, 번뜩이는 지혜를 다룬 작품이에요. 이야기 속에는 50명이 넘는 영웅들이 나오지만, 이들도 꿈을 찾아 가다가 마음이 흔들리기도 하고, 꿈을 잠시 잊기도 하고, 위기 앞에서는 머뭇거리는 모습을 보이기도 해요. 사실 누구나 위기 앞에서 주춤거릴 수도 있어요. 하지만 마음을 추스르고 온 힘을 다해 발걸음을 내딛는 인간이 진정 영웅인 것이지요.

'아르고 호의 모험'은 아폴로니오스 로디오스가 '아르고 호의 모험' 이야기만 집중해서 쓴 《아르고나우티카》를 완성하기 전까지 여러 버전이 있었어요. 시인마다 조금씩 다르게 전한 '아르고 호의 모험' 이야기를 아폴로니오스 로디오스가 취합하고 정리하여 《아르고나우티카》로 써낸 것이지요. 여기에, 이 책을 쓴 영국 시인 패드라익 콜럼이 자기만의 스타일로 또 하나의 '아르고 호의 모험'을 완성시켰어요. 패드라익 콜럼은 우리가 그리스·로마 신화를 재밌고 풍성하게 접할 수 있도록, 아르고 호의 모험 이야기를 주된 줄기로 삼으면서도 이야기 안에 또 다른 그리스·로마 신화 이야기를 다양하게 소개하고 있어요. 이 책은 여러분이 훗날 그리스·로마 신화를 두꺼운 원전으로 접할 때 친근하게 다가설 수 있도록 든든한 발판이 되어 줄 거예요.

2015년 7월
김인